ハヤカワ・ミステリ文庫

〈HM(492)-1〉

ベルリンに堕ちる闇

サイモン・スカロウ

北野寿美枝訳

早川書房

8742

BLACKOUT

by

Simon Scarrow

First published in Great Britain in 2021 by
HEADLINE PUBLISHING GROUP
Translated by
Sumie Kitano
First published 2021 in Japan by
HAYAKAWA PUBLISHING, INC.
This book is published in Japan by
arrangement with
HEADLINE PUBLISHING GROUP LIMITED
through THE ENGLISH AGENCY(JAPAN) LTD.

よき友人ペーター・クレマーに

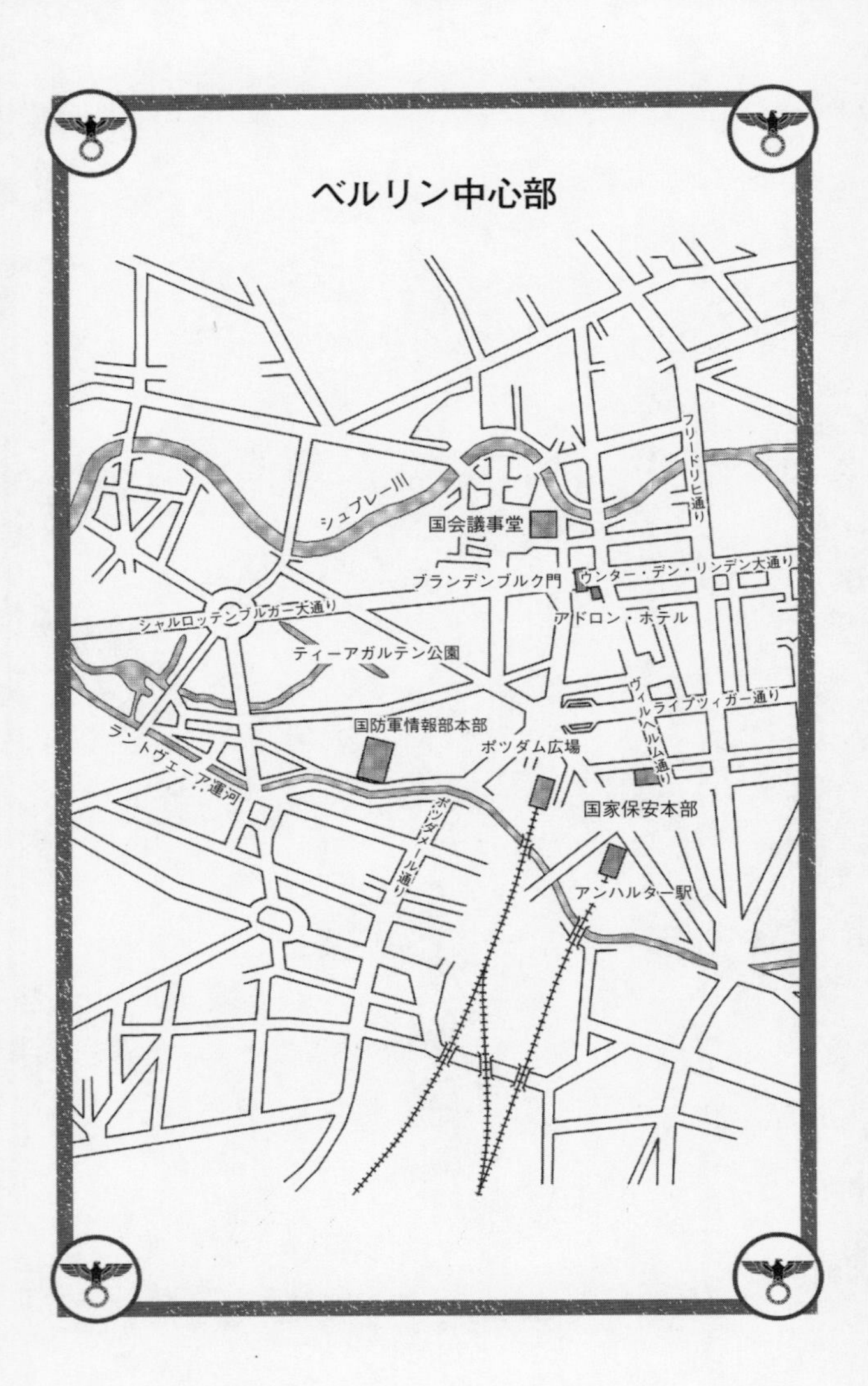
ベルリン中心部
フリードリヒ通り
シュプレー川
国会議事堂
ブランデンブルク門
ウンター・デン・リンデン大通り
アドロン・ホテル
シャルロッテンブルガー大通り
ティーアガルテン公園
ヴィルヘルム通り
ライプツィガー通り
国防軍情報部本部
ポツダム広場
ラントヴェーア運河
国家保安本部
ポツダメール通り
アンハルター駅

指揮命令系統

総　統
アドルフ・ヒトラー

親衛隊全国指導者
ハインリヒ・ヒムラー

国民啓蒙・宣伝省大臣
ヨーゼフ・ゲッベルス

国家保安本部長官
ラインハルト・ハイドリヒ

国防軍情報部部長
ヴィルヘルム・カナリス提督

刑事警察長官
アルトゥール・ネーベ

ゲシュタポ局長
ハインリヒ・ミュラー

パンコウ管区クリポ班長
ホルスト・シェンケ

ベルリンに堕ちる闇

登場人物

ホルスト・シェンケ……………パンコウ管区警察警部補
ハウザー………………………同部長刑事
フリーダ・エクス
ローザ・マイヤー ｝………………同刑事
ブラント
カリン・カナリス…………………シェンケの恋人
ヴィルヘルム・カナリス…………カリンのおじ。国防軍情報部部長
ゲルダ・コルツェニー……………元女優
グスタフ・コルツェニー…………古参党員
ラインハルト・ハイドリヒ………国家保安本部長官
ハインリヒ・ミュラー……………ゲシュタポ局長
カルル・ドルナー…………………国防軍情報部の大佐
シューマッハ………………………ドルナーの補佐官
リッター……………………………シェーネベルク管区警察署長代理
オットー・リーブヴィッツ………ゲシュタポ軍曹

プロローグ

一九三九年十二月十九日　ベルリン

その夜、エスコートの男を伴ったゲルダ・コルツェニーが現われたのは、クリスマスパーティが始まってまもない八時半過ぎだった。雪が深かったため、ふたりはブーツについた氷の粒を蹴り払ってから玄関ホールに入り、コートと毛皮の帽子をメイドに預けた。ゲルダはブーツを脱いでドアの脇に置き、携えてきたバッグからルイ・ヒールのパーティシューズを取り出して履き替えた。玄関ホールの壁に掛けられた鏡で身なりを確かめる。カクテルドレスを整え、茶色の髪を指先で軽くかき上げた。連れの男が背後で笑みを浮かべているのに気づくと唇を突き出してみせた。

「これでよし」ゲルダは言った。「やっと人間に戻った気分」

男はにっこり笑って一歩近づき、彼女の横に立って肘に手を添えた。磨き上げられた黒革のブーツ、きちんとアイロンのかかった制服に身を包んだ男は、みごとな風采を放っている。

「わたしたち、お似合いの美男美女ね」ゲルダは手袋をはめた手で男の顎をなでた。「夫婦じゃないのが残念だわ。おたがい、別の伴侶がいるなんて」

男の笑顔が曇った。彼は大広間へとゲルダをエスコートした。招待客の少なくとも半数がすでに到着していた。首都ベルリンの上流階級に属する百人以上が、大広間を照らすきらびやかなシャンデリアの下、そこかしこに集まって立っている。白い上着やエプロンをつけた男女の給仕係たちが、シャンパンのグラスを載せたトレイを持って各グループのあいだを動きまわっている。

天井の高い大広間に話し声や笑い声が響きわたるなか、ゲルダは出席者たちを見まわして知った顔を探した。映画業界者――彼女がウニヴェルズム映画株式会社のスターだった時代の知り合いがいた。とどろくような笑い声をあげている、恰幅がよく額の広いエミール・ヤニングスをはじめ、俳優が何人か。見覚えのある監督、プロデューサー、脚本家、作曲家。残念ながら、もっと懇意だった人たちはとうに国外へ移住していた。大半はハリウッドへ渡ったが、自身の政治的信条や信仰を当局に糾弾されることのまずないヨーロッパ諸国へ移住した者もいる。

映画業界者のほかは、芸術家や作家、スポーツ界の大物。そして、かつて〝シルバーアロー〟と称されたメルセデス・レーシングチームを後援していたハーシュタイン伯爵さながら、彼らのパトロン役を果たしているドイツ人富裕層の連中。陸・海・空軍それぞれの制服を着た者、政権与党の各部門の連中。そのひとり、ナチス親衛隊(SS)のある将校が、彼女の視線に冷ややかな表情を返した。

ゲルダは連れの男に向き直ってぼそりと言った。「やだ、口上手なフェーゲラインがいる。お願い、あいつをわたしに近寄らせないで」

「なぜ？」

「あいつが、夫を裏切ってるってわたしを非難したその口でわたしを口説こうとする胸くそ悪い偽善者だからよ、カルル・ドルナー大佐。今夜はあいつに我慢するはめになりたくない」

「私にどうしてほしい？」

「あいつがわたしに失礼なふるまいをしたら、勇敢なところを見せて殴り倒して」

「ヒムラーのお気に入りを殴るのは一介の将校として賢明なことかな」

「だったら、一介の紳士として、不心得な成り上がりに思い知らせるためだって考えれば」

「昔なら喜んでそうしただろう」ドルナーが応じた。「だが、いまは成り上がりどもがこのドイツを支配し、富裕層がそれを忘れることをよしとしない。でもまあ、もしもの場合は彼の気を引きつけておくよう努めるよ」

ゲルダはふっとほほ笑んだ。「ほんの一時間ほどよ。そうしたら、ここを出ましょう。ある友人のアパートメントの鍵を預かってるの。彼は年明けまでベルリンに戻らないから、今夜はそのアパートメントでずっとふたりきりよ」

男は笑みを浮かべ、彼女の手を取ってキスをした。「楽しみだ」唇の下で彼女の手が震えているのに気づいた。

「毎晩いっしょにいたいと思わない？」ゲルダが彼にだけ聞こえるように低い声でたずねた。「わたしたちだってそれぐらいの幸せを手にしてもいいんじゃない？」

男はため息を漏らした。「その話はもうすんだだろう。前に言ったとおり、充分な蓄えができるまで妻と離婚する気はない。きみだって、間抜けなご主人と別れたら、向こうはびた一文くれないだろう。そうなったら、いったいどうやって生活するつもりだ？」

ゲルダは彼をねめつけた。「おたがいがいるじゃない。あなたはそれじゃあ不足なの?」

「そう、不足だ。きみだって不足なはずだ。金を食う女だからね。だから、いまのままで、手に入る喜びを味わえばいいじゃないか」

「でも、夜や昼間にときどき会うだけじゃなくて、もっとあなたといたい。あなたが欲しいの。だけど、あなたにとってわたしはたんなる格好のセックス相手。そういうこと?」

男は身を硬くして冷たい笑みを浮かべた。「それにも及ばないかもな。だが少なくとも、たやすいセックス相手だ」

「ろくでなし」ゲルダは男から離れた。「わたしを求めてるのが自分だけだと思ってる?じゃあ見ててごらんなさい」

彼女は映画業界者のグループへ近づき、輝くような笑顔で声をかけた。「レニ」

肩にかかる黒髪、男のような顔立ちでパンツスーツに身を包んだ女が笑みを返し、両腕を広げて迎えた。レニとキスを交わしたあと、ゲルダは旧知の連中に挨拶し、初めて会う連中に紹介された。

ドルナーは部屋の端からしばし彼女を見ていたが、すぐに、この大広間を見下ろす中二階への広い階段の下に立っているふたりの将校のもとへ向かった。近づきながら目顔で挨拶した。ひとりは国防軍情報部（アブヴェーア）のオフィスで彼についている補佐官。もうひとり、参謀本部の将校の印である赤い襟の制服を着ているのはフォン・トレスコウ参謀長だ。まだ四十にも届かないのに生えぎわが後退して、本来の端正な顔立ちを損ねている。

「こんばんは」ドルナーは小さく頭を下げた。

「ドルナー、また会えてうれしいよ」フォン・トレスコウが応じた。「なあ、あの女の顔に見覚えがあるんだが。きみが同伴した女だ」

「そうでしょうね。女優です。いや、元女優か。ゲルダは数年前に映画業界から身を引いたので」

「ああ。あのゲルダか。しかし、彼女はたしかブロンドだったと思うが」

「女優だった当時はね。でも地毛は茶色なんです」

フォン・トレスコウが映画業界者のグループに目をやると、人を惹きつける魅力を発揮しはじめたゲルダをみんなが取り囲んでいた。「髪がブロンドであれ茶色であれ、彼女は美人だ。きみは運のいい男だな」

「そう、運のいい男です」ドルナーは乾杯の印にグラスを持ち上げてひと口飲み、上官がゲルダに向ける視線を妨げる位置へ移動して続けた。「ところで、ポーランド侵攻のあと、参謀本部は西部戦線をどうするつもりです？」

フォン・トレスコウは声をあげて笑い、たしなめるように人差し指を振った。「詳細を話すことはできない。だが、そのときが来たらフランスと英国は驚愕するだろうとだけ言っておこう……」

フォン・トレスコウがドイツ軍の優位性と敵国にまさる戦術を賞揚しはじめたが、ドルナーの注意はそれ、ふたたびゲルダのことを考えていた。欲望に駆られたときに彼女がベッドを温めてくれるだけでは不充分だ。自分は嫉妬深い男であり、別のだれかと彼女を分かち合うなどと考えると我慢ならない。たがいに伴侶がいるのは事実だが、彼女はナチ党の弁護士である夫とはもう寝ていないと断言した。一方ドルナーは、ハルツ山脈のふもとに広大な地所を所有する一家の感じのいい娘と若くして結婚した。ところが、妻は退屈な女だとわかった。少なくとも、ゲルダのような元映画スターと比べれば。そこが問題なのだ。妻の実家の富がもたらしてくれる安穏とした世界か、ゲルダのいる洗練された世界か、どちらか一方を選べばいい。ただ、彼は両方とも欲しかった。

招待客がさらに到着して大広間が混みはじめると、ますます大きくなる喧騒のなかで会話を続けるのは困難だった。中二階の蓄音器が、党がまだ黙認している元キャバレー歌手のアップビートな曲を流しはじめた。ようやく仕事の話をしつくし、声を使い果たしたフォン・トレスコウが酒のおかわりを取りに行った。

ドルナーの補佐官は呆れたように目を剝いた。「永遠に話しつづける気かと思いましたよ。あの男はパーティのなんたるかがわかってない。だれが招待したんです？」

「わからないよ、シューマッハ。だが、これ以上、退屈させられるのはごめんだ。彼が戻ってきたら相手を頼む。私は別の人と話をしなければならないのでね」

「ご友人のゲルダと？　私だったら、手遅れになる前に話し合いますね」シューマッハは上官の背後を顎先で指し示した。

振り向いたドルナーは、大広間の奥で音楽に合わせて踊っている数組の男女にすぐさま目を留めた。そのなかのひとりがゲルダで、ベルベットのジャケットを着た細身の青年に両腕をまわして体を押しつけ合っている。彼女は青年の肩越しにドルナーを見据えると、青年の首にキスをした。青年は彼女をさらに引き寄せ、肩に置いていた右手をするりと腰へ下ろした。

「くそ……」ドルナーの声には憤りがにじんでいた。空のグラスを補佐官の手に押しつけ、混み合った招待客のあいだを抜けて彼女に近づいた。ダンス相手から彼女を引き離して両腕をつかみ、身を寄せて耳打ちした。青年は二歩離れたところで棒立ちになったまま、どうしたものか迷っていた。ふたりの張りつめたやりとりが続いているので、青年はそのまま後退して映画業界者の大きな輪のなかへ戻った。その直後、ゲルダが身を振りほどき、すたすたと玄関へ向かった。そのうしろ姿を怖い顔でにらんでいたドルナーがすぐにあとを追った。

と同時にフォン・トレスコウが、片手にシャンパンのボトル、もう片方の手にグラスを持って階段の下に戻ってきた。「おや、ドルナーはどこへ行った？　もっと話したいことがあったんだが」

「早々に退散することにしたようです」シューマッハは自分のグラスを上げて玄関ホールを指し示した。ふたりが見ていると、ゲルダはコートを着込んでブーツに履き替えた。ドルナーが懸命になにか訴えているが、彼女は手を取ろうとしたドルナーの腕を振り払い、向き直って玄関ドアを開けた。ドルナーは拳を握りしめ、自分のコートと帽子をひっつかんで彼女を追いかけた。玄関ドアを閉めたのはこの家の使用人だ。

「なにごとかね？」フォン・トレスコウがたずねた。

「さあ」シューマッハはグラスを持ち上げてひと口飲んだ。「しかし、今夜はひと荒れ来そうですね……」

少しでも距離を広げようとゲルダが駆けだしたとき、ドルナーが邸から出てきた。ゲルダはパーティ会場にいるあいだに薄く降り積もった新雪をブーツで踏みしめた。澄み渡った夜空は漆黒のベルベットのようで、星の光がくっきりと見える。

「待て」ドルナーは叫んだ。「どういうつもりだ？　ゲルダ！」

ぐんぐん追ってくる彼の足音が聞こえる。通りの端に達したとたん彼が腕をつかみ、足を止めて振り向かせた。口を真一文字に結んだ顔に怒りが見て取れる。

「よくも私に恥をかかせてくれたな」怒りの混じった小さな声。ブランデーのにおいがする息。

ゲルダは苦い笑いを漏らした。「よくも？　なにさまのつもり？　こっちは愛情を差し出したのよ。あなたといっしょになるためならすべてを投げ捨てるって。そっちも同じ気持ちだって思い込ませたくせに」

「私はなんの約束もしていない」

ゲルダは彼を見つめ返し、悲しげに首を振った。「カルル、あなたはただの嘘つき、ペテン師ね。いままでに会った男のほとんどと同じ。わたしを口説いて、その気もないくせにふたりの未来を思い描かせて。見下げ果てた男――」

彼のすばやい動きに不意打ちをくらった。彼の手の甲が頰を打ち、その勢いで頭が振れた。目の前に星が飛び、足がよろめき、口内に血の味がする。

「ろくでなし……」

自制心を失ったことに愕然としたらしく、彼はその場に凍りついていた。顔を歪めた次の瞬間、彼は首を振った。「ゲルダ……すまなかった」

「近づかないで！」ゲルダは大声をあげ、あとずさった。手袋をはめた手を上げて彼に指を突きつける。「終わりよ。わたしたち別れましょう、いいわね？」

「いやだ。終わらせない」彼は悲痛な笑みを浮かべ、抱きしめようと両腕を広げてゲルダのほうへ一歩踏み出した。「悪かった。許してくれ」

「来ないで！　それ以上近づいたら大声をあげる。本気よ。それで人が来たら、あなたに襲われたって言う」

彼はぎょっとして足を止めた。「まさか」

「じゃあ試してみなさいよ」彼女は挑発するように言った。「あなたがどういう男か、ベルリンじゅうに知れ渡るんだから」

「頼む。やめてくれ」

ゲルダは彼に蔑むような一瞥をくれ、何歩か後退したあと、身をひるがえしてすたすたと歩きだした。ドルナーと別れたのでまっすぐ家へ帰ろうと、最寄りの鉄道駅をめざした。殴られたせいで、心臓が波打っているし、頬がひりひりしている。あざになりそうなら、家に帰って夫にする言い訳を考えなければならない。でもまあ、その夫に殴られてできたあざを手当していても当の夫は意に介してないようだけど、とゲルダは苦々しく思い返した。

追ってくる足音も、考え直してくれと懇願する愛人の声も聞こえない。歩を進めるごとに、食い下がろうとしないドルナーに対する憎らしさが増していく。ああしてなじりながらも、彼が説得しようとするのを心のどこかで期待していた。本音を言えば、彼といっしょにいたい。ふたりきりで。彼にもわたしを求めてほしい。だからこそ、パーティの席で彼の嫉妬心をかき立てようとしたのに。

ゲルダは駅へと続く広い通りを歩きつづけた。ときおり、この凍えるような寒い夜にまだうろついている歩行者と行きちがう。コートのなかで背を丸めた黒い人影は、氷と雪の背景にきわだって見える。駅の敷地に近づくと、広場に出入りするアーチ門のかげに煙草の赤い火が見えた。本能的に距離を取ろうとした。すると、しわがれた男の声がたずねた。

「いくら?」

ゲルダは男を無視して足を速めた。駅までまだ百メートル近くあるし、通りのどちら側にもほかに人がいないと気づいて不安が込み上げた。追いかけてこないドルナーを恨んだ。

背後で小さな咳の音がしたのでちらりと目をやると、男がアーチ門のかげからついてきたらしく、煙草の先の火がぼんやりと見えた。歩幅を広げたのに、駅まであと半分というところで改めて背後を見やると、男は距離を詰めていた。恐怖に駆られて走りだしたとき、駅舎の玄関口に制服姿の男が現われた。

「ねえ、ちょっと！」ゲルダは叫び、走りながら腕を振った。「そこの人！」

制服姿の男がゲルダの声に応えて通りへ出てきた。列車の車掌だ。

「どうされました？」

「男が」ゲルダは背後の歩道を指さした。だが人影はおろか、男の存在を示す煙草の火すら見えなかった。

「男？」車掌がたずねた。

「いたのよ。あとを尾けてきた」

「だれの姿も見えませんが」車掌はまじまじと彼女を見た。「本当ですか？」

「わたし……」ゲルダは深呼吸をした。「気にしないで。問題ないから」

「ご心配なく」車掌は笑いを含んだ声で答えた。「暗い夜にはよくあることです。だれしもさまざまな想像をしますからね。本当に」

「想像じゃないわ」ゲルダは鋭く言い返した。「失礼、そこを通して」

ゲルダは車掌の横をすり抜けて駅舎に入り、アンハルター行きの列車が入ってくるプラットホームの待合室へ向かった。鉄格子の奥で残り火がくすぶっており、待合室内は心地よく暖かかった。ほかの客は、作業衣姿の太った男と、その妻と思しき細くかよわそうな女だけだ。言葉は発さずに軽い会釈だけ交わした。数秒ごとに窓からプラットホームに目をやるが、先ほどあとを尾けてきた男らしき人影は見当たらなかった。

十分後、列車がホームに入ってきて、三人は待合室を出た。ふたりがうしろから二両目に乗り込むので、ゲルダは最後尾の車両へ向かい、後方を向いた席に腰を下ろした。ドアの閉まる音、発車の笛の音がしたあと、列車が動きだした。駅舎から夜の闇のなかへ出て、灯火管制によって真っ暗なベルリン市内を走りだすと、ゲルダは座席に身を沈め、ブラインドの端を少しめくって夜陰に目を凝らした。ドルナーに対する怒りはいまだ収まらず、彼の愛情を取り戻してやる、それが叶わないならプライドを傷つけられた仕返しをしてやると心に誓った。

扉の開く音がして一陣の寒風が吹き込み、すぐに扉が閉まった。ゲルダはブラインドの端から手を離して首を巡らせ、この車両に乗り込んでこちらへ近づいてくる男を見た。それがだれかわかって目を見開いた。「あなた……」

1

一九三九年十二月二十日

四十代後半と思われる男女は、二室しかないアパートメントの広いほうの部屋で、ストーブの前に置かれた椅子に沈み込んでいた。死後数日経っており、どちらも顔の皮膚は蒼白で、真珠のような鈍く冷たい光沢を放っている。それぞれ、垢じみた肌着とスリップ一枚という全裸に近い格好だ。ほかの衣類は簡素な木製の椅子のまわりに散らばっていた。ストーブには灰が残っているだけで、鋳鉄製の本体は、触れると氷のように冷たい。最初に到着した巡査が玄関ドアを蹴破ったとき、室内の気温はすでに氷点下に達していた。この狭いアパートメント内に有毒ガスがまだ残っていたら吹き散らそうと、巡査が急いで窓を開けたため、室温はさらに下がっている。

キッテル巡査部長はストーブの脇に立っていた。厚手のオーバーコートのボタンを留め、手袋とマフラーをしたままでも室内は寒く、少しでも足を温めようと足踏みをしている。おまけに、こうして待たされることにじりじりして、数分ごとに懐中時計を引っぱり出しては針の位置を確かめていた。室内で聞こえるのは、ストーブの横の幅の狭い棚に載っている置き時計が時を刻む音だけだ。通りの音は、地面に厚く積もった雪のおかげでほぼ聞こえない。この棟の住民たちが階段やこの部屋の前の通路で言葉を交わす声がする。キッテルは白く曇るため息を吐くと、ろくに家具のない部屋を横切って狭い玄関へ行き、錠の部分がこっぱみじんになったドアを開けて通路へ出た。玄関前に巡査をふたり立たせているが、その向こうに興味津々で群がっている連中が見えた。

「デニッケ。野次馬どもを追い払え。見世物じゃないんだ」キッテルはそれだけ言って背中を向けかけたものの、気が変わった。「いや、待て。管理人だけ残せ。それ以外の連中は自室に戻って暖を取ってもらうことだ」

うなずいた巡査が指示を実行する前に、キッテルは言葉を継いだ。「刑事たちはまだか？」

「はい」

「ふん」キッテルはいらだちを含んだ声でうなった。もう一方の巡査に向き直った。「下へ行って建物玄関で待て。クリポの刑事が到着したらまっすぐここへ連れてこい。おれたち全員が凍え死ぬ前にな」

デニッケが取り出した警棒を振って野次馬どもを下がらせると、もうひとりの巡査は通路の人混みを押し通って階段を一階まで下りた。キッテルは厳しい顔を作って、指示に従わずに通路にとどまろうとする住民たちをにらみつけ、彼らが目を合わそうとせずに背中を向けてそれぞれの自室へ引き取るのを見て安堵した。市民がおとなしく権威に従うのを目にするとほっとする。この戦争での勝利を確実とするためには、わが国の権威は絶対的なものでなくてはならない。

前回の轍は踏まないだろう、とキッテルは考えた。第一次世界大戦の最後の二年を従軍して戦地から戻ったとき、ベルリンは政治的混乱に陥っていた。共産主義者どもが革命を求めて街で暴動を起こしていた。まあ、そんな無意味な騒動も、前線から戻った兵士がすぐに終わらせたわけだが。首都ベルリンに秩序を取り戻すべく、キッテルは武装集団の一員となり、共産主義者どもと戦って撲殺や銃殺を行なったのだった。だが今回は銃後の裏切りに遭うことはない。だいいち、この戦争は終わったも同然だ。すでにポーランドを打ち負かした。紛争の原因が消え去ったいま、フランスと英国がこれ以上の戦闘は無益だと悟るのも時間の問題だろう。ポーランドは消滅し、ドイツ及び協調して戦ったソ連に飲み込まれる。とはいえ、もしもフランスと英国が戦争の継続を決めれば、父なる祖国（ファーターラント）の勝利は不確実になる。

キッテルはそんな考えを振り払うように肩をすくめ、両手をこすり合わせた。ヨーロッパ各国がどのような決断を下すにせよ、いまはまだ交戦状態が続いている。市民に規律を維持させるのが、この国の警察官の義務だ。

キッテルは居間に戻り、つましい住まいを見まわした。いかにもパンコウ区の貧しい勤労者世帯が住むアパートメントだ。小さなキッチンのあるリビング。便器とブリキの浴槽が並べて置かれたバスルーム。居室はふたつだけ。広いほうの部屋でも、どうにかシングルベッドを二台置ける程度だ。そのベッドはどちらもきちんと整えられている。置き時計と同じ棚に銀の写真立てがあり、夫妻とそのうしろに軍服姿で立つふたりの若者を写した写真が飾ってある。四人とも、こうした家族写真にありがちなかしこまった顔をしている。

まもなく両親の死を伝える電報を受け取るであろうふたりの兵士のことを思い、キッテルはしばし同情を覚えた。彼らが銃弾や砲弾、爆弾の飛び交う危険な戦地に赴きながらも無傷でいるのに、自宅にいる両親が亡くなるとは、なんという皮肉。

ほかにこのアパートメントにある額入りの写真は、雪山を背景に建つ簡素な丸太小屋を写した一枚と、総統のおなじみの肖像写真——片手を腰に当て、体を前に傾けて、謎めいた表情でどこかを見つめている——だけだった。

下の通りから車の停まる音が聞こえた。キッテルは開いている窓へ行き、警察公用車の黒い屋根とボンネットを眺めた。助手席側のドアが開き、ダークグレーのコートを着て黒いフェルト帽をかぶった男が雪払いされた歩道に降り立った。腰を折って運転者になにか言ってからドアを閉め、このアパートメント棟を見上げたので、ほっそりした顔が見えた。キッテルと目が合った。建物前で待っていた巡査が歩み寄ると、刑事は自分に向けられた敬礼に応えて頭を下げた。巡査が手を振って建物玄関を指し示し、ふたりは歩道を横切って窓から見えなくなった。

クリポの刑事が階段を上がってくるのに、キッテルが思った以上に時間がかかった。通路を進んでこの部屋に入ってくる刑事はわずかに左足を引きずっていた。おまけに息も切らしている。警察官の例に漏れず、厚手のコート、マフラー、帽子、手袋を身につけているが、すっかり慣れた手早さで、首にかけた身分証代わりのバッジを示した。片面には鉤十字の上にとまっている鷲とそれを取り囲むオークの葉の輪が描かれている。もう片方の面には刑事警察（クリミナルポリツァイ）の文字と、このバッジの所有者の識別番号が記されている。

「パンコウ管区警察のシェンケ警部補だ」と告げ、ぞんざいな会釈をした。キッテルも同様の会釈を返しながら相手を品定めした。肩幅は広いが、分厚いコートに包まれた体は痩せているとわかる。ほっそりした顔は、二十代半ばから四十歳までのどの年齢であってもおかしくない。

「ハイネスドルフ署のキッテル巡査部長です」

「わざと寒い朝を選んで私を呼びつけたな、巡査部長」ユーモアがなくもないと示すようにシェンケは淡い笑みを浮かべた。「ま、この天候では寒いのは毎朝のことだが」

ベルリンは猛烈な寒波に見舞われていた。一週間前に氷点下に落ち込んだ気温は、連日下がりつづけている。寒波が激しい雪嵐をもたらし、街は二十センチ以上の雪で覆われていた。早くも、ここ数十年でもっとも寒い冬になるだろうとの見通しを報じている新聞も何紙かあった。ただでさえ冬はつらいのに、とシェンケは思った。それがいまは、厳しい寒さに加え、戦争中とあって、物資の配給や石炭不足、日没後に街を機能不全に陥れる灯火管制といった問題まであるのだから。

夕方から翌明け方まで街は夜の闇に飲み込まれ、ベルリン市民は目的地まで手探りで進むことを余儀なくされる。ただ不便なだけではなく、車にはねられたり縁石につまずいたり階段から転落したりという危険も伴う。だが、その闇も一部の人間には好機をもたらす。たとえば街娼は、警察やヒトラー青年団（ユーゲント）のパトロール隊に見つかりなじられる可能性が低くなった。もっと悪質な行為も闇は覆い隠す。わずか四カ月前の開戦以来、強盗や暴行、殺人が激増している。毎夜、首都ベルリンは闇と危険に包まれ、それを承知で通りに出ている連中は、路地や暗いドアロから何者かが襲ってくるのではないかと周囲に警戒の目を走らせている。

「で、状況は？　死体が発見されたとしか聞かされなかったが」

「そうです。二体。ルドルフ・オーベルクと妻のマリア。そちらです」キッテルは脇へ寄って警部補を先に居間へ通し、あとに続いた。ふたりはストーブを挟んで立ち、死体のほうを向いた。シェンケはふたつの死体を順に見てから床の上の衣類、狭い室内へと目を転じた。

「これまでにわかっていることは？」

巡査部長はメモ帳を取り出し、手袋をした手で苦労してページを繰ってから、書き留めた内容を読み上げた。

「隣人から、この一週間オーベルクが出勤してこないと届出があったのが昨日。ふたりはシーメンスの工場に同じシフトで勤務しているとかで。その隣人の妻がこの棟の管理人です。いま、外で待たせています。彼女が昨日この部屋のドアをノックしたところ応答がなく、夫が警察に届出を。署長の命を受けて、今朝いちばんに私と部下たちが調べに来ました。応答がないのでドアを開けようとしましたが錠がかかっていて。ドアを破れと私が命じました。その結果、この状態のオーベルク夫妻を発見したしだいです」

シェンケは死体を仔細に観察するべく身をのりだした。「で、クリポを呼ぼうと判断した。その理由は？」

キッテルは片眉を上げ、床に散らばった衣類を指し示した。「あれぞ疑わしい状況ではありませんか？　こんなに寒いのに、服を脱いだりしないでしょう」

「たしかに。きみたちがこの部屋に入ったとき窓は開いていたのか？」

「いいえ。掛け金ははずれていたものの、窓枠が凍りついていました。押し開けなければなりませんでしたよ。最初は、ストーブの煙にやられたんだろうと考えました。冬に入ってからそうした事例がかなりあるので」

シェンケは巡査部長をちらりと見た。「しかし……？」

「しかし、ふたりの皮膚はおおむね白いし、手の指や足に凍傷らしき症状が見られる。煙にやられたのなら頬に赤い斑点が出ているはずです」

「たしかに」警部補は二脚の椅子のあいだにしゃがみ、まずは妻の死体を検めた。うしろでまとめてシニヨンにした黒髪。背を丸めた姿勢で椅子に収まっているために顎の下に皮膚のたるみができている。閉じた目、眠っているかのような安らかな顔。対して夫は、背筋を伸ばして座り、痩せた両腕でむき出しの膝をしっかりと抱えている。歪めた顔、食いしばった歯、きつく閉じた目。頭頂部周辺の白髪、後頭部の切創と乾いた血の筋。

「煙にやられたのではないとしたら、ここでなにが起きたと考えている、キッテル？」

キッテルは落ち着かなげに身じろぎした。

シェンケは彼の困惑を見て取った。別の線を考えるのはさほどむずかしいことだと思わない。あらゆる可能性を考慮するのは警察官の義務だ。「さあ、言ってみろ」

「強盗事件かもしれません。ベルリンにはロマ族がまだ残ってますしね。どういう連中かは知ってるでしょう。くずどもだ。それに、シーメンスの古い倉庫を拠点にしてるギャング団もいる。私たちは盗みを働く連中の取り締まりに追われてますよ。灯火管制が始まってからというもの、強盗や傷害が多発してるし」

「たしかにそうだ」シェンケは言った。クリポも強盗の取り締まりの応援を命じられている。ハイドリヒ長官じきじきの指示だ。国家保安本部の長官に任命されたばかりのハイドリヒは、この政権が法と秩序を効果的かつ容赦なく遵守させると国民に示すことに熱心なのだ。「では、きみは、おそらく強盗が夫妻を見つけて殺害し、このような状態で放置したのだろうと考えているわけだ。その場合、被害者の衣類を脱がす理由は？」

「それは口にしたくありません」

「なるほど。きみの言う強盗どもが、たんにささやかな金品を盗むためだけではなくもっと悪質な目的を持ってこの部屋に押し入ったのだとしたら、当然、女の衣類を剝ぐだろう。しかし、夫の衣類までは剝がない」

キッテルはうなずいた。

警部補が帽子を脱いで薄茶色の髪をなでつけた。おかげで年齢の見当がつけやすくなった――三十代前半、とキッテルは判断した。髪は、兵士や親衛隊員とちがって刈り込んでいないものの、こざっぱりと常識的な長さに切られている。額が広いので、褐色の目が実際以上に深くくぼんで見える。細長い鼻、わずかに口角の下がった唇。警部補が帽子をかぶり直し、オーベルク夫妻を指し示した。「性的暴行の標的は女だけとは限らない、巡査部長。先入観は禁物だ、そうだろう？」

「そうかもしれません」

シェンケは腕組みをしてしばし考えた。「裸の死体がふたつ。男の頭部に切創」

「ロマと、あるいはこんなまねをした何者かと、揉み合った際に負った傷かもしれません」

「ありうるな」シェンケは調子を合わせた。「だが、致命傷になるどころか、身動きできなくなるほどの深手でもない。頭皮は破れているがあざはできていない。ほら」彼は傷口を仔細に見た。そのうち室内を見まわして、時計と銀の写真立てが載っている棚の下の床を指さした。「そこに数滴の血痕がある」

シェンケは棚に近づき、傷だらけの棚板の角を調べた。黒っぽいしみに目を留めると、床に落ちているシャツを拾い上げて棚板をぬぐった。赤黒いものがついた。「ここにも血だ」

シェンケは背筋を伸ばした。「さあて、管理人はどんな光を投げかけてくれるかな。管理人を連れてこい」

「警部補」キッテルはためらいを見せた。「犯罪の現場に一般人を連れてくるのですか？」

「まだ、ここが犯罪の現場だと結論を下したわけではない。判断するのは管理人の話を聞いてからだ」

キッテルが出ていくと、シェンケは窓へ行って掛け金を調べた。古びて摩耗しており、枠側の受け金具がゆるんでいるせいで、三回試みてようやく窓を閉じることができた。汚れた窓ガラス越しに、まだ燃やす石炭のある家々の煙突から煙が立ちのぼっている灰色の空を見上げた。かすんだ空の下、首都ベルリンの家々の屋根や通りは厚い雪に覆われている。戦争と、背後のふたつの死体がなければ、彼の心を喜びで満たすはずの光景だ。

「警部補。フラウ・グリュックを連れてきました」

シェンケが窓から離れると、ふたつの死体に光が落ちた。年配の女が片手で口を押さえた。「なんてこと。神よ、われらをお救いください」

シェンケは彼女の反応を観察し、ショック症状が本物だと確信した。男の死体のうしろに立って言った。「残念ながら救いが間に合わない人もいる……あなたはこの棟の管理人だね？」

彼女は目を大きく見開いて死体を見つめつづけ、身を震わせている。寒さのせいなのかショックのせいなのか、シェンケには判断がつきかねた。まず両方だろう。

「フラウ・グリュック？」心持ち声を大きくすると、彼女は死体から目を離してうなずいた。

「オーベルク夫妻とはどの程度のつきあいだ？　友人？　たんなる隣人？」

彼女は唾を飲み込んでから答えた。「ときどき立ち話をしたわ。わたしはこの棟を出入りする人間に目を配っているので。夫はこの通りの街区指導者だし。住民を見守るのがわたしたちの仕事よ」

「なるほど」党の下っ端役人とかかわりになるのはしょっちゅうだ。彼らは有用な情報源だ。同時に、詮索好きでもあり、気にさわった近隣住人への腹いせに自分の持つ限られた影響力を行使したがる傾向もある。そういう連中に対する生理的な嫌悪感が深まったのは、自身の街区指導者との関係がぎくしゃくしているせいだ。ベルリン都市計画にかかわっている男で、党員になってまだ二年ということもあって、街区指導者として党の掲げる理想にひたすら献身することによって入党の遅れを懸命に埋め合わせようとしている。シェンケは、街区指導者制度を嫌ってはいても、警察への情報提供という点においては有益な制度だと認めていた。「たしか、ご主人はオーベルクと同僚だとか」

「ええ……正確には、ヘル・オーベルクは夫の部下だった」彼女はわずかに背筋を伸ばした。「夫はシフト管理者なので。だから、部下の欠勤に気がついた」

「それなのに数日は手をこまねいていた。対応が遅れなければ、ふたりの命を救えたかもしれない」

彼女は口を開けて抗議をしかけたが、目が合うと、警部補は褐色の目でにらんでいた。

彼女は目を落とした。「夫は忙しいの。いくつもの責任を負っていて。ひとりひとりに目を配るなんて無理だわ」

「しかし、それが街区指導者の責任だ」シェンケはゆっくりと息を吸い込み、彼女を不安で落ち着かなくさせた。「ヘル・グリュックが今後はもっと目を配ることを期待しよう。オーベルク夫妻とこの棟の住人のあいだに揉めごとは？　あるいはこの通りの住人とのあいだに。夫妻に恨みを抱きそうな人間は？」

「わたしの知るかぎり、ひとりもいない。彼らはたいてい人づきあいを避けてたし。息子たちを連れてこの通りへ越してきたのが十五年前。いい子たちだった。いつも礼儀正しくて。さぞショックを受けるでしょうね」

「そうだろうな」シェンケは両手をうしろで組んだ。「いまのところは以上だ。ほかに訊きたいことが出てきたら連絡する。ご協力ありがとう、フラウ・グリュック」

フラウ・グリュックは驚きと落胆の混じった目を彼に向けてなにか言いかけたが、シェンケはこの部屋の玄関口を顎先でぞんざいに指した。「行ってよし」

キッテル巡査部長は、階段を下りていく足音が聞こえるのを待って口を開いた。「あの女からもっとなにか訊き出せたのでは？」

「なにかとはなんだ？　不審な人間がこの建物に入ったのであれば、彼女はすぐにそう話したはずだ。ああいう手合いは知っている。あれこれ嗅ぎまわって、この通りのだれのこともいろいろ知っている。あの女はこれ以上なんの役にも立たない。だいいち、この部屋で犯罪は起きていない」

キッテルがげじげじ眉を吊り上げ、男の死体を指し示した。「煙にやられたのでなければ、ふたりが死んだ原因は？　殺人ですよ。頭のおかしい変質者のしわざです。だからクリポを呼んだ。あなたが来た」見下すような笑みをうっすらと浮かべて彼は続けた。「クリポの刑事は切れ者のはずですがね。私たちより頭がいいはずだ。鼻先に証拠がぶら下がってるのに犯罪に気がつかないのだとしたら、あなたは警察にとって、国家にとって、なんの役に立つんです？」

シェンケは怒りを表わさないように自分を抑えた。クリポの刑事の大半は、自分たちが政治を超越した捜査のプロだといまなお考えている。そういう意識のせいで、党とその指導者たちを支持している首都ベルリンの多くの警察から嫌われている。政権に就いたあと、ナチ党は、自分たちが掲げる思想を受け入れない警察官の排除に着手した。だがクリポの知識と経験は得がたいものであり、刑事は簡単には替えが利かない。とはいえ、前警視副総監ドクトル・ベルンハルト・ヴァイスに関しては、その伝説的な能力をもってしてもその座にとどまることができなかった。ユダヤ人であるという事実は、彼の頭脳よりも、彼が首都ベルリンの犯罪者どもに対して収めた長い勝利リストよりも重かった。いまシェンケは党の支持者と対峙していた。相手は、知見の高い人間をあざけり、彼らの理想が新しい政権下で砕け散るのを見て満足するたぐいの男だ。キッテルの政治的信条と真っ向から対立しないに越したことはない。階級を引き合いにしてすませるのが無難だろう。

「巡査部長、身のほどを忘れたか。階級は私のほうが上だ。その点に敬意を払え。私は下位の者の不服従を大目に見る気はない。いいか、犯罪はなかった」シェンケは死体に向き直った。「彼らが煙にやられたのではないという きみの見解は正しい。だが、それ以外はすべて見立てちがいだ。強盗が押し入った形跡はない。金銭的価値のありそうなものを物色した形跡もだ。だいいち、盗人なら真っ先にあの写真の額を持ち去るはずだ。ちがう、総統の写真ではない。時計の横の銀の額だ。それに暴行の証拠もない」

キッテルが鼻で嗤った。「しかし、頭部の切創は……」

「……転倒した際に負った傷だ。きっと、ヘル・オーベルクが亡くなる前、譫妄状態のときに。ひょっとすると着衣を脱ぎ捨てているときかもしれない」

「なにを馬鹿なことを。こんな凍えるほどの寒さのなかで、いったいだれが着衣を脱ぐというんです?」

「低体温症による死に瀕している人間だ」シェンケは不憫そうな表情を浮かべて夫妻の死体を順に見た。「ふたりは凍死だ。このストーブに燃料はない。残っていた石炭は数日前に燃やしつくしてしまったんだろう。窓の掛け金を見てみろ。まるで用をなしていない。言わせてもらうと、その窓はしばらく前から風を受けて開いたり閉まったりしていたんだろう。寒さにより意識が混濁した状態で、オーベルクは窓を閉めようと試みたようだ。凍死者は死の直前、体が燃えるように熱く感じられて脱衣することがある。むろん、それによって死が早まる。見てのとおりだ。こんな気温の日がこれ以上続くようなら、同様の事例が増えるだろう」

シェンケは威厳を示すべく背筋を伸ばしてうなずいた。「犯人はこの寒さだ、巡査部長。強盗でもロマでもない。寒さによる死だ。これはクリポが扱う事案ではない。報告書はきみが書け。次からは、われわれを呼びつける前によく考えろ」

挨拶代わりに首を傾けると、巡査部長が彼を通すために脇へ一歩寄りながら右腕を上げた。「ハイル……」

だがシェンケはすでに部屋を出て、党が採用した敬礼を交わすのを避けるために足を速めていた。あんな敬礼は安っぽく芝居がかっていると日ごろから思っている。国家社会主義(ナチズム)の象徴とされているほかの多くのものと同様に、信奉者を高揚させるための劇的で壮麗な効果を狙ったものだ、と。

階段を下りるときには渋面になっていた。管区警察署のオフィスに戻り着くころには二時間以上を無駄にしたことになる。配給券偽造犯に関する捜査に割けたはずの時間を。それもこれも、この地区に居残っているロマ族を標的にする新たな口実を欲しがった巡査部長のせいだ。

階段を下りきり、管理人室の開いたままのドアの前にさしかかった。ドア口にフラウ・

グリュックが立っている。シェンケは挨拶代わりに帽子の縁に手をやってから雪の輝く通りへ出た。

空は雲で覆われているとはいえ、雪のまばゆい白さに目を細めた。車の暖房をつけておけという指示を受けていた運転者は、燃料節約規制に反してエンジンをかけっぱなしにしていた。シェンケは無言で助手席に乗り込み、車内の暖かさに感謝した。運転者がオペルのギアを入れると、シェンケは最後にもう一度、アパートメント棟の灰色の外観を見やった。自室のドアロを離れて建物の玄関口に立っていた管理人と目が合った。断言はできないが、うしろめたそうな表情がうかがえた。うしろめたくて当然だ。ベルリンは厳しい冬に見舞われている。来るべき寒さにそなえてたがいに気を配り合うのが、首都ベルリンに住まうすべての者の義務だ。無駄足を踏まされた今回の一件を機に、フラウ・グリュックと夫が近隣住民にもっと心を配るようになることをシェンケは願った。

「署へ戻りますか？」

「そうだ。ゆっくり走らせろ。通りが凍てついている」

厳しい冬の犠牲者リストに新たな名前を書き加えるなど愚の骨頂だと思った。そんなことになったら、いい恥さらしだ。

2

パンコウ管区警察のクリポは、班長のシェンケ以下、十人にも満たないささやかな規模の班だ。うち四人は研修中あるいは刑事資格を得る前の試用期間中だ。女性刑事もふたりおり、捜査に巻き込まれた子どもやかよわい女性に対応するのが彼女たちの任務だ。本来はさらに六人の刑事がいるのだが、戦時下とあって、平時の職務からの異動を余儀なくされていた。オフィスは、車庫や各種作業場、倉庫、小さな官舎棟のある中庭を見渡せる最上階にある。左脚をかばって四階までの階段を上がりながらシェンケは顔を歪めた。危うく命を落としかけたレース事故から六年以上経つというのに、左膝はまだこわばりや痛みを訴える。とくに、じめじめした寒い冬は。ただ歩く分にはなんの支障もないが、階段を上がるときや百メートル以上の距離を走ろうとしたときなどは、左膝の関節に電気が走るような痛みを覚える。軍務不適格と判断されるに充分な理由だった。

そのことで彼は忸怩たる思いをしている。同僚の多くが軍隊に召集され、先ごろのポーランド戦において祖国に貢献したのだから。だが、うまくいけば、まもなく大陸に平和が戻り、駆り出された兵士たちも元の職に戻る。シェンケも国家の戦争に貢献できなかったことを気に病む必要がなくなるだろう。

階段を上がりきって足を止め、通路を見まわしてだれもいないことを確かめると、シェンケは腰をかがめて左膝まわりの筋肉を揉み、こわばりと痛みを鎮めた。やがて身を起こし、颯爽とした足どりを意識してクリポのオフィスへ向かい、長さ十メートル幅四メートルの部屋に入った。デスクは部屋の両側に、二台ずつ向き合う形で配置されている。ドアの向かい側に窓が並び、窓ガラスの内側に結露と、ところどころに霜までできていた。側壁には掲示板が掛けられている。人員の半分足らずがデスクについていて、彼が入っていくと顔を上げた。あとの者は職務で出ている。警察内のほかの部署なら入室した上官を起立して迎えるものだが、私服を着た捜査のプロ集団であるクリポでは、そういった堅苦しいことは抜きにして仕事を続けることになっている。

シェンケの副官で勤続三十年近いベテランのハウザー部長刑事が、座っている椅子を回転させてシェンケに向き直った。軍隊でボクシングをしていたころの名残でたくましい体格をしており、短く刈り込んだ髪は頭頂部に胡椒を振りかけたように見える。

「事件でしたか？」

シェンケは首を振った。「ありがたいことに事件ではなかったよ、ハウザー。疑わしい点は一切ない。実際、ほぼ完全に時間の無駄だった」

「ほぼ？」

「制服組のひとりに、われわれの時間を無駄にするなと教える機会を得たんだ」

ハウザーがにっと笑った。クリポの刑事と、秩序警察（オルポ）とも称される制服組とのあいだにはもともと軋轢がある。

シェンケはコートを脱いで腕にかけたものの、帽子とマフラーははずさなかった。「オスカーの倉庫で見つけた配給券について、鑑識はなにか言ってきたか？」

「ええ」ハウザーは椅子を回転させ、自分のデスクから薄茶色のファイルを手に取った。「警部補が出ているあいだに届きました。まだ要約に目を通す時間しかなくて。でも、それだけでも興味深い内容です」

「班長室へ持ってきてくれ。コーヒーでも飲みながら読むとしよう」シェンケはこの班の最年少で、ブロンドの髪をうしろになでつけた丸々とした若者に目を留めた。「ブラント」

若者が立ち上がった。「はい」

「私とハウザーにコーヒーを持ってこい。すぐにだ」

ブラントがうなずき、急いでオフィスを出て廊下の先の休憩室へ向かった。

「いつもあいつに言いつけますね。なぜ女性陣のどちらかに頼まないんです？」ハウザーが小声でたずねた。

「あいつはシャルロッテンブルクの警察学校を出たばかりだし、上官にコーヒーを淹れるのは通過儀礼だ。おたがい、経てきた道だろう」

シェンケは自席についている部下の女性ふたりをちらりと見た。フリーダ・エクスは四十代半ばで、がっしりした体つきをしている。茶色の髪は男のように短い。彼女の向かい側に座っているのがローザ・マイヤー。フリーダより十歳ほど下で、ブロンドの髪と繊細な顔立ちは映画スターのようだ。これまで、この管区警察署のあまたの男が彼女の愛情を勝ち取ろうと試みたが、彼女は、親衛隊全国指導者ヒムラーのオフィスに勤める婚約者がいると言って男どもを撃退してきた。婚約者の話が事実かどうかはともかく、おかげで彼女はどの男にも二度とわずらわされることはなかった。

「それに」シェンケは続けた。「フリーダとローザはパンコウ管区警察のこのささやかな部署の重要な人員だ。試用期間が終わるまで、コーヒーはブラントに淹れてもらう」

ハウザーはがっしりした肩をすくめ、大きな手で頭をなでた。「時代は変わりましたね」

「では、進歩の勝利だと記録しておけ。さて、報告書を読むとしよう」

シェンケはオフィスを横切り、通りすがりに部下たちに挨拶代わりに軽くうなずきながら、奥にあるガラス張りの班長室へ向かった。ドアには、ゴシック体の文字で彼の階級と氏名を刻んだシンプルな真鍮板がねじ留めされている。彼はそのドアを開けた。窓の向かい側の壁ぎわに書棚と書類棚が各一台。そのあいだに、使い古されてくたびれた前世紀の遺物と思しきデスク。班長に就任した際、新しいデスクを用意すると言われたのだが、この古いデスクを使いたくて断わった。大きく頑丈で、伝統と実務の香りがする。どこか心強さと威厳をそなえている。だが、とにかく大きいので、室内にはドアの右手に客用の椅子をどうにか二脚置く余裕しかない。

デスクの奥から、黒光りする額に収められた総統の肖像写真がクリポの細長いオフィスににらみを効かせている。デスクとは異なり、前任者の時代にはこのオフィスになかったものだ。シェンケの就任後すぐに、署長——実績ある有能な人材だからではなく、党に対する忠誠心のおかげで任命されたでっぷり太った男だ——の指示で掛けられた。シェンケは写真をそのままにして、無視しようと努める一方で、総統に背を向けることにいくばくかの快感を得ていた。

シェンケは足を止めてコートをフックに掛け、革手袋をはずしてから席につき、ハウザーに手を振って客用の椅子のひとつを勧めた。

「で、鑑識はなんだって？」

ハウザーはファイルをデスクに置き、彼のほうへ押してよこした。シェンケは表紙をめくって要約にすばやく目を通したあと、以下のページをざっと読んだ。読み終えようかというとき、ドアにノックの音がしたので顔を上げると、ガラスドアの外に湯気の立っているマグカップを両手にひとつずつ持ったブラントの姿が見えた。

「入れ」

試用期間中の見習いブラントが困ってむずかしい顔をしているのでハウザーはこらえきれずに笑いだし、把手をまわしてドアを開けてやった。ブラントは顔を真っ赤にして、運んできたコーヒーをデスクに置いて退出し、ドアを閉めた。

「考えが足りんな」ハウザーが言った。「あいつが刑事資格を得るなんてことがあれば、ちょっとした奇跡ですよ」

「まったくだ」シェンケは、読んだばかりの内容を思案しながらコーヒーに手を伸ばした。

「レオポルド・コピンスキは、思った以上に活躍していたようだ。インク検査及び紙材分析の結果、彼の倉庫で見つけた偽造配給券は、市内各所で見つかったものと出所が同じらしい」ファイルを開いて資料の偽造配給券を取り出し、仔細に眺めた。ミシン目の入った小さな青い紙は肉の配給券、紫色の紙は菓子とナッツの配給券。首都ベルリンの市民に支給された貴重な配給券だ。

上着の内ポケットに手を入れて配給手帳を取り出し、自分の配給券を二枚の紙に並べて置いた。「あらかじめ知ってなければ、どちらが偽造券かわからない」ハウザーを横目で見る。「何枚かくすねて、実際に使えるかどうか試してみたい気になるな」

部長刑事は渋面を返した。「そうですね。ゲシュタポの留置場に何カ月も放り込まれるか、収容所送りになる危険を冒したければ。カールスホルスト管区警察がつかまえた配給券偽造犯はそうなりましたから。私はこんな厳しい冬を収容所のおんぼろ小屋で過ごしたいとは思いません。だいたい、そいつの偽造券など子どものクレヨン画みたいなもんです。コピンスキの偽造券ははるかによくできている。たいていの人の目をごまかすことができる」

「だからこそ、この偽造配給券がコピンスキ自身の手によるものか、あるいはベルリン市内のギャング団から買い入れたものなのかという疑問が生じる。もしもコピンスキ自身の手によるもので、本人が自白すれば、この偽造事件は早期解決だ」

「コピンスキを見つけ出すのが先決でしょう」ハウザーは応じた。「倉庫の手入れのあと身を隠してますから」

「いつまでも隠れてられるものか」シェンケはマグカップに口をつけ、コーヒーがまだ熱すぎるため顔をしかめた。「きみも知ってるだろう。すぐにだれかがやつを売る。金のために。あるいはゲシュタポの厳しい尋問で口を割る。とにかく、コピンスキをつかまえれば、この偽造配給券がどれぐらいばらまかれたかわかる」

「で、もしも彼が偽造犯ではないとわかったら?」ハウザーがたずねた。「勢力の大きなギャング団のどれかが、これほどみごとな偽造券を大量生産していることになる。さらに言えば、出所がベルリン市内じゃないとしたら? ハンブルクのギャング団の犯行だとしたら? 犯人がコピンスキではないとすれば、われわれは問題をしょい込むことになります。より厳密に言うなら、われらが尊敬する刑事警察長官がね。ネーベ上級大佐がこの件でヒムラーから厳しく叱責されることになる」

新体制は、第一次世界大戦後にこの国が抱えてきた時代の病巣を一掃しようと躍起になっている。犯罪行為は撲滅しなければならない。導入したばかりの食料配給政策が偽造券によって損なわれるなどという失態を政府が許すはずがない。この偽造券の出所であろうがなかろうが、コピンスキの命運はすでに決まっている。大々的に報道されるすみやかな裁判を経て、ドイツ国民に対する犯罪において有罪とする判決が下される。戦争中であることから、ほかの犯罪者への見せしめのためにも、死刑判決はまぬがれないだろう。仮に偽造配給券の製造者が別の人間だった場合、親衛隊全国指導者ヒムラーは、犯人を探し出してこの偽造券事件を終わらせろとネーベ率いる刑事警察に強く求めるはずだ。先手を打つのが得策だろうとシェンケは思案した。

「それもそうだな。では、各地方警察に当たってくれ。ベルリンに近い警察から始めて、ほかの大都市の警察にまで範囲を広げろ。それぞれのクリポに、質の高い偽造配給券が見つかったかどうかたずねるんだ。もしも見つかっていれば、資料を大至急こっちへ送らせること。それで、少なくとも事件の規模がつかめるはずだ。ネーベはこの手の情報を早急にヒムラーに提供する必要があるだろうからな」

ハウザーは皮肉めいた笑みを浮かべた。「それに、ネーベに詳細情報を提供して損はないですしね」

シェンケは笑みを返した。「ここらでパンコウ管区警察も功績を認めてもらって、落ちこぼれ扱いするのをやめてもらおうじゃないか」感情のこもった物言いをしてしまい、たちまち後悔した。

気まずい一瞬のうちに、ハウザーの表情を探って反応を読み取ろうとした。彼はナチ党員だが、一部の党員とはちがって親衛隊階級を欲しがる様子を見せたことはこれまで一度もない。しかも、ナチ党員ではない警部補の下で務めている。べつにシェンケは現政権に反対しているわけではない。ナチ党が彼の職務にじかに干渉してこないかぎり、政権にはおおむね無関心だ。シェンケは一九三四年に大学を卒業したあと刑事警察に入った。中流の貴族とはいえ特権階級の出身者にはめずらしい選択だったが、彼は刑事警察の職務に情熱を燃やし、犯罪に手を染めた連中を追うという道義的な明瞭さに夢中だった。政治家は現われては消えていくが、犯罪者はつねに存在する。少なくとも、かつての彼はそう思い込んでいた。

多くのドイツ人と同じくシェンケも、ヒトラーとその取り巻きどもを、見えすいた嘘を吹聴している見かけ倒しの道化者だとみなしていた。彼らが勢力を広げても、ペトリ皿のなかで菌が増殖する程度にしか思わず、なかなかまともに取り合おうとしなかった。そのうちに手遅れになった。ヒトラーが首相となって独裁権力を振るいはじめてからというもの、ドイツ国内で市民生活全般に伸ばされたナチ党の支配の手は、とぐろをじわじわと締めつづける大蛇のように市民を締め上げている。国内のほかの組織と同様に警察組織もナチ党に飲み込まれ、クリポもまた党の厳重な支配下に置かれていた。それに関してシェンケにできることはなにもない。社会秩序の代価、ドイツを偉大な国家として再建するための代価が、自由の損失なのだろう。それでも、職務を遂行させてくれるかぎり、自分自身も自分の行動も信念と責任をまっとうしていると断言できる気がしていた。ほかの者はどうあれ、自分は警察の良心を守る。ときが来ればナチ党の支配力が弱まり、ドイツはさほど横暴ではない政治形態に立ち戻るだろうとシェンケは信じて――願って――いた。そうなればもう、こんな不安に悩まされなくてすむはずだ。

それが、親しい友人や家族にのみ明かしている彼の見解だ。職場では、たとえ相手がプロの刑事仲間として敬意を抱いているハウザーであっても、個人的見解は明かさない。ドイツでは信頼は不足物資であり、不足の度合いは日を追うごとに高まっている。近所の住人に関する市民の密告もあるし、親を密告する子までいる。それが党から褒めたたえられる。政権が認めている忠誠心は、総統とナチ党、父なる祖国へ向けたものだけだ。それ以外のどんな忠誠心も疑わしいとされる。四年以上ともに任務に励んできたハウザーであっても、党と、友人やシェンケのような同僚とのあいだで選択を迫られるかもしれない。

「各警察への電話を頼んだぞ」

「わかりました。昼食をすませしだい着手します」ハウザーはつと席を立ち、ドアを開けて狭い班長室から出ると、コートと帽子を手に取って職員食堂の区画へ向かった。

シェンケは安堵の小さな息を吐いた。漏れた息がひと筋の湯気のように白いので、寒さから身を守るべく体が熱を溜めているのだと感じた。窓の下のラジエーターに行って手で触れても暖かさのかけらもない。バルブを全開にして引っかき傷だらけの放熱パイプを背中にして立つと、供給管から湯の流れ込む音が聞こえ、放熱パイプが膨らんで金属的な音を立てた。窓ガラスについた霜を袖口で円くぬぐい、警察庁舎の中庭とその向こうの民家や商店の屋根を眺めた。また雪が降りはじめている。灰色の空から舞い落ちてくる輝く雪片は、すでに家々や通りを覆っている雪の深さを増し、除雪してあった中庭の敷石をたちまち覆い隠した。

「くそ……」今夜、市内中心部にあるアドロン・ホテルで食事の約束があることを思い出して悪態を漏らした。カリンとまたいっしょに過ごせる機会であるにもかかわらず、気乗りがしない。つきあいはじめて四カ月になるカリンとの出会いは、ネーベ主催のパーティだった。ベルリンにおける典型的な社交行事——白い上着をつけた給仕係が飲みものや軽食を載せたトレイのバランスを保ちながら人混みを縫うように動きまわるなかで、警察官や企業幹部、弁護士どもが争うようにして党幹部の気を引こうとする。シェンケはいつも、無難な範囲で早めに会場をあとにしていた。綿密に計算した作戦だ。つねに早々と帰っていく姿に目をつけられると、一匹狼だと思われる危険を伴う。悪くすると、こうした集まりを馬鹿にしていると受け取られてしまう。

あの夜は、クロークをめざして少しずつ移動している途中で、片手にシャンパンのグラスを持ったカリンが近づいてきた。細身で、おそらく二十代後半。スパンコールがきらめく黒い薄地のドレス。映画スターのルイーズ・ブルックスのように、黒髪を短いボブ・カットにして前髪は眉の上でまっすぐに切りそろえていた。シェンケを頭から足の先までじろりと眺めたあと、いきなりたずねた。

「あなた、あのレーシングドライバーよね？」

「いまはちがいます」彼は丁重に答えた。「いまはただの警察官です。それに、一介のレーシングドライバーでした。特別なレーシングドライバーではなく」

彼女は笑みを浮かべた。「ずいぶん謙虚なのね。わたし、シルバーアローのファンだったの。あなたは一流のレーシングドライバーだった。あのときまで……」彼女は首を一方にかしげて唇を軽く結んだ。

「ニュルブルクリンクでの事故までは」シェンケが代わって口にした。

「そう、あの事故までは。あの日、わたしもあのサーキットにいた。勝利を目前にして、あの事故が起きた」

記憶が一気に押し寄せてきた。猛スピードの快感、勝利の予感。とどろくエンジン音、車体の下方から聞こえる路面の耳ざわりな振動音。次の瞬間、木々や空、走行路が、万華鏡をのぞいたようにぐるりとまわった――そして闇。その後の苦痛。何カ月にも及んだ長い療養。そうした記憶を無理やり払いのけて、そっけない口調で返した。

「世の中はわからないものです。ときに人は勝利を得ようとして度を越してしまう。危険を冒して失敗する」

「ときに成功する」彼女は、手のなかのグラスで、パーティ会場である大広間の反対側の壁に掛けられた総統の肖像写真を指した。彼女が反応を探っているのを感じて、シェンケは口に出してはっきりと返事をすることなくうなずいた。

「ここに残ってレーシングドライバー時代の思い出を語り合いたいのはやまやまですが、あいにくもう帰らなければなりません。明日の朝が早いもので。では、これで」そう言ってクローク担当の使用人のほうへ向き直りかけると、彼女は腕を伸ばしてシェンケの肩をつかんだ。

「わたしの名前をたずねなかったわ、ヘル・シェンケ」

「これは失礼。ええと……？」

「カリン・カナリス」彼女はふっくらした唇の口角を引き、歯並びのいい白い歯を見せてほほ笑んだ。「じゃあ、お近づきの印に、残って一杯つきあってくれるとうれしいんだけど」

一杯では終わらなかったと思い返しながら、シェンケはデスクに戻ってファイルを引き寄せた。あの夜以来、ふたりは定期的に会うようになった。カリンのきわだつ美貌と、つねにユーモアを忘れないところに惹かれている。たしかに最近は、なにかとかまってもらいたがる性格も見えてきたが、それも彼を深く愛してくれているからだろうと楽観視している。より永続的な関係へと導かれている気もして、とまどいも覚えてはいる。たしかに、カリンは社会的に有力な人脈を持っており、それが彼のキャリアに役立つ可能性はある。しかし、それを理由に結婚するのは不純だと思う。彼女の親族に会うことや、気後れしつつも自分の親族に彼女を紹介することに異存はないが、それによって結婚へとはずみがつき、主導権を失ってしまうのではないかと不安だった。

今夜は彼女のおじに会うことになっている。一九二〇年代の財政危機を苦に拳銃自殺した父親に代わって彼女を育てた人だ。父親の自殺直後、ロシア人移民である母親は彼女を捨ててパリに移住したらしい。彼女のおじは海軍の高官で、ベルリンにある情報機関のひとつを指揮している。どういうタイプの人間かは想像がつく。社会の低層階級に属する姪の恋人など見下すに決まっているプロイセン貴族だ。苦痛な夕食会になりそうだ。

デスクの右側で電話がけたたましい音で鳴り、シェンケはカリンのことを考えるのをやめて受話器に手を伸ばした。

「シェンケ警部補だ」

雑音混じりに女の声が言った。「管区警察署の電話交換室です。警部補宛てに電話が入っています」

「だれから？」

「ミュラー親衛隊上級大佐からです」

胸を締めつけられたように息苦しくなった。「ミュラーから？」

「はい。おつなぎしますか？」

シェンケは気を静めるために深呼吸をひとつした。「もちろん。すぐにつないでくれ」

小さなクリック音がしたあと、よく通る無愛想な声がした。「シェンケ警部補？」

「そうです」

「国家保安本部第四局局長ミュラー上級大佐だ。九月に任命されたばかりなので、きみとはまだ面識がないかな。だが、評判は耳に届いている」

その言葉の含むであろう意味を考えてシェンケはたじろいだ。相手はしばし間を置いた。自分の言葉が不安を与えることを知っていて、そのとおりの効果に満足しているらしい。

「よい成績をあげている、シェンケ。すぐれた刑事捜査。クリポの名誉だ」

「ありがとうございます」安堵が押し寄せた。

「そこで、きみの手を借りたい。ある問題が起きた。慎重を要する案件であり、信頼できて口の堅い人間に担当してもらいたい。きみにだ、シェンケ。即刻、国家保安本部まで来てくれ」

「わかりました」

「よろしい。では、あとで」

通話は切れたものの、シェンケは受話器を持ったまま、ミュラーが電話を切ったと確信できるまで待ってから、管区警察署の受付の内線番号にかけた。

「シェンケ警部補だ。車を一台、玄関前にまわせ。いますぐにだ」

「わかりました」

シェンケは席を立ち、さっとコートを着た。不安ながらも頭は猛回転していた。ゲシュタポ局長が国家保安本部へ即刻顔を出せと命じるのは、どんな理由が考えられるだろう?

3

警察公用車は正午前にようやく、プリンツ・アルブレヒト通りにある国家保安本部の、アーチ型の装飾をそなえた建物へと近づいた。シェンケは管区警察署から南へ、ベルリン都心へと向かう車内で、ゲシュタポ局長ミュラーについて自分が知っていることをおさらいした。一面識もないが、パレードの際や、数少ない警察会議の席で遠目に見かけたことはある。野心を抱くキャリア警察官の例に漏れず、シェンケも高官の去就及びそれがドイツの警察組織と保安組織にもたらす変化について知っておくのが肝心だとわきまえていた。この国の支配権を掌握してから六年のあいだに、ナチ党は全警察組織を吸収し、ハインリヒ・ヒムラーを頂点とする単一の階層制組織とした。現在高官の地位にあるほかの連中とちがって、ミュラーは元警察官だ。有能で職業倫理に秀でているという評判だった。部下にも同様の資質を求め、自分の考える基準に達しない者は罰したり馘にしたりする。親衛隊には数年前に加入しているが、ナチ党への入党はほんの数カ月前までどうにか避けていた。各管区警察署を巡回して警察内ゴシップを言いふらす〝人間ラジオ〟からその話を聞いたとき、シェンケはその点に興味を引かれた。ミュラーはたんなる政治権力の手先ではなく、心根は警察官らしい。そのことにシェンケがわずかばかりの勇気を得た瞬間、両側に土手のように雪が盛り上げられた通りで車がうなりをあげた。

首都ベルリンの中央部ミッテ区では、どの通りもふだんより人が少なかった。この冬は多くの人が家に引きこもり、凍てつくような寒さがやわらぐまで室内で暖かく過ごそうとしている。外に出ている人は厚手のコートを着て帽子をかぶり、足の踏み場を選びながら氷の張った歩道を進んでいる。戦争に突入して燃料の配給制が始まってからというもの、交通量は減っている。ベルリンはまるで、冬が去って平和が戻ることを願いつつ冬眠している都市のようだ。

車が道路脇へ寄って停まるとシェンケはドアを開け、会談が手短に終わることを期待して、その場で待つように運転者に指示した。

「私が一時間以内に戻らなければ、署へ帰って私の居場所をハウザーに伝えてくれ」

「わかりました」

円柱が設けられた建物玄関へ向き直ると、黒い制服の哨兵がふたり、休めの姿勢で立っていた。階段を上がり、両開きのドアを通って天井の高いホールに入る。屋内で、ストーブが多めに焚かれているにもかかわらず、空気は通りとさほど変わらぬ冷たさで、ホールの両脇に置かれたデスクについている受付係はコートを着込んでいた。ホールの奥に、ゲシュタポに割り当てられた翼へと続く階段がある。

シェンケが受付デスクに近づくと、黒い制服の受付係が立ち上がり、さっと敬礼した。管区警察署のくだけた雰囲気に慣れているシェンケは、少し迷ったあと同様の敬礼を返した。

「ハイル・ヒトラー。シェンケ警部補だ。ミュラー上級大佐に面会に来た」

「はい」

「上級大佐に呼ばれたのだ」

「はい、聞いています。上級大佐の補佐官から受付に連絡がありました。直接、上級大佐のオフィスへどうぞ」受付係が階段を指し示した。「二階に上がって右へ。つきあたりの部屋です。補佐官にご到着を伝えておきます」

階段を上がると広い廊下が延びていた。アーチ型の天井は高く、廊下の片側に設けられた鉛格子の大きな窓から光が差し込んでいる。窓の下には木製の長椅子が並び、大理石の台座に載せられた総統の黒光りする胸像が点々と配置されている。長椅子に座っている者や立ったままの者など、何人かが面会の順番を待っていた。通りかかるシェンケを興味津々の目で見るものの、だれも挨拶しようとはしない。廊下のつきあたりに近づくと両開きのドアが開き、補佐官が手招きをして、シェンケがなかに入るとドアを閉めた。

補佐官控室は、パンコウ管区警察署のクリポに割り当てられたオフィス全体よりも広かった。磨き上げられた濃色の木材を用いた補佐官のデスクは、シェンケのデスクの二倍はある大きさだ。奥の隅に置かれた巨大な鉄のストーブがこの部屋に快適な暖かさをもたらしている。部屋の片側に少なくとも十二脚の椅子が配され、その上方、オーク張りの壁からはおなじみの〝ドイツの救世主〟ヒトラーの額入り肖像写真が室内を見下ろしている。

「シェンケ警部補、コートをお預かりします」

シェンケはコートを、帽子とマフラーと手袋ともども補佐官に渡した。

補佐官はデスクの正面のドア、細く開いているドアを顎先で指した。「上級大佐がお待ちです」

シェンケは上着の袖を引っぱって皺ひとつないように整えてからドアのほうへ歩を進めた。心臓がいつも以上に速く打っている。ゲシュタポ本部に呼びつけられる理由に心当たりはない。ひょっとすると、偽造配給券の捜査と関係のある話かもしれない。あるいは恨みを抱いた何者かが、私が政権に対する忠誠心を欠いているという密告をし、それに申し開きをする程度の簡単な用件かもしれない。あれこれ推測しても無駄だ。呼ばれた理由はすぐにわかるだろう。

そっとドアを開けて、赤いカーペットの敷かれた局長室に足を踏み入れた。予想だにしていなかった贅沢さだ。上級大佐のオフィスは補佐官控室よりもさらに広く、ドアの脇にしつらえた大きな大理石の暖炉で石炭が赤々と燃え、室内は暖かさで満ちている。どの壁も半分ほどの高さまで腰板が張られ、額入りの写真が並んでいる。多くは、党幹部と写っているミュラーの写真だ。当の上級大佐は広大なデスクに身をかがめるようにして書類を読んでいる。ミュラーが目を上げた。

「ああ、シェンケ。さあ、奥へ。こっちはすぐに終わる」

シェンケは言われたとおり奥へ進んだ。そのとき初めて、このオフィスにはほかに椅子が一脚も置かれていないこと、したがって上官の正面に立たざるをえないということに気づいた。デスクの向こうでミュラーはあるリストに目を通しつづけている。氏名リストだ。線を引いて消された名前もあれば、チェックマークをつけられた名前や、横に短い注釈を記された名前もある。なんの目的で作られたリストかはわからないが、つい、不吉なリストなのだろうかと考えていた。いや、時節柄、クリスマスカードを送ってきた人間のリストにすぎないかもしれない。どちらの可能性もある。とはいえ、無言で食い入るように目を通しているのがゲシュタポ局長なのだから、縁起の悪いものなのだろう。

上級大佐はまもなく四十歳で、身長は平均以下。髪は短く刈り、耳の上は刈り上げている。党員のあいだで流行っている髪型だ。正規の黒い制服の左袖に銀色の鷲、襟には真新しい党員バッジがついている。シェンケが見ている前で、彼はリストの最後の名前を線で消し、ページの一番下に署名をしてから裏返して脇に置き、ペンのキャップを閉めて、ようやく顔を上げた。幅の広い顔で口も大きいが、唇は薄い。それを真一文字に結んで、陽気な笑いも無慈悲さも漏らさないという印象を強調している。幅広で高い鼻。広い額の下で鉄灰色の目が穴の開くほどシェンケを見つめている。

「もっと早く来ると思っていた」

「電話をいただいてすぐに出ました。道路が凍結していたので、運転者は車をいつも以上にゆっくり走らせなければなりませんでした」

「まあいい。とにかく、きみはここにいる」ミュラーは背もたれに背中を預けた。「来てもらった理由を話す前に、きみのことをもう少し知りたい。先ほど資料を読ませてもらったが、じつに興味深かった。養成過程では、悲しいことにもはや所属していないアブラハム・ゴルトシュタインに二点の差で二位の成績。試用期間中の評価は優秀で、あらゆる点で理想的な刑事だと評する者もいた。事件解決率も高く、早々に現在の階級に昇格している。まあ、きみの幸運もそこまでだったようだと言ってさしつかえないだろう。きみに能力があるのは歴然としている上にレーシングドライバー時代の活躍がもたらすある程度の名声もあるのだから、もっと出世してもいいはずだと言う者もいる」

「仕事には全力を尽くしています。その結果は手にしています。充分な出世です」

「だが、たかがしがない管区警察の一班を率いる警部補だ。きみほどの経歴を持つ男なら、あとひとつふたつ上の階級であって然るべきだ」ミュラーがひたと目を見つめるので、目をそらさないためにシェンケには少しばかり意思の力が必要だった。「理由はわかるか、シェンケ？」

「自分の口から言うことではありません。職務能力に秀でているかどうか、昇格するにふさわしい人材かどうかは、他人が判断することです」

「明らかに否と判断されたようだ。もう一度訊くが、理由はわかるか？」

その口調はまぎれもなく、答えない気なら承知しないという脅しを含んでいた。

「私が党員ではないことが関係しているのではないかと推測します」

「推測？」ミュラーは片眉を吊り上げた。「その推測に疑問の余地はないと思う。事実だ。そこで、当然ながら次の質問だ。なぜ入党しない？　多くの同僚とちがって、なぜ親衛隊への加入を出願しない？」

シェンケがずいぶん前からそなえていた質問だ。ナチ党が警察組織を支配下に置き、これまでの任務に加えて新たな政治的目的も与えるとの意向を初めて表明したそのときから。気持ちを落ち着かせるために深呼吸をひとつしてから答えた。「私が警察に入ったのは、法を守り、犯罪者を法の裁きに委ねるためです。政治問題に気を取られることなく、その職務に全身全霊を注ぐことが私の義務だと感じているので、入党しない道を選んでいます」

「いずれにせよ、きみにはなにかしらの政治的信条があるのか？」

鎌をかけるにしても見えすいているので、シェンケはひと思案してから答えた。「ドイツ国民がナチ党に票を投じた。ナチ党は法に従って政府を樹立した。国が法を作り、その法を執行するのはすべての警察官の責務である。以上が私の見解です。したがって、私には党員になる必要はありませんし、入党しない道を選んでいることによって疑いの目を向けられるのは心外です」

「職務及び国家に対する揺るぎない忠誠心はきみの評価を上げている。だが、それがきみの決断の裏にある真の理由なのかどうか疑わずにいられない。いまの返答を額面どおりに受け取るようなら私はおめでたい人間だ。そう思わないか？」

シェンケは表情を読み取られないように、身じろぎしないよう努める一方で、頭を猛回転させて無難な返答を考えた。「上官に関してそのようなたぐいの見解を述べるなど、おこがましいことです。私は職務を無事に果たせれば満足ですし、この性分を他人がどう考えようと気になりません」

ミュラーは淡い笑みを浮かべた。「政治家に見習ってもらいたい答弁だ。これはお世辞ではない。おたがいに理解し合えたと思う。じつは、政治的な縛りがないからこそ、私の考えている職務にきみがもっともふさわしい。党員であれば、判断が曇らされるかもしれない。先入観も昇進の望みも持たずに事件を追う優秀な刑事が必要なのだ」

ミュラーは両手を組んで顎を乗せ、デスクを挟んで立つシェンケを見つめつづけた。

「権力者どもと渡り合うことになるとだけ警告しておく。向こうは、一警察官の職務生命を生かすことも断つこともできる力を持っている。きみのように、階級が低く、政治的人脈を持たない警察官なら、なおのこと簡単だ。その手の危険からきみを守るために私にできることはやるつもりだが、私のささやかな権力など、ヒムラーやハイドリヒの機嫌を損ねたらおしまいだ。とくにハイドリヒの。したがって、きみを守るためにハイドリヒ相手に剣を抜くなどというまねはしない。だが、相手が彼らよりも階級の低い党員か政府役員であれば、私が対処できるかもしれない。とにかく、用心することだ。任務遂行にあたって、慎重にことを進めること」

室内は暖かいのに、シェンケは首筋に氷を当てられたような寒気が走るのを感じた。

「その任務の内容は？」

「きみの得意とするところだ。今朝、アンハルター駅からほど近い線路脇で、ある女の死体が発見された。どうやら、頭蓋骨を骨折させるほどの力で殴打されたことによる頭部損傷で死んだようだ。着衣は剝ぎ取られ、暴行を受けた痕跡がある。ハンドバッグも宝飾類も持ち去られておらず、物取りの犯行ではなさそうだ。この事件の捜査をきみの班に担当してもらいたい」

「なぜ管区のクリポに任せないのですか？」

「複雑な事情がいくつかある。現場に最初に到着した警察官が彼女の身分証明書を見つけた。被害者の名前はゲルダ・コルツェニー。きみには心当たりのない名前だろうが、古参の党員で弁護士のグスタフ・コルツェニーという男の妻だ。裏方ではあるが、重要な役割を果たしている男でね。党の活動を合法化するために、法律の改正案を書いた。彼のおかげで、党が法律だと言えばそれが法律だということになった。きみがさっき述べたとおり、守るのが責務とされる法律だ。いいか、シェンケ、きみが選ぼうが選ぶまいが、きみも政治とかかわっているのだ。きみは、政治のにおいの届かぬ高みに立ち、鼻をつまんでいるつもりかもしれない。だが、実際はそう見えているだけだ」

異論があるなら言ってみろというように首をかしげたあと、ミュラーは続けた。「コルツェニーには数時間もしないうちに伝えられた。彼は迅速な犯人逮捕を求めている。だから私はきみを呼んだのだ」

「しかし、私はすでにいくつも事件を抱えています。私たちの班は、ある偽造事件の手がかりをつかみかけています」

「偽造事件？」

「偽造配給券です。ベルリンじゅうで見つかっており、すでにほかの都市でも出まわっているかもしれません」

「その件の捜査はほかの部署に引き継がせる。この会見が終わりしだい担当を選任しよう。きみは捜査資料をすべて引き渡せばいい。当面、きみの率いる班はこの件だけを担当しろ。ゲルダ・コルツェニーを殺害した犯人を見つけ出せ」

「どうもわかりません。殺人事件など、どこのクリポでも扱えるでしょう。しかし、配給券偽造事件は、すみやかに解決しなければ国民の士気を低下させかねません。そっちの捜査を最後まで私にやらせて、殺人事件を別の人間に任せるほうが理にかなっています」

「本件の微細な事情を知れば、きっときみにも合点がいく。私の知るかぎり、フラウ・コルツェニーは――生前の彼女は――興味深い人物のようだ」

「というと？」

「自分の目で確かめろ」ミュラーはペンに手を伸ばし、未決箱から新たなリストを取りながら言った。「初動捜査を行なったのはシェーネベルク管区警察のクリポだ。この部屋を出たら、その足でシェーネベルク管区警察署へ行け。きみの率いる班が捜査を引き継ぐことになるのでどんな協力もいとわないようにと、すでに伝えてある。きみの求めるどんな証拠品も入手でき、捜査の過程できみが必要だと判断したどんな人物にも事情聴取ができる権限を与える書面を、補佐官から受け取っていけ。捜査の進捗状況を報告すること。なにか質問は？」

訊きたいことばかりで頭がくらくらしていたが、なにをもってしても、この事件の捜査をシェンケに担当させるという上級大佐の決意を揺るがすことができないのは明らかだ。

「いまのところはありません」

ミュラーの目がきらりと光り、いかめしく断固たる顔になった。「では、殺人犯を見つけ出せ。可能なかぎりすみやかに。以上だ」

4

「なぜだね？」シェーネベルク管区警察の署長代理リッター大尉がたずねた。「〝ゲシュタポ・ミュラー〟はなぜ、この殺人事件の捜査をきみの班に任せたがる？」

「ゲシュタポ・ミュラー？」

リッターは声をあげて笑った。「あの男はそう呼ばれている。どうやら同じハインリヒ・ミュラーという名前の親衛隊将校がほかにもいるらしく、混乱を避けるためにハイドリヒは新しいゲシュタポ局長に呼び名をつけることにした。それが〝ゲシュタポ・ミュラー〟だ」

ふたりは署長室の壁ぎわのテーブルについていた。この管区警察署では、クリポに割り当てられたほかの部屋と同じく、署長室も広々としていて居心地がいい。シェンケは同僚の幸運に多少の羨望を抱かずにいられなかった。リッターは痩せこけていると言ってもいいぐらいの痩身で、白髪を短く刈り込み、金属縁の眼鏡をかけている。見たところ五十代。

退職間近で、新たな署長が任命されればいま以上の昇進はないと受け入れているのだろう。ただし人当たりはいい。如才ない男だとシェンケは断じた。

シェンケがミュラーの権限書を呈示したとき、彼はしのごの言わなかった。むしろ、ほっとしたような反応を見せ、友好的とも言える態度で署長室へ案内した。そこで党のシンボルつきの繊細な磁器のカップで供されたコーヒーを飲みながら、ゲルダ・コルツェニー殺害事件の初動捜査の詳細を説明してもらうことになった。リッターが親衛隊階級を取得し、制服を着用しているので、迂闊な発言をしないように用心しなければならないとシェンケは肝に銘じた。

「情報はほとんど与えられていません」と応じてコーヒーに口をつけた。えぐみのある味だ。この署も、さすがにどんな贅沢でもできるわけではないらしい。「しかし、慎重を要する案件だとミュラーは言いました。したがって、この職務に私が選ばれたのは、能力を見込んだからではなくすぐに使い捨てにできるからだと思います」

リッターは愉快そうに笑った。「そのとおりかもしれないな。きみはゲルダ・コルツェニーについてなにを知ってる？」

「なにも。今日まで名前を聞いたこともなくて。夫が古参党員だと、ミュラーが言ってました。彼女は党の重要人物の妻らしくない、とも。ミュラーが使ったのは〝興味深い〟という表現でしたが」

「だろうな」リッターは首を振った。「正直、きみが彼女の評判を知らないとは驚きだ。党内でもベルリンの社交界でも公然の秘密なのだが。でもまあ、きみは党員ではないし、勤める管区警察署もいささか郊外にあるからな。とはいえ、噂ぐらいは耳に入るだろうに」

「あいにくですが」シェンケは首を振った。「田舎者なもので」

「またまた冗談だろう」リッターは声をあげて笑った。「顔を見てすぐにわかったよ。レーシングドライバー時代は社交界の中心にいたはずだ。そうだろう？」

シェンケは笑みを浮かべた。「パーティは楽しんでました」

「そうだろうとも。きみのような威勢のいい青年はパーティでもてはやされたはずだ。なぜレーシングドライバーを辞めたんだね？」

「あの事故で」シェンケはそれとなく伝えた。

「そうか、思い出した」リッターはコーヒーを飲み干し、鋭い音を響かせてカップを置いた。「ひどい事故だった」

「五カ月も入院しました。退院後は、スピードを求める意欲が失せていた」

「あれほどの事故に遭えば、だれしも怖気づくのではないかな」

シェンケは探るような目を彼に向けた。非難しているのだろうか？

「でもまあ」リッターが続けた。「レース場の損失がクリポの利益になるわけだ。私に利をもたらしてくれたのは言うまでもないな、この事件の捜査を引き継いでくれるのだから」

「その事件ですが、詳細を教えてもらえますか？ミュラーには、亡くなった人の氏名と死体発見場所、他殺だということしか聞かされてなくて。他殺にまちがいないのですか？」

「まちがいない」リッターが力強くうなずいた。「重いもので頭部をひどく殴られている。小ぶりの斧もしくはそれに類するもので。それに、明らかに性的暴行を受けている」

「なるほど」

「発見時、腰から下が裸だった。コートとスカートは近くに丸めて置かれていた。死体及び所持品は死体検案所へ運んだ」彼は少し間を置いて続けた。「いたましい。欠点はあっても、昔は美人だった。きみも会ったことがあるんじゃないか。きっと彼女もきみと同じ社交界に属していたはずだ。レーシングドライバーや映画スターなどの世界に」

「映画スター？　彼女は女優だったのですか？」

「正直、大根だったな。せりふまわしは下手だったが、スクリーンに映ると女神のようだった。当時はまだ独身でね。ゲルダ・シュネーといった」

シェンケは目を丸くした。「ゲルダ・シュネー？」

「やはり、知り合いだったか？」

「ええ。いえ、名前は知ってました。映画も何本か観たことがある。二〇年代後半には大スターのひとりだった。しかし、思い出せるかぎり、パーティで顔を合わせたことは一度もありません」

「それは亭主のせいだ。結婚と同時に彼女に外出を禁じたんだ」リッターは首を振った。

「なんだってあんな男を選んだのかねえ。いかにも弁護士らしい退屈な中年男だ。噂では、彼女はヨーゼフ・ゲッベルスの愛人のひとりだったとかで、映画から干されても豪勢な暮らしを続けることができるようにゲッベルスをゆすって金をせしめるつもりだったらしい。ゲッベルスとしては、自分の評判を落とさないためにも彼女にはいいご身分でいてもらう必要があった。そこでコルツェニーに白羽の矢が立った。彼女もしばらくは行儀よくしていたが、おそらく結婚生活が少しばかり退屈になったんだろう、家庭の外に楽しみを求めるようになった。おもしろいことに、彼女がどんなに浮気をしようが、どれほどの屈辱を与えようが、コルツェニーは彼女を溺愛していたらしい」

「妻が殺害されたと聞いたときの彼の反応は？」

「どうだったと思う？　訃報を届けに行った連中の話では、彼はその場に崩れ落ち、子どものように声をあげて泣いたそうだ。だが、一時間もしないうちに私に電話をかけてきた。昨夜、妻は男といっしょだった、その男が犯人にちがいない、その男をさっさと見つけ出したほうが身のためだ、とわめき散らしやがった」

そんな脅しは通用しない、とシェンケは思った。相手に政治的人脈があればなおさら。

「コルッェニーに対して正式な事情聴取は？　妻が会っていた男の名前は言いましたか？」

「いや。私に指図だけしてすぐに電話を切ったのだ」リッターは椅子の背にもたれかかった。「きみの担当事件になったことだし、事情聴取のお楽しみはきみに譲るよ」

「それはどうも」シェンケはそっけなく礼を言った。

「なんのなんの」リッターが笑い声をあげた。「コーヒーをもう一杯どうだ？」

またまずいコーヒーを飲まされると思っただけでシェンケは顔を歪めた。「結構です。ただちに仕事に取りかかったほうがいいと思うので」

「明日の朝いちばんに、暫定報告書をそちらのオフィス宛てに送らせよう」

「その必要はありません。ここを拠点にしますから。すぐに班の連中を呼び寄せます」

「ここを？」リッターが眉間に皺を刻んだ。

「いけませんか？　この管区警察署が犯罪現場にもっとも近い。私たちに部屋を提供してください。十人ほどが使える広さがあれば充分です。それとデスクも」

「不可能だ。じつは手狭でね」リッターが下手な言い訳をした。

シェンケは内ポケットにしまっていた権限書を取り出した。「いまの私の言葉は命令です」と教えてやった。「なんなら上級大佐に掛け合ってくれてかまわない」

リッターの内心の葛藤がシェンケにも感じ取れたが、そのうちにリッターはあきらめたようにため息を漏らした。「善処しよう」

「それなら結構」シェンケは権限書を内ポケットに戻し、腕時計をちらりと見たあと窓外に目を向けた。空は薄暗く、また雪が降りそうだ。「三時前か。外はすぐに暗くなる。犯罪現場をこの目で見たい」

「いまから？　いささか時刻も遅いのでは？　明日の朝いちばんに、物がはっきり見えるときに案内しよう」

「いまがいい。養成過程で教わったとおり。証拠の回収には初動の数時間が重要ですから」

リッターが身をこわばらせた。「養成過程は経てないものでね。私は水上警察からクリポへ異動になったのだ」

それでいくつか説明がつく、とシェンケは内心ひそかに考えた。リッターのささやかな出世は、党内の人脈のおかげだったのだ。優秀な刑事の代わりに思想的に信頼できる男を据えたというわけか。

シェンケはリッターの電話を借りてパンコウ管区警察署にかけた。新たな捜査に着手することになった、班の連中を呼び集めてシェーネベルク管区警察署へ来い、とハウザーに伝えた。連絡を終えると立ち上がってコートを着た。「さあ、行きましょう」

死体が発見された側線に着いたときには夕暮れ近くなっていたので、凍えるような空気がほのかに青みがかっているように見えた。多くの窓には明かりが灯され、その一部は灯火管制を守るべくカーテンがすでに閉められている。まもなくベルリンは冬の夜の闇に飲み込まれ、明かりを外に漏らしている者を探す灯火管制の監視者たちが通りをパトロールしはじめる。違反者には厳しい警告が発せられ、繰り返すようならもっと重い罰——罰金及び短期の懲役刑——が下される。街には別の種類の狩り人もいるとシェンケは思った。闇取引を行なう連中——たとえば客待ちの街娼や男娼と、彼らを探す客ども——を探して懲らしめる者たちが。それに、すりを働く連中や、襲って金品を奪ったあと闇にまぎれて姿を消す路上強盗もいる。さらには強姦者や殺人者も。たとえば、シェンケが追えと命じられた今回の犯人だ。

アンハルター駅の裏手の車両基地に着くと、運転者はもう一台の警察車両とバンに並べて車を停めた。プラットホームの円屋根が灰色の空にそびえ立ち、汽笛や、ポイントを通過する車両が立てる音は、雪のせいで弱められている。リッターとシェンケは車両を保全している鉄道警察官に警察バッジを示した。

「こっちだ」リッターがシェンケの先に立ち、新雪を踏みしめながら二列に連なる貨車のあいだを進んだ。そこを抜けると、少し前方、首都ベルリンに出入りする本線の片側に男たちの小さな集団が見えた。うち何人かは立入禁止区域を取り囲む制服警官で、立入禁止区域内で現場を調べているのは私服組の刑事たちだ。リッターが彼らに近づいて敬礼を交わしたあと、連れの男を紹介するべく向き直った。

「こちらはシェンケ警部補だ。彼の率いる班が、うちからこの事件の捜査を引き継ぐことになった」

私服組のひとりが手を上げた。「うちは担当をはずされるのですか？　なぜです？」

「命令だ」リッターが簡潔に告げた。「うちはほかの件ですでに手いっぱいだからな。今後、うちでできる協力をすることになる。では、作業続行」

男たちは怪訝そうに顔を見合わせた。何人かはシェンケをじっと見たあと、作業を再開した。端のほうに制服姿の鉄道警察官がふたり立っており、寒さに震えながら両手をこすり合わせ、ブーツを履いた足を踏み替えている。

「最初に現場に来た連中だ」リッターが説明した。

「まさか、一日じゅうここに？」

「いや。アンハルター駅で勤務していた。きみが話を聞きたがるかと思って、警察署を出る前にここへ呼び戻しておいた」

　シェンケは得心したようにうなずき、すぐさま周囲を見まわしながら思案した。ここは駅へと向かってカーブする本線に近い空き地の一角。いちばん近い建物、細長い機関車庫からは百メートル以上も離れている。付近に人気（ひとけ）はほとんどない。線路に近く、労働者階級が多く住む地区の裏手を走る小道を、背中を丸め、重い足どりで歩いている人影がひとつ見えるだけだ。立入禁止区域はわずかな窪地になっており、しゃがむか寝そべるかすれば人目につかない可能性がある。

　日が暮れはじめ、すぐに暗くなって物の見分けもつかなくなる。シェンケは向き直って立入禁止のロープをくぐった。立入禁止区域内には、数字の書かれた小さな杭がいくつも立てられ、死体の周囲で見つかった着衣その他の物の位置を示している。

「写真はもうできてますか？」

リッターにたずねたのだが、当人は立入禁止区域内にいる私服刑事のひとりを顎先で指し示した。「どうなんだ、ライマン？」

刑事は首を振った。「鑑識からはまだなにも上がってきてません」

「残念だ」シェンケはぼそりと漏らした。「発見時の死体の体勢は？」

「あの阿呆どもに訊いてください」ライマンは鉄道警察官たちを指さした。「われわれが到着する前に、死体を動かし、所持品を調べやがった。素人どもめ。われわれは、可能なかぎり、残された証拠を記録しました。あいつら、窪地に入って線路を越える足跡まで台なしにするところだったんです。また雪が降ってすべてを覆い隠す前に、どうにか足跡の一部を採取できました」

シェンケは了解の印にうなずいた。「あとで話を聞かせてもらうかもしれない、ライマン。とりあえず、あの阿呆どもから事情を聞いたほうがよさそうだ。連中が自分のブーツの紐の結びかたを覚えてるあいだに。そうだろう？」

「まあ頑張ってください」ライマンは鼻を鳴らした。「とにかく、ここはもう終わります。まもなく日が暮れるし、採取した証拠はすべて記録したので」彼はリッターに目を向けた。「目録の提出は署長代理に？　それともこちらの御仁に？」

「私宛てだ」シェンケは口を挟んだ。「シェーネベルク管区警察署の私のデスクに置いてくれ」

「あなたのデスク？」

「用意してもらうのでね。書き留めたメモ類もいっしょに置いておくように。きみの分と、ほかの刑事の分も。わかったか？」

「わかりました」

シェンケは立入禁止ロープをくぐり、ふたりの鉄道警察官のところへ行った。深まる闇のなかで、ふたりとも四十代だと見て取った。一方はあまりに丸々としているので、悪党を追って列車内の通路を走ることはおろか、列車のドアを通り抜けることすらできるかどうかあやしい。もう一方のほうが健康的でたくましく、鉄道警察官がおもに相手にする軽犯罪者や無法者に立ち向かえそうだ。

「きみたちが最初に現場に到着したんだな？」

「そうです」

シェンケはメモ帳を取り出し、ペンをしっかり握るべく手袋をはずした。「名前は？」

「アルテマンです」太ったほうが答えた。「彼はシュミットです」

「知っていることを話せ」シェンケはアルテマンに狙いをつけた。

「私たちの今朝の持ち場はプラットホームでした。四番線で折り返し列車を見送った直後、線路の先から叫び声が聞こえたんです。機関助士のひとりです。両腕を振りまわしながら大声で叫んでました。私たちのもとへ来たときには息も絶え絶えで。話を聞き出すのに少し時間がかかりました。で、彼が私たちをここへ。あの窪地で女性を発見しました。そこらじゅうに血と衣類が散らばってました」

「その機関助士からはどの程度くわしく話を訊き出した？」

「いま言ったことだけです」

「だが、機関助士の供述は取ったんだろう？」

アルテマンは同僚をちらりと見やってから首を振った。「かわいそうに、ひどいショック状態だったんです。すごく動揺して。彼を帰宅させてから地元の警察に通報しました」

「帰宅させた？　その男は死体の第一発見者だぞ。それを、あっさり帰宅させたのか？」シェンケはアルテマンの無能ぶりに対する不満と怒りを抑えようとした。「せめて名前くらいは訊いたんだろうな」

アルテマンは口を開けたが、しばしの間ののち情けない顔になった。「ええと……」

「ガンツです」同僚がはっきりと言った。「ペーター・ガンツという名前です」

「住所はわかるか？」

「わかりません。しかし、彼は明日また出勤します。なんならそのときに彼の供述を取りましょう」

「ぜひそうしろ。かならずだ。タイプで清書できしだい私に届けること。ほかにこっちで訊きたいことが出てきた場合にそなえて居場所を明らかにしておけとガンツに伝えろ」

アルテマンが怪訝そうに眉根を寄せた。「われわれが供述を取ったあとにですか？　どういう目的で？」

「私に話す内容ときみたちに話す内容が一致していることを確認するためだ。わかるか？」

「なるほど」アルテマンはにんまりした。「じつに頭がいいですね」

シェンケがちらりと目をやると、シュミットはこっそり首を振っていた。

「供述はきみが取れ、シュミット」

「わかりました」

シェンケは内心でため息をつき、雪の積もった光景——線路、信号機、貨車——を改めて見まわした。あたりは暗くなり、灯火管制を守るべく遠くの各建物で最後の明かりが遮蔽されると、機関車庫はくすんだ空の下、のっぺりとした風景に溶け込みはじめた。それが、戦争のもたらす不安と落ち着かない雰囲気を増大させる。シェンケはふと、子どものころに家族で訪れたバイエルンでの冬季休暇をなつかしく思い出した。そりを引きながら村のなかを歩いて帰ったときのことをはっきりと覚えている。冬のすがすがしい空気のもと、山小屋から雪原に落ちるほのぼのとした光が、暖炉前の暖かさ、温かい飲みもの、人のぬくもりが待っていることを約束していた。近くで汽笛が鳴り、思い出の光景が消え去った。貨物列車が車体を揺らしたりきしませたりしながら積み荷の音を立てて、南へ、テンペルホーフの方角へと走りだした。

リッターと部下たちは立入禁止区域を出て、重い足どりで駅へと引き返しはじめた。

アルテマンが咳払いをした。「もう行っていいですか？　乗降客をさばくのに人手が必要になるので」

「ちょっと待て」シェンケは窪地のほうを目で示した。「死体のそばに足跡が残っていたんだろう？」

「そうです。現場へ向かってくるふたり分の足跡と、現場を離れて機関車庫の脇の貯炭場へと消えるひとり分の足跡です」シュミットが側線に停まっているいちばん近くの無蓋貨車の端を指さした。「足跡はあっちの方角からあの窪地へ入っています。できるかぎりさかのぼってみました。本線のひとつにぶつかって終わり、その地点の雪が乱れてました。ふたりはそこで列車を降りて現場に向かったのかもしれません」

「走行中の列車から飛び降りた、と？」

「そうとは限りません。列車が信号で停車したときに降りた可能性もあります」

「だが、雪が乱れていたと言ったな」

「それはそうですが、人が転落して転がった形跡ではありません。列車が走行中だったら、当然そういう跡が残るはずです」

シェンケはその点を頭に入れた。どうやらこのふたりのうち、シュミットのほうが洞察力があるようだ。「足跡を見せてもらおう」

シュミットが先に立ち、シェンケがあとに続いた。アルテマンは小声でぼやいたあと、ふたりについてきた。昼間に降った雪で地面の跡は消えていたが、シュミットはこの朝自分がたどった経路を進もうと精いっぱい努めた。

「ここで方向が変わります。別の貨物線の端を横切り、本線へと続きます」

「懐中電灯を持ってるか？」

「はい」シュミットがポケットを探った。「どうぞ」

シェンケは懐中電灯を受け取り、親指でスイッチを押した。一条の光が一面の雪を照らすと、シェンケは懐中電灯を無蓋貨車の端に向け、汚れのこびりついた黒っぽい緩衝装置とチェーンを照らした。と、光が別の色合いのものをとらえた。腰のすぐ上あたりの高さ、錆びついた大きなボルトの頭に引っかかっているグレーの布片。

シェンケはポケットに手を入れ、紙製の小さな証拠品収納袋を取り出した。機関士が立つ踏み板に懐中電灯を置いて光をボルトに向け、慎重に布片を採取して証拠品袋に収めた。

「おい！　おまえたち！　いったいどういうつもりだ？　さっさと明かりを消せ！」

見ると、でっぷりした男が三人に向かってくる。シェンケは証拠品袋をポケットにしまい、懐中電灯を消してシュミットに返した。

「名前を言え。この件はシフト管理者に報告する。厳しく罰してもらえ」

薄暗いなかでも、監視者が三人の前で胸を張って息を吐き出したときに、もみあげと剛毛の口ひげが見えた。男は唾を飲み込み、深呼吸をひとつして、指を突きつけた。「馬鹿者どもが。フランス軍の爆撃機があの光に気づいたらどうなってたと思う？　ドカーン！　粉々に爆破されてるところだぞ。どうなんだ？　しかも、ふたりは警察官じゃないか。もっとわきまえてるべきだろうが。さあ、名前を教えろ」

「ふたりは私に従ったのだ」シェンケは言った。警察バッジを出して示した。「シェンケ警部補だ」

監視者は一歩近づき、警察バッジの細部に目を凝らしたあと、すっと後退した。「クリポか」

「そうだ。私たちは、線路脇で今朝見つかった死体について捜査をしている。公務だ。職務執行のために明かりが必要だった」

「それはそうかもしれない。だが、いまは戦争中だぞ」

「そんなことは承知している。しかし、これまでベルリン市内に爆弾は一発も投下されていない。したがって、懐中電灯の明かり程度では敵機を爆撃目標へと導く危険はまずないと思うが」

「そうだとしても、灯火管制規則に例外はない。とにかく、今回だけは見逃すことにする。公務ということだし」男は人差し指を立てて振った。「警告は一度きりだ。次に懐中電灯を使っているのを見つけたら、ただではすまさないからな」

男は背を向け、雪を踏みつけながら立ち去った。シェンケと鉄道警察官ふたりは顔を見合わせ、おのずと笑い声をあげていた。

「たとえ総統でも、あの男にあえて逆らおうとしないだろうな」シェンケは言った。「さあ、行くぞ。ここは寒い。車に戻ろう。きみたちからまた話を聞く必要が生じたら、呼びに来させる。凍える寒さのプラットホームを巡回するより、暖かい管区警察署で一日過ごすほうがいいだろう」

「そのとおり！」アルテマンが拍手をし、三人は並んだ貨車の脇を引き返した。

車両基地に戻ったときには、もう一台の車とバンの姿はなかった。シェンケはふたりに簡潔に別れの挨拶をして警察公用車に乗り込んだ。エンジンをかけて暖房をつけてくれていたので、車内はむっとするほど暖かかった。

「もうこんな時間だ。署に戻るとしよう」後部座席からリッターが言った。

シェンケは首を振った。「その前に死体を見たい」

5

死体検案所は管区警察署の隣の通り、病院の裏手にある。専用の出入口があり、死体を目立たないように搬入したり、埋葬のために搬出したりできるようになっている。煉瓦塀を巡らせた中庭に入って車が停まると、リッターが身をのりだしてシェンケの肩を叩いた。

「なあ、これはもうきみの担当事件だ。私にはもはやなんの関係もない。きみはしばらくここにいるだろうから、私は署に戻り、きみの班に必要なものを提供するための手配をする」

「わかりました。ハウザー部長刑事が到着したら、彼に連絡を。戻りしだいブリーフィングを行なうと伝えてください」

「迎えの車をまわそうか？」

お義理の言葉を真に受けるのもどうかと思い、シェンケは首を振ってドアを開け、身を切るように寒い夜気のなかに降り立った。「歩いて数分の距離でしょう。なんとかします」

「それなら結構。では車を出せ」

シェンケがドアを閉めるなり車は新雪を踏んで走りだした。ヘッドライトの覆いの細いすきまから漏れる光が煉瓦塀につかのま弧を描いたあと、車は通りへ出た。シェンケはコートの襟を立て、死体検案所の両開きのドアへと続く短い傾斜路をのぼった。ボタンを押すと、なかからくぐもったベルの音が聞こえた。わずかに遅れてドアが細く開き、細面の男が顔をのぞかせた。

「はい？」

「シェンケ警部補だ」警察バッジを呈示しながら言った。「コルツェニー殺害事件の捜査を担当している。死体を見に来た」

男がドアを開け、シェンケを通してすぐに閉めた。入ったところは狭いロビーだ。一方にカウンターと、その奥にスツールが一脚。カウンターには広げた新聞、灰皿の端でバランスを取っている煙草からひと筋の煙。その上方には死体の搬入出を記録する掲示板、玄関口の向かい側に奥の通路へと通じる別のドア。

「その死体なら、検死官がまだ鑑定中です」男が説明し、通路の先の両開きのドアを身振りで指し示した。「検死官はあそこにいます」

シェンケは、両側にオフィスや戸棚の並んだ通路を足早に進んだ。空中には胸が悪くなるほどの化学薬品の強いにおいが満ちていて、床の研磨剤のにおいが心地よく感じられるほどだ。つきあたりのドアにはすりガラスがはめ込まれ、ドアの上方にはバネつき蝶番がついていて、つねにドアを閉じた状態にしておけるようになっている。シェンケは右側のドアをそっと開け、煌々と明かりのついているタイル張りの広い部屋に入った。奥の壁の高い位置にひとつだけある窓は分厚い暗幕で覆われている。壁の一面にずらりと並んだ引き出しのいくつかは開いたままだ。そのひとつに、金属製のトレイの上でつま先を外に向けた足が見えた。部屋の中央には磨き上げられたスチール製の大きな解剖台がふたつ。手前の解剖台に全裸の女の死体が載っていた。死体の横に、縁の分厚い眼鏡をかけた太った男が立っている。前部に黒っぽいしみのついた、くすんだ緑色の術衣を着ていた。

男が死体から顔を上げた。「警察か？」

シェンケは解剖台へと近づきながら警察バッジを呈示した。「クリポのシェンケだ。これより先は私がコルツェニー殺害事件の捜査を担当する」

男は眉宇をひそめた。「それはリッターの仕事だと思っていたが」

「いまはちがう。上からの命令だ」

男は首を傾け、品定めでもするようにシェンケを見た。握手のために手を差し出したも

の の、血やその他の分泌液がついていることに気づいて引っ込めた。「申し訳ない。つい、習慣で。地区検死官のドクトル・ムットリンクだ。リッターはきみの下につくのか、それとも担当をはずされたのか？」

「別の事件の担当になった」

「ああ、なるほど」ムットリンクの口調は明らかに安堵の色を含んでいた。「ゲルダ・コルッェニーを紹介しよう。有名人だ――いや、かつて名を馳せた女性だ。まさに映画スターだったよ」

「覚えている」シェンケは解剖台の脇へ行き、天井照明のまばゆい光の下に横たわっている青白い死体を見下ろした。鼻や顔のあちらこちらにあざがあるものの、美しい頰骨は損なわれていない。口はわずかに開いており、目は天井を見つめている。シェンケは眉根を寄せて考えた。一見したところでは、死体の髪は濡れているかのように黒い。こうしてそばに立って見下ろすと、女優時代はブロンドだった髪がいまは茶色だとわかる。改めて顔を見て、同一人物だと確認した。

「髪は茶色に染めてるのか？」

「ちがう。運び込まれたとき、私もそう思ってね。確認した。それが地毛だ」ムットリンクは舌打ちをした。「まさか銀幕の恋人が偽のブロンドだったとはな」

「私にも初耳だ」シェンケは正直に答えた。死体の髪以外にも目を向けた。顔や腕、脛、腿の付け根にあざがある。

検死官がうなずいた。「殺害される前に抵抗したようだな」

はっきり残った指の跡が見えるだろう。「彼女を襲った犯人は、争ってる最中に彼女の手首をつかんだ。ここにあざが」彼は上体をのりだし、死体の鼻梁を指先で軽く叩いた。鼻孔に出血が認められるし、ないように彼女の口もとを手で押さえたのかもしれない。頬にもあざがあるから」「悲鳴をあげられ

「そのあげく殺された、というわけか。頭部を殴打されたと聞いたが」

「そのとおり」ムットリンクは重そうな足取りで解剖台の端へ行き、死体の頭頂部の髪を一方へ寄せて長さ十センチ余りの深い傷痕を見せた。頭皮が破れ、凝固した血や脳髄が付着したどす黒い裂け目からぎざぎざの牙のように骨片が突き出している。シェンケは胸がむかむかした。

「結構な力で殴られた」検死官は淡々とした口調で続けた。「頭蓋骨を砕いた凶器は視床にまで達している。損傷の状況から、犯人は地面に横たわる被害者の頭部を真上から殴りつけたものと考えられる」彼は位置を移動し、死体に覆いかぶさるようにして、頭を叩き割る動きをしてみせた。「こんな風に」

「たったの一撃？」

「一撃で殺した。かっとなった末の犯行ではない。少なくとも殺害時は逆上した状態ではなかった」

シェンケは息を吸い込み、凍えるほど冷たい雪にあお向けに倒れた彼女の最期の瞬間を想像した。犯人がのしかかるようにして凶器を振り上げたときの恐怖。「用いられた凶器は？　ひょっとして手斧か？」

ムットリンクは首を振った。「手斧だったら創縁がもっときれいなはずだ。頭頂部の頭蓋骨を一撃で砕いている。重さのある棒かなにかを用いた可能性が高いだろう。それに、さっき言った創口の深さを考えると、それほどの打撃を与えるには相当な力が必要だ。がっしりした男を探すんだな」

「あるいは頭に血がのぼった男か」

「いいか、犯人は一撃で殺している。頭に血がのぼっていたのであれば、何度も殴りつけたと思う」

「たしかに」シェンケはゲルダ・コルツェニーの頭部に加えられた破壊の跡から、体全体に目を転じた。「性的暴行は？」

「受けている。陰部周辺のあざが見えるだろう？　膣内にも損傷が見られた」

シェンケは顔をしかめた。刑事としての経験上、一部の男が性的暴行を働きたくなる理由は山ほど知っている。だが重要なのは、連中がそれを行なったという事実と、連中をつかまえて残虐な行為のつぐないをさせるということだけだ。殺される前にゲルダが味わったであろう恐怖と苦痛を思った。胸に冷たい怒りが湧き上がり、彼女を殺害した犯人をつかまえてやると決意した。検死官に向き直った。「ほかにわかっていることは？」

「たいしてない。彼女は酒を飲んだはずだ。衣類から酒のにおいがしたのはまちがいない。茶色っぽいいくつかのあざは、昨夜以前にできたものだ。変色の過程から推測すると、おそらくは数日前だ」彼は警戒するような目でシェンケを見据えて念を押した。「あくまでも推測だ」

「報告書には書いてないのか？」

「報告書はまだ書き上げてないが……」

シェンケはその言葉の含むところを考えた。この事件の担当を命じられるという異例の状況において、どうとらえるべきかを。「きみの見解はすべて報告書に記載してもらいたい、ドクトル。なにひとつ省かずにだ。わかったか？」

「古いあざが彼女の死の状況と無関係であることを考えると、その点を報告書に記載するのは気が進まない。それによって捜査を混乱させ、無実の人間に疑いの目を向けさせるおそれがある」

シェンケは検死官に歩み寄り、彼の胸を軽く叩いた。

「すべて報告書に記載しろ。わかったな？　捜査の責任者は私だ。私のやりかたや私の見出した結論に異議を申し立てる者が現われた場合、責任を取るのは私だ。きみではない。それで納得してもらえるか？」

検死官はばつが悪そうに顔を赤らめたが、すぐに気まずさを埋め合わせるべくプロ意識を見せようとした。「今夜、家へ帰る前に報告書を書き上げる。朝いちばんに管区警察に届くようにする」

「それで結構」シェンケはそっけなく応じた。「待っている。遅れるな」

シェンケは少し後退し、最後にもう一度、死体検案所の冷たく青白い光の下に横たわる、傷つきあざを負ったいたましい死体を見た。生前は美しくしなやかな女性で、生き生きとして気の利いたことを言ったり笑ったりして、映画スターに特有の言いしれぬ存在感を放っていたとは、とても想像しがたかった。自分の生きてきた世界の小さな一部が消滅してしまったような気がした。戦争ですでに多くの命が失われ、大国の政治家どもが正気に返って和平を結ばなければさらに多くの命が奪われるであろう状況であっても、ゲルダ・コルツェニーの死は注目を集めるだろう。そして、出演した映画のなかで彼女の亡霊だけが生きつづけるのだ。

シェンケはくるりと背中を向け、両開きのドアが壁にぶつかるぐらい大きく押し開けてその部屋をあとにした。死体検案所の玄関に向かって、左脚がずきずきと痛むにもかかわらず、この場所のにおいから逃れようとして足を速めた。細身の男が煙草をくわえたまま新聞から目を上げたが、彼にスツールから立ち上がるすきも与えずにシェンケはドアをぐいと押し開け、外へ出るなり音を立ててそのドアを閉めた。

夜気は氷のように冷たいが、肺を洗うかのように吸い込んだ。そのあとマフラーに口もとをうずめると、夜の通りを管区警察署へと向かった。歩きながら、この数時間でわかったことについて考えた。ゲルダ・コルツェニーの死が彼を暗く危険な領域へ導き入れようとしている。足を踏みはずさないように慎重に動く必要がある。

シェンケが管区警察署に入っていくと、ハウザーはすでに到着していた。玄関ホールの長椅子に座っていた部長刑事は、上官を見ると笑みを浮かべて立ち上がった。

「いい物件ですね」

「ここなど、ほんの店先だ。ほかの部屋も見てみるんだな」シェンケは無理やりほほ笑んで、死体検案所での光景を頭から追い出した。「ほかのみんなは?」

「置いてきました。必要なものをまとめ、今夜の帰りは遅くなると家族に連絡させるために。公用車二台で追いかけてきます。まもなく着くでしょう」

「で、フラウ・ハウザーの反応は?」

妻に言及されて部長刑事は肩をすくめた。「警察官と結婚したんだ。事情は理解してますよ。いくらこの季節でも、家庭優先とはいかない仕事です。今夜は息子たちとクリスマス用の鯉をつかまえて浴槽に放り込む予定でした。それはお預けになりそうですね」

「申し訳ない」

「警部補のせいじゃありません。命令ですから」ハウザーはいつもの抑揚を欠いた口調になった。「これまでにわかったことは?」

「道中で説明する」

「えっ?」ハウザーは片眉を上げた。「どこへ行くつもりですか?」

「夫の事情聴取だ。住所を入手したらすぐに向かう」シェンケは腕時計に目をやった。午後五時三十分。運がよければ、コルツェニーから話を聞いたあと、カリンとそのおじとの夕食会に間に合うようにアドロン・ホテルへ行くことができるだろう。「リッターと話してくるから、きみは車を用意しろ。それと、陣頭指揮を執って新しいオフィスの準備を始めるようにとフリーダにメモを残してくれ。グスタフ・コルツェニーの事情聴取を終えしだいブリーフィングを行なう、と」

十分後、シェンケは公用車の助手席に乗り込み、高級住宅地区プレンツラウアー・ベルクのある住所を告げた。ハウザーはギアを一速に入れて管区警察署の中庭から車を出し、暗い通りを慎重に走った。ヘッドライトの覆いの細いすきまから照らす光は進路を見きわめるには不充分で、ときおり、背中を丸めて歩道をとぼとぼ歩いている人や用心しつつ道路を横断している人を照らし出す。ハウザーが前方に目を凝らしている横で、シェンケは殺害現場及び死体検案所へ出向いて得た詳細を説明した。

「だが、それだけではない」シェンケは慎重な口調で言い足した。

「そうじゃないかと思いました」部長刑事が苦い声で言った。「街の反対側で起きた殺人事件の捜査にうちの班が送り込まれるのを不思議に思わなかったと言えば嘘になります」

「目をつけられたのはうちの班じゃない。私だ」シェンケは返した。「命令を下したのはミュラーだ。彼は、党員ではない人間に捜査の指揮を執らせたがっている」

「理由を言いましたか？」

「言う必要はない。理由は明白だ」シェンケはため息をついた。「党としては、この件で派閥間の摩擦を起こしたくないんだ。それに、党の体面を傷つけるおそれが少しでもあるとなれば、だれの機嫌を損ねることもなく私を処分できる」

「だとしたら、党員になっておけばよかったんじゃないですか。だから私は党員資格を取ったんです。役に立つ保険ですよ」

シェンケはハウザーにちらと視線を投げた。これまで一度もハウザーの口から聞いたことがない正直な告白だ。「保険？　きみにとってはただの保険にすぎないのか？」

「それだけじゃないとは思いますよ。前の戦争でこの国は大敗を喫した。共産主義者どもがこの国を席巻しかけたとき、警部補はまだ子どもだったでしょう。街じゅうが大混乱に陥っていた。事態を収拾するため、われわれには秩序とすぐれた政府が必要だった。なのに、国会の能なしどもがまた状況をめちゃくちゃにしはじめた。そんなときにナチ党が、総統が登場した。事態を正常に戻す、ドイツを偉大な国家として再建する、と約束した。だから私は賛成した。彼らの掲げる思想の一部に不満はありましたが、おしなべて、ナチ党でいいじゃないかと思ったからです。それに、自分の将来のことも考える必要がありました。家族がいますから。党員だというだけの理由で阿呆どもや柄の悪いやつらが私より先に昇進するのを目にするようになってました。受け入れがたいことです。登録なんて簡単だった。それで昇進の機会を逃すことがなくなるなら、党員になる価値はある。それ以外の点については……」彼はステアリングから片手を上げて、振り払うような仕草をした。

「制服、芝居がかった演出、旗、滑稽な敬礼。あんなものは子どもだましだ」

「それを口にするときは、用心して相手を選べ」

「つねに用心してます。警部補は党員じゃない。党の掲げる〝新秩序〟に賛成なら、とっくに入党してるでしょう。だから警部補を反ナチ派だと思う人もいるんじゃないですか」

「たんに政治やら政治家やらに無関心なだけだとしたら？」

「本当にそうなのかもしれない。しかし政治家のほうは警部補に関心を示している。それが現実です。いずれ決断しなければならなくなります。どうせなら早いほうがいい。まだ決めてないのなら、ですが」

「もう決めていると思うか？」

「知りたくありません。警部補のため、そして私自身のためです。われわれのあいだでその点を問題にするのはやめましょう」

これは警告だとシェンケは理解した。「できるかぎり、きみにも班の連中にも迷惑をかけないように努めるよ。政治絡みの問題が生じたら私が責任を取る」

「そう言いたいのはわかります。ただ、困ったことに、責任の所在とその範囲を決めるのは警部補じゃない」

「わかった。私を信頼しろ。とにかく、行動は慎重に」

「もとより信頼してます」

車は暗い水をたたえるラントヴェーア運河を渡って北へ進みつづけ、ティーアガルテン公園の外周にさしかかった。一年前には外灯やクリスマス照明が木立のあいだできらめいていた場所だ。いまは、ぼんやりした雪明かりを背景にそびえ立つ木々の黒い姿が見えるだけだ。シェンケは前時代にタイムスリップしたような気がした。前方、ブランデンブルク門の前は交差点だ。門をくぐって並木のある大通りに入ると、ようやく日常感が戻ってきた。歩道には、まだ制限されていない高級品を懸命に探すクリスマスの買い物客があふれている。このあたりは灯火管制もさほど徹底されておらず、どの店のウィンドウも抑えた照明でうっすらと照らされている。淡い明かりが灯された映画看板がエミール・ヤニングスの最新作を宣伝し、鑑賞券を買うために辛抱強く待つ人たちの長蛇の列ができていた。

ハウザーはシュプレー川の中州を横切り、プレンツラウアー・ベルクを目指した。プレンツラウアー・ベルク地区に入ると一時停車して道を確認したあと、大きな家の建ち並ぶ高級住宅街へと曲がった。シェンケは速度を落とすよう指示して窓を開け、車載の懐中電灯をつけて番地を確かめてはすぐに消してを繰り返した。

「ああ、ここだ。この邸だ。車を停めろ」

ハウザーが車を縁石に寄せて停め、ふたりは一面を覆う雪に音を奪われて静まり返った通りに降り立った。歩道脇には吹きだまりができ、氷と雪を載せた木々の大枝が夜空にくっきりと見えるので、シェンケは写真のネガフィルムを連想した。まるで世界が本来あるべき姿と逆転してしまっているようだ。そんな気味の悪い考えはすぐさま払いのけた。

門扉を閉じているのはなんの変哲もない鉄製のかんぬきひとつで、ハウザーが元に戻すときにきしみをあげた。雪を踏む小さな音を立てて弓なりの短い私道を進み、三階建ての高級住宅に近づきながら、ハウザーが感心したように口笛を吹いた。

「これが映画スターの住まいか。すごいな」

「元映画スターだ」シェンケは言った。「もう十年近く映画に出ていない」

「もう二度と出ることもないですしね」ハウザーが言い足した。

玄関ドアへと続く石段に達するとシェンケが先に立って上がり、呼び鈴の把手を引いた。

「私たちが来ることをコルツェニーは知ってるんですか？」ハウザーがたずねた。

「いや。用意された回答など聞かされたくないからな」

「なるほど……」

奥からかすかな靴音が聞こえ、重い掛け金をはずす音がしたあと、高さのあるぴかぴかのドアの片方が内側に開き、襟に党員バッジのついたきちんとした黒いスーツ姿の若い使用人が姿を見せた。

「どのようなご用件でしょうか？」

6

シェンケは警察バッジを持ち上げて示した。「クリポだ。ヘル・コルツェニーに会いに来た」

使用人は怪訝そうな顔をした。「警察ならもう来ましたが」

「いまはクリポが捜査の任を負っている。彼にいくつか訊きたいことがある」

「こんな時間にですか？　主人はまもなく夕食をとるのですが」

「料理なら冷めないようにしておけるだろう」ハウザーがドア口を入りながら言った。「案内しろ。いい子だから」

使用人は一歩も譲るまいとした。「主人が何者か、ご存じなんですか？」

「もちろんだ」ハウザーが言った。「そうでなければ刑事失格だろう。さあ、これ以上、ご主人さまの貴重な時間を無駄にするのはやめよう。案内しろ。少しばかり彼とおしゃべりしたら、もうおまえの邪魔はしない。それで文句ないだろう」部長刑事はタイル張りの玄関ホールの中央に立ち、両腕を広げて顔を突き出した。「で、どっちへ行くんだ？」

使用人がひるんだ。「こちらへどうぞ」

一列になってドアを入ると、高い天井の固定具に吊るされたシャンデリアが煌々と照らす大広間だった。その光は大広間だけではなく、奥から中二階へと左右に延びるふた股の階段も照らしている。使用人はふたりを案内して階段の一方を上がり、おなじみの総統の胸像が載っている精巧に作られたサイドボードの前を通ってあるドアの前で足を止め、鋭く二回ノックした。

「なんの用だ？」横柄にたずねる声がした。

「警察のかたがまたお話を聞きたいそうです」

「帰れと伝えろ」

使用人がふたりに不安そうな目を走らせ、主人にもう一度声をかけようとするのでシェンケは不憫を覚えた。「あとは自分たちでどうにかする。きみはご主人の食事が黒焦げにならないように見に行け」

使用人が大広間の裏へと延びる廊下のほうへ小走りで去ると、シェンケは部屋に入った。どうやらコルツェニーの書斎のようだ。一方の壁ぎわに並んだ書棚、その向かい側に赤々と火が燃えている暖炉、中央には卓上ランプが灯された大きなデスク。五十代後半の男が革張りの椅子に腰かけている。白いものの混じった髪は乱れ、襟なしのシャツの上に厚手のドレッシングガウンを羽織っている。男の前には開いたアルバムとブランデーのボトル。両手で包み込むようにガラスのタンブラーを持ったまま、男は憤然と顔を上げた。

「いったい何者だ?」

「クリポのシェンケ警部補とハウザー部長刑事です。亡くなった奥さんのことでお話をうかがいに来ました」

男の沈痛な表情をシェンケは見逃さなかった。コルッェニーはタンブラーの酒をひと口飲み、首を振った。「今日はもう警察と話したくない。帰ってくれ……」

いやがる気持ちはわかると、悲嘆に暮れる家族をこれまで何度も目にしてきたシェンケは思った。それでも、事件解決のためには、できるだけ早く多くの情報を手に入れることがきわめて重要だ。いまこの瞬間の気まずさよりも、犯人に有罪判決をもたらす可能性を優先させるという理屈で、自分を納得させた。帽子と手袋を脱ぎ、ハウザーにもそうするようにとうなずいて合図したあと、書棚の脇に並んでいる椅子のひとつをつかんでカーペットの上を引きずり、デスクの前へ持っていった。部長刑事は別の一脚に腰を下ろし、携帯しているメモ帳と鉛筆を出して構えた。コルッェニーはあきらめの表情でふたりを見やり、ブランデーをもうひと口ぐいと飲んでからアルバムを閉じてそっと脇へ押しやった。

「最初に来た警察官たちに話したこと以外に、私がなにを話せるというんだ」

「まだその連中から話を聞く機会がなくて」シェンケは言った。「ほんの数時間前に担当を任じられたばかりで、捜査の糸口もまだ見えてません。ですから、こうしてお話を聞かせていただくことが重要なんです。わずらわせていることはお詫びしますが、殺人犯をつかまえるためには必要なことなので」

コルツェニーがため息を漏らした。「わかった。きみたちが犯人を見つけ出すためなら……」

シェンケは帽子と手袋を椅子のそばの床に置き、コートのボタンをはずした。

「奥さんを最後に見たのがいつか教えてもらえますか？」

「昨日の夕食後だ」

「時間は？」

「夕食は午後六時。食事は早めにとりたいので」コルツェニーは大儀そうに髪をかき上げた。「妻は食事の途中で席を立った。友だちと映画を観に行くことになっているので急いで支度をしなければならないと言った」

「食事を終えずに退席する理由でも？」

「いさかいがあった。激しい言い争いだった。長い喧嘩の歴史における最新の口論だ」

弁護士が客観的な言いかたになっていることにシェンケは気づいた。職業上の習慣はなかなか改められるものではない、とひそかに考えた。隣でハウザーの鉛筆が紙の上を飛ぶように動いている。

「いさかいの原因は？」短い沈黙のあとで切りだした。

「いつものことだ。ほかの男どものこと。友だちとはだれだと妻にたずねた。ハイドリヒの側近の奥さんだと妻は言った」

「名前は言いましたか？」

「イルマ・バウアー。だが、妻が嘘をついているのはわかっていた。男に会いに行くつもりだと。その男が妻を殺した」コルツェニーは歯を食いしばるようにして言い足した。

「私のゲルダを殺した……」

彼の目が涙で光り、ボトルをつかんでタンブラーにブランデーを注ぐ手が震えている。しばらく彼の妻から話題をそらす必要があるとシェンケは判断した。

「奥さんが会いに行くつもりだと思った男の名前はご存じですか？」

コルツェニーは首を振った。

「ほかの男については？」

「何人かは知っている。ほんの数人だけは。そいつらの名前はきみの同僚に教えた。同僚から聞け。また思い出す気力はない」

もう一度思い出せと迫りたい気持ちはあったが、彼の意識を昨夜のできごとに向けておくことにした。「奥さんがこの邸を出た時間は？」

「たしか午後七時三十分をまわったころだ」

「何時に帰るか言いましたか？」

コルツェニーは悲しげな笑みを浮かべた。「夕食の席で私が嘘を咎めたあと、妻はひと言も口をきかなかった。席を立ち、着替えのために自室へ行った。出ていくところは見ていない。玄関ドアの閉まる音を聞いただけだ……これまでと同じように」

「なるほど。そのようなことがあったとき、奥さんはいつも何時間ぐらい家を空けたのでしょう？」

コルツェニーは苦々しい表情で顔を上げた。「夜遅くまで。翌日まで戻らないこともあった。どこへ行っていたのか、とよく問いただした。妻は一度も答えなかった。面と向かって私をあざ笑うこともあった」

「それはつらいですね」シェンケは意見を口にした。「先ほど、最後に見たのは夕食後だとおっしゃいました……」

一瞬コルツェニーの体がこわばり、目が泳いだ。弁護士のくせに嘘が下手だとシェンケは思った。

「それなのに、今度は、奥さんが出ていくのは見ていないと」

「私は……きっと勘ちがいしてたんだ」

弁解を続けさせるべくシェンケは間を置いたが、コルツェニーはタンブラーをつかんでブランデーをぐいと飲んだ。

「ヘル・コルツェニー、真っ正直に話したほうがいいですよ。なにか隠したり、捜査をまどわそうとしても、われわれにはわかります。そうなると、次からはこっちも遠慮しない」

弁護士はまじまじと彼を見つめ、ブランデーを飲み干して鋭い音を立ててタンブラーを置いた。「では言おう。私はあとを尾けたのだ。妻が玄関ドアを閉めるなり、コートと帽子を身につけて通用口から外へ出た。まだ遠くまで行っていなかったので、安全な距離を保ちつつ見失うことなくあとを尾けることができた」

「奥さんはどこへ行ったのですか？」

「メメラー通り駅だ。あとについて駅に入り、妻に姿を見られないようにして、列車に乗り込むのを待った。私は隣の車両に乗って、貫通扉のガラス越しに妻を見張った」

「列車内でだれかと落ち合いましたか？」

コルツェニーは首を振った。「ずっとひとりだった。フリードリヒ通り駅で乗り換えたので、私はまた隣の車両に乗り、妻が愛人と落ち合うのを見た」一瞬、彼は口を真一文字に結び、苦々しげな顔をした。

「なにがあったのですか？」シェンケは先を促した。

「隣の車両に駆け込んでその場でふたりを問いつめてやることも考えた」

「なぜそうしなかったのですか？」

「わからない……私の勘ちがいだ、なにか別の理由がある、と思い込みたかったのかもしれない」

ハウザーがシェンケにちらりと目をくれて、やれやれというように小さく首を振った。

「そのあとは？」

「ふたりがインスブルック広場駅で降りたので、あとを尾けてフリーデナウ地区へ。ふたりは大きな邸に入っていった。邸の玄関ドアが開いたときに音楽と人びとの声が聞こえた。パーティをしていた」

「奥さんと落ち合った男の顔をよく見ましたか？」

コルツェニーは首を振った。「厚手のオーバーを着て毛皮の帽子をかぶっていた。顔が見えるまで近づけないうちに玄関ドアが閉まった」

「残念だな。そのあとは？」

「私は通りを挟んだ向かい側の車庫の出入口に立って待った。邸にはすぐにほかの客たちもやってきた。十分か十五分ほど経ってから、邸のなかをのぞけるか確かめるために通りを渡った。裏手へまわると、窓を覆っている灯火管制用のカーテンの裾が細く開いていた。そこで足を止めてなかをのぞいた」

「なにが見えましたか？」

「大広間だ。人が大勢いた。百人以上はいただろう。しばらくすると暖炉のそばにゲルダの姿が見えた。何人かの男に取り囲まれていた。彼らは酒を飲み、笑っていた」弁護士の顔にふたたび苦々しい表情が浮かび、目が危険な光を帯びた。「妻は男のひとりとキスをした」

「相手の男がだれだったかわかりますか？」

「いや」

「顔ははっきり見えましたか？」

「私に背中を向けていた。そのとき、ドアの開く音と、すぐ近くで人声がしたので、私は身をひるがえして逃げた。うしろから大きな叫び声が聞こえた。だれだ、と声を張り上げていた。私は追っ手がないとわかるまで走った。初めは、妻が邸から出てくるのを待って問いつめるつもりだったが、あの寒さにあれ以上は耐えきれなかった。だから自宅へ戻った。妻が帰宅してから問いつめることにした」

「あなたは自宅に戻ったのですね？」ハウザーがメモ帳から目を上げた。「その時間は？」

「午後十時前だ」

「自宅に戻ったあなたを見た人はいますか？」シェンケはたずねた。「使用人とか」

「だれにも見られていない」

「帰宅したあとはなにを？」

「なにもしていない。しばらくこの部屋で待ったが、そのうちベッドに入った。起きて待っていても無駄だ。妻は以前にも外泊することがあったのでね。朝、あるいは何時であれ妻が帰宅したときに問いただすことにした。だが、帰宅しなかった」

シェンケはいまの供述内容をじっくり考えてから質問を投げかけた。

「おたずねしますが、口論が物理的口論へと発展したことはありますか？」

コルツェニーの目が険を帯びた。「私が妻に暴力をふるったことがあるかとたずねているのか？」

「そうです」シェンケは応じた。

「ある。何度か。誇れる話ではないが」

シェンケは、死体に残されたあざに関する検死官の見解を思い返した。「ここ最近、暴力をふるったことは?」

コルツェニーはタンブラーに視線を落とし、そっとタンブラーをまわした。「数日前に。そのときも口論になった。私は妻を求めた……妻は疲れているからとはねつけた。それで……あまりよくない結果になった」

「性的暴行を働いたのですか?」

デスクの向こう側からはっと息を吸い込む音がしたあと、弁護士は激しく首を振った。

「そういうことではない。本当だ。最初は無理やりだったにせよ、最終的に妻は抵抗しなかった。主体的に応えていた。そもそも彼女は私の妻だ。私たちはたがいに対して義務がある。妻よりも私のほうが積極的に守っていた義務ではあるが」彼は歯切れの悪い口調で話を結んだ。

シェンケは、ハウザーの手が先ほどまでよりも強く鉛筆を握りしめていることに気づいた。コルツェニーの供述に対する反応を隠すべく、顔は伏せたままだ。相手が有力な党員でなければ部長刑事が怒りをこれほど抑えることはなかっただろうと、シェンケはみじんも疑わなかった。

「ひょっとすると、奥さんはグレーのマフラーかショールを持っていたのでは？」シェンケは質問を続けた。

コルツェニーは首を振った。「私の知るかぎり、持ってなかった。妻はグレーが嫌いだった。なぜそんな質問を？」

コートのポケットに収めた証拠品袋を意識しての質問だったが、現段階ではコルツェニーに捜査状況をなにも明かさないという判断を下した。

「何本もの映画で彼女を観ました。名女優でした」

「そう……名女優だった」

「しかし、天然のブロンドではないとは思いもよりませんでした」

「当時それを知っていた人間はほとんどいない。本名もだ」

「えっ？」シェンケはハウザーと目配せを交わした。「ゲルダ・シュネーが本名ではないのですか？」

「むろんちがう」コルツェニーの顔にいたずらっぽい表情が浮かんだ。「それはウーファ社が与えた名前だ。名前も外見も映画会社が決めた。もともとの名前はベルタ・ヴァイスマン。出身はバイエルンのロットという村。ウーファ社がゲルダを作り上げたのだ」

たずねるより先に、シェンケの頭にいろんな考えが押し寄せていた。「ヴァイスマン？

彼女はユダヤ人だったのですか？」

「父親がな。本人は第一級ユダヤ人混血だった。しかし、それをなんとかしてくれる知り合いが党内にいたおかげで、帝国市民権を与えられていた」

「知り合い？」

コルツェニーは言い淀んだ。「力を持つ人物だ」

「だれですか？」

「それは聞かないほうがいい。どのみち、結婚する際に、彼女がユダヤ人に分類されないように私が計らったはずだ」

有力な人脈を持つ弁護士ならそういった策を講じたであろうことは容易に想像がつく。

「ゲルダとはどのように出会ったのですか？」

コルツェニーはまたブランデーをぐいと飲み、ボトルに手を伸ばしたが、シェンケは身をのりだしてボトルを彼の手の届かないところへ移動させた。「もう充分でしょう、ヘル・コルツェニー。ボトルの底に答えなどありませんよ」

「よくもそんな……それをよこせ」

シェンケはボトルをつかんでデスクの脇の床に置いた。「われわれが帰ったあとで飲めばいい。彼女との出会いについて聞かせてください」

コルツェニーはしばしシェンケをにらみつけていたが、そのうちに革の音をきしませて椅子に背中を預けた。「いいだろう。出会いは一九三五年、映画の封切りだった。ゲルダの最後の出演作だ。ウーファ社が契約を打ち切った直後だった」

「なぜ契約打ち切りを？」

「卑劣野郎のゲッベルスのせいだ。彼女をお払い箱にしろとウーファ社に命じやがった。その何カ月か前に浮気が奥さんにばれて彼女を捨てたくせに。ゲルダはふたりの関係を言いふらしてやるとゲッベルスにすごんでみせた。ちょうど、党がニュルンベルク法を可決させようとしていた時期だ。側近のひとりがユダヤ人の血を引く女と肉体関係にあったことが表沙汰になればヒトラーの面目が丸つぶれになることは想像がつくだろう。そこでゲッベルスは彼女の履歴を改竄し、身のほどをわきまえて口をつぐんでいたほうがいいと言いくるめた。私が彼女と出会ったのはそのころだ。映画のあとのパーティで。彼女は泥酔し、見るも気の毒なありさまで……それに、じつに美しかった」

彼は両の手を握り合わせた。「当時の私は出世第一の人間だった。法と党に人生を捧げていた。一度は結婚したが、前の妻は出産時に死亡し、子どもも死産だった。私は仕事人間になった。それが、あのパーティでゲルダに会って一変した。最初は同情だった。彼女には面倒を見てやる人間が必要だった。守ってやる人間が。私は彼女が借りていたアパートメントへ送ってやり、そこですべてが始まった。彼女もしばらくは感謝していたし、私は舞い上がっていた。男なら当然だろう？　だいいち、その状況にゲッベルスも満足していた。彼女の口を封じておけるのだから。私のほうはというと、まあ、いい年をした男がうんと若い女に恋をするというあやまちを犯して笑いものになるなど、私に限った話ではないだろう。きみだってほかの連中のように、私をとんだ三枚目だと思ってるんだろう。さあ、笑え」

シェンケは首を振った。「ここへ来たのはあなたのことを云々するためではありません。奥さんを殺害した犯人をつきとめるのに役立つ情報を得るためです。われわれにとって重要なのはそれだけです。さあ、続きを聞かせてください」

コルツェニーは探るような目で彼を見たあと、話を続けた。「私たちはここベルリンで結婚式を挙げた。党友もたくさん出席してくれた。ハイドリヒ、ヒムラー、ゲーリング……あのゲッベルスの野郎まで。ゲルダが私の愛情に完全には報いてくれてなかったにせよ、最初は幸せだったと思いたい。だが、ほんの数ヵ月で彼女は冷たくなり、夜にひとりで出歩くようになった。友人と会うと言いはしたが、なにをしているのかは火を見るよりも明らかだった」

「浮気の証拠を握っていたのですか？」

「男ならわかるものだ。愚か者でもないかぎり、妻を寝取られれば気がつく。だが、ただでさえ私は笑いものになるようなまねをしたんだ。それ以上、恥をかかされるのはごめんだった。浮気をやめろと妻に迫った。彼女は面と向かって私をあざ笑った。私は、浮気を続けるなら後悔させてやると言った」彼は自分自身を蔑むように鼻を鳴らした。「向こうは開き直った。懇願したこともある。脅したことも。殴ったことも。そのあとで許しを乞うたことも。だが、なにをしても無駄だった。彼女は私に意気地がなくて家から追い出すことができないのをわかっていて、男どもと逢瀬を繰り返した。実際、なまなましい想像が働くのがいちばんつらい。耐えられなくなって、何度も自殺を考えた。だが、こうして何者かが彼女の命を奪った……彼女は死んだ。私のゲルダは死んだ」彼の顔がくしゃくしゃになり、手を上げて顔を覆うと肩が上下に揺れはじめた。

シェンケは感情の吐露にまどわされないための訓練を受けている。シャルロッテンブルクの警察学校の教官が社会病理学という新しい概念を生徒たちに紹介してくれたのだ。アメリカのある研究者が提唱した概念で、感情を吐露する人間がいかに口がうまいかを示すものだ。あるとき教官は、地元の刑務所からひとりの服役囚を教室に連れてきて実例を示した。その囚人が嘘をついているのを見破ることができず、シェンケは驚いた。あれ以来、数えるほどの回数ながらその手の人間と出会ってきた。最近は、どんな感情表現もただの芝居だと思っている。罪のあるなしを証明するのは、共感や直感ではなく証拠だ。共感や直感はたしかに有用な手段だが、使用価値があると判断する前にほかの要素との照合を行なう必要がある。コルツェニーが泣いているあいだ、シェンケは無言で身じろぎもせずに座っていた。この弁護士の悲しみが本物である可能性はある。結婚生活や昨夜のできごとについて語った内容も真実である可能性はあるが、現段階では、どんなことも可能性があるにすぎない。

やがてコルツェニーが泣きやみ、目もとをぬぐったあと、デスクの奥からきまり悪そうにこちらを見た。「申し訳ない。みっともないところを見せた」

シェンケは黙っていた。彼を見返しただけだ。

「ほかになにか訊きたいことは？」コルツェニーが言った。

「わかりきった質問をひとつだけ。奥さんに危害を加えたがる人間に心当たりはありますか？　奥さんが関係を持った男のひとりが犯人だという可能性は？」

「あるとも。たとえば、昨夜会っていた男。あの男でなければ、だれか別の男。嫉妬は強い動機になる」

「では、あなたにも同様の疑いをかけることができる」シェンケはきっぱり言い、コルツェニーの反応を仔細にうかがった。

弁護士は彼の視線を受け止めた。「もちろん私は嫉妬していた。彼女は私の妻だ。愛していた。それなのにほかの男どもと会っていた……今夜は充分すぎるほど質問に答えた。もう帰ってくれ。きみの上司に電話をかけて尋問の態度に苦情を申し立てたくなる前に」

「苦情を申し立ててもらってかまいません、ヘル・コルツェニー。しかし、この捜査は通常の指揮系統を通したものではないということを言い添えておきます」

「どういう意味だ？」

「もっと上からの命令なんですよ」

コルツェニーがわずかに目を大きくしたので、彼の頭のなかで不安が渦巻く音が聞こえる気がした。「だれの命令だ？」

「口外を禁じられています」シェンケはハウザーに向き直った。「ひとまず終わりにしようか。訊きたいことはすべて訊いたか、ハウザー？　なにか明確にしておきたい点は？」

ハウザーはわざとらしくメモ帳を繰ってから首を振った。「すべて明確だと思います」

シェンケは帽子と手袋を手に取って立ち上がった。「改めて訊きたいことが出てきたら連絡します。当面はベルリン市内にとどまるようご忠告します。では、今日のところはこれで。ひとり静かにブランデーを楽しんでください」

ふたりがドアロに達すると、コルツェニーが咳払いをした。「シェンケ警部補」

シェンケはくるりと向き直った。「はい？」

「事件はいずれ解決する。だれだかの権威を楯に取ることに慣れすぎないようにしろ。きみはいずれ本来の立場に戻るだろうが、私の立場は変わらない。今夜のやりとりを私は忘れない」

シェンケは首を振り、部屋を出てドアを閉めた。「いまの脅しをあの男が実行すると思いますか？」玄関ホールへと向かいながらハウザーがたずねた。

「さあな。ま、そうなったらそうなったときだ」

暖かい書斎にいたあとで冷たい外気が肌を刺すように感じられて、ふたりは急いで車へ戻った。ハウザーがエンジンをかけて暖房をつけ、コートの袖口でフロントガラスの曇りをぬぐおうとした。

「くそ、内側が凍りついてる。しばらく車を出せません」

シェンケはうなずき、コルツェニーとのやりとりを思い返した。「彼の話をどう思った？」

ハウザーは両手を口に当てて息を吹きかけた。「あの男は馬鹿です。あんな女と結婚してどうなると思ってたんでしょう。『嘆きの天使』を観てないんですかね？　彼女は、えっと、二十近く年下ですよ。しかも美人。あの男は金を持ってるみすぼらしい老人。煉獄行きを約束された組み合わせでしょう」

シェンケは吹き出した。「カトリック教徒らしい意見だ。だが、まじめな話、あの男が彼女の死に関与した可能性があると思うか？」

ハウザーがシェンケをまじまじと見た。「可能性はあるでしょう。痴情のもつれによる犯罪などざらにあります。彼女に手荒いまねができることは本人も認めましたし」

「そう、認めたな。その結果があざとなって残されたフラウ・コルツェニーの体をこの目で見た」

ふたりは黙り込んだ。聞こえるのはエンジンの音と暖房装置のファンの音だけだった。シェンケは腕時計の蛍光針に目を凝らした。「もう七時十五分になるな。いいかげん車を出そう。シェーネベルクへ戻る途中、アドロン・ホテルで降ろしてくれ。人と会う約束なんだ。帰りはタクシーを拾う。署で合流だ」

「女性問題ですか？」

「まあ、きみの奥さんが私をののしりたければ順番を待ってくれと言わなければならない、というところかな。本当ならこの時間は恋人と食事中のはずなんだ」

「戦争中で、殺人犯が野放しの状態で、権力者どもに悩まされてる一方で、恋人に待ちぼうけをくらわす。いやはや、よくそんな危険な生きかたができるものですね」

7

車がアドロン・ホテルの玄関前、石畳の広場に停まり、シェンケが降りて礼の印にうなずくと、ハウザーは車を出して走り去った。荘厳な外観のホテルの正面、ブランデンブルク門の前には、取りのぞかれた雪が幾重にも積み上げられている。ドアマンが玄関ドアを開けてくれたので、シェンケは急いでホテルのなかに入り、コートと帽子を脱ぎ、髪に手ぐしを通しながらダイニングサロンの入口へと向かった。

「時間に遅れてしまって」給仕長に説明した。「シェンケの名前で三人、午後七時に予約していた。あとのふたりはもう来ているだろうね」

「はい。男性は十分ほど前にいらっしゃいました。女性のほうは時間どおりにお着きになり、三十分ほど待って帰られました」

カリンの怒りを買ったと考えただけで気持ちが重く沈み込んだ。だが、まずは彼女のおじに弁明を試みる必要がある。

「コートをお預かりしましょうか？　それとも、すぐに出られますか？」

シェンケはきまり悪さといらだちで顔がほてるのを感じた。「念のため、手もとに持っておく」

「かしこまりました」給仕長は予約帳を閉じ、ホテルのレストランへ続くアーチをくぐりながら肩越しに言った。「どうぞ、こちらです」

シェンケは足早に追いつき、天井の高い広々としたレストランに入った。鏡張りの壁のおかげで、部屋は実際の二倍もの広さに見える。天井ぎわから弧状に張られたクリスマスの飾りが、リボンや飾り玉をいくつも吊るして部屋の中央に置かれた高いモミの木のてっぺん近くで結ばれている。室内には、ナイフやフォークが磁器の上で立てる小さな音と、ときどき笑い声が混ざるくぐもった話し声が満ちている。丈の短い上着を着た給仕たちがテーブルのあいだをすべるように動きまわって料理の皿や酒のボトルを運んでいる。食事客はクリスマス前の浮き浮きした明るさを満面にたたえている。ただひとり、海軍将校の制服に身を包んで奥の隅のテーブルについている男をのぞいて。長身瘦軀、細長い顔に白い髪。鋭い青い目は、そのテーブルへ近づくシェンケに注がれた。男は椅子をうしろへ押しやって立ち上がった。

「私と姪が食事をともにする予定だった男だね？」冷ややかな顔で詰問した。

「はい。ホルスト・シェンケです」

カリンのおじは無言で彼を品定めしたあと、片手を差し出した。「カナリス提督だ」

ふたりは握手を交わし、カナリスはテーブルを挟んだ向かい側の席を指し示した。「座れ」

シェンケは言われたとおり着席しながら、空になったカクテルグラスふたつと、もうひとつの席の前にくしゃくしゃに置かれたナプキンに目を留めた。

カナリスが片手を上げた。「給仕（ウェイター）！　こっちへ」彼は厳しさを含んだ青い目をシェンケに向けた。「きみはなにを飲む？」

シェンケはまだ、カリンが帰ってしまったという不安で頭がいっぱいだった。遅刻の理由を説明する機会さえ得られればカリンも理解してくれる、と願っていた。非難めいたおじの相手を必要以上に長く務めずにすませたい。

「あいにく長居はできません。あなたとカリンにお詫びを言いに来たのですが、勤務中なんです。管区警察署に戻らなければなりません」

「カリンに謝るには一足遅かったな。私に申し開きをしたほうがいい」

「しかし――」

「残って一杯つきあえ。今夜どれだけ感情を害したかを考えれば、せめてそれぐらいはしてもいいだろう」

シェンケはうなずいた。「では一杯だけ」

「この男にブランデーを」カナリスが給仕に命じた。「私は水をもらおう」

給仕は足早にバーカウンターへ向かった。カナリスがシェンケを見つめた。ようやく笑みを浮かべた。「私は飲まない。今夜このあと仕事があってね。きみと同じく、不測の用件で勤務時間外にも呼び出されるのだ」

「想像がつきます。国防軍情報部の仕事をしておられるとカリンから聞きました」

「カリンから？」カナリスは片眉を上げた。「まあ、きみに知られても一向にかまわないが。仕事柄、私のことなど容易に調べがつくだろう。国家保安本部に隠しごとはできないからな」

「そのあたりのことはわかりかねます。私は一介の刑事ですので」

「ずいぶん謙虚だな。以前はレーシングドライバーをしていたとカリンから聞いたが」

「何年も前の話です」

「だが、それでいくらか名を馳せた。だからきみに興味を持ったとカリンが言っていた」

その言葉にシェンケの心は沈んだ。サーキットの若手の星としての名声を売りものにしたことなど、これまで一度もない。当時は楽しみや喜びを見出していたが、いまはもう手にしたいと思わない人生のひとこまだ。カリンが惹かれたのが自分にとって重要ではない自分の一面だったと聞いて、彼女の愛情を少しだけ疑った。

「カリンがいまどこにいるかご存じですか？」

「アパートメントに帰ると伝えてくれと言われた」

「私に怒ってましたか？」

「あれは怒りではない……私なら、激怒という言葉を使う」

シェンケはカナリスの目がユーモアをたたえてきらめくのに気づいて笑みを浮かべた。

「まいったな、埋め合わせに骨が折れそうだ」

「きみは姪のことをよく理解しているようだな」

給仕が飲みものを運んできた。立ち去るのを待ってカナリスが話を続けた。「できるだけ早く電話をかけて謝ることを勧める。カリンは気が荒いところはあるが、知的な娘だし、優秀な男をひと目で見抜く。私の見る目が正しければ、あの娘はきみを許すだろう。だが、仲を深めたいのであれば、あの娘の寛容さを試すようなまねは控えることだ」

シェンケはブランデーをひと口飲み、喉から腹へとしみわたる熱さを味わった。「そういうことなら電話します」

「それはそうと、さしつかえなければ聞かせてほしいのだが、私たちとの食事に間に合わなかった理由は？　今度あの娘に会ったとき、きみの味方をするはめになった場合にそなえて知っておきたい」

寛大な申し出だとシェンケは考えた。どこまで話したものか、いや、どこまで話していいものだろうか。刑事捜査にかかわることでもあるし、党の名を損ねる側面については取り扱いに慎重を期せとミュラーから釘を刺されている。だが、ゲルダ・コルツェニーの死は明日にでも新聞各紙で報じられるだろう。それに、カナリスの仕事柄、どのみちすぐにも重要な詳細をつかみそうだ。基本的な情報を話しても、まず危険はないだろう。

「昨夜、ある他殺死体が発見されました。ある古参党員の奥さんです。その捜査の指揮を命じられました。今日はほぼ一日、その件に携わっていました。これでも、できるかぎり早く来たのですが」

カナリスは水に口をつけた。「その女性の名前は他言を禁じられたか？」

「言ってもかまわないと思います。ゲルダ・コルツェニーです」

「なるほど」

「お知り合いですか？」

「名前を知っている程度だ。たしか、以前は女優だったな。ゲルダ・シュネー」

シェンケはうなずいた。「映画会社に契約を打ち切られて引退を余儀なくされたそうです。その後、党のお抱え弁護士と結婚した」

カナリスは思案顔になった。「幸せな結婚ではないと聞いたことがある。彼女は浮気三昧だったという噂だ。おそらく、その不幸な死は生前の行状が原因だろう」

「その線も視野に入れています」シェンケは認めた。

「その事件の捜査責任者としてきみが取り立てられた理由は？」

シェンケは手のなかでグラスをまわしながら答えた。「現段階で私に言えるのは、この捜査で体面が傷つくことを党が懸念している、ということだけです。それに、フラウ・コルツェニー殺害事件が党内の派閥間に摩擦を生じるおそれもある。捜査には党とかかわりのない人間が必要だったので私に声がかかったというわけです。率直に言って、私は殺人事件捜査にことさら秀でているわけではありません。殺人事件を担当したことはそれなりにありますが、能力的にはクリポのほかの刑事の大半と大差ないと思います」

「どうやら危険な場所に着地してしまったようだな。足もとに注意して進め」

「そのつもりです」

にやりと笑みを交わしてからカナリスが続けた。「党とかかわりのない人間だと言ったな。きみは党員ではないのか？」

「そうです」

「その理由を訊いてもいいか？」

シェンケは、ミュラーにしたのと同じ説明で通すことにした。「私の職務に、党員であるか否かは無関係だと思うからです」

「話を聞くかぎり、関係を持ちはじめたようだが。党員であるか否かに基づいてきみが捜査責任者に選ばれた、という意味で」カナリスはその言葉を取り消すように手を振った。「申し訳ない。ものごとの起きた理由を知ることが私の仕事でね。仕事をオフィス内だけにとどめておけなくなることがままあるのだ。きっと、きみも同じだろう。おたがい、ある種の探偵だな」

光栄なたとえだ。シェンケは、夕食の約束に遅れたことをカナリスが厳しく非難しようとしないのをありがたく思った。だがカリンは……シェンケは苦い顔をして腕時計に目をやり、ブランデーをもうひと口飲んだ。「そろそろ失礼しなければなりません」

「残念だ。姪の恋人と親しくなる機会だったのだが。まあ、またの機会にでも」

「楽しみにしています。カリンが私を許してくれたらの話ですが」

カナリスがふっと笑った。「あの娘がきみについて言ったことを考えると、許すと思うが」

「それを聞いてほっとしました」

不安が薄れはじめると、空きっ腹に飲んだブランデーの効果で幸せな気分になり、向かいの席に座っている男に好意を覚えた。興味も。咳払いをして身をのりだし、だれにも聞かれないように声を低めてたずねた。「見返りに、いくつか情報を求めてもいいでしょうか？」

「見返り？」カナリスは片眉を釣り上げた。「いかなる情報交換にも同意した覚えはないが……冗談だ。で、どのような情報を？」

「国防軍情報部の仕事をしておられるので、戦況についてだれよりもよくご存じかと」

「私になにを訊きたい？」カナリスが警戒を示した。

「和平に至りそうですか？　そうではないとしたら、ドイツは勝つでしょうか？」

カナリスが声をあげて笑った。「これまで私にそれをたずねた人間が何人いると思う？ひとりあたり一ペニヒずつもらえば、とてつもない大金持ちになれるぐらいだ。だが答えは、私には皆目わからない。状況は複雑でね。単純明快な回答はない」

シェンケは青くさい質問をした自分にいささかの気恥ずかしさと、小馬鹿にするような回答をするカナリスにいささかのいらだちを覚えた。「ではあなたの私見では、和平に至る可能性はどれぐらいありますか？」

「そうこなくちゃな」カナリスが真顔になった。口を開くとき、先ほどのシェンケと同様に声を低めていた。「軍事情報は精密科学ではない。情報を探り、上がってきた報告をふるいにかけ、それらを結びつけて、敵国の意図を読み解こうとする。同盟国の意図も。同時に、誤った情報を与えて相手をあざむこうとする。平時であれば、まあこういうたとえがふさわしいとしたら、私たちは充分に油を差されて調子よく動く機械の部品のひとつだ。だが、いまは平時ではない。ドイツには、自分を運命の子だと思い込んでいる指導者がいる。誤解しないでほしいのだが、私は彼が運命の子だともそうではないとも言っていない。ただ、そのような人間が絶対権力を手にする国家において、国の機構は彼の思い描く将来構想の道具にすぎなくなる。私には彼の意図を見通す力はない。したがって、きみの質問に答えることはできない。願わくは——いいか、あくまでも個人的な希望だが——総統にはフランスと英国とうまく渡り合って和平交渉に持ち込んでもらいたい。だが、戦争を回避したいとどのような言葉で訴えたところで、それを真意だと両国に信じさせる芸当はあの男にはできないだろう。これまでの経緯を考えれば。言葉はその人を語る。となると、きみの質問に対する答えはこうだ。フランスと英国は和平に応じないと思う」

　シェンケはこのレストラン内にいるほかの客たちの陽気な顔を見まわした。あと数日で、この戦争中初めてのクリスマスを迎える。すべての人に善意を送る季節だなど、むなしく響く。戦争が続くとしたら、この先何度、クリスマスを迎えるたびにむなしい思いを味わうことになるだろう。前の戦争のときのように。シェンケは視線を戻してカナリスを見た。

「ドイツは勝てますか？」

「どのような結果も考えられる。それまでは、持てる力を注いで国家に尽くすのがすべてのドイツ国民の義務だ」カナリスがグラスを持ち上げた。「乾杯。戦争の勝利と、きみの捜査の無事成功を祈って」

シェンケもグラスを持ち上げて乾杯を交わし、中身を飲み干した。「さ、本当にもう行かなくては」そう断わって席を立った。「あなたのほうが先にカリンに会ったら、夕食会に遅刻して申し訳なかったと伝えてください」

「伝えよう。あの娘とのつきあいを大切に思っているなら、できるだけ早く電話をしろ」

シェンケはうなずいた。「では、失礼します。またお会いできるのを楽しみにしています」

「こちらこそ。当面は私の忠告を忘れるな。足もとに注意して進め。細心の注意を払うことだ」

まだ首都ベルリンでの営業を許可されているきわめて数少ないタクシーの一台がシェーネベルク管区警察署の前でシェンケを降ろしたのは午後九時過ぎだった。アドロン・ホテルへの寄り道には気が咎めたものの、ゲルダ・コルツェニーの情事に関してカナリスから裏づけを得ることができたと、シェンケはいくぶん正当化した。運転手に料金を支払い、管区警察署の玄関口へ続く階段を上がった。こんな時間なので署員の多くはとっくに帰宅し、受付カウンターにいるのは巡査ひとりだけだった。巡査があわてて立ち上がった。

「シェンケ警部補ですか？」

「そうだが」

「いらっしゃるとうかがってました。ハウザー部長刑事以下のみなさんが四階でお待ちです。署の最上階です」

シェンケはうなずいて謝意を示し、階段へ向かった。長い一日だったことに加えて、寒さと署外活動のせいで左脚が痛んでいた。階段を一段上がるたびに刺すような痛みが左膝から骨盤へ走る。四階に着いたときには大汗をかいていて、膝からずきずきする痛みが引いて歩行に耐えられるようになるのを待たなければならなかった。通路に面したドアが開いており、なかから怒声のやりとりと静かにしろと一喝するハウザーの声が聞こえた。

「警部補がすぐに来るから、おしゃべりをやめてさっさとオフィスを作れ。さあ、始めろ。手を動かせ！」

リッターが彼らに割り当てたのは、傾斜天井の一方がそのまま庇につながっている細長い部屋だった。天窓がいくつかあるが、ちゃんとした窓はひとつもない。シェンケが入っていくと、部下のふたりが箱の山を部屋の奥へと移動させ、ほかの面々が架台式のテーブルと椅子を配置していた。フリーダ・エクスとローザ・マイヤーは埃や蜘蛛の巣をほうきで払っていた。ハウザーも片手にほうきを持って立っている。彼はシェンケが入っていって帽子を脱ぐのを見て表情をゆるめた。

「待ちかねましたよ」ぼそりと言いながら上官に近づいた。「反乱が起きるところでした」

「外まで聞こえた」

「恋人のほうはうまく収まりましたか？」

シェンケは手短に説明してから室内を見まわした。「最高のおもてなしではないな。明日の朝、なにか手を打てるか探ってみよう。リッターは自分の担当管区にわれわれを招き入れることをあまり快く思ってないからな。初動捜査の資料はくれたか？」

ハウザーがテーブルのひとつに載っている数冊のファイルを指さした。「最新の資料は明朝、用意できるだろうとのことでした」

「そう期待しよう。班長室は？」

ハウザーが同じテーブルを顎先で示した。「それです。貸せる部屋はここしかないと言われました」

「くそ……まあいい。明日ゲシュタポ・ミュラーからの電話を受けてリッターがどんな反応をするか見てみよう」

ハウザーがにんまりした。「その電話を盗み聞きできるなら大枚をはたきますよ」

シェンケはコートを脱ぎ、この部屋にコート掛けはおろかフックのひとつもないことに気づくと、たたんでファイルの横に置いた。そのあと部下たちといっしょに、がらくたを部屋の奥へ移動させ、残りのテーブルを組み立てた。まもなく、間に合わせの班長デスクを囲んで全員が椅子に座って話を聞ける場所ができた。ブリーフィングを始める前に、シェンケはドアロへ行って通路をのぞいたが、この最上階に部外者の人影はなかった。それでも、念のためにドアを閉めてから席につき、部下たちに向かって話しはじめた。

「こんな時季にこのような殺人事件の捜査を命じられて、ありがたくないことは承知している。だが、殺人犯は国民の休暇など尊重してくれない」この切りだしに何人かが渋い笑みを浮かべたのを見てほっとした。「ひどいクリスマスになるだろうし、戦争も捜査の邪魔をする。灯火管制のせいで余計な仕事が増えたからな。だが、捜査を命じられた以上、なんとしても、ゲルダ・コルツェニーを殺害した犯人を早急につきとめ、逮捕しなければならない。したがって、足で稼ぐ捜査が多くなるだろう。明日の朝には、聞き込み対象者のリストを用意する。

まずやるべきは、フラウ・コルッェニーについてくわしく知ることだ。どういう人物か、この一ヵ月どこにいたか。彼女の昨夜の行動が、決まったパターンに沿ったものなのか、ひと夜かぎりのものなのか知りたい。どちらであれ、生前最後の数時間の行動を逐一知る必要がある。印象的な顔立ちの女だ。人目に留まったはずだ。ブラント、ハウザーといっしょにアンハルター駅で聞き込みにあたれ。駅で働いている人たちから話を聞くんだ。機関士、機関助士、車掌、鉄道警察官、売店の売り子。なにかを見たかもしれない人全員に。まだ記憶が新しいうちに供述を取れ」

声を低めて続けた。「もうひとつ、本件捜査中、肝に銘じてほしいことがある。われわれが担当に選ばれたのは、党員の率いる班に任せたくないという上の意向だ。だから私が選ばれ、きみたちはその巻き添えを食った」

何人かが警戒の色を浮かべた視線を交わすのが見えた。このような立場に置かれれば不安になるのはわかる。

「要は、捜査の重要な詳細は他言無用だということだ。だれかに情報を教えろと求められたら、私に訊けと答えろ。窓口は私だけだと。わかったか？　同様に、口をつぐんだり協力を拒んだりする者がいたら、国家保安本部上層部からじきじきに権限を与えられていると言え。それで震え上がらせることができなければどうしようもない。われわれは圧力をかける魔法の杖を手にしているようなものだ。それを使わせてもらおう。ただし、上が迅速な結果を求めていることを忘れるな」シェンケはファイルを開き、ある業界誌から切り取ったゲルダ・コルツェニーの写真を持ち上げて示した。「きみたちと同じく私も、捜査を押しつけられたことは気に入らない。だが、われわれは警察の精鋭クリポであり、殺人犯をつきとめて法の裁きが下されるのを見届けるのが義務だ。被害者の夫のため、遺族のため、ゲルダ・コルツェニー本人のために」部下のひとりひとりを見た。「本件捜査に全力を尽くしてもらいたい」

彼はゲルダの写真をなおしばらく掲げたあとファイルにしまった。「よし、今夜はここまでにしよう。明日の朝七時にはここに顔をそろえるように」

うめき声と不平の声が聞こえたが、ハウザーが大声をあげた。「もうやめろ！　指示は聞いたな。七時集合。遅れたやつは、私がオフィスじゅう蹴りまわしてやる」

部下たちが部屋を出ていき、ハウザーとシェンケだけが残った。

「警部補はどうするんです？」ハウザーがたずねた。

「残って資料に目を通し、これまでにわかっていることを把握する」

「凍えてしまいますよ」

「ここが寒くなったら、ファイルを持って食堂に行くさ。大丈夫だ」

「残って手伝いましょうか？」

シェンケは首を振った。「家へ帰れ」

「そう言ってくれると思ってました」ハウザーがコートを手に取り、敬礼代わりに人差し指で額を軽くはじいた。「では、明日の朝」

部長刑事の足音が階段を下りていくと、シェンケは部屋を横切り、ここに置かれた唯一の電話機のところへ行った。迷った末にカリンのアパートメントにかけた。単調な呼び出し音を一分以上聞いてから、あきらめて受話器を置いた。電話機に背を向け、この物置部屋に三つあるうちいちばん明るい電球の真下へテーブルのひとつを引っぱって運んだ。天窓の上で風が音を立てるなか、最初のファイルを開いて読みはじめた。

8

十二月二十一日

午前六時を過ぎてすぐ、シェンケはふたたびカリンの番号に電話をかけた。彼女は早起きではないが、頭を捜査に集中させる前に電話をして彼女に謝る必要があった。デスクで二時間ほど眠ると、眠気を覚まし、管区警察署の洗面所でひげを剃り終えた。剃刀とブラシとひげそり用石鹸は制服警官のひとりに借りた。首都の石炭供給量の限定によりボイラーを断続的にしか使えないため、湯はなかった。石鹸の泡のなかで剃刀の刃を動かしてひげを剃った。そのあと身支度を整え、これ以上は電話を先延ばしにするわけにいかないと判断したのだった。

小さな呼び出し音が繰り返し聞こえるだけで応答はない。電話を切らずに待ちながらも、向こうが朝早くに出かけて留守なのか、あるいは電話に出ようとしないのであれば、こっちは怒りに耐える時間を先送りにできる、という希望を膨らませた。

「もしもし」不意に雑音がして電話がつながった。「どなた？」

いまさら電話を切るには手遅れだ。だいいち、ここで電話を切ったのでは下劣な臆病者だ。「私だ、ホルストだ」

「ホルスト……このろくでなし」

「私は――」

「わたしがどんなに屈辱的な思いをしたかわかる？」その口調が冷ややかで怒りを帯びているのはまちがいない。「真新しいドレスを着てあそこに座って、あなたをおじさんに紹介するのを待ってた。あなたのことをあんなに褒めておいたのに。おじさんはきっと、わたしをとんでもない愚か者だと思ったでしょうね。あなただって、ふさわしくない相手リストに名前を連ねたはずよ」

「カリン、悪いと思ってる」

「当然だわ。後悔しなさい。悪いと思ってる？　そんな言葉ひとつで、わたしの心の傷を治せると思う？」

「どうしようもなかったんだ。殺人事件が起きた。うちの班が捜査を担当することになった。犯人を見つけ出す見込みがあるならば迅速な行動が必要だ」

「約束を取り消さざるをえなくなったって、電話を一本くれればよかったのよ」

そのとおりだ。電話をかける機会はいくらでもあった。その点は弁解のしようもないが、なんとか駆けつけようと思っていた。「いろいろあったんだ。時間どおりにアドロン・ホテルに行けることを願っていたけど、やるべきことが多すぎて、ようやく落ち着いて考える時間ができたときにはもう手遅れだった」

「つまり、約束を忘れてたってこと？」

「ちがう」と返したあと、迂闊にも続けて口にしていた。「優先順位を守っただけだ」

「あら、うれしい」彼女は苦々しげに笑った。「てっきり、わたしはあなたにとって大切な存在だと思ってたのに」

「大切だとも。本当だ」

「大切だったら、わたしがアドロン・ホテルへ向かう前に電話をくれたはずよね」

シェンケは交際経験は多いが、カリンほど美人で洗練された女は初めてだった。それに、彼女には知性もある。実際、彼女の唯一の欠点は、厄介な権利意識とつねにシェンケの注意を求めることだ。恵まれた環境で育てられたことを思えば、わからなくもないが残念でもある。それでも、彼女に首ったけなので、末長くいっしょにいたい。神妙に詫びようと努めたが、それにも嫌気がさしてきたし、我慢にも限界がある。口調が強くなった。

「カリン、私は警察官だ。それも刑事。時間を選べない仕事だ。私たちの労働時間を決めるのは窃盗や偽造、強姦、殺人を犯す連中なんだ。そういう職務だということは、つきあう前から承知していただろう。昨夜のようなことはこの先もある。つきあいを続けたいのであれば、ときには我慢してくれないと」

「我慢する必要なんてないかも。わたしとデートしたがる男は山ほどいるんだから」

「ああ、いるだろうね。前に聞いた。そのなかに自分にふさわしい相手はひとりもいない。希望を捨てかけたときに私と出会った、と」

彼女はしばし黙って、自分の言葉が反撃材料に使われたことを受け止めた。「わたしの存在を当然だなんて思わないで、ホルスト。そうなったら我慢なんてしないから」

「当然だなんて思ってない。きみとつきあえて幸運だと思っている、本当に。今後はあんなことのないように努めると誓うよ。とにかく、詫びを言うために急いでアドロン・ホテルへ行ったんだ。でも、きみは帰ったあとだった」

「まさかと思った？　みじめな気分で待たされてうんざりしたのよ」

また恨み言を聞かされるのを避けるべく、シェンケは話をそらした。「事情はすべて、おじさんに説明した」

「知ってる。おじさんから聞いた。あなたが困難な仕事をしているのだからもっと理解を示さなければだめだって言われた」

　意外な気がした。「おじさんがそんなことを？　本当に？」

「本当よ。ただ、男同士が結託して悪だくみしてるんじゃないかって思えて仕方ないんだけど。おじさんが、あなたを気に入ったって。わたしのボーイフレンドにそんなことを言うのは初めて聞いたわ」

　彼女の口調がやわらいできたので、最悪の状況は越えたとシェンケは安堵した。そろそろ仲直りを切りだそう。

「近いうちに改めて夕食会の機会を設けてもいいかな」

「考えておく。あなたを許したのかどうか、自分でもよくわからないの、ホルスト」

「じゃあ、まずはどこか特別な場所へ行こう。ふたりで」

「それならいいわ……くわしく決めて連絡して。空いてるかどうか、予定を確認するから」

　彼女があくまで意地を張ろうとするのでシェンケはつい頬をゆるめた。すぐに、不安が胸を突いた。ほかの男が彼女をデートに誘ったらどうする？　仕返しに私に嫉妬させようとして、彼女がほかの男の誘いに乗ったら？　怒りが込み上げた。私よりもその男とつきあうほうが楽しいと思ったら？　そんな考えは被害妄想以外のなにものでもない、と憤然と言い聞かせた。カリンの愛情は私にだけ向けられている。それは確かだ……ほぼ確かだ。

「なにか計画するよ」掛け時計を見上げて、まもなく六時半になると気がついた。「もう切らないと。そろそろ部下たちが来る。今日は山ほど仕事があるんだ」

「もう切らなくちゃだめなの？」カリンはそう言ったあと、あわてて続けた。「ねえ、今日の仕事って？」

電話を引き延ばそうとしているのはわかったし、カリンが機嫌を直したのでシェンケも電話を切りたくなかった。捜査の詳細を話すわけにはいかないが、警察業務の概略を話すだけなら支障ない。「手順どおりの業務だ。犯罪発生後は、なるべく早く、できるだけ多くの情報を収集する必要がある。供述者の記憶がまだ新しいうちにね。聞き込みや事情聴取が中心になる。あとは、検死官と鑑識から上がってくる暫定報告書に目を通す。そんなところだ」

「大変そうね、ダーリン」

シェンケは胸が温かくなるのを感じた。ダーリン。もう安心だ。「すぐにも重要な手がかりが得られると思う。参考人とか。目撃者とか。たいがい、それで犯人をつきとめることができる。犯人を逮捕したら休暇を申請するよ。ベルリンを離れて何週間かいっしょに過ごすのも悪くないだろう」

「楽しみだわ。おたがいのことをもっと深く知る機会になるしね」秘めた目的をほのめかす口調に、シェンケは頬をゆるめた。カリンはきっといい妻になるだろう。美貌と鋭い機知と未知の体験に飛び込む気概を持ち合わせている。頭が昨夜の事件に戻った。私たちはコルツェニー夫妻のように心の葛藤や裏切りに苦しむことになりませんように。

思いがけず自分たちをコルツェニー夫妻になぞらえていた。刑事としての意識が、そろそろ仕事に戻れと催促したのかもしれない。

「もう切らなければいけない」

電話の向こうで息を呑む音がかすかに聞こえたあと、シェンケには抗いがたい温かく甘いゆっくりした口調でカリンは言った。「また電話をちょうだい、ホルスト……愛してるわ」

受話器を置く小さな音がして通話が切れ、そのあとかすかな雑音とかちりという音が何度かした。第六感のようなものが働き、シェンケは受話器を耳に押し当てたまま聞こえる音に耳をすました。ただの不通音なので、自分が愚か者に思えた。仮に盗聴者がいたところで、カリンと交わした会話に疑わしい内容はなにひとつなかったはずだ。

いつもどおりハウザーがいちばん乗りだったので、シェンケは彼に、対象者リストをもとに聞き込みに当たらせる部下の人選を任せた。リストの名前は増えるだろうし、上がってきた報告書の一行一行に目を通して供述に矛盾や不一致がないか確かめる必要も出てくる。聞き込み対象者リストは、暫定報告書を読み、コルツェニー邸で自分の取ったメモとハウザーの取ったメモを突き合わせながら、昨夜のうちに作成してあった。

例の布片の分析のために、証拠品袋はブラントにヴェルダーシャー・マルクトの鑑識研究所へ届けさせる。あの布片は事件とはまず無関係だろうが、まだ捜査の初期段階でもあり、無視するわけにはいかない。

フリーダとローザは、これまでに判明している事実を、過去六カ月間にこの管区内で起きた殺人事件と照合する。共通点が見つからなければ、過去数年にさかのぼって調べること。さらに、ベルリン市内のほかの管区にまで範囲を広げること。クリポに配属されてまもないころの経験から、それが労力と時間を要する作業だということはシェンケも承知している。業務日誌に目を通し、署の書類保管庫から事件記録ファイルを取ってきて、その中身を隅々まで確認しなければならない。だが必要な作業であり、事件同士の重要な共通点が見つかることが多い。極度の集中力と細部に及ぶ記憶力が必要だが、フリーダはシェンケが信頼してこの作業を任せることのできる数少ないメンバーのひとりだ。

仕事の割り当てを終えると、シェンケはミュラーに電話をかける準備をした。これまでに判明したことと今後の捜査手順を箇条書きにした。いざペンにキャップをして置くと、箇条書きのメモは悲しくなるほど短い。ミュラーは迅速な結果を求めると明確に示した。殺人事件の捜査における問題は、多くの場合、手がかりや糸口をつかむまでに時間がかかる点、相当な労力を要するという点だ。だが、ミュラーがクリポの捜査活動のそうした現実に納得するとは思えない。ここ数年、一部の刑事捜査において、証拠ではなく政治情勢が陰の原動力になっていることがある。これまでその手の事件に引きずり込まれずにすんで、シェンケは幸運だった。だがいまは、政治的義務という脅威が警察の日常業務にまで侵入しつつあることを痛感していた。

養成過程ではそういった問題は度外視されていた。シェンケをはじめ訓練生が学んだのは、科学的方法を用いた刑事捜査と法律の手順だ。取るべき行動はマニュアルで定められ、指導教官の実地経験をもとに繰り返し訓練が行なわれる。証拠を掘り下げ、客観的見地から分析をしたあと仮説を立てる。だがそれも、党が政権について以来、変わってしまった。警察が、秩序を守り犯罪と戦うという従来の義務の実践を求められていることに変わりはない。しかし、新たな現実に直面しているのは明らかだ。第三帝国のほかの組織と同じく警察も、法と正義の番人ではなく党のしもべに成り下がってしまったのだ。党が法律だと言えば法律となり、正義は価値を失った。この事件も、証拠が導き出す事実ではなくミュラーの求める結果が結論になるのだろうという気がする。

シェンケは電話機に手を伸ばした。一瞬の間ののち回線のつながる音がして、相手が告げた。「電話交換室です」

「国家保安本部につないでくれ。国家警察（ゲシュタポ）に」

「はい。お待ちください」

回線はすぐにつながり、ほぼ間髪を容れずに男の声が応えた。「ゲシュタポ本部です。どのようなご用件でしょうか？」

ゲシュタポの悪評を裏切る丁重な応対に、シェンケは苦笑した。「ミュラー上級大佐につないでくれ」

「お名前とご用件をどうぞ」

「シェンケ警部補だ。上級大佐が私の報告を待っておられる」

「お待ちください」

長い間のあと、別の声が電話に出た。「シェンケ警部補、なんの用だ？」ミュラーの口調は、面と向かっているときよりも電話のほうがそっけなく聞こえる。

「捜査状況の報告です」

「それで？」

シェンケは犯罪現場や死体検案、ゲルダの夫の事情聴取などの詳細を話し、部下たちに指示した捜査の次の段階について説明した。ミュラーは最後まで黙って聞き、しばしの間を置いて口を開いた。

「以上か？」

「はい」

「もっと期待していたのだが」

「捜査に着手してまだ一日ですから。聞き込みに取りかかったところです。数日中に相当量の有益な情報が集まると確信しています」

「弁解を聞く気分ではない。私が望んでいるのは結果だ。それも迅速な結果だ」

疲労と、刑事の誇りを傷つけられた怒りとで改まった口調が崩れ、尖った声で言い返していた。「私は交通違反切符の処理ではなく、殺人事件の捜査を指揮しているんです。守るべき手順がある」

「私にそのような態度を取るな」ミュラーが言い返した。「きみのような根っからの刑事は、優秀な警察官は自分たちだけだと思い込んでいる。そんな高慢ちきな野郎を、私はこれまで何人も踏みつぶしてきた。きみもそのひとりになりたいのか」

シェンケはどうにか平静な口調で答えた。「上級大佐、あなたの意向に沿った捜査を行なら手腕が私にないとお考えなら、もっと優秀だと思われる別の指揮官の率いる班に交代させることを僭越ながらお勧めします」

「捜査を続けろ。やすやすと職務から逃れようとするな。迅速に結果を出せ。以上が私の命令だ、シェンケ。きみの反抗的な態度に目をつぶるのは今回かぎりだ。ポーランドの愚かな抵抗勢力を狩り出す警察隊に加わりたいのなら話は別だが。わかったか？」

「よくわかりました」

「よろしい。偶然にも、きみの捜査に役立つであろう情報がある」

「なんでしょう？」

「私の部下が、殺害された夜にゲルダ・コルッェニーが会っていた浮気相手の名前をつかんだ。書き留める準備はいいか？」

「はい」

「男の名前はカルル・ドルナー大佐。現在の滞在先はフロットヴェル通りの将校宿舎だ。きみ自身が事情聴取しろ」

「はい、そのように取りはからいます」答えると同時にメモを書き終えた。「この情報の入手方法をおたずねしても？」

「彼がゲルダ・コルッェニーといっしょにいるところをこの一カ月に何度か目撃されたと

いうことだけ知っていればいい。ふたりには肉体関係があった。次の報告は明日の夜に。以上だ」

シェンケが答える間もなく通話が切れた。受話器を耳に押し当てて一瞬待ったあと架台に戻した。椅子の木の背もたれによりかかった。ミュラーの話が本当なら、ドルナーという男が本件の最重要参考人だ。その情報がこのようにクリポに渡される。ずいぶん好都合だと考えた。ドルナーが犯人だと証明されれば、ミュラーの望みどおり、党内派閥間の摩擦を生じることなく警察による迅速な事件解決となる。

名前がわかったのだから、ゲルダとその男の関係を裏づける証言者を探し出すのは簡単だ。ふたりきりでいるところを目撃されているにちがいない。友人のアパートメントや家で密会していたのでないかぎり。もっとも、その場合は、捜査を正しい方向へ導くべくミュラーがさらなる情報を提供できるのではないだろうか。

そう考えると気持ちが沈んだ。これはクリポの殺人事件捜査のありかたではない。明かした以上の情報をミュラーが握っているのは明白だ。ゲシュタポは、国家の脅威になりうる人物の監視を日常的に行なっている。同時に、相手の立場を悪くするような情報をつかむと、それを利用し、ゲシュタポに借りを作らせることにも熱心だ。となると、どちらが監視対象者だったのだろう。ゲルダかドルナーか。もしかすると、ふたりとも監視されていたのかもしれない。いずれにせよ、ミュラーはふたりについて知っている。

さらなる考えが頭に浮かんだ。ゲシュタポが私の電話を盗聴しているとしたら？　さっきカリンとの通話を終えるときに妙な音が何度か聞こえた。尾行もされているだろうか？　最近、ミュラーやその部下たちに目をつけられそうなことを言ったりやったりしただろうか？　カナリス提督と同席したのを目撃されただろうか？　社交目的で会っただけだが、だれかの疑惑を招くかもしれない。私の名前は、今回の捜査に就くまで監視対象者リストに載ってなかったとしても、いまは載せられている可能性がある。さっきカリンになにを話しただろう？　どちらかがゲシュタポの注意を引きかねないことを言ったかどうか思い出そうと、頭のなかで会話を再現した。ひとつひとつの言葉、言いかたまでを懸命に思い出した。ようやく、盗聴者の関心を引くような会話はなかったと結論を下した。とはいえ、今後、電話を使うときは用心するとしよう。

捜査の新たな局面に気疲れと気がかりを覚えた。シェンケはまたしても、党の舞台裏に、策謀に満ちた暗黒の世界に引きずり込まれた自分の不運を呪った。

立ち上がって肩の筋を伸ばしてから帽子とコートを手に取った。

「フラウ・エクス！」

彼女がデスクに開いた業務日誌から目を上げた。「なんでしょう？」

「外へ出る。ハウザーのほうが先に戻ったら、殺害当夜にゲルダがいっしょにいた男の手がかりをつかんだかもしれないと伝えてくれ。カルル・ドルナー大佐という男に関して情報をかき集めろ、と」

「カルル・ドルナー大佐ですね」彼女は反復しながら名前を書き留めた。「伝えます」

シェンケは挨拶代わりにうなずき、物置部屋を出た。階段を下りながら、制服警官をひとり連れて行くことに決めた。ドルナーがどのような人物か、ゲルダの死に加担しているのかどうか、わからない。応援要員がいたほうが安全だ。

9

陸軍将校宿舎は、ベルリンでの勤務を義務づけられて数の増えつつある軍人や、軍事行動中の所属部隊に加わるために移動中の軍人に宿泊施設を提供するべく、開戦直前に接収された優美なホテルに設けられていた。通りから見たときに、このホテルの新たな用途を示す徴は、ドアマンに代わって厚手のオーバーを着た哨兵がひとり立っていることだけだ。哨兵は体温を保とうとして、しきりに足を動かし、手袋をはめた両手をこすり合わせていた。

警察車両から降り、警察バッジを持ち上げて身分を示したシェンケは、同行させた制服警官ともども回転ドアを通され、カーペット敷きのロビーに足を踏み入れた。低いテーブルのまわりに配された座り心地のよさそうな革張りの椅子に、数人の将校が腰かけていた。壁は深い黄土色に塗られ、真鍮の覆いの下、大きな鉄格子の向こうで豊かな火が燃えている。

シェンケはこぢんまりして心地よいロビーを見まわしたあと、かつてのホテルの制服と思しき衣装を身につけた初老の男が控えている受付へ向かった。

「ご用でしょうか？」男は笑みを浮かべた。

「そうだ。ドルナー大佐を探している。ここに滞在していると聞いたのだが」

「はい、ご滞在です」

「よかった。では、彼の部屋へ案内してもらおう」

受付係の笑みが消えた。「お名前をうかがってもよろしいですか？」

「クリポ」シェンケはうんざりしてきて、ふだんどおり名乗る気分ではなかった。警察バッジをさっと示した。

「クリポ？」受付係がおうむ返しにたずねた。「現在、ここリーブマン・ホテルは軍の管轄下に置かれています。ご要望には応えかねます」

シェンケは受付デスクに両肘をついて身をのりだし、男をにらみつけた。「ゲシュタポのミュラー上級大佐の命を受け、私はある重大犯罪の捜査をしている。上級大佐の名前ぐらいは耳にしたことがあるだろう」コートからミュラーの権限書を取り出して掲げてみせた。「私の身元を確認したければそうしてもらってかまわないが、それにより私の時間をますます無駄にさせることになる。上級大佐は結果を待ちかねているので、私の職務を妨げる人間に容赦はしないだろう」

受付係が愛想よくうなずいた。「もちろんご案内します。しかし、あいにくドルナー大佐はお留守です。よろしければ、お名前とご用件を書いて……」

「彼はどこにいる？」

「朝早く仕事に出られました。いつもどおりに」

「彼はいつからここに？」

受付係は滞在者名簿を手に取って数ページ繰り、ある書き込みを指先で軽く打った。

「九月の初めからです」

「なるほど……」ドルナーには被害者と深い関係を築く時間が充分にあった、とシェンケは考えた。

「大佐がこのホテルに女性を連れてきたことは？」

「ありません」

「ずいぶん確信があるようだな」

「決まりなので。女性はロビーより奥へ入れてはならない。そういうことに関して、軍は厳しいですから。大佐は、ここを出るときも入るときも、たいていおひとりです」

「たいてい？　例外のときはだれといっしょなんだ？」

「お仲間の軍人ですよ。それ以上のことは正直わかりません」

「彼の職場は？」

「存じません。私の知ったことではないので。ロビーにいるかたがたに訊いてみられればいいでしょう」

受付係が質問攻めにされることに我慢ならず、シェンケの注意を自分からそらしたがっているのが見え見えだった。

「わかった。だが、あんたに訊きたいことはまだある。どこへも行くな」

シェンケは、受付係から目を離すなと制服警官に顎先で合図したあと、受付に背を向けてロビーに配された座席に近づいた。軍人たちに目を走らせた。大半がひとりで座って雑誌か新聞を読んでいる。火のそばで三人の佐官がコーヒーを飲みケーキを食べながら静かに会話していた。シェンケは帽子を脱いで三人のほうへ歩きだした。通りかかると、ほかの将校たちが興味津々の目を向けるが、話しかけたり礼儀正しく挨拶したりする者はひとりもなかった。

「失礼します」シェンケは無理やり笑みを浮かべた。「少し時間をいただけますか？」

三人は警戒の色を浮かべて彼を見上げた。ひとりは大尉、あとのふたりは少佐だ。いちばん近くのひとりが代表して口を開いた。「ゲシュタポか？」

シェンケは首を振った。「クリポです」

表情から三人が緊張をゆるめたのを感じ取り、シェンケは空いている椅子に腰を下ろした。「協力していただけるのではないかと思って。どなたかドルナー大佐をご存じですか？」

三人で顔を見交わしたあと、少佐が答えた。「ああ。ドルナーとは夜に何度かカードゲームをやったことがある。それに、バーでいっしょに酒を飲んだことも。なぜ大佐に関心を？」

直球の質問だ。正直に答えても害はないとシェンケは判断した。「ある犯罪の捜査で、証言してもらえるかもしれない人物として大佐の名前が上がってきたんです。いくつか訊きたいことがあって」

「でも、いま大佐は留守だ」もうひとりの少佐が言った。

「知っています。仕事に出かけたと受付係が言ってました。彼の職場に心当たりは？ 彼の知っていることを、できるだけ早く訊き出す必要があるもので」

最初に答えた少佐がシェンケをしばし見つめたあとで答えた。「まあ、あんたはゲシュタポじゃないからな……ドルナーはアプヴェーアに勤務している」

シェンケは片眉を上げた。「国防軍情報部に？」

「そのご大層な名称を使いたいならね」大尉が言い、にっと笑った。「くだらない軽口だ。実際のところ、ドルナー大佐は情報部だけあってすごく頭がいい。だからブリッジもうまい。私からだけでも少なくとも二百マルクは勝ってるからね」

あとのふたりが笑いを漏らすので、シェンケも同調して笑みを浮かべた。ただし頭は冷静で、彼らの言葉や表現をすべて記憶にとどめていた。「あいにく、名前しかつかんでなくて。大佐の所属部隊は教えてもらえませんよね？」

「騎兵隊だ。まあ、最近は文字どおりの意味はないが。騎兵隊兵士の大半は、機甲部隊に加わって安全な戦車のなかから敵を攻撃したがるんだ」

この男が言うほど戦車は安全な選択肢だろうかとシェンケは内心で首をかしげた。軍服の縁取りを見て、この少佐が砲兵隊の所属だとわかった。数カ月前に先陣を切ってポーランド軍に猛然と突っ込んでいった機甲部隊に言わせれば、いくぶん危険の少ないご身分だろう。それでも、もっと情報を引き出せるか確かめるために調子を合わせる必要があった。

「ドルナーの友人で、私が話を聞けそうな人をご存じですか？」

「どうしてそんなことを訊く？」大尉が言った。「大佐はなんらかの面倒に巻き込まれているのか？」

「ちがいます。形式的な質問をするだけです。関係者のほぼ全員に行なう聞き込みのようなもので。詳細な背景情報を知るためにすぎません。大佐の女性関係は?」

三人で顔を見合わせて首を振ったあと、砲兵隊の少佐がわざとらしくコーヒーカップに手を伸ばした。「悪いが、これ以上は協力できない」

にべもなく追い払われたことに対する怒りを、シェンケは顎をぐっと引いて抑え、態度には出さなかった。軍の将校が非軍人の同輩を見下す態度には慣れている。席を立ち、礼の印にうなずいた。「ではこれで」

シェンケは受付に戻った。

「ここで待て」制服警官に命じた。「ドルナーが現われたら、私が戻るまでここで引き止めておけ」

「わかりました」

シェンケは受付係の背後にある木製の棚にぶら下がっている鍵を身ぶりで指した。「大佐の部屋を見たい。いますぐだ。行くぞ」

受付係が四階のあるドアを開けた。シェンケは位置関係を確認し、ホテルの表側の通りを見渡せる部屋だと気づいた。通路に敷かれ、室内まで続いているカーペットはすり切れているし、受付係が照明のスイッチを入れてから脇へ寄ってシェンケを部屋に通すと湿ったようなにおいがかすかにした。一室ではなく小ぶりのスイートルームだ。ベッドルーム、バスルーム、その隣のリビングスペースには、質素なテーブルと二台のソファ、鎧戸の閉まった窓の脇にデスクがひとつ。デスクの片側には数冊のファイルが整然と積み重ねられ、もう片側に革表紙のノートが一冊置いてある。

「ドルナーと同じ階級の将校が全員、このようなスイートルームを与えられているのか？」

「いいえ。移動中の大佐たちにはシングルルームを割り当てています。ベルリン駐在者にはもう少しいい部屋を。ドルナー大佐は、特別許可をもらって、このホテルでも大きいほうのスイートルームを使っています」

「特別許可を出したのはだれだ？」

「知りません。職場で許可証を出してもらったんだと思います。なんなら、だれが許可証に署名したのか調べてみましょうか？」

「そうだな。調べてくれ」

　室内の空気は冷たい。

「暖房はないのか？」シェンケはたずねた。

「暖房をつけるのは、朝は六時から八時まで、午後は四時から九時までだけです」

「将校たちがロビーを好むのも不思議はないな」シェンケは受付係に向き直った。「受付に戻っていい。鍵を渡せ。用がすんだら受付へ持って下りる」

有無を言わせぬシェンケの視線に負けて、受付係が鍵を差し出した。「わかりました。ほかにご入り用のものがあれば……」

「かならず知らせる」

受付係が通路に出てドアを閉めるのを待って、シェンケはリビングルームを眺めまわした。整理整頓され、身のまわり品はきちんと並べてある。デスクへ行き、重ねて置かれたいちばん上のファイルを見ると、鷲と鉤十字の紋章のスタンプが押され、その下方に〝アプヴェーア〟と手書きで記されていた。ミュラーの権限書がこの種のファイルを読むことにまで及ぶのかどうか定かではないが、ドルナー個人の部屋に置かれているのだから国家の重要な機密が記されていることはまずないはずだと理屈をつけた。あとで元どおりに戻すため、重ねてある順番を頭に入れてから、最初のファイルを開いた。

ポーランドでとらえた捕虜の数と押収品の量の詳細を記したタイプ打ちの書類が数枚。殺人事件の捜査には無関係だ。二冊目のファイルもほぼ同じ内容だった。三冊目のファイルを手に取るとき、重ねたファイルのあいだに挟んで隠してあった一枚の写真が目に入った。撮影者を肩越しに見るという芝居がかったポーズを取っている女。何年も前に撮られたもので、髪もブロンドだが、まちがいようがない。ゲルダ・コルツェニーだ。表にサインはなく、裏返してみても、撮影したスタジオの名前と住所が記されているだけだ。ドルナーとの関係を考えれば予想されるメッセージも献辞もない。

ほかのファイルの中身も同様のリストと数字ばかりだったが、最後の一冊はちがった。そこには、ポーランドに投入された警察大隊の詳細な動向と、彼らが警察活動を行なう地域が記されていた。各地域は、面積と人口によって規定されている。その書類をざっと見たあと、すべてのファイルを元どおりに積み直してから室内の捜索を続けた。

革表紙のノートは日記帳だった。書き込みは最小限で、会った相手をイニシャルで記しているだけだ。〝K〟の書き込みがいちばん多い。デスクの引き出しには白紙のメモ帳が一冊と、封筒が五、六枚。マントルピースには本が何冊か並んでいる。廉価版の『我が闘争』、ベルリンのガイドブック、ぼろぼろになったグーデリアンの著書――機甲部隊による戦争論を著したもので、〝教え子にしてよき友人のカルルに〟という献辞と飾り文字のサインが入っている。ほかには、小説と詩集が数冊あるだけだ。

バスルームにもごく当たり前のものしかなかった。洗面用具はあるべき位置に、タオルは丁寧にたたんで棚に、それぞれ置かれていた。ベッドルームでは、ベッドが几帳面に整えられ、洋服だんすに予備の制服二着と平服のスーツ二着が吊るされていた。下の引き出しにはソックス、下着類、予備のブーツが一足。洋服だんすの脇にはぴかぴかに磨かれた靴が一足。シェンケはベッドの下をのぞいた。ベッドサイドテーブルのそばに、ホルスターに収めた拳銃が一挺。そっと引っぱり出してみた。ホルスターは軍の支給品ではない。人目につかない場所に銃器を隠し持つのは警察や情報機関のやり口だ。拳銃はワルサーP38。軍隊や治安部隊で普通に用いられている銃器だ。ドルナーのような大佐クラスの人間がベルリン市内で銃器を携帯する必要はまずないはずだし、仮にその必要があるとしても、ホルスターで腰ベルトに下げるだろう。これは未登録の予備の拳銃だ。それだけで、シェンケの疑惑をかき立てるには充分だった。

拳銃をホルスターごと元の位置に戻し、ベッドサイドテーブルの引き出しを開けた。さっきとはちがう写真が一枚。質素な黒い額に収められたこの写真に写っているのは、花嫁衣装を身につけた、繊細な顔立ちに黒い髪のほっそりした女だった。その横で彼女の腕を取っている若い軍人は、がっちりした体格で、ブロンドの髪を短く刈り、満面にやさしい笑みをたたえている。写真の下部に〝カルルとマルガレーテ、一九二八年六月三日〞と書かれていた。

「あんたは妻帯者だったのか」シェンケは小声で吐き出した。「ゲルダとのつきあいは遊びだったようだな」

引き出しを閉めた。疲労と左脚の痛みを覚えていたが、ベッドに腰を下ろしたいという誘惑を退けた。この部屋を捜索した痕跡をなにも残したくない。壁にもたれかかって、カルル・ドルナー大佐について考えた。私物の少なさ、整理の徹底ぶりは、彼が根っからの軍人である証拠だ。国防軍情報部に配属されてベルリンへ来た。つまり、彼は高度な精神力を有しているということだ。いかつい美男で、制服がそれをさらに強調するだろうから、不満を抱えた人妻の目を引くことなどいとも簡単にできたのではないだろうか。自身も結婚していることに加え、ミュラーの情報が正しいとすれば、ドルナーの道徳規範はゆるい。だが、ゲルダを殺害するほどまでにゆるいのだろうか。可能性はある。いさかいになったのかもしれない。ゲルダが彼にもっと多くを望み、ふたりの関係をばらすと脅したのかもしれない。体面を守ることに汲々としている軍人をシェンケは何人か知っている。ドルナーもそのたぐいなのか。かっとなって愛人を殺害したのだろうか。そうだとしたら、すぐに発見されかねない場所に死体を遺棄したのはそのせいか。気が動転して、厳しい冬の真夜中にアンハルター駅近くの線路脇に死体を遺棄したのか。

どうもしっくりしない、とシェンケは感じた。ドルナーとゲルダが不倫関係にあったのだとすれば、証拠がもっと出てきたはずだ。ラブレターとか、少なくともメモとか。なにも書かれてない写真一枚きりではなく、名前が書かれた思い出の品がいくつか。被害者と深い仲だったとしても、ドルナーはそれをみごとに隠している。たんに、恋人たちが愛する人のよすがとするはかない思い出の品になど、興味がないだけなのかもしれない。あるいは、死んだ女と自分を結びつける証拠になりそうな品を捨てたのか。だとしたら、なぜあの写真を手もとに残しているのだろう。

最後にもう一度、室内を見まわしてから、スイートルームを出て施錠した。受付に鍵を返し、受付係に身を寄せた。

「私が大佐の部屋に入ったことはだれにも言うな。わかったか？」

「はい」

「私が訪ねてきたことに関して大佐がたずねたら、あんたは、会いに来たけれどもロビーの将校たちと話をして帰った、と答える。以上だ」

受付係は怯えたように唾を飲み込んだ。「もちろんそう答えます」

シェンケは警告するように彼をにらみつけてから、くるりと背中を向け、制服警官を従えてその場をあとにした。

外に出ると、凍えるような大気がむき出しの顔を刺すので、雪を取りのぞかれた歩道を小走りに横切り、膝までの高さのある煤で汚れた雪の小山をまたいだ。制服警官ともども車に乗り込み、シェンケが運転席についた。エンジンをかけ、手袋をはめた手をこすり合わせながら、国防軍情報部本部の場所を思い出していた。いつだったか、デートの途中で前を通りかかったときに、カリンが指さして教えてくれたことがある。提督のおじのことを誇らしげに話しながら。世間は狭い、とシェンケはひとりごちた。ドルナーと恋人のおじが同じ職場に勤務しているのはたんなる偶然だ。本当に、世間は狭い。狭すぎるのではないかと考えながら、ギアを入れて車を通りに出した。

10

アプヴェーアのオフィスは、ラントヴェーア運河――いまは厚い氷とその上に吹きだまった雪に覆われている――に臨むベンドラーブロックと呼ばれる建物内にある。通りでは、背中を丸めたひげ面の老人が石炭を積んだ手押し車を押していた。シェンケの運転する車が近づくと老人は運河のほうへ寄って顔を伏せた。通りざまに警察官に車のなかから向けられる視線を避けるためだろう。

建物の横手に車置き場があり、哨兵がシェンケの車を招じ入れて空いている駐車場所を指示した。シェンケは制服警官に車のそばにいるように命じ、通用口から建物に入った。哨兵に求められて身分証代わりの警察バッジを呈示したあと受付の部屋に通されると、海軍の受付係が来訪者記録帳に名前を書き留め、来訪目的をたずねた。国家保安本部よりもアプヴェーアのほうが警備が厳格だとはおもしろい、とシェンケは思った。ここの受付係に比べればゲシュタポの受付係など素人だ。もっとも、秘密主義はゲシュタポの得意とするところではない。むしろ逆だ。ゲシュタポの威光の源は、一挙手一投足を監視されていると一般市民に信じ込ませることにある。だいいち、ミュラーが率いるゲシュタポは多くの人が思っているよりもはるかに規模の小さい組織だとシェンケは知っている。ゲシュタポの与える恐怖感が効果を発揮しているだけだ。

「ドルナー大佐に話を聞きたくて来た」

「わかりました」受付係が今日の来客予定を確認した。「大佐とお約束は?」

「ない」

受付係が言葉に詰まり、シェンケをまじまじと見た。「大佐はご多忙なかたです。今日は予定が詰まっています。補佐官に連絡を取って、もっとご都合のいいときに面会の予約を取られることをお勧めします」

「いまが都合のいいときだ。大佐のオフィスに内線電話をかけて、シェンケ警部補がいますぐ面会を求めていると伝えろ。フラウ・コルツェニーについて話し合う必要があると」

「とにかく補佐官に連絡を取っていただければ――」

もどかしさのあまり我慢も限界に近くなり、シェンケは音を立てて片手をデスクに叩きつけた。「いますぐ内線電話をかけろ。さもないと、警察官に対する公務妨害罪に問う。いいか、きみが私の要求を無視したと報告すれば、上は必要以上に重い罰を与えるはずだ。

さあ、内線電話をかけろ」シェンケは腕組みをして受付係をにらみつけた。

「仰せのとおりに。お掛けになってお待ちください」

「このままここで待たせてもらう」

受付係が受話器を手に取った。「交換台？　ドルナー大佐のオフィスにつないでくれ」

彼は指先でデスクを打ちながら相手が出るのを待った。「もしもし、受付です。大佐と話したいというかたが……シェンケ警部補です……あいにく、教えていただけなくて。大佐と話し合う必要があるとしか……」受付係が目を上げておそるおそる見るので、シェンケは口を動かして名前を伝えた。「フラウ・コルツェニーの件で……はい、まちがいありません……わかりました。お伝えします」

受付係が受話器を置いた。「ドルナー大佐がお会いになるそうです。六階に上がって補佐官のオフィスへお通ししろとのことです。いくつか仕事をかたづけしだい、お会いすると。こちらへどうぞ」

受付係がすりガラスのドアを入って、この建物の上階へ通じるエレベーターが二基並んだ小さなホールへ案内した。彼が蛇腹格子の扉を開けた。エレベーターのかごはふたり分の体重を受けて小さく揺れたあと、音と振動を立てながら上昇した。各階を通過するたびに蛇腹格子のすきまから通路をのぞくと、アプヴェーアの職員が歩いている姿や、立ち話をしている姿が見えた。最上階で受付係がレバーを引いてエレベーターを停め、蛇腹格子の扉を開けた。

「着きました。大佐の補佐官はシューマッハ少佐。そちらが少佐のオフィスです。左手三つ目のドアです」

通路の壁やドアは薄灰色に塗られ、そのせいでシェンケの好まない堅苦しい雰囲気が増している。両側の壁の天井に近い位置を走る暖房の配管や配線まで同じ色に塗られているので、まるで戦艦の深部にいるような気がした。動くものの気配はまったくないが、補佐官のオフィスからくぐもった声が聞こえる。杉綾模様の木の床を進み、受付係に教えられたドアをノックした。

すぐにドアが開き、髪を短く刈り込んだ親衛隊将校が笑顔で迎えた。額の生えぎわの傷痕は、彼が若いころに学生決闘クラブの一員だったことを物語っている。プロイセン人将校らしい、たくましい美形だ。「シェンケ警部補？　どうぞ入りなさい。私はドルナー大佐の補佐官、シューマッハ少佐だ。コーヒーでもどうかな？　あるいは紅茶でも」

彼が腕を振って、窓から運河を見渡せる豊かなしつらえのオフィスに招き入れた。壁のひとつを占める書棚に新聞がぎっしりと詰め込まれ、そのそばの大きなテーブルに書類の小さな山がいくつかできている。この部屋にはドアがふたつある——マップテーブルの横の小さなドアと、その向かい側のドルナーの名札がついたもっと頑丈なドア。窓ぎわに書き物机と椅子があり、吸い殻でいっぱいの灰皿から紫煙が渦を巻いて立ちのぼっている。少佐は、煙草の強いにおいに負けないぐらいのある種の男らしいにおいを発している。

「コーヒーがありがたいです」シェンケは答えた。

「なにか入れるか？」シューマッハがウインクした。「シュナップスをワンショット？ブランデー？」

「コーヒーだけで結構です」

少佐はがっかりした顔をした。「お好きなように」マップテーブルの端の椅子を指した。「座って待っててくれ」

「大佐にはいつ会えますか？」

「すぐに」シューマッハがまた笑みを浮かべ、小さいほうのドアを開けて顔だけ突っ込んだ。「コーヒーを淹れてくれるか？　いや、ふたつだ」

彼はドアを閉め、マップテーブルを挟んでシェンケの向かい側に腰を下ろした。「さあて。コーヒーはすぐに来る。熱いのが欲しいんじゃないかな。苦いのが」

「ええ、そうですね」シェンケはそっけなく答えた。

「こんなときは、アプヴェーアに入れたありがたさを実感するよ。どこかの寒くて泥だらけの塹壕で震えずにすむんだから」シューマッハは脇ポケットに手を入れて巻き煙草入れを取り出し、ばね式のふたを開けてシェンケに勧めた。シェンケが一本取ると、少佐はテーブルの上に身をのりだして火をつけ、ふたたび椅子に収まって自分の煙草にも火をつけた。渦巻く煙を吐き出してからまた話しだした。

「クリポが訪ねてくるなんてめったにないことだ。実際、これまでここでクリポの人間を見た記憶がないな。じつにめずらしい。われらが陰謀の巣窟へ来た理由を訊いてもいいか？」

シェンケは片眉を吊り上げた。「陰謀？」

シューマッハは声をあげて笑った。「国防軍情報部について世間がどう思っているかは知っている。陰謀渦巻く世界。エキゾチックなロシアのスパイとか、暗闇で振りかざされるナイフとか。現実には、見てのとおりとても退屈な仕事だ。埃をかぶった地図、海外の情報源から届く断片的な情報。だからこそ、あんたの訪問によって味気ない日常が崩れることに興味津々なんだ」彼が狡猾そうな笑みを浮かべて身をのりだした。「さあ、教えろ」

シェンケは煙草の煙を深く吸い込み、気道のぬくもりを堪能してから煙を吐き出した。

「残念ながら話すことはできません。私と大佐の問題なので」

「なんだ、がっかりだな」

小さいほうのドアが開き、コートを着た女が磁器のカップと小ぶりのミルク入れ、スチール製のポットが載ったトレイを運んできた。女がテーブルに置こうとするとシューマッハが首を振った。「そのまま奥へ。客人は大佐とコーヒーをともにされる」

「かしこまりました」女が部屋を横切り、ドルナーのオフィスのドアをノックして、返事を待たずに入っていった。太く低い声の男と小声でふた言三言交わすのが聞こえたあと、女は出てきて自分の部屋へ戻った。

「彼女がコートを着ていたのを見れば、この建物の保守係が暖房をけちっているのがわかるだろう」シューマッハが舌打ちした。彼は立ち上がって上官のドアへ行った。「彼を入れてもいいですか？」

「入れろ」

あの結婚写真とほとんど変わっていないというのが、シェンケがゲルダの愛人に抱いた第一印象だった。ドルナーは立ち上がって改まったお辞儀をした。「ようこそ」デスクの上、目の前にコーヒーのトレイが置かれている。大佐はポットを手に取って湯気の立つコーヒーをそれぞれのカップに手ぎわよく注いでから目を上げてたずねた。「ミルクは？」

「さあ、座れ、シェンケ」大佐はシェンケの背後に目をやった。「もういいぞ、クラウス。正午のブリーフィング用の資料を作ってはどうだ。こっちはすぐに終わる」

それはあんたがなにを話すかしだいだ、とシェンケは頭のなかでつぶやき、一方的に追い払われないように心構えをした。

ドルナーが自分のカップにミルクとスプーンに山盛り二杯の砂糖を入れるあいだ、シェンケはデスクを挟んだ向かい側の席から室内を見まわした。ホテルの部屋と同じく、この部屋も整理整頓されている。シューマッハの部屋よりも狭い。ひとつしかない窓は、外気の水分が外側に氷となって張りついているせいでなにも見えない。壁は、腰の高さまでは木目のある豪華な板張りなのに、その上と天井は通路と同じくすんだ灰色だ。デスクにはハイキングの装備をして笑っている妻の額入り写真が立ててあり、片側に並べた三つのトレイに書類とファイルが収められている。ドルナーが腰を下ろし、鮮やかな青い目をシェンケに注いだ。

「結構です」

「ゲルダ・コルツェニーのことで話し合いたいそうだな」

あたりさわりのない表情は感情を欠いていて、まるで仮面のようだとシェンケは思った。彼が不安を感じているのかどうか、なんらかのやましさを覚えているのかどうか、読み取ることは不可能だ。時間稼ぎのため、メモ帳を取り出して開き、ペンを構えた。

「あなたが彼女と知り合いだという情報を得ました」

「そのとおりだ。異動でベルリンへ来て以来、社交の場で何度か顔を合わせたことがある」ドルナーはコーヒーをひと口飲んだ。「それがなにか？」

「あなたがたの関係はたんなる社交上のおつきあいではないと情報源から聞いています、大佐」

一瞬、身を硬くしたものの、ドルナーはコーヒーをまたひと口飲んでからカップを受け皿に戻した。「フラウ・コルツェニーとの私的な関係がクリポの関心を引くとは知らなかったな」

「では、浮気をしていたことを認めるのですね？」

「浮気は犯罪ではない。ドイツが倫理観の聖地かなにかのようなイメージを党が打ち出したがっていることは承知しているが、こっちは生身の人間だ。そんな政治的宣伝（プロパガンダ）をまくしたてることを任された男こそ最低最悪の偽善者だ。ゲルダ本人が過去の経験からそう言っていた」

「私はゲッベルス大臣の話をしに来たのではありません。あなたとフラウ・コルツェニーについて話を聞きたい」

「好きにしろ。さあ、なんでも訊け」

この態度を見るかぎり、ドルナーがまだ彼女の死を知らない可能性はある。あるいは、愛人の全盛期に劣らぬ名役者なのか。慎重に質問する必要がある。

「一昨日の夜に彼女と会ったのは事実ですか？」

「そうだ。あらかじめ示し合わせて、ゲルダの映画界の友人邸で開かれるパーティで会った。そのあと、彼女と歩いて駅へ向かい、私はタクシーで将校宿舎へ帰った」

「彼女はなぜ、あなたといっしょにタクシーに乗って自宅まで送り届けてもらわなかったのですか？」

「私が、仕事をかたづけるためにオフィスへ行くと言ったからだ」

「彼女に嘘をついた。なぜです？」

「楽しい夜ではなかったのだ。喧嘩になった。彼女から離れたかった」

「喧嘩の理由は？」

「彼女は夫と別れたがっていて、私にも妻と別れることを望んだ。そのつもりはないと彼女に告げた。私に言わせれば、彼女とはよき関係であり、おたがいに楽しんでいる。それだけだ。守る気のない約束はしていない」ドルナーは見下げるように鼻を鳴らした。「ゲルダも何日かはすねているだろうが、そのうち機嫌を直すはずだ。こんなにいい関係を失うのは惜しいし、彼女もそれはわかっている」

この男の独りよがりの傲慢さがシェンケには気に食わなかった。モーターレースの世界につきものだった社交生活で、この手の人間をいやというほど見てきた。つつましい出自から大富豪や映画スター、名門貴族と交友を持つまでになったことに、最初は酔いしれたものだが。口調と態度から察するに、ドルナーもそのたぐいの人間のようだ。どんな権利も与えられて当然だと考えるたぐいの人間。この男にとってゲルダはたんなるセックスフレンドだった。それだけのことだ。

ドルナーがカップを手に取った。「彼女がなにか問題を起こしたということか？　今度はなにをやらかした？」

「彼女は前に問題を起こしたことがあるのですか？」シェンケは水を向けた。

「あんたはそれを知っている立場だろうに。彼女が酔うと醜態を演じるのは周知のことだ。たびたび問題を起こしている。総統や党の悪口を言って警察に連行されたことも何度かあって、やむなく夫が留置場まで出向いて釈放の手続きを取っていた。夫にすれば、ゲルダは迷惑な女だ。正直、コルッェニーには同情を覚えるよ。彼女と結婚などするべきではなかったのだ」彼は首を振り、淡い笑みを浮かべた。「今回はなにをやらかした？　ヒトラーのポスターに落書きでもしたか？」

「亡くなりました」

ドルナーがその知らせを飲み込むあいだ、シェンケは彼の顔を仔細に観察した。最初はなんの反応もなかった。すぐに笑いだした。「冗談だろう……亡くなっただと？」

「殺害されたのです」

ドルナーの顔が、正真正銘ショックを受けた表情に変わった。「そんな……まさか。一昨日の夜に会ったのだ」

「先ほどそう認めましたね。彼女が殺害された夜にいっしょにいた」

ドルナーの目に初めて不安の色が表われた。彼は椅子の背にもたれかかり、両手を組んだ。

「彼女の殺害に私が関与したと言っているのか？」

シェンケは答えなかった。このような状況における沈黙の効用を知っているので、相手に言葉を続けさせた。

「彼女の殺害にかかわっていると、私に疑いをかけているのか？　そういうことか？」

「あなたは彼女を殺害しましたか？」

クリポの尋問訓練で好まれる単刀直入の質問だ。被疑者は、鎌をかける質問には用心するが、えてして直球の質問には動揺する。ドルナーは驚いて目を剝き、すぐに怒りで顔を赤くした。

「いや。私はやっていない……同じ質問を彼女の夫にぶつけたか？　コルツェニーはときに拳を振るうことをいとわなかったのだ」

「コルツェニーの話をしに来たのではありません。彼の妻を殺害していないというのがあなたの言い分ですね」

「言い分ではない。事実だ。紳士として誓う」

シェンケはだれの言葉も額面どおりに受け取ろうとしない性分だ。まして、相手が尊大な人間となるとなおさらだ。経験上、そういう手合いが犯罪常習者と同じく欲得ずくで動くことを知っている。それどころか、彼らは自分が世間一般の法手続きを超越した存在だと思っているから一層たちが悪い。いま目の前にいる男についても、愛人が亡くなったことを嘆くよりも、自分の身の潔白を証明することのほうを気にかけていると、いやでも気づいてしまう。

「ドルナー大佐、一昨日の夜のことを話してくれませんか？　できるかぎりくわしく。あなたが無実なら、それを証明することになるし、フラウ・コルツェニーを殺害した犯人をつかまえる役に立つはずです」淡々とした口調で言うことによって彼の協力を促した。「あなたを逮捕して管区警察署へ連行し、尋問せざるをえなくなる前に、いまここで正直にすべてを話したほうがいい。この件はなるべく表沙汰にしたくないでしょうからね」

ドルナーはしばし、どう答えたものか考えていた。「ひとつ教えてくれ。ゲルダの訃報がいまのいままで私の耳に入らなかったのはなぜだ？　元映画スターが殺害されたとなれば、すぐにも新聞記事になり、ラジオニュースで流されるものだと思うが」

「捜査に着手してまだ一日です。準備が整うまで記者発表はしません」シェンケはこの件におけるミュラーの役割を明かすつもりはなかった。「ですから、一昨日の夜のことを話してもらえれば……」

大佐はしばし黙って詳細を思い出していた。「ゲルダとはフリードリヒ通り駅で落ち合う段取りだった。彼女が遅れて来たせいで、せっかく会えたのに私は不満だった。彼女はいらいらした様子で、夫と喧嘩をしたと言った。私たちはインスブルック広場駅で列車を降りた。タクシーが見つからなかったので、彼女の友人の邸まで歩いた」

「邸の住所は？　その友人の名前は？」

「フリーデナウ区フェリックス通り二八二番地。マリウス・シュタイクリッツ。脚本家だ。ウーファ社に勤めている」

「時間は？」

「九時少し前だったと思う」

シェンケはそれをメモ帳に書き留め、話を続けるようにドルナーに合図した。「そのパーティについて話してください」

「人が多くて騒々しかった。客の大半が映画業界者のようだった。演劇関係者やその手の芸術家タイプだ。作家や知識人、スポーツ界の人間も何人かいた。個人的には、スポーツ関係者をのぞけば、そういう連中と過ごすことはほとんどない。ほかには軍人が数人と、党の大物が何人か」

「あなたとフラウ・コルツェニーは、客のだれかと話をしましたか？」

「飲みものを手にするなり、彼女は同類のところへ飛んでいった。残された私は、あの場にわずかばかりいた正気の連中と話をした。私は飲みすぎたし、彼女がほかの男といちゃつきだしたのを見てさらに飲んだ。そのとき、もう知るかと思った。もうたくさんだ。彼女との関係を終わりにすると決めて、なるべく早く彼女と話をする必要を感じた。彼女の腕をつかんで、もう帰ろうと言った。彼女も最初はいやだと言ったが、酔っていたのであまり抵抗しなかった。私たちはコートを受け取り、パーティ会場をあとにした」

「時間は？」

「さあ……頭が朦朧としていた。おそらく十時を過ぎていたと思う。邸から離れながら口論になった。私は、ふたりの関係は終わりだと告げた。彼女は食ってかかった。大声で罵詈雑言を浴びせた。だれかに聞こえるのではないかと思った。通報されて警察沙汰にでもなったら、おたがい困ったことになる。彼女がますます感情をたかぶらせるので、私は平手打ちをくらわせて、黙れと言った。彼女はそれでいくぶん正気に戻ったようだった。私たちは別れ、彼女は駅へと歩み去った。私は振り返らなかった」

短い沈黙のあと、シェンケは口を開いた。「彼女を暗い夜道に置き去りに？ それが彼女を見た最後ですか？」

ドルナーがうなずいた。「せいせいしたと、あのときは思った。だが、彼女が死んだ。いまさら言っても仕方のないことだが、後悔している。彼女の身が危険だと知っていれば、自宅まで送り届けたものを」

「後悔？」シェンケはゆっくりと首を振った。「それしかできないのですか？ だいいち、具体的にはなにを後悔しているんでしょうね」

「なにが言いたい？」

「彼女を尾けて駅へ行ったことを後悔しているのでしょうか？ 同じ列車に乗ったことを？ あなたとの関係を暴露できないように彼女を殺害したことを後悔しているのですか？」

ドルナーは拳を振り上げたものの、はっとして動きを止め、どうにか椅子に背中を預けて深呼吸をひとつした。「私は事実を話している。言ったとおり、駅に着く前に彼女と別れた。それが最後になった。彼女が死んだと聞かされて悲しんでいる。あらゆる点ですばらしい女だった。酒に酔っていないときは」

「あなたが殺害したのでないならば、彼女の死を望む人間に心当たりがありますか？」

「あの間抜けな夫のほかに？　あの夫には充分、動機がある。夫に訊いてみろ。夫でなければ、彼女が全盛期に侮辱し小馬鹿にした男どもが山ほどいるはずだ。あるいは、私にしたように、彼女が脅そうとした男が……彼女が殺されたとは信じられない……だれがそんなことをすると思う？」

シェンケはメモ帳を閉じ、ペンのキャップを閉めて、ふたつともコートのポケットにしまった。「現段階ではわかりかねます。しかし、すぐにもなにかつかめるでしょう。そう断言します」

ドルナーの視線が窓に向いた。「なんとしても犯人を見つけろ。犯人には罪をつぐなわせなければならない。山ほど問題を起こしたとはいえ、ゲルダは善良な女性だった」

「私は殺人被害者について判断を下すことはしません」シェンケは言った。「それは私の仕事ではないので。ただ犯人を見つけるだけです。とはいえ、夫や愛人を見るかぎり、フラウ・コルツェニーには男を見る目がなかったようです。いま現在の愛人も含めて」

「たしかに、妻と別れて彼女といっしょになるつもりはないと言った。だからと言って、彼女に愛情がなかったわけではない。愛情を抱いていた」

「そうかもしれません。しかし、あなたはどうも愛情を表現するのが苦手なようですね。悲しみを表現するのも」

「私の悲しみは私が向き合うものだ。ひとりで」ドルナーが立ち上がった。「質問には答えた。もう帰れ。捜査の焦点は彼女の夫に絞るんだな。彼女に危害を加えたがる人間がいるとしたら、あの薄汚い弁護士だ。では、さようなら」

シェンケは言いなりになるのを拒むように、まばたきもせずに彼をにらみ返した。椅子から立ち上がった。「さしあたっては、いただいた情報で充分です。また訊きたいことが出てきたらうかがいますので」

「それはどうかな」ドルナーがデスクをまわって出てこようとするのをシェンケは片手で制した。

「出口はわかります」

ドルナーは改めて腰を下ろして自分のカップにコーヒーのおかわりを注ぎ、オフィスを出て行くシェンケを目を上げて見ようともしなかった。シェンケが次の間に出ていくと、シューマッハ少佐が読んでいた新聞から顔を上げた。

「もう終わり？」

「いまのところは」

「なるほど」シューマッハは煙草の火を消した。「次回があるわけか。そこまで送ろう」

立ち上がってシェンケより先にドアロへ行った。

「それには及びません。ひとりで玄関ロまで下りられます」

「いや、ほら、内務規定で、来訪者に同行することになっている」

「本当に？」シェンケは冷静に彼の顔をうかがった。「クリポの刑事が危険人物だと見なされるのですか？」

「私が決めることではないので。申し訳ない」

彼がドアを開け、先に立って通路へ出た。エレベーター前へ行くと、上がってきたかごが速度を落として停まった。一瞬ののち海軍将校の制服に身を包んだ男が出てきて、ぴたりと足を止めた。

「こんにちは、警部補。これはうれしい驚きだな」カナリスが笑顔で片手を差し出した。

「きみがなぜ、われらがささやかなスパイの巣窟へ？」

「クリポの仕事で来ました」

「ああ、きっとあの夕食会で話し合った一件と関係があるのだろうね」

いくら用心しながらとはいえ他言無用の情報を口外してしまったことに言及されて、シェンケは身の置きどころがなかった。気まずい沈黙のあと、カナリスがシェンケの腕を軽く叩いた。

「すまなかった。きみを困らせてしまったな。許してくれ。それより、カリンとはもう仲直りしたのか？」

「はい」

「それはよかった。たいへん結構。また夕食でもとりながら交友を深める機会を持てそうだ。楽しみにしている。では、急ぎの約束があるので、これで」

ふたたび握手を交わしたあと、カナリスは通路をすたすたと歩み去り、シェンケはエレベーターに乗り込んだ。受付係が扉を閉めてレバーを押した。シューマッハが手を振った。その背後に、シューマッハのオフィスに入っていくカナリスの姿がちらりと見えたかと思うと、エレベーターが一階へと下りはじめた。

11

午後二時過ぎ、シェンケはシェーネベルク管区警察署に戻り、最上階にある間に合わせのオフィスへと階段を上がりはじめた。三階に着くと、リッターが口笛でクリスマスソングを奏でながら通路をやってきた。シェンケを見るなり口笛をやめ、無理やり笑みを浮かべた。

「ああ、きみか。捜査はどうだ？」

「私の班に物置部屋ではなくまともなオフィスを提供してもらえれば、もっと進展が見込めるでしょう」

「使える部屋があそこだけでね」リッターが、同情するような表情を装った。「もっと居心地のいい部屋を手配できたら知らせよう」

「それが賢明でしょうね」シェンケは言い放った。「二日待ちます。そのあいだに手を打ってくれなければ、この件を上に報告する」

リッターの顔がこわばった。「脅し文句に聞こえて不愉快だ」

「脅し文句。約束。忠告。好きに言えばいい。しかし、かならず日曜日には私たちがまともなオフィスを使えるようにしていただきます」

「だが、日曜日はクリスマス・イブだ」リッターが抗議した。「署員の大半がクリスマスの準備をしているだろう。不可能だ」

「では、日曜日までに手配してください。これは助言です。とにかく、手配を」

シェンケは返事を待たずに最後の一階分の階段を上がった。リッターに怒りを覚えているが、それをぶちまけて口論に発展することは望んでいない。部下に目撃されかねない公共の場で口論するのは絶対にまずい。一段上がるごとに左脚が痛み、シェンケは顔をしかめた。

物置部屋に入ると、フリーダとローザがコートと帽子と手袋を身につけてテーブルにつき、最近の事件記録ファイルを読んでいた。室内は凍えるように寒い。シェンケは一台しかないラジエーターへ行き、手袋をはずして触れてみた。塗装された鉄は氷のように冷たい。

「暖房はどうした?」

フリーダが書類から目を上げた。「警部補が出ていったあとすぐに切れたんです。ローザに一階へ知らせに行ってもらいました。受付は調べると言ったそうです。それきりなんの音沙汰もなし」

ローザに目をやると、震えている。シェンケは頭に血がのぼって熱くなるのを感じた。

「ひと休みしろ。食堂へ行って、温かいものを腹に入れるんだ。もう終わらせる」

「終わらせる?」

「こんなくだらないことはもうたくさんだ」

シェンケは足音も高く部屋を出て階段を下りた。憤怒のあまり、一時的にせよ左脚の痛みは忘れていた。受付のドアを開けると、受付係の巡査部長は湯気の立っているエナメルのマグカップを手もとに置き、開いた新聞を読みふけっていた。広々とした部屋なのに物置部屋よりも暖かいことが、デスクに近づくシェンケの怒りを強めた。迫り来る上官に気づいた巡査部長は不安げな表情を浮かべて居住まいを正した。

「ご用ですか?」

「そう、ご用だ。私と話すときはその太った尻を椅子から上げろ」

巡査部長がスツールから飛び下りた。彼は平均的な男よりも頭ひとつ分背が低い。シェンケは上からにらみつけた。

「私の班の者から最上階の暖房に不具合があると知らせを受けたのはおまえか?」

「はい、そうです」

「いつ？」

「数時間前です」

「では、まったく手が打たれていないのはなぜだ？」

「業務日誌に、保守係宛てのメモを書きました」

シェンケはカウンターに両手を置いた。「それで？」

「保守係の時間ができたときに手を打ってくれるでしょう」

「それはいつになる？」

巡査部長は肩をすくめた。「物置部屋は優先扱いではありません。いつになるか」

シェンケはカウンターのマグカップを払いのけた。マグカップは壁まで飛び、総統の額入り写真の下方に当たって大きな音を立てた。茶色の液体がカウンターと新聞の上に広がり、壁にも飛び散った。「あの物置部屋は優先扱いだ、馬鹿者！　いまはオフィス代わりに使っている。私の班の者をあそこで凍死させたいのか？　保守係をやって修理させろ」

「それはできません」

「はあ？」

「もう帰りました。クリスマス休暇に入ったので。水曜日まで出勤しません」

シェンケは言葉を失って歯噛みし、口を真一文字に結んでカウンターをつかんだ。その表情を見て取った巡査部長はあらぬかたを見つめ、体をこわばらせて立っていた。ようやくシェンケは口もとの緊張を解き、低い声で言った。「こんなことは受け入れられない」

巡査部長の背後に掲示板があり、おたずね者のビラや写真が貼ってある。その横に緑色に塗られたドア。そのドアが開き、満面に笑みを浮かべた巡査が出てきた。上着の上からふたつのボタンがはずされ、どうも酒を飲んでいるような様子だ。シェンケに気づくと、うしろめたそうにもじもじし、会釈してから通路を小走りに便所へ向かった。シェンケはカウンターの奥へまわり、ドアを押し開けた。

耳に飛び込んできた大声の会話や笑い声は、休憩室にいる巡査たちがシェンケを見るなり、小さくなって消えた。少なくとも二十人はいる。部屋はゆうに幅十五メートル奥行き五メートルはあり、照明が明るく、籐かごに入っている薪をくべる大きなストーブが二台もあって暖かい。長テーブルと長椅子がいくつもあり、ふかふかした古いソファも数台ある。巡査の多くがボトルを持っており、数人はボウルに入った茹でソーセージを食べている。

「ここなら立派に用をなすな」シェンケはひとりごちながら、ミュラーの権限書を取り出して掲げた。「ゲシュタポのミュラー上級大佐の命により、この部屋は私が使うこととする。全員、私物を持って即刻ここから出ていけ」

呆気にとられたような沈黙が落ち、驚いた顔を見交わす者がいるものの、だれひとり動かない。シェンケは胸いっぱいに空気を吸い込み、声を張り上げた。「おまえたち、耳が聞こえないのか？　命令を下したのだぞ。一分以内に全員がこの部屋から出ていかなければ、向こう一カ月は二交代勤務だ。さあ、動け！」

クリスマスが台なしになるという不快な見通しが功を奏し、巡査たちは先を争うようにシェンケの横を通って受付ホールへ出ていった。ひとりがソーセージのボウルに手を伸ばすので、シェンケはその腕を叩いた。「置いていけ」

シェンケは巡査たちに続いて休憩室を出てドアを閉めた。「追って知らせるまで、この部屋は立入禁止とする」

「代わりにどこを使えと？」だれかが食ってかかった。

「私の知ったことではない。ここの署長に掛け合え。さあ、立ち去れ。家へ帰る前に冷たいシャワーで酔いを覚ますといい」

全員が立ち去るのを待って、シェンケは物置部屋へ上がった。入っていくと、湯気の上がるコーヒーのカップを両手で握りしめたフリーダが顔を上げた。

「収穫はありましたか？」

「新しいオフィスを見つけてきた。暖かいし食堂にも近い。書類や資料をまとめて、冷凍庫のようなこの部屋から脱出するぞ」

リッターは部下たちの不満にすみやかに反応した。物置部屋まで来て、制服と磨き込まれたブーツといういでたちでドアロに立った。「私の部下に休憩室から出ていけと命じるとは、どういうつもりだ？　なにさまのつもりだ？」

シェンケは手に持っていたファイルを箱に入れ、室内を見まわした。「ここに暖房はなく、クリスマス休暇が終わるまで修理もできなそうなので、休憩室へ引っ越すことにしました」

「だめだ。それはできない相談だ。私は——」

シェンケは片手を上げて彼を制した。「ふたつ目の質問に答えるなら、私はミュラー上級大佐の権限書を持った者です。文句があるならミュラーに掛け合えばどうです。きっと喜んで事情を説明してくれるでしょう」電話機に手を伸ばして受話器を持ち上げ、リッターに差し出した。「どうぞお好きに」

リッターはいらだちのあまりまだ荒い息をしている。シェンケはなおしばらくいらいらさせておいてから受話器を戻した。

「部下に話して聞かせるのが賢明だと思いますよ。私たちがここでの職務を終えしだい、あの部屋を取り戻すことができると伝えるんです。そうすれば彼らも、私たちが殺人犯を見つけ出すのにもう少し協力する気になるかもしれない」シェンケは別のテーブルに置かれた書類や箱を身振りで指し示した。「あとは、それを一階まで運ぶのに四人貸してもらえればありがたい。以上です、ヘル・リッター。では、よろしく」目の前の箱に書類を収める作業に戻った。大きな音を立ててドアが閉まり、通路を遠ざかるリッターの足音が聞こえた。

フリーダが彼と目を合わせてにんまりした。「警部補はときどき本性を見せますね」

「状況に見合った役を演じているんだ」彼は笑みを返した。「さあ荷造りをすませて、彼らが親切にも提供してくれたストーブの暖かさを満喫しに行こう」

「とりあえず、ちょっとした改善だな」ハウザーがコートを掛けて室内を見まわしながら言った。「まっとうな第二の家を見つけてくれましたね」

ファイル類は、彼らのものとなった食卓に並べられている。すでに部下の大半が仕事に取りかかっており、室内は静かだった。シェンケは奥のストーブに近いテーブルを自分用とし、革張りの椅子に腰を下ろした。暖かいので上着を脱ぎ、ハウザーより前に戻ってきた部下の聞き込み報告書に目を通した。早くも外は暗く、灯火管制用のブラインドは引き下ろされている。天井照明のおかげで、室内がいっそう暖かく居心地よく感じられた。

「コーヒーでも取ってこい」シェンケは言った。「報告はそのあとでいい」

部長刑事はマグカップをふたつ持って戻り、ひとつを上官の前に置いた。

「ありがとう。アンハルター駅の聞き込みの首尾は？」

ハウザーがメモ帳のページを繰った。「あの夜プラットホームで勤務していた職員をできるだけ探して話を聞きました。ゲルダ・シュネーのブロマイドと、死体検案所で撮られた写真の両方を使いました。記憶を呼び覚ます役に立つんじゃないかと思って」

「だが、髪の色がちがうだろう」

「いいですか、男がみんな、独身男のように上辺しか見ないわけじゃありません。目や唇、骨格といった、ほかの特徴に気づく男もいるんです」

「これは一本取られたな。もっとも、私も近ごろは独り身とも言えないが」

ハウザーが意味ありげに片眉を上げた。「おや、そうですか？　では、すばらしきカリンとは順調なんですね？」

「さまざまな時間を過ごしている」

「きっと楽しい時間が多いんでしょう」

シェンケは彼女の話をする気分ではなく、ハウザーのメモ帳を指さした。「報告の続きを」

「成果なしです。意外でした。普通、ゲルダのような美人なら目に留まると思いますからね。不審な行動をする人間がいたかどうかもたずねました」彼はあきれたように目を剝いた。「結果はご想像どおり。うろついてる人間はみんな、敵国のスパイか、破壊工作を行なう共産主義者か、すりを働くロマ族か、売春の斡旋をするユダヤ人だと見られる」

「残念だ」シェンケはコーヒーに口をつけた。「彼女が帰りはアンハルター駅にたどり着けなかったことはわかっている。列車が駅に入る前に降りたんだ。列車内か別の駅で、だれかが彼女を見かけたのではないかと期待していた」

「なぜ彼女が市内に向かう列車に乗っていたと思うんですか？　アンハルター駅に着き、なんらかの理由でフリーデナウ地区へ引き返そうとしたという可能性もあります」

「そうかもしれないが、とりあえず、ゲルダの生きた姿が最後に目撃されたと確認できたのは、インスブルック広場駅付近だ。ドルナー大佐の供述によれば、だが」

シェンケは、将校宿舎のドルナーの部屋の捜索と、そのあとのアプヴェーアのオフィスでの事情聴取について話した。

「なかなかの展開だな」ハウザーが考えを巡らせた。「ドルナーを指弾するのにゲシュタポがひと役買うなんて、だれが予想したでしょう。疑り深い人間なら、だれかが私たちを操っていると考えるんじゃないですか」

「そのとおり」シェンケはハウザーと目を合わせた。

「ドルナーの印象は？　彼の言い分を信じるんですか？」

「コルツェニーの言い分といい勝負だな、裏づける証拠が出るまでは。ただでさえドルナーは妻を裏切っている。叶えてやる気のない期待を愛人に抱かせたのかもしれない。疑わしい点をあの男の有利になるように解釈する理由はない。加えて、ゲシュタポの口利きという些細な問題もある。きみの言うとおり、大いに助かっている。助かりすぎて……」

早くも届いた死体検案書に向き直った。「あの夜の気温を考慮に入れて、検死官が死亡推定時刻を午後十時から午前二時のあいだと割り出した。極度の寒さのせいで、それ以上正確に算出するのは不可能なんだそうだ。だが、捜査の範囲を絞り込む役には立つ。死体発見者――機関助士のガンツ――の供述は取った。勤務に遅れていたので線路を横切り、死体を発見したと言っている。彼女が死んでいるとわかってすぐに知らせた、と。いまわかっているのはそれだけだ」

「では、被害者の夫と愛人が最有力被疑者ですね」

シェンケはうなずいた。「どうやらそのようだ。ただ、ドルナーを愛人と呼ぶのはいささか的はずれだな。あの男はゲルダを利用していただけだ」

「ゲルダのほうも彼を利用していたんだと思います」

「そうだろうな」シェンケは認めた。「彼女は離婚したがっていたが、ドルナーは手を貸す気はなかった。それどころか、彼女に脅されたと感じ、ふたりの関係をばらされると不安に思ったのかもしれない。それが彼の動機だ。一方、コルツェニーは離婚を望んでおらず、嫉妬が暴力に発展した可能性がある。当面はドルナーとコルツェニーに捜査の全力を注ぐ」

「ふたりに尾行をつけますか？」

「そうだな。ブラントとローザにやらせろ。ローザは尾行がうまい」

ハウザーが息を吸い込んだ。「この寒さじゃ、あまり楽しくなさそうだ」

「楽しむことではない」シェンケはきっぱりと返した。「仕事だ。天候がどうであろうと」

上官の不機嫌な口調にハウザーは驚いた様子だった。

「悪かった」シェンケは詫びた。「ミュラーにせき立てられているのに、提供できる材料がほとんどない。わかったことといったら、おそらくは彼がうすうす知っていたことだけだ。おまけに彼が情報をなにか隠している気がする」

「くそいまいましいゲシュタポが私たちを操る必要はないのに」ハウザーが言った。「いまでは同じ船の一員のはずなんだから」

「上層部はそう言うが、現実には、ゲシュタポは自分たちの小さな帝国を築こうとしている。この事件はその過程のひとつだという気がする。正直、党の内部軋轢など知ったことではない。女がひとり殺された。その犯人を見つけ出す。私たちが気にかけるべきはそれだけだ」

ハウザーが首を振った。「それはちがいます。ゲシュタポのことは気にかけるべきです。さもなければ捜査どころではなくなってしまう。とくに警部補、あなたは。捜査に失敗しても、私やこの班のみんなは配置換えになるだけでしょう。でも、警部補は見せしめにされる。私が警部補の立場なら慎重に行動します。あなたは優秀な刑事だし、そんな警部補を班長にいただいて私たちは運がいい。だから、くれぐれも失敗しないでください。そんなことになったら、後悔するのは警部補ひとりではないので」

刑事としての能力をハウザーがはっきりと評価してくれたのは初めてだったので、シェンケはしばし満悦にひたった。クリポでも歴戦のこのベテラン刑事に能力を認めてもらうのは格別の意味がある。だがその喜びはすぐに消え、切りだせずにいた話を考えてうしろめたさを覚えた。

「悪い知らせがある。きみや班のみんなにとって」

ハウザーが深いため息をついた。「そんなことだと思いました。休暇返上の話ですよね」

「そうだ」

「で、クリスマス休暇返上の憂き目を見るのはだれですか?」

「全員だ」

ハウザーが目を閉じた。「くそ……」

「やむをえないことだ。この事件の解決を迫られているし、知ってのとおり、初動の数日が捜査の成否を左右する。いまは、この班の全員が全力で取り組まないと。申し訳ないが、それが実情だ。追って知らせるまで休暇はなしだ」

「みんなにはもう言ったんですか?」

「まだだ。だが、それを告げたときの不満な空気は想像がつくだろう」

「家でも不満な空気にさらされるでしょうね。家族のいる者は」

「仕方がない。この事件を選んだのは私ではない。私が決めていいのであれば、私たちはいまも管区警察署で偽造配給券の捜査をしながらクリスマス休暇を楽しみにしているはずだ。これも運命だ、ハウザー」

「それもそうか。となると、ひとつお願いが」

「なんだ？」

「家内には警部補が話してください」

「断じてごめんだ」シェンケは片手を振って退けた。「さあ、報告書を書き上げて持ってこい」

ハウザーはコーヒーの入ったマグカップを取り、休憩室を横切ってテーブルのひとつの脇にある予備の長椅子へ行った。シェンケは室内のほかの面々を見まわした。いつもの食えない冗談の応酬も、たまにあがる笑い声も、一切聞こえない。全員が書類に覆いかぶさるようにして仕事に集中し、無言でページを繰ったりメモを取ったりしている。ドイツの全国民にとってつらいクリスマスになるだろう、とシェンケは思った。和平交渉が膠着している現状、クリスマスの贅沢品まで制限される配給制度、軍隊で任務を果たしている者たちへの心配で、国民の気持ちは沈み込んでいる。党も、奮起を促す演説を行なったり、クリスマスコンサートをラジオで流してフランスやポーランドの前線にいる兵士たちの心強いメッセージを挟んだりと、できるかぎりの手は打っている。かつて名を馳せた人物の殺害事件というニュースを伏せるのには、そうした理由もあるのかもしれない。だれだって、クリスマスの食事をしながらそんな新聞記事は読みたくない。

フリーダが彼の席へ近づいてきた。「警部補、興味深いことに気がついたのですが」

「それはまた言葉を選んだ言いかただな。心配になってきた」シェンケは無理にほほ笑んだ。「なにを見つけた？」

「シェーネベルク管区警察の、ここ最近の殺人事件記録を確認していました。ご推察どおり、灯火管制が敷かれて以降、殺人事件が頻発しています。被害者の相当数が女性です。でも、鉄道線路の近くで発見されたのは今回の被害者だけでした。それで、公表されているその他の死亡事案にも当たってみました。ほら、事故死やなんかを。そっちも、灯火管制のせいで増えています。通りでの轢死、階段からの落下死、バスや列車からの転落死。それで、女性の死体がアンハルター駅手前の線路脇で発見された事案を見つけました」彼女は言葉を切り、手もとのメモに目をやった。「看護師が頭部の損傷により死亡。発見は十日前。客車から転落した事故死と報告されています。ちょっと考えたことがあって、勝手に……」

「給料に見合う仕事ぶりだ、フリーダ」シェンケはさらりとおだてた。「話を続けろ」

フリーダは、自分の判断で動いたことを認められてほっとした様子だった。「アンハルター駅に入る鉄道路線が走っているほかの管区警察署に電話でたずねてみたところ、十月以降、事故死と判断された事例が四件ありました。四件とも、頭部に致命傷を負っています。もちろん、たんなる偶然かもしれません。でも……」

彼女の報告について考えるうちに、疑惑と不安にうなじがざわつくような感覚を覚えた。

「看護師の事故死の報告書を持ってこい。そのあと、ほかの署に改めて電話を。死亡事故の詳細を知りたい。とりあえず、線路近くで発見された四件だけ」

「了解です」フリーダが自席へ戻るべく背を向けかけた。

「フリーダ、でかした」

「ありがとうございます」

フリーダがファイルを持ってきたので、シェンケは開いて読みはじめた。黒い上着に白いシャツという地味な服装でほほ笑んでいる丸顔の女の写真が入っていた。名前はベルタ・エルザッサー。二十歳。ベルリン中央病院の小児科看護師。十一月三十日、両親により捜索願が出され、死体は十日前に、線路脇に積まれた枕木のそばで発見された。死体検案所で撮られた頭部損傷部の写真を見て、肝が冷たくなるのを感じた。報告書には着衣に乱れはなく性的暴行の痕跡もなしと記されてはいるが、致命傷の類似性は否定できない。フリーダがつきとめたほかの事例でも同様の負傷が見つかれば……

その先を考えるのは気が進まなかった。明確な類似点が見つかれば、ゲルダ・コルツェニー殺害事件は、同様の死亡事件のひとつにすぎなくなる。ゲルダの事件だけが捜査対象になった理由は、彼女の社会的地位と性的暴行の明らかな痕跡だけだ。仮にすべてが同一犯人による殺人だったとしたら、事故死とされたほかの事例とはちがって、偽装する時間がないままゲルダの死体を遺棄せざるをえなかったのだろうか。あるいは、ゲルダを殺害したとき犯人は自制心を失っていたのかもしれない。ゲルダのなにかが犯人の怒りをかき立て、そのせいで警察に他殺だとばれるはめになったのだろうか。

シェンケは両手を組んで顎を載せた。フリーダの勘が正しければ、私たちは、殺人者が首都ベルリン全域に被害者を生み、なおも殺人を重ねようとしているという暗然たる見通しに直面することになる。

12

隅のボックス席にひとりで座っている男は、指先でテーブルを打ちながら、トランペットの高音とドラムの乗りやすいビートに耳を傾けていた。暗い色の上着の下はタートルネックの黒いセーター。こげ茶色の髪は耳にかかる長さで、自由奔放なタイプだと思わせる。絶対に党員と思われない、あるいは軍の一員と思われない、と男は考えていた。

目の前で、数人の若者が身をのりだし、音楽に合わせて腰をひねったり指を鳴らしたりしている。彼らの向こう、この地下室の奥のバーカウンターにはさらに多くの若者がいて、スツールに座るかバーカウンターに寄りかかって、リズムに合わせて頭を振っている。暗がりのそこかしこで客が煙草を吸うたびに赤い光が膨らんでは消える。立ち込めた煙草の煙は、この地下クラブの照明として使われている着色電球のおかげで毒々しい色に染まっている。

二重の意味で〝地下〟だとひとりごちながら、男は煙草の煙を吸い込み、ボックス席のシートに背中を預けて両脚を伸ばした。客の大半は若者で、レコードを聴いたり踊ったりするための秘密集会を手配するのは〝スウィング・ボーイ〟の抵抗運動のひとつだ。アメリカを発祥とするジャズやスウィング・ミュージックに、党も以前は眉をひそめるだけだった。ところが、数年前にラジオでの放送が禁じられ、いまでは禁止音楽とされている。退廃的すぎるという説明だった。だが、そんなことぐらいで、ベルリンの若者たちが興味を追求するのを止めることはできない。ひとつには、彼らが心からジャズ音楽を愛しているから。ひとつには、禁じられたものは、社会から取り残されていると感じる者たちの心を容易にとらえるからだ。

蓄音機から鳴り響いていた音楽が終わり、党がよしと見なすよりも長い髪をした若者のひとりが腕を上げてレコードをはずした。ジャケットに収めて木箱にしまい、ほかのレコードを繰って次にかける一枚を探しはじめた。地下の店内にまた音楽が鳴り響くのを待つあいだに、客たちはしゃべりだし、ゆったりとくゆらせる煙草の煙に話し声と笑い声が混じった。

男はバーカウンターにいる若者たちに視線を走らせ、結局ほかの連中から少し離れて端に立ち、頭のなかで音楽が鳴りつづけているかのようにわざとらしく頭を振っている女を見た。灰色がかった茶色の髪をポニーテールに結び、房飾りのついた暗い色の地味なドレスを着ている。自分がボックス席に収まった十分後にやってきた女を、彼はもう一時間以上も観察していた。そのあいだ、女はだれにも話しかけなかったし、だれも女に近づかなかった。さっきから何度も目が合うので、女がこっちを意識しているのはわかっている。見たところ二十代後半。彼と同じく、この店の常連客のなかに数えるほどしかいない年長組のひとりだ。彼女がこの店の存在をどうやって知ったのかを探り出せば役に立つはずだと思った。スウィング・ボーイはこの手の集会を開く場所に関して口が堅い。彼がこの〈セラー・クラブ〉を知ったのは、二カ月前にある人物を尾けたおかげだ。年長の客もいないわけではないので、混み合う客のなかで浮かずにすんでいる。いまでは彼も常連客と認知され、店に溶け込んだ目立たぬ存在として若者からはおおむね無視されている。

雑音がして次のレコードの出だしのサクソフォンの音が話し声をかき消した。地下室の中央あたりをうろうろしていた若者たちがまた踊りだした。バーカウンターの端にいた女が人波越しに彼を見つめ、持っているグラスの酒を飲み干しておかわりを注文した。代金を払ってグラスを手に取り、彼に近づいてきた。近くで見るほうが魅力的だとわかって彼の鼓動は速まった。

女はテーブルの前で足を止め、はにかんだ笑みを浮かべて話しかけた。大音量の音楽と、低い天井に響いてこだまする話し声のせいで、女の言葉が聞こえなかった。彼は片手を丸めて耳に当て、「ごめん、聞こえない」と口を動かした。

案の定、女は一歩近づいて彼に身を寄せ、声を大きくして言った。「同席してもいい？」

「ぜひどうぞ。さあ、座って」

女が向かい側に座ってテーブルの下に足を入れられるように、彼は脚を引っ込めた。女は飲みものをテーブルに置き、片手を差し出した。

「わたしはモニカ」

「ディーターだ」彼は応えた。「ここは初めて？　これまで見かけた覚えがないけど」

「ええ、そう。初めて来たの」女は酒をひと口飲んだ。「あなたは？」

「常連だ。スウィング・ミュージックが好きでね。でも、最近は聴ける場所がなかなか見つからない。ほら、なにを好んでいいとかいけないとか、党が指図するから。でも、調子を合わせないといけないだろう。だから、これをつけてる」彼はさっとマフラーをめくって、金の縁取りのある党員バッジを見せた。「どこへ行くのかという質問をやめさせるために」

女は驚愕した顔になった。「党員なの？」

「とんでもない」彼は片手をわずかに上げて敬礼のまねをした。「党の命令を歓迎してるふりをするほかないってだけだ」

その仕草に、女はぎこちない笑い声をあげた。「言いたいこと、わかるわ。最近はわたしたちが楽しく過ごすことを望まない人がいるもの。ワーグナーを好きなら話は別だけど」

彼は女に調子を合わせて笑い声をあげた。そうすることが信用と興味の種をまく役に立つと、これまでの経験で知っていた。心持ち彼女に身を寄せた。「ところで、モニカ、この場所のことはどうして知ったんだ？」

「隣人の娘さんがスウィング・ボーイ運動の一員なの。仲のいい友だちでね。わたしを信頼して、今夜の集会のことを教えてくれたのよ」

「その子もいっしょに来てるのか？」

「ううん。来るって言ってたんだけど、寒すぎるからやめるって」女は首を振った。「だから、ひとりで来た」

「最近の若者はってやつだな。軟弱すぎる」

女は首を巡らせ、踊っている連中をしばし眺めてから言った。「正直言うと、あそこにひとりで立ってるのは、ちょっと気づまりだった」

「だから、ぼくを不憫に思って、ちょっと行って話し相手になってやろうかと考えたのか？」

「やだ、そういう意味じゃない。わたし……格好いい人だなと思ったの」

彼はまた声をあげて笑った。「冗談だよ。本当は、話し相手ができて感謝してる。ぼくも、素敵な人だなと思ってた。きみが入ってきた瞬間から気づいてたんだ」

「あなたが見てるのは知ってた」女はほっとした様子だった。「わたしに興味を持ってほしいって願ってた。お酒を二杯飲んで、やっと勇気を出してここへ来た」

「来てくれてうれしいよ。本当に」彼は煙草の火を消した。「きみはとてもきれいだ」

女は唇を歪めてほほ笑んだ。「そう思う？　男の人にそんなこと言われたの、ひさしぶりよ」

「ご主人も言わない？」彼はやんわりたずねた。

女はびくりと身を震わせた。

「申し訳ない、指輪の跡が目に入ったから」

女は自分の左手を、薬指に残る跡を見下ろし、すぐに右手で覆い隠した。「あなたが考えてるようなことじゃないわ」

「べつに批判しているわけじゃない。きみみたいな魅力的な女性は褒められて当然だ。そう言いたかっただけだ。ぼくが夫なら、毎日きみを褒めるけどなあ」

その言葉に彼女が喜んでいるのはわかった。「ありがとう、ディーター」

自分の告げた名前で女が呼ぶので、彼は興奮が血管を巡るのを感じた。女は少しずつ彼の支配下に置かれている。彼は煙草の箱を持ち上げた。「一本どう？」

「ありがとう」女が一本取ったのでマッチをすってやると、炎が一瞬だけ女の顔をオレンジ色に照らした。火を差し出すと、女は丸めた手で彼の手を包むようにして顔を近づけ、煙草の先を揺らめく黄色い炎の舌先につけた。煙草の煙を吸い込むと頬がくぼみ、煙草の先端が明るく光った。女は渦巻く紫煙を吐き、品定めするように彼を見つめた。

「夫は開戦後一週間で戦死した。わたしが指輪をしてないのはそれが理由よ」

「それは失礼した」彼は誠意を込めた口調で言った。「指輪のことを言うなんて無神経だった」

「気にしないで」女は肩をすくめた。「戦争に戦死はつきもの。自分にそう言い聞かせてるの。夫はいい人だったと思う。彼の死に心を痛めるべきだし、今夜、早々とこんなところにいるのを恥じるべきよね……」

「でも？」彼は先を促した。

「愛し合って結ばれたわけじゃない。やむをえずした結婚だった」

「妊娠したから？」

「そんなところ。でも結局、子どもはいない」女は深々と煙草を吸い込み、紫煙を吐き出した。「わたしはひとりぼっち。話し相手が欲しかった。だからここへ来た。そっちは？」

彼は首を振った。「結婚歴はない。勉強で忙しくて。卒業したあとは仕事が忙しくて。で、ここにいる。だれかを探して。話し相手を求めて」

「どこで働いてるの、ディーター？」

その答えは用意していた。「シーメンス。経理部の所属。やりがいのある仕事ではないけど、充分な給料をもらってる」

ふたりは押し黙って音楽に聴き入った。レコードが終わると、女は彼に向き直った。

「もう遅いし、うちへ帰らないと。会えてうれしかったわ」

「こちらこそ。よかったら、また会いたいな」

「もちろん。わたしも会いたいわ」

ふたりは見つめ合った。そのうち彼が笑いだし、女もこらえきれずに笑いだした。女は煙草の火を消した。「ねえ、駅まで送ってもらえる？」

「本当に？」

女は酒を飲み干して立ち上がった。足もとがいささかあやしい。ふたりは店内を横切り、コートや帽子を預かる係の女に近づいた。係はふたりにろくに目もくれず、踊っている連中を見やりながらコートと帽子を取ってきた。それでも、目が合わないように、顔をしっかりと見られないように、彼はうつむいていた。毛皮の帽子をかぶって厚手のコートの襟を立てて、ようやく安心した。

モニカ――それが本名だとしたら――は、毛皮の襟がついたすり切れたベージュのコートを着てフェルトの黒い帽子をかぶった。違法クラブになる前は長らく閉鎖され放置されていた、ワイン製造業者の元倉庫の裏口へと続く階段を、彼女が先に立って上がった。カーテンで隠されたドアの前に、赤色の薄汚れた電球がひとつだけ吊るされている。がっしりした体格で目が細く肌の浅黒い東欧人がカーテンをめくり、ドアののぞき穴のカバーを開けて中庭を見まわした。だれも見ていないことを確認すると、頑丈な鉄のかんぬきを引いてドアを開け、腕を振ってふたりに外へ出ろと合図した。

暖かい地下室にいたあとなので、凍てつく冷気で肺がひりつくような気がした。

「まったくもう」女が小さく吐き出した。「いつか少しは暖かくなるのかな」

「ほら、これで大丈夫だろう」彼は女の肩に腕をまわして引き寄せた。女が身をこわばらせ、すぐに緊張を解いたのがわかった。

ふたりは歩調を合わせて中庭から通りへ出た。倉庫と資材置き場が並んでいたかつての商業地区を通り抜け、労働者の住む暗いアパートメント棟が並ぶ主要道路へと出た。パーペ通り駅へ向かうあいだ、歩道の薄汚れた雪と氷を背景に黒く見える人影と何度か行きちがったが、彼にはだれにも顔を覚えられるおそれはないという確信があった。

「あっ！」

女が足をすべらせてよろめくと、彼はとっさに反応した。肩にまわした手に力を加えてしっかりと支えた。

「ありがとう。あなたが機敏で力が強くなかったら、転んでたわ」

「そんなことになってたら、きみの護衛役失格だ」そう答える彼の歯が闇のなかできらめいた。

彼は駅の玄関口の手前で足を止めた。この段階では、気持ちがはやっているように見せないのが得策だ。信用を勝ち取ってこの罠を閉じるためには、向こうに主導権を持たせる必要がある。「ここでお別れを言わないとな。今夜のところは。あの店にまた来るだろう？」

女は、星明かりを受けて雪の積もった通りにぼんやりと浮かび上がって見える彼の顔に目を凝らした。「どうしても？　あなたのこと、好きよ」女は彼の頬をなでた。「うちへ来て。今夜は寒いわ。コーヒーでも淹れる。本物のコーヒーを」

彼は、ありがたいというように口笛を吹いた。「本物のコーヒーを断われるはずがない」

女は彼の腕に手をかけて駅のほうへと引っぱった。「ほら。最終列車に乗らないと。ふた駅乗って、少し歩いたらコーヒーよ！」

駅舎に入って彼が切符を二枚買い、ふたりはプラットホームへ続く階段を上がった。ほかに列車を待っている客はひとりだけで、少なくとも二十メートルは離れている。ふたりは待合室に入り、格子の奥で消えかけている残り火の前に立った。灯火管制のおかげで待合室の明かりはついておらず、残り火を放つ石炭の周囲がほんのりと明るいだけだ。いきなり女が向き直り、両手で彼の顔を挟んで唇に軽くキスをした。彼は両手を女の背中にまわして軽く抱いた。

女はキスを解いてうつむいた。「ごめんなさい。もう我慢できなくて」

「謝らなくていい。こっちもそうしたいと思っていたから」

ふたりはまたキスを交わした。今度はもっと長く。彼は女の髪のにおいと安っぽい香水の甘い香りを感じた。あの瞬間はもうすぐ訪れる。そう感じられ、その予感に彼の体がうずいた。彼の震えを女は感じ取った。

「寒いのね」女が背中を軽くなでた。「かわいそうに」

汽笛が響き、蒸気を吐く低い音と客車の揺れる大きな音を立てて、向かい側のプラットホームに列車が入ってきた。いくつかのドアが開いて閉まるあいだ、機関車がシューシューと音を立てていた。列車が渦巻く蒸気のなかを走り去ると、駅はふたたび静寂に包まれた。女が火の上方の時計に目をやった。

「わたしたちの乗る列車がもう来るわ」

そのとおり列車の近づいてくる音がして、ふたりは待合室を出た。闇のなかから巨大なかたまりが現われ、もうもうたる蒸気のなかで轟音を立てて線路をこちらへやってくる。機関車が通り過ぎるとき、彼は機関助士の顔を見た。シャベルですくった石炭を炎のなかへ放り込む男の上気して汗ばんだ顔が、ふたの開いた火室の火明かりに照らされていた。すぐに炭水車が通り過ぎ、車内の電球の淡い光を隠すためにブラインドの下ろされた一両目の客車が通った。列車が停まり、最後尾で車掌がプラットホームに降り立った。

男がモニカに手を貸して車両に乗り込んだ。ドアが閉まる前に一瞬だけ、車内の煌々とした明かりがふたりの姿をとらえた。車掌が笛を吹き鳴らして乗車すると、列車は車体を揺らして動きだした。時間はあまりないと彼は計算した。ふた駅と女は言った。彼は女に向き直り、またキスをした。今度は激しく。女は彼を押しのけようとした。「ここではいや」

彼は片手で女を強く抱き、もう片方の手で女のコートのボタンをはずそうとした。

女は頭をのけぞらせた。「ディーター！　やめて」

「ディーター？」彼は冷ややかに笑い、女を平手で打って帽子を払い落とした。

女は怒りと恐怖の混じった目で彼を見つめた。「どういうつもり？」

彼が女のコートを引き裂くようにして開くと、ボタンが客室の床に落ちた。垂れかかったコートを払いのけてドレスをむき出しにし、片手を女の太もものあいだに突っ込んだ。

女が悲鳴をあげた。彼はまた平手打ちをくらわせた。今度は強く。

「次に大声をあげたら痛い目に遭わせるぞ。こっぴどい目に」あの地下室で見せた穏やかな仮面は消え失せ、唇を歪めて残忍なうなり声を発し、目をぎらぎらと光らせている。

「お願い……やめて」

「黙れ。その口を閉じろ」彼は拳を振り上げた。「黙らなければ殴る」

女はうなずき、目をぎゅっと閉じた。彼の手がドレスを無理やり脱がし、靴を剝ぎ取り、ストッキングと下着をむしり取った。彼はドレスの上半身を引き剝がして乳房を噛んだ。片手で女を押さえつけ、もう片方の手でベルトをはずしてズボンを下ろした。彼の毛深い太ももが乱暴に脚を広げさせるのを女は感じた。女は唇を動かし、声を出さずに祈りを唱えはじめた。

ことを終えて立ち上がった彼の胸は、手荒い行為のせいで波打っていた。目の前に横たわる女は、顎と頬に口紅がつき、詰めものの薄い客室の座席に髪が広がっている。

「服を着ろ」彼が命じた。

彼がズボンを上げてベルトを締めるあいだ、女は震える手で下着を取って身につけ、かき寄せたドレスの肩ひもに腕を通した。ストッキングをはくのも忘れて泣いている。彼は右手をコートのポケットに入れ、裏地に縫い込んだ隠しポケットに収めてある鉄製の短い棒状のものを握った。

「コートのボタンを留めろ」

女はさっとコートを羽織り、残っているボタンを留めた。

「さっさと顔を拭け。みっともない。ちゃんとしろ」

女はポケットからハンカチを取り出し、顎や頬についた口紅をぬぐった。彼は女がきれいにぬぐい取るのを待った。「それでいい。帽子をかぶれ」

女は言われたとおりにし、唇を震わせて言った。「ディーター、もう許して。お願い」

彼は女を引っぱって立たせると、背中が自分に向くように体をまわしてドアに向かせた。女をドアへと押しやりながら、棒状のものをポケットから取り出した。把手をまわしてドアを押し開けた。車体を揺らして線路を走っている客車に蒸気と冷たい夜気が流れ込んだ。女の向こうに、立ち並ぶアパートメント棟の裏手へと下る雪の斜面が見えた。駅に近づき、速度を落としはじめた列車が大きく揺れた。女がドアに半歩近づいたので、彼はコートの襟をつかんだ。

「やめて！」

女が口を開けて悲鳴をあげた。彼は右手に持った棒状のものを振り上げ、女のフェルト帽子のてっぺんを殴りつけた。頭蓋骨が陥没する小さな音が聞こえると女の悲鳴が消え、妙に大きく喉を鳴らした。もう一度、もっと激しい力で殴ると、帽子の縁の下から血が流れ出した。女の脚から力が抜けたので、彼は棒状の凶器を座席に置いて両手で女の体を支えた。タイミングを見計らい、女の体をドアの外へと激しく突きとばした。女は命を失った手脚で宙をかくようにして深い吹きだまりに落ち、雪をはね上げた。女が闇のかなたに見えなくなると、彼はドアを閉めた。

鉄の棒状の凶器を拾って隠しポケットにしまい、客室内を見まわした。女の唯一の痕跡はドアのそばに飛び散った血痕だけだ。列車がさらに速度をゆるめると、彼はストッキングを拾い、腰をかがめてできるかぎり血痕を拭き取った。やがて、かすかなしみだけが残った。これならだれかの目を引くこともないはずだ。彼はストッキングを丸めてポケットに押し込んだ。

その直後、列車がアンハルター駅に停まり、彼はコートと帽子を整えてからドアを開けて駅に降り立った。コートの襟に顔をうずめるようにして、ブーツで雪を踏みしめて出口へ向かった。切符売り場に荷物運搬人がいた。降車客が近づいてきたので期待するように顔を上げたが、荷物がないのを見て取ると、挨拶代わりに帽子に指を当てた。

「寒い夜ですね」

「厳しい寒さだな」

「今夜は凍死者が出るでしょうね」

「そうならないことを願うよ。では」

彼は駅舎を出て、ベルリン市内にある住まいの方向へと歩きだした。五キロ以上も歩かなければならないが、気にならない。これで何人になる？　今夜の女も含めて七人か。それなのに、全員を結びつけた人間がいる様子はまったくない。ただでさえ灯火管制の犠牲者が増えているのだから、だれも気づくはずがない。さらに国が戦争のさなかで、何万、何十万もの命が失われているときに、両手に足りない程度の死を気にする人間がいるはずがない。無惨な大量死に埋もれるだけだ。彼は笑みを浮かべた。慎重に行なえば、戦争が続くかぎり犯行を続けることができるだろう。

慎重にやりさえすれば。

笑みが消え、彼は残念そうに首を振った。また〈セラー・クラブ〉へ行くのは危険だ。残念だ。あの店の雰囲気が気に入っているのに。音楽も、踊っている若者たちのしなやかな動きも。今回の餌食は向こう数日中に発見され、女の写真が紙面に載るかもしれない。あのクラブのだれかが女の顔を覚えていれば、女と自分を結びつけるかもしれない。あの店に近づかないに越したことはない。

近いうちにまた女を襲うことになる。すぐにまた犯行を実行する。すぐに。

13

十二月二十二日

ニュルブルクリンクのレーストラックのコーナーで、シェンケは片手でしっかりとステアリングを握り、シフトダウンしながら加速して、目の前のイタリア車のスリップストリームを抜けて前に出た。心臓が沸き立つ気がした。このポジションを維持できれば表彰台に手が届く。コーナーを抜けて直線に入るとアクセルをゆるめ、メルセデス・ベンツW25のエンジンがシフトアップに必要なピッチに達するのを待った。シフトレバーがなめらかに動き、タコメーターが下がると同時に、シルバーのメルセデス・ベンツはイタリア車を引き離した。五十メートル前方、チームメイトのすぐうしろにつけているフランス車のタイヤとテールフィンが見えた。

二台は減速して観客席に向かっていた。レーストラックの両側、木柵の外では、興奮しった観衆が轟音とともに目の前を駆け抜けるシルバーアローに向かって腕やドイツ国旗を振っている。シェンケの興奮は誇りも伴うものだった。自分のドライビング技術に対する誇り、乗っている車の性能に対する誇り、チームに貢献できたことに対する誇り。だが、なによりも、国家に対する誇りだ。ドイツは敗戦後の混乱と痛みから抜け出そうともがいている。すぐに、偉大な国々の一員として、本来の立場を取り戻すはずだ。

左右の観客席を埋めつくす大観衆を意識しながら駆けつつも、シェンケの目は前を行くフランス車ブガッティを見据えていた。エンジン出力と偉業達成への期待が共鳴し、エンジンのうなりが国歌のように聞こえる。車体に伝わる振動は、あたかも獲物を追う野生動物の張りつめた腱だ。次のコーナーが高速で迫ってくる。先頭車はすでにブレーキングに入っている。すぐにフランス車のドライバーもブレーキを踏まざるをえなくなる、とシェンケは考えた。次の瞬間、チームメイトがふたたび加速するのがわかり、その意図を理解した。減速したのは、シェンケにフランス車との差を縮めさせるためだった。スポーツマンシップにもとる行為だが、勝利至上主義の世界においてスポーツマンシップなど毛ほどの価値もない。シェンケは苦い笑みを浮かべてぎりぎりまで速度を維持し、コーナーに入る直前にブレーキをかけた。このコーナーは二重カーブになっていて、ループカーブを抜ければ次の直線だ。

ギアをふたつ落として出せるかぎりの高速でフランス車を追い、何メートルか差を詰めた次の瞬間、ブガッティの後尾が目の前に大きく迫ってきた。最初のカーブの出口でインサイドに切り込もうと試みたが、その動きを読んだブガッティに封じられた。轟音とともにふたつ目のカーブに入り、シェンケはインサイドを狙うフェイントをかけた。ブガッティが邪魔をしはじめるや、シェンケはアウトサイドにスイングしてアクセルを踏み込んだ。横に並び、すぐさまブガッティの前に出ると、そのポジションを維持して長いカーブを走行し、次の直線を目指した。

ここぞという場面でW25のエンジンがノッキング音を立て、出力が低下した。ブガッティが追い越して目の前ぎりぎりを横切ると同時にW25のエンジンが甲高いうなりをあげて回復した。車体が前へ飛び出し、シェンケは衝突の危険を察知した。ステアリングを力いっぱい片側へ切った。

だが、すでに手遅れだった。

右前ホイールがはずれて転がり、ブガッティのタイヤとテールフィンのあいだに当たった。激しい振動を受けたブガッティの車体が大きく揺れてW25の側面にぶつかった。シェンケがステアリングの衝撃を両手に感じた次の瞬間、車体が左に傾き、横転した。渦を巻く青空、雲、木々、草。エンジンのうなりと、衝突によってねじ曲げられた金属の裂ける音、自分の悲鳴が耳を満たし……

寝具を飛ばしてベッドからはね起きると、両腕を上げて頭部を守るようにしてすばやくうずくまり、不安と恐怖で叫び声をあげていた。心臓が激しく打ち、べとつく肌から汗がつたい落ちるので目を固く閉じた。ぼんやりした意識と妙に鮮やかな悪夢のあいだを漂っていた時間は長く感じられた。しだいに現実が周囲を固めはじめ、揺らめく光景を理性がかげへ追いやった。目を開けて深呼吸をした。ベッドルームは暗く、衣装だんすと化粧台は背景の縞模様の壁紙とかろうじて見分けがついた。

手を伸ばして腕時計を取った。蛍光針が四時半を指している。あと一時間で目覚まし時計が鳴る。腕時計をはめて掛け布団を引き上げ、天井を見上げた。悪夢が戻ってくるかもしれないので、もう一度眠る自信はない。

ドアベルの音も想像の産物だと思った。だが、また鳴ったため、布団をめくってベッドを出た。空気が冷たく、足で床をするようにしてスリッパを履き、明かりをつけた。ひとつしかない電球のまばゆい光が目に痛い。自宅アパートメントを貫く廊下へ出た。

ドアベルがまた鳴った。いったいだれだ……？　シェンケは顔を力いっぱいなでてからドアチェーンをはずして鍵をまわし、用心しつつドアを開けた。外の通路に立っていたのは隣人の都市計画担当者で、党の街区指導者を務めているクーレだった。ドレッシングガウンを羽織り、薄くなりつつある白髪混じりの髪がめちゃくちゃに乱れ、疑わしそうな目でシェンケを見つめている。

「なんです？」シェンケはげんなりしてたずねた。

「大丈夫か、警部補？」

「私が？　大丈夫です。なぜそんなことを？」

「あんたの部屋から叫び声が聞こえた。聞いたのは私だけじゃない。一階下のフラウ・ケストラーもその声で目を覚ましたんだ。電話をかけてきて、様子を見てほしいと頼まれた」クーレは首を伸ばして、シェンケの背後の室内をのぞこうとした。「なにが起きているんだ？」

「なにも。悪い夢を見た。それだけです」

「なかに入って確認させてもらおうか？」

「確認することなどなにもない。言ったとおり、夢を見ただけです。あなたとフラウ・ケストラーを起こしてしまったのなら謝ります」

ふたりは立ったまま無言でにらみ合っていたが、そのうちにクーレが咳払いをした。

「室内を見せてもらうのが最善だと思うが」

「ベッドに戻って私のことを放っておいてもらうのが最善だと思うが」

「街区指導者に対してそんな口の利きかたは感心しないな。いくら警察官でも。あんたは党役員をもっと尊重すべきだ」

「党のことは尊重しています」シェンケはもっと友好的な口調で応じた。「しかし、私は疲れている。きっとあなたもそうでしょう。忙しい日になりそうなので、ベッドに戻って眠りたい。心配していただき、ありがとう、クーレ。ではこれで」頭を下げると同時にドアを閉め、錠をかけた。

通路を歩く足音とドアの閉まる音が聞こえるや、オーバーコートを着て、アパートメントのいちばん奥にある小さなキッチンへ行った。室内を暖めるためにガスレンジに火をつけ、スプーンでコーヒーの粉を控え目に測ってパーコレーターに入れた。コーヒーができて湯気が立ちはじめると、茶色の液体をマグカップに注いで椅子に座り、両手でマグカップを持って、頭を捜査のことに移した。

フリーダの発見には愕然となった。ゲルダの死が、同様の手口を用いた多重殺人の最新の犯行によるものだと判明したら大ごとだ。その点は、ほかの管区警察から資料が届き、それらを比較検討すればはっきりするだろう。フリーダの読みがまちがっていることを、あいつぐ事故死がたんなる事故であって殺人などではないことを願った。だが、獣のような捕食者は戦時下という状況に乗じて殺人を重ねたくなるのかもしれないと、早くも想像しはじめていた。そう考えると、その手の殺人者がだれにも見咎められることなくベルリンの街を歩きまわっている可能性があるような気がしてくる。そんなことが市民に知れ渡れば、政権の根幹を揺るがすほどの非難が集まるにちがいない。首都都心部の市民を守ることもできないのに、国の辺境地域で戦争を行なうことになんの意味がある？

シェンケはコーヒーに口をつけた。心配ごとはほかにもある。ゲルダの死の捜査は、たんなる殺人事件捜査ではない。党内問題により、進むべき方向が決められている。疲れのせいで、懸命に集中しようとしても、頭をはっきりさせてじっくり考えるまでにしばらく時間がかかった。ゲルダの女優人生が絶たれたのは、どうやらユダヤ人の血が流れているという疑惑のせいらしい。ゲッベルスにとってそれは、ヒトラーの宮廷における自身の地位を危険にさらしかねないとりわけ大きな火種だった。だから彼女には、口止め料として、人種記録の改竄によるニュルンベルク法の適用回避と、ゲッベルスの支持者のひとりコルツェニーとの結婚による経済的安心が与えられた。ところがゲルダには肉欲があり、次から次へと相手を変えて浮気を楽しんでいた。彼女の行状はまちがいなく世間に知れ渡り、ある日ニュースに、そして次の日にはスキャンダルになったはずだ。彼女はゲッベルスもいっしょに引きずり下ろしたいという気持ちを抱いたかもしれない。それを防ぐ方法は彼女の口を封じることだ。永遠に。

その場合、ライバルたちにとって、ゲルダの死は国民啓蒙・宣伝省大臣ゲッベルスを脅迫する好機と映るのではないだろうか。いや、ゲッベルスとその派閥を壊滅させる好機だ。ゲルダ殺害事件の捜査を担当せよとの命令を下したのはミュラーかもしれないが、もとをたどればもっと上の人間の命令であることはまず疑う余地がない。おそらくはハイドリヒ、ひょっとするとヒムラーか。ヒムラーの野心はだれの目にも明らかだ。総統の忠実な使用人という役割を演じているが、一方で、主人の後継者となるべく邪魔者を排除している。そして、第三者を使って敵を撃ち落とすことができれば、ライバルをはめたというそしりをまぬがれることもできる。

だから、この事件の捜査責任者としてシェンケが選ばれたのかもしれない。党員ではないので、派閥びいきだと糾弾されようがないから。ミュラーに手がかりを与えられたとはいっても、その記録は一切なく、この捜査が問題視される事態になれば、シェンケとミュラーそれぞれの言い分の対立になる。

「じつに頭のいいことで」苦々しくひとりごちた。事件を解決できなければ、無能なだめ刑事という烙印を押される。みごと解決できた場合、犯人は法の裁きをまぬがれてミュラーとその上官たちに仕えることを強要され、シェンケは口をつぐんでいろと警告されて通常業務に戻される。ハウザーの言ったとおりだ。自分たちは操られている。それは受け入れがたいとしても、果たすべき使命は明確であり、この事件に利害を持つ連中の動機をあれこれ推測してまどわされるようなことがあってはならない。ゲルダ・コルツェニーは残忍に殺害された。理由はどうであれ、殺人犯を見つけ出すのはシェンケの責任だ。

しかし、この二日のあいだに別の事実が浮上し、それが気にかかっている。ゲルダの直近の愛人が国防軍情報部に勤務する軍人であることと、カリンのおじが同じく国防軍情報部に勤務していることは、奇妙な偶然だ。正確には、カリンのおじはその組織を指揮する立場だが。別の角度から操られている可能性はあるだろうか？　カリンも共謀の一員なのか？　何カ月も前に計画的に恋人になったなど、まず信じがたいことだとは思う。ゲルダの殺害が事前に計画されていたのでもないかぎり……

カリンとのデートを細かく思い返すと、私を利用しているとは考えられない。少なくとも、なんらかの陰謀のために利用しているとは思えない。彼女が扱いにくい性格であることを考えれば、彼女のふるまいが私を味方に引き入れるためだとは思えない。それが目的だったのなら、ひたすら持ち上げられ誘惑されていたはずだ。

それに、彼女を愛している。じっと見つめてほほ笑みかけられると、本能的に彼女を求める気持ちが込み上げる。彼女ならベルリンじゅうの男をよりどりみどりだろうに、私を選んでくれたのは光栄なことだ。ただ、彼女があれほど口が過ぎなければいいのだが。初めのうちは結果を考えない発言を注意もしたが、笑い飛ばされるだけだった。それでも、彼女の率直な物言いが心配だった。

カナリス提督がなんらかの関与をしており、姪を利用して情報を得ようとした可能性はある。なにしろ、約束していたアドロン・ホテルでの夕食の席におじも加わるとカリンが連絡してきたのは、殺人事件の翌朝だったのだから。そのときすでにカナリスはゲルダの死の情報をつかんでいたのだろうか？　シェンケからうまく捜査情報を聞き出せると考えたのだろうか？

こうした推測の糸が絡まって頭痛がしはじめた。キッチンは暖かく、ガスのにおいがする気がした。ストーブの前で死んでいたオーベルク夫妻の姿が脳裏に浮かび、夫妻に死をもたらしたのは寒さだったにもかかわらず、ガスレンジの火を消した。マグカップを持ってリビングルームへ移動し、電気スタンドをつけてソファに座ると、膝を引き上げてオーバーコートのなかに入れた。コーヒーを少しずつ飲んだ。

ドルナーの態度にはなにか引っかかるものがあった。あの情報部員が生まれついての女たらしだとは思えない。二枚目で、一度会ったら忘れられない男ではあるが、ゲルダの死に感情的な反応をほとんど示さなかった。それに、ドルナーの事情聴取を終えたあと、偶然カナリスと出くわしたのはどういうことだろう。提督は捜査について口にし、改めて夕食の機会を設けたがった。

「まいったな」シェンケはマグカップのコーヒーを飲み干し、両手で頭を抱えて不満のうめきをあげた。「なんだってこの事件にかかわらなきゃいけない？　なんだってこんな目に遭わなきゃならないんだ」

死体検案所で見たゲルダの傷だらけの死体を思い出し、身勝手な不満を恥じた。

「しっかりしろ」腹立たしく叱咤した。簡素な黒い額縁に収められた刑事任命書がマントルピースの上方のいちばんいい場所に掛けられている。「自分の仕事をしろ、シェンケ。余計なことは考えずに務めを果たすんだ」


一時間後、シャワーとひげ剃りと着替えをすませると、熱心に捜査を続ける気力と準備がふたたび整った気がした。小さな浴室の窓へ行き、灯火管制用のブラインドを上げた。外はまだ暗いが、雪とぼんやりした星明かりのおかげで、このアパートメント棟の周辺がよく見える。通りの先に小さな公園があり、木々の枝が織りなす黒いすかし模様が白い雪の背景にくっきりと見えている。通りの近くに野外ステージが設けられ、舞台の周囲にベンチが並んでいる。このアパートメント棟を向いて座っている人影がひとつ。見ていると、小さな赤い火が灯って男の帽子の縁が見えた。男に見つかるといけないので、シェンケは窓から一歩下がった。すぐに自分の愚かさを笑った。今回の事件のせいで疑心暗鬼に陥っているようだ。

リビングルームで電話が鳴り、気持ちを転じることにほっとしてそちらを向いた。こんな時間に電話をかけてくるのはだれだろう？　カリンにしては時間が早すぎる。暗い冬の季節でも、彼女が日の出前に起きることはほとんどない。

受話器を手に取った。「シェンケです」

「もしもし、ハウザーです」

「もう出勤しているのか？」

「クリスマス休暇がなくなったと伝えて妻のヘルガにねちねち文句を言われたから？　そうですとも。かろうじて生きてアパートメントを出てきました」

「ああ……」

「そんなことより、聞いてください。たったいま、鉄道警察から電話を受けました。また死体を発見したとか。アンハルターに向かう線路のすぐ脇で」

14

この一週間で初めて、夜明けが澄み渡った青空を連れてきて朝日が明るく輝き、陽光にとらえられたものすべてがくっきりと鮮明な輪郭を描いていた。上空では、首都を横断中の二機の戦闘機が白くきれいな飛行機雲を残していた。国防軍空軍が警戒に当たっているとベルリン市民を安心させるべく、命令を受けて飛び立った戦闘機パトロールだろうとシェンケは推測した。電柱にできたつららが、ダイヤモンドで覆われた装飾のように光っている。雪は輝く白さだ。近くのアパートメント棟の煙突から立ちのぼる煙、黒っぽい線路、機関車と車両の汚れた側面は、汚れなき冬の色と好対照をなしていた。

よく晴れた朝だがとんでもなく寒い、とシェンケは思った。朝のラジオの天気予報で、今日の最高気温はせいぜい氷点下十度までしか上がらないだろうと言っていた。少なくとも今日はもう雪は降らない。線路の盛土の下方の細長い空き地を横切るシェンケがその点をありがたく思うのには現実的な理由があった。おかげで警察は、新たに降る雪で手がかりが覆い隠されることを心配せずに死体とその周辺を調べることができる。

一歩ごとに膝まで雪に埋もれるせいでなかなか前へ進めなかった。線路の盛土のてっぺんに、ハウザーと数人の鉄道警察官の姿が見えた。鉄道警察官たちは、白い息と紫煙が渦を巻くなかで立ち話をしている。こんな人数は必要ないと思った。うしろへ下がらせなければならない野次馬がひとりもいないのだから。むしろ、通常業務から離れて休憩できることを明らかに喜んでいる彼らこそが野次馬だ。ありがたいことに、犯罪現場をできるかぎり汚染しないようにハウザーがすでに彼らを駅の方向へいくぶん追い払っていた。

シェンケは盛土の下に着き、急斜面を登りはじめた。短い斜面を登る労力と左膝の痛みで顔をしかめつつ、足をすべらせないように体をほぼふたつ折りにした。つまずいて下まで転がり落ちたりしたら、クリポの刑事の威厳を損ねてしまう。てっぺんに着いたときにはすっかり息切れしていて、ハウザーの挨拶に軽くうなずいて応じた。

「被害者はどこだ?」

「こちらです」ハウザーが先に立って線路の脇を進み、雪の重みで垂れ下がっているイバラの茂みへ案内した。ねじれて生い茂っているイバラに隠れるように女の死体があった。毛皮の襟がついた薄茶色のコートを着ている。そばのとげだらけの小枝に黒っぽい帽子がぶら下がっている。顔の皮膚とむき出しの脚は真っ白に凍っていた。頭部がねじれて一方を向いているので、ポニーテールに結んだ髪が広がっているのが見えた。有益な情報だと考えた。最近は髪をポニーテールに結ぶ若い女性は少ない。被害者の行動を追う際、聞き込み相手に思い出してもらう役に立つ。女はかわいい顔をしている。美人ではないが、素朴で魅力的だ。

まだ帰らないことを心配して自宅で待っている夫や子どもがいるのだろうか。だれかが家族に伝えなければならないし、伝えたら家庭という小さな世界が崩壊するだろう。悲嘆に暮れる家族から話を聞くのは、ときに勇気が必要で、シェンケは少なからず自己嫌悪を感じる。そのあとは決まって、遺族に正義をもたらすと固く決意する。たいてい犯人は見つからず、遺族の心に生涯残る傷にさらに塩を塗ることになると、うんざりするほどわかっているのに。

「名前はわかっているのか？」

「はい」ハウザーがポケットに手を入れて被害者の身分証明書を取り出した。「モニカ・ブロンハイム。百マルク以上の金といっしょにハンドバッグに入っていました」

「犯人はハンドバッグを持ち去らなかった」シェンケは帽子のつばをうしろへ傾けながら死体の横にしゃがんだ。「頭がいい。ハンドバッグを置いていったのは事故死に見せるためだ。それと、明らかな証拠を所持してつかまりたくなかったから。それに金品目的でもない。さもなければ、現金は懐に入れ、身分証明書を売り払ったはずだ。いくばくかの資力がある人間だろうな」

「ゲルダ・コルツェニーの殺害現場にハンドバッグと宝飾類が残されていたのとまったく同じですね。では警部補は、同一人物による犯行だと考えているのですか？」ハウザーが口笛を吹いた。「そう決めつけるのはいささか早いのでは？」

シェンケは彼を見上げ、まばゆい陽光に目を細めた。「では、きみは同一犯ではないと考えているのか？　これは殺人ではないと？」

「刑事は証拠に基づき推理を行なうことで給料を得ていると思っていました」

シェンケは死体に目を落とし、額が変形しているのに気づいた。額のてっぺんがわずかに腫れ、一方の眼窩がかすかにくぼんでいる。髪には乾いて固まった血。鉛筆を取り出し、その先を使って血で固まった髪を一方へ寄せると、砕けた骨片が皮膚から突き出ているのが見えた。「私には殺人のように見える。鈍器で激しく殴打して殺害。ゲルダ・コルツェニーと同じだ。むろん、検死官が報告書をまとめるまで確かなことはわからないが――」

「それはそうでしょう。検討のために訊きますが、事故だった可能性は？　本人があやまって客車のドアを開け、転落した可能性は？　これまでにもそんな事例はありましたよ」

「その可能性はつねにあるが、傷の形状がコルツェニーの傷の形状と酷似しているのを、偶然のひと言でかたづけることはできない。賭けてもいいが、同一人物による犯行だ」

ハウザーは打ち砕かれた頭蓋骨を仔細に見た。「相当な高配当でもないかぎりその賭けは受けませんよ、警部補。いいでしょう、同じ人物がふたりとも殺害したと仮定しましょう。フリーダが同様の死をほかにも見つけたらどうなります？　われわれがそれを裏づける証拠を見つけて、すべて同一人物による犯行だという結論に至ったら。そんな話が外部に漏れたらどんな反応が起きるか想像できますか？　そりゃ、市民を不安に陥れることを恐れてミュラーが押さえ込もうとするでしょうが、噂は広まるものです。人間ラジオがどれほどの効果を発揮するかは知ってるでしょう。なんらかの反応があるに決まってます」

ハウザーと目が合い、シェンケは声を抑えて応じた。「だからどうなんだ？」

ハウザーは肩越しにちらりとうしろを見た。ブラントが十歩ほど離れたところに立ってふたりを見ている。部長刑事は彼に聞こえないように声を低めた。「なんらかの反応が起きればわれわれは感謝されない、と言ってるんです。警部補の賭けたい気分に合わせるなら、私は、国家保安本部のいけ好かない野郎から厳しい叱責を受けるほうに大金を賭けますね」

「では、われわれはどうすればいいと思う？」

「そうですね。この件をコルツェニー殺害事件と性急に結びつけるのは控える。それから、フリーダの見つけた事例と共通点があるかもしれないと考えていることは、うちの班の者以外にはまだ言わずにおく。証拠がもっと見つかるまでは」

その考えに、シェンケは納得がいかなかった。この手の殺人事件においては、たいていの場合、一般市民に情報を明かすことが、目撃者を見つけたり情報提供を促すうえで有効だ。ハウザーの進言に従えば重要な手がかりを逃すかもしれない。とはいえ、部長刑事の言うとおりだ。市民を不安に陥れたら感謝されないだろう。ただでさえ、戦争のおかげで、そして国の保安組織の人材が手薄な現状につけ込んだ連中による犯罪行為の増加のおかげで、不安が蔓延している。党は長らく、国民を守り犯罪を撲滅すると豪語してきた。灯火管制の時間帯に家から出ることを女たちが怖がるようになれば、その公約を守るのがむずかしくなる。公約を形骸化させた人間に、党は厳しい目を向けるはずだ。

シェンケの心のなかで誇りとプロ意識対現実主義と自己保身の戦いが繰り広げられるうち、さしあたりの問題解決となるまったく新しい考えが浮かんだ。

「警察がまだ自分の痕跡に気づいてないと犯人に思わせるという利点もあるな」良心の咎めをやわらげるための詭弁だ。ハウザーの表情を見れば、彼もそれをはっきりと理解していることが見て取れた。だが、部長刑事もその考えを気に入った。

「さしあたりは」ハウザーがうなずいた。「まぎれもない共通点があることを示す証拠が見つかるまで。それが最善だと思います、警部補」

シェンケはこわばった動きで立ち上がり、死体の周囲一帯を指した。「始めようか」

入念な周辺捜索を行なったが雪に邪魔されてなにも見つからないので、死体の着衣を調べた。

「死体が発見されたとき、雪に足跡は残っていたのか？」

ハウザーは首を振った。「それは訊きました。足跡はなかったそうです。夜明け前に、ここを通過した貨物列車の運転士が死体を発見。車庫に到着しだい届け出たとか」

「昨夜は雪が降らず、足跡を覆い隠したはずがないから、彼女は列車から転落したか投げ落とされたにちがいない」

「そのようですね」ハウザーが同意した。

「フラウ・ブロンハイムはどういう女性だったんだろう」シェンケは考え込むように言った。

「ひょっとすると街娼とか？」

「なぜそう思う？」

「ストッキングを履いていない。結婚指輪もしていない」

「最近はそれだけで街娼と言われるのか？」

「灯火管制が始まって以来、そういう女が通りに増えてるんです。てっとり早く金を稼げますからね。配給制度のせいで闇市場の利用者が増え、物資の価格は上がる一方ですから。それに彼女は夜遅くにひとりで外出している。危険な客をつかんでしまったといったところでは？」

「友人たちと楽しい夜を過ごした独身女性という可能性もある」

「あんな服装で？」

「あんな服装であっても。それに、殺害犯が彼女の着衣の一部を客車内に残しているかもしれない。まずまちがいなく性的暴行の証拠が見つかるはずだ。ゲルダ・コルツェニーの場合と同じく。夜間走行の列車からなにか見つかっているか、だれかに鉄道警察へ訊きに行かせたほうがいい」

「ブラントに当たらせます。それぐらいなら、あいつにもできるでしょう」

「それで結構。そのあと、モニカの住所へ行って、家族がいるか確認させろ。だが、彼女の死はまだ伝えてほしくない。彼女がどういう人間かを知る必要がある。仕事をしていたのかどうか、勤務先はどこか。どんな友人がいたのか」

「ブラントに伝えます。しかしそっちは、あいつにできると、本当に思いますか？　試用期間中なんかで」

「たしか、試用期間もほぼ終わりだろう」

「じゃあ、警部補の責任ということで」

「別の可能性もある」シェンケは言った。「犯人がストッキングを手もとに持っているとしたらどうだ？」

「記念品として？」ハウザーが顎を掻いた。「可能性はありますね。ゲルダの着衣からなにかなくなっているものはありましたか？」

シェンケは犯罪現場報告書の詳細を思い出そうとした。「思い出せるかぎりでは、なにも。署に戻ったら確認する。だが、衣類とは限らない。犯人が記念品の収集家なら、別のものを手もとに残しているかもしれない」

「この話の行く先が気に入るとはとても言えませんね。犯人が記念品を集めているとしたら、もっと欲しがるでしょう。収集家とはそういうものです」

「そうだな。したがって、次の犯行に至る前に犯人を見つけ出すべく全力を尽くしたほうがいいな」シェンケは帽子を引き下ろし、手袋をはめた両手をこすり合わせた。「死体はシェーネベルクの検案所へ運ばせろ」

ハウザーは顎先で鉄道警察官たちを指した。「あの連中に運ばせます。楽な仕事ではないでしょうし」

「結構だ。あとはきみに任せて、私は暖かく心地よいオフィスへ戻るとしよう」

ハウザーはコートの襟を立てた。「階級に見合った特権ですね」

「ゲシュタポ局長への報告義務がなければな……」


「どのような進展があった？」電話がつながって受話器を取るなりミュラーが前置きもなくたずねた。

シェンケは報告を行なう心の準備ができていた。この上官に対しては、本人と同じく単刀直入に本題に入るのがいちばんだと判断した。「ゲルダ・コルッェニーを殺害した犯人が新たな犯行に及んだと信じる理由があります。死体の発見場所がコルッェニーの死体発見現場からそう離れていないこと。死因も同じ、頭部への殴打であること」

「性的暴行の形跡はあったのか？」

「あると考えます」

「なぜ？」

「衣類の何点かがなくなっている可能性があるからです。検死官から暫定報告書が上がってくればもっとはっきりするでしょう」

「検死官が強姦だと裏づけたら、この殺人犯をつかまえて犯行を止める必要性が緊急度を増すだけだ」

「ほかにも問題が……」

「さっさと言え」

「われわれの追っている犯人が以前にも殺人を行なっている可能性を考え、念のため、部下のひとりが最近起きた同様の殺人事件報告書を精査していました。見込みの薄い線ですが、捜査手順どおりの作業です」

「私に捜査手順についての講釈は不要だ、シェンケ。なにか見つけたのか?」

シェンケはメモ帳を見た。「殺人事件報告書からはなにも。しかし、精査対象を頭部外傷による死亡事例にまで広げたところ、女性の事故死とされた事案が数件見つかりました。資料を取り寄せたので、ゲルダ・コルツェニー殺害の手口との共通点がないか確認するつもりです」

「数件? 正確には何件だ?」

「五件です。いまのところは」

「もっと出てくると予想しているのか?」

「当たった事故死の事例は同じ路線のものだけです。そこで、シェーネベルクの隣接管区から始めて、ほかの管区警察にも問い合わせるように指示しました。なにも見つからなければ、犯人はアンハルター駅に入る鉄道路線の周辺地区での犯行に限定している可能性がある。逆に、同様の死の報告書が見つかった場合は、広域連続殺人事件を扱うことになると考えられます」

ミュラーがあまりに長く黙り込んでいるので、シェンケは回線が切れたのかと疑いたくなった。

「もしもし？」

「ああ、聞いている。いいか、よく聞け、シェンケ。いまきみの言ったことを外部に漏らすような口の軽い人間がいてもらっては困る。ほかにこの件を知っている者は？」

「私の班の部下だけです」

「では、その状態を維持しろ。これは命令だ」

「わかりました」

「この件が一般大衆の知るところとなった場合、きみひとりに責任を取ってもらう。わかったな？」

「わかりました」

「本当にわかっているならいいがね、シェンケ。この件には、きみには想像も及ばないくらい大きな責任がかかっているのだ。私を失望させないほうがいい」

「私は自分の職務を果たすだけです」

「そのとおりだ。念のため、部下をひとり、きみの班に差し向けて捜査の進展を見届けさせる」

「えっ？」シェンケは心が沈むのがわかった。ミュラーの息のかかった人間に監視されながら捜査を行なうなど、もっともごめんこうむりたいことだ。

「聞こえたはずだ。だれか見つくろってそっちへやる。今後はかならずその者に捜査状況をすべて知らせること。なにか隠しているとわかったらただではすまさない。この殺人犯をつきとめろ。それも早急に。それまでは休みなしで捜査に励め。わかったな？」

「わかりました」

「では、さっさと取りかかれ」

かちりと音がして回線が切れた。シェンケは不満のため息を漏らし、受話器を架台に戻した。結束の強いクリポの捜査班にゲシュタポの人間が加わるなどという考えは歓迎されないだろう。班の全員がそろいしだい、伝えておく必要がある。部下の出勤を待つあいだに、休憩室の掲示板からいま張り出されている日程表と党の指示を取りはずして、入手した犯罪現場の写真や見取り図とともに、被害者かもしれない女たちの氏名を記した紙をピンで留めた。

最後のひとり、ハウザーが十一時前に入ってきて会釈した。「検死官が午後には報告書を届けられると言っています」

「了解。コーヒーでも飲め」

ハウザーがマグカップを持って席につくと、シェンケは掲示板の脇に立った。「よし、静かに」全員が掲示板のまわりに集まり、注目するのを待った。「今朝の死体発見の結果、状況は次のとおり。今後は、連続殺人犯の可能性を視野に入れる。さらに、フリーダの勘が正しければ、最初の被害者はゲルダ・コルツェニーではなさそうだ」フリーダを顎先で指した。「それはそうと、よくやった」

フリーダが笑みで応じたのでシェンケは続けた。「ゲルダが貨物車両基地の近くで殺害されたこと、直近の被害者モニカ・ブロンハイムが同じ路線で殺害されたこと、いまは事故死として記録されている犠牲者たちもやはり同じ路線で見つかっていること、その全員がアンハルター駅から数駅以内で発見されていることを考えると、この殺人犯には明確な狩り場があるようだ。これは捜査の役に立つ。われわれがこのパターンに気づいたことを犯人に知られないかぎりは」彼はしばし間を置いて続けた。「フリーダは精査の範囲を広げている。アンハルター線のもっと遠くの駅で類似の事例が見つかれば、犯人がもっと広範囲で狩りをしているということだ。資料が届いて目を通せば、すぐに判明するだろう。

察に掛け合うつもりだ」
とりあえず、アンハルター駅を発着する夜間の列車に乗務する人員を増やすように鉄道警察に掛け合うつもりだ」

掲示板に近づき、ゲルダ・コルツェニーの殺害現場写真を指先で打った。「いまのところ、インスブルック広場駅に着いたときに彼女が男といっしょにいるのを見たと証言する人間はひとりもいない。アンハルター行きの列車に乗り込むところは目撃されている。目撃情報はそれが最後で、死体の発見場所はここ」地図を指し、発見場所にピンを刺した。「モニカ・ブロンハイムの発見場所はここだ」その位置を示す別のピンを刺し、メモ帳を見ながらさらにピンを刺していく。「これらは、事故死として記録された死体の発見場所だ……」すべての箇所にピンを刺し終えると、そのうちの一本を指さした。「これが最初の死体発見場所だ。フラウ・ブロンハイムの発見場所と同じ路線で、一キロと離れていない。発見されたのは十月一日」

ハウザーが身をのりだした。「それが本当なら、そして同一の殺人犯だとしたら、三カ月足らずのあいだにこれだけの人数を殺害したということですよ」

「われわれがつかんでいるだけでもな。もっと多い可能性もある」

何人かが驚いて顔を見合わせた。シェンケの知るかぎり、部下のだれひとり、これほど大規模な殺人事件の捜査を行なった経験がない。部下たちにじっくり考える時間を与えてから続けた。「これらの事件の共通点を見つけたあとは慎重に行動する必要がある。いまの話をこの部屋の外で口にしないこと」部下たちを見まわした。「これは冗談ではない。ひと言も。だれにも。こんな話が漏れて恐慌を招くわけにはいかない。この掲示板はわれわれ以外の目に触れさせない。この事件について他部署の人間と話をしない。情報が外に漏れたら、漏らした張本人を見つけ出し、固めた拳を肘まで喉に突っ込んで窒息させてやる。それでもなお命があれば、見つけられるかぎり遠いポーランドの村の駐在所へ飛ばしてやる」

部下たちの表情から、ことの重大さを理解したのがわかった。

「最初にすべきは、モニカ・ブロンハイムについてもっとくわしく知ることだ」シェンケはブラントを見やった。「なにがわかった?」

若者はメモ帳を開いた。「結婚しています。いまは未亡人。夫はポーランドで従軍中に死亡。子どもはなし。両親はマリエンドルフに住んでいます。兄弟姉妹はなし。街区指導者の奥さんの話では、彼女はクロイツベルクのデパートに勤めていたそうです。女友だちが何人かいて、男友だちもいたとか」彼は顔を上げた。「その部分は陰口かもしれません。街区指導者の奥さんがブロンハイムを嫌っていたというか、よく思っていなかったという印象を受けました。警察がなぜ彼女に関心を持っているの、彼女はなにをしでかしたの、とずっと訊いてましたから。殺害されたことは一切言ってません」

「当然だ」シェンケは言った。「当面、詳細については口外しないこと。ご苦労だった、ブラント。フリーダが殺人被害者の可能性がある名前を見つけ出したら、同様の調査が必要になる。われわれは、この犯人がアンハルター周辺の路線を利用し、殺人を事故死に見せかけようとしていることを知っている。被害女性たちについては、全員に共通の特徴があるのかもしれない。あるいは、職場か社交上の接点があるのかもしれない。なんであれ、それをつきとめなければならない。フリーダが詳細をつかんだら、調査対象を各自に割り当てる。そうしたら、自宅やその周辺へ聞き込みに行け。家族や友人など、被害者の知り合いから話を聞くんだ。彼女たちの行動やだれと過ごしていたかを調べ出す。手に入るかぎりの情報が欲しい」

シェンケはゲルダの犯罪現場写真を指さした。真っ白な雪を背景にした死体と衣類の殺風景な写真を。

「犯人がこれまでに何人を殺害したのかはわからないが、われわれが見つけ出して止めないかぎり、コルツェニーのような被害者がさらに出ることだけは確かだ。それを食い止めるのがわれわれの義務だ。クリスマス・シーズンなのは承知している。一年のこの時季、家族と過ごしたいだろう。だが、われわれはあくまでも警察官であり、犯罪者が罪を犯す時期を選ぶことはできない。したがって、この犯人をつかまえて女たちの命を守れるのであればクリスマス休暇をふいにする価値はあると私は思う」

シェンケはその言葉が部下たちの心にしみわたるのを待った。ハウザーやフリーダのように自分たちのすべきことを理解している経験豊富な捜査のプロもいるが、ブラントのように殺人事件の捜査に当たるのが初めてだという連中もいる。今回の捜査では彼らの性根が試される。シェンケの言葉は主として彼らに向けたものだが、向こう数日間なにを求めるかを全員の前ではっきり述べる価値はある。

「それから、もうひとつ。この班に新入りが来る。ゲシュタポからの派遣だ」

うめき声があがり、だれかが小声で悪態をついた。シェンケは両手を上げて制した。

「そこまでにしろ。われわれに選択の余地はない。その人物はこの班とゲシュタポの連絡係として送り込まれるから、われわれにとっても役に立つかもしれない」事実の誇張だが、本当の理由を部下たちに告げてもなんの役にも立たない。「ゲシュタポの同僚など信用できないと考える者がいるのは承知している」

「当然です」フリーダが言った。彼女はもっと話そうとしたが、シェンケが警告の視線を放ったので口を閉じた。

「自分たちだけで捜査を進めさせてもらえればそれに越したことはないが、仕方ない。重要なのは、そいつに協力し、プロの仕事ぶりを見せつけてやることだ。なにが言いたいかというと、だれも私の許可なくそいつと情報を共有するなということだ。こっちのやりかたに口を挟む理由を与えないことが重要だからな。わかったか？」

「暗闇に置いておけということですか？」ハウザーがたずねた。

「少しちがう。情報を隠して闇のなかに置いておく必要はない。問題を起こさせない程度には情報を与える。それに、嘘の情報を与えたりもしない。もしもそれがばれたら、同じ手で仕返しされるからだ。見習いの新人のように扱え。ああ、気を悪くするな、ブラント」

若者はこともなげに肩をすくめた。

「なにか質問は？」

フリーダが手を上げた。「その客人もクリスマス休暇返上なんですか？」

「そう、私がそのように計らえば。ほかに質問は？」

ほかの面々から質問はなかった。

「よろしい」シェンケはうなずいた。「では、解散。フリーダから指示が出る前に温かいものを腹に入れてこい。外は寒いぞ」

一同は散開した。自席へ戻る者もいれば、食堂へ向かう者もいる。彼らがドアから出ていく際に、受付ホールに立っている黒っぽいロングコートを着た男の姿が見えた。シェンケはハウザーの目をとらえて顎先で指した。「あれがそうじゃないかな」

ハウザーが指された方向に目を向けた。「いまの話が聞こえたでしょうか？」

「いまさら心配しても手遅れだ。ちょっと行ってきてくれ。あれがゲシュタポからの客人なら、いまは取り込み中なので手が空いたら会うと伝えろ」

ハウザーはいたずらっぽい笑みを浮かべた。「で、警部補は取り込み中なんですか？」

「そうだ。コーヒーを飲み、なにか食べに行くんだから。そのあと電話を一本かけなければならない。そのあいだ、客人に身のほどを思い知らせてやってもいいだろう」

「いいですか、警部補。党員の身としては、そしてここだけの話ですが、警察官ぶる人間には心底我慢ならないんです。黒い帽子に黒いコート？　探偵映画の見過ぎでしょう」

「そうかもしれないな。だが、実物であれ作りものであれ手強い探偵を真似ている連中のほうが実際には危険だということもある」シェンケはドアが閉まるまでその男を見つめつづけた。「あの男には油断なく目を配ろう、ハウザー」

「わかりました」

「みんなにはああ言ったが、あの男がここに送り込まれた目的は協力ではなく監視だ。ミュラーを満足させるに足る情報だけ与える。それ以上は与えない」

15

「六時に夕食を？　アドロン・ホテルで。素敵ね」カリンの声は魅惑的だった。「今夜は空いてるわよ。おじさんも説得できると思う。高級料理店が好きだし、あなたに好印象を持ったようだから。でも、ひとつ言っておくわ、ホルスト」彼女は真剣な口調になった。「今度はがっかりさせないで」

「させないよ。約束する」

「そう願うわ。捜査はどう？　ゲルダ・コルツェニーが殺されたって噂を聞いた。捜査してるのってその事件？」

「どこで聞いた？　だれから？」シェンケはたたみかけてたずねた。

「言ったでしょう、ただの噂よ。何人かから聞いたわ。ベルリンではいつまでも秘密にしておけないことがあるのよ」

シェンケはいらだたしげなため息をついてから答えた。くわしく話したくない。「少しは進展してるよ。いくつか手がかりを追っている。でも捜査に取りかかってまだ二日。殺人事件の犯人はたいてい一両日中に逮捕されている。それ以上経つと殺人犯を見つけ出せる確率が日ごとに低くなるんだ。クリスマスまでに大きな進展があることを願っている。それがいまいちばん欲しいクリスマスプレゼントだ」

会話の調子を明るくするために冗談として言ったのだが、カリンの口調は深刻なままだった。

「あなたはほかの人とはちがうわ、ホルスト。あなたを変人だと言う人もいるのよ」

「だれがそんなことを？　名前と住所を教えなさい」

カリンが笑い、その声を聞いてシェンケの胸に温かいものが込み上げた。この捜査のストレスをやわらげるためにわずかばかりの正常さが必要だったし、夕食デートを楽しみにしていた。ほぼ一週間ぶりでカリンに会うのは楽しいはずだ。それに、彼女のおじと話をする必要もある。少しばかり仕事絡みなのもありがたい。シェンケは咳払いをした。

「申し訳ない、昔からクリポで交わされている冗談だ」

「本当に？　いまじゃあ、そんな冗談を笑える人が何人ぐらいいるのかしらね」

彼女の軽率な発言に、シェンケは不安でうなじが震えるのを感じた。この回線が盗聴されているとは断言できない。それでも、だれかがこの会話を聞いているかもしれないと彼女に警告しなければいけないという気持ちに駆られた。

「ただの冗談だ、カリン。友人同士が交わす冗談にすぎない。話題を変えよう」

「いいえ。どうして、思ったことを口にしちゃいけないの？　党だってわたしたちの心まではは支配してないわ。少なくとも、いまはまだ」

　だからといって支配したがっていないわけではない、とシェンケは思った。党はすでに、思想を広める手段の大半を掌握している。さらに心配なのは、党が学校の教育課程を変えて子どもたちを洗脳したことにより、親と敵対する子が出てきたことだ。ヒトラー青年団（ユーゲント）に所属する子どもが〝非ドイツ的〟な意見を述べたとして親を非難する事例をたくさん目にした。それに、ヒトラーが権力を握った年には、退廃的だとか新しい国家思想に反すると判断された書物の山をベルリン市内の大学の学生たちが焼き払う現場を目の当たりにした。あの夜のできごとが彼を震撼させた。それまでの彼は、党がドイツをどこへ導こうとしているのか判断しかねていた。しかし、山と積まれた書物が、そこに書かれている知識が、炎によって消滅するのを目にしたとき、まわりまで赤く染めるほどの火明かりを浴び、歓喜に包まれてスローガンを繰り返し唱える学生たちの姿を目にしたとき、やりきれないほどの絶望が胸に満ちたのだった。

「ホルスト？」

呼びかけられた瞬間、ぼんやりと考えごとをしていてカリンの言葉に応えていなかったことに気づいた。彼女の言ったことを思い返して、咳払いをした。

「私はそういう問題に関して意見を述べる立場じゃないと思う。警察官なんだ。職務を果たし、命令を実行する。政治に関心はないよ。むしろ政治なんてない世界に住みたいぐらいだ」

「そんな世界はないのよ、ホルスト。どこに住もうと政治はかならず存在する。重要なのは、どっちにつくかだわ」

彼女は踏み込みすぎているとシェンケは判断した。彼女がこれ以上たがいの身を危険にさらす前に、この会話をさっさと終わらせなければ。

「カリン、その問題について議論を続けたいのはやまやまだが、取り組まなければならない仕事が山積みなんだ」

「あら、そう」彼女はまぎれもなく心外そうな口調で言い、そのあとは怒りを抑えているのが歴然とした口調になった。「だったら、いつまでも邪魔をするわけにいかないわね。じゃあ、夕食の席で」

「そうだね」

「絶対に来てよ、ホルスト。じゃあね」

シェンケが怒りをやわらげる愛の言葉を口にする間もなく彼女は通話を切った。彼女が仲直りのために電話をかけ直してくるのではないかというように、しばし受話器を見つめていたが、かすかな雑音とかちりという音が聞こえただけなので架台に戻した。まわりでは部下たちが仕事に集中していて、だれも彼のほうを見ていないが、何人かはいまのやりとりを聞いていたのではないかと思った。いまさら仕方がない。部下たちが彼に寄せる忠誠心が、党に対する彼の見解に一片の疑いも抱かないぐらい強いことを願うしかない。この何年か、人前では自分の見解を披露しないように用心し、内々で口にする場合も慎重に言葉を選ぶようにしてきた。ハウザーでさえ、党と党がドイツを導こうとしている方向に対する彼の本心を知らない。

五人がフリーダのデスクを取り囲み、疑わしい事故死に関して調べ出した情報を彼女が説明している。彼女が情報をまとめた書類をそれぞれに受け取り、五人はオフィスを出ていった。ハウザーは長椅子にうずくまるようにして、ソーセージを挟んだシードロールパンを食べている。奥さんが毎日持たせているライ麦パンのサンドイッチではないところを見ると、家族のクリスマスを台なしにすることをまだ許してもらえていないようだ。

シェンケはあくびをしてコーヒーを飲み終えた。これ以上は先延ばしにするわけにいかない。席を立ち、ゆっくりと休憩室のドアロへ向かった。ハウザーの前を通るとき、疲れた顔を見合わせた。

「できることなら、あの野郎を本来の場所へ送り返してください」

「きみがよろしく言ってると伝えるよ」

「それは勘弁してください」

ドアを開けると、ミュラーの手先が向かい側の長椅子に腰かけているのが見えた。まだ黒いフェルト帽をかぶったまま、革コートのボタンを留めたままで、脚を組み、手袋をはめた手を膝に置いて背筋を伸ばして座っている。シェンケを見るなり立ち上がって敬礼した。

「シェンケ警部補ですね？　ファイルの写真で拝見しました」彼は唇を上げてわざとらしい笑みを浮かべた。

開口一番がやんわりした脅しか、とシェンケは思った。軽蔑を示すために少し渋ってから握手に応じた。

「で、きみは？」

「失礼しました。私はリーブヴィッツ。オットー・リーブヴィッツ軍曹です」彼が片方の手袋をはずしてコートの内ポケットを探り、折りたたまれた一枚の紙を取り出した。「これが命令書です」

シェンケは書類を開き、ゲシュタポの用箋に記された数行の簡潔な文章に目を通した。

「きみは捜査に手を貸し、私はきみに全面的に協力するべし、とミュラーは書いている」

「それが上級大佐から受けた命令です」リーブヴィッツが帽子を取ったので広い額の上の細く白い髪があらわになった。見たところ、二十代半ば。繊細と言っていい顔立ちの細面の青白さを、茶色の目がきわだたせている。口調にベルリンなまりはなく、バイエルンで育ったのだろうと思われる。シェンケはひと目で嫌わないように努めた。

「なるほど。で、経歴は？」

「はあ？」

「経由は警察、それとも親衛隊（SS）あるいは親衛隊保安情報部（SD）？　その若さなら、エルンスト・レームの率いた突撃隊にいたはずはないな」

「親衛隊経由です。二年前、ハイデルベルク大学を出てすぐに採用されました」

シェンケは驚きを隠せなかった。ゲシュタポがなぜ大学出の人間を採用するのだろう？　もっとはっきり言えば、ハイデルベルクのような名門大学を出た学生がなぜゲシュタポなんかに入りたがるのだろう？

「めずらしい経歴だな。ハイデルベルク大学での専攻は？」

「神学です。一昨年に博士号を取得しました。あいにく空きがなくて講師になれませんでした」

それは意外ではない。学者の多くはいまなお〝新秩序〟に対して声なき抗議を続けている。ユダヤ人講師が排除され、率直に批判した連中が解雇されたあと、残った者たちは公然と大声をあげるのはやめたものの、もっと巧妙な手段で抵抗を続けているのだ。党員に講師の職を与えないのもそのひとつだ。

「では、ゲシュタポに入ることになった理由は？」

「ハイドリヒを知っているという人物から接触がありました。その人物が、国家保安本部で優秀な人材を受け入れるポストがある、面接の段取りをつけてやる、と言ったんです」

「優秀な人材？　きみは自分をそう評価しているのか？」シェンケは皮肉な口調でたずねた。

リーブヴィッツはしばし考えたあと、まったく臆する様子もなく応えた。「はい。大学ではクラスの首席でした。ハイドリヒが私はゲシュタポにうってつけだと言って、翌日には採用してくれました。以来ずっとゲシュタポに勤務しています」

「もうひとつ訊きたいのだが、ゲシュタポでの職務は？」

「データ分析です」

「データ分析？　いったいどんな仕事だ？」

リーブヴィッツは目をしばたたいた。「読んで字のごとくの仕事です。一般大衆の意識に関する情報報告書を読み、映画の入場者数などのほかのデータと比較して国民感情の変化を示すパターンを探り出し、それを上官に報告します」彼はほぼ一本調子の口調で、終始シェンケに目を注いだまま説明した。いささかうっとうしいとシェンケは思った。

「そんな仕事に報酬をくれるのか？」

「えっ、はい」リーブヴィッツは怪訝な顔をした。「もちろんです。それが私の仕事なので」

「いっしょにやっている人間はいるのか？　そのデータ分析とやらを？」

「いいえ。ひとりでやっています。もともとひとりで動くのが好きなので」

「想像がつくよ。大学では、さぞ人気者だったんだろうな」

「はあ？」

「なんでもない。どんな訓練を受けた？　警察の職務に関係のある訓練は？」

「訓練はなにも受けてません。しかし、これまでやっていた仕事と似たようなものだと思っています。もしちがっても、必要な技能はすぐに習得できます。知識を吸収する能力に長けているので。それに、射撃の名手です」

「それはよかった」

軽そうだ。この若者をどう理解したものか判断がつきかねた。知能は高いのかもしれないが、自我意識やある種の自発性を欠いているように思える。彼の動作や発言からは機械を相手にしているような融通の効かなさがにじみ出ている。フリッツ・ラング監督による『メトロポリス』に出てくる単調に働く労働者を連想した。ミュラーがこの若者を私の班に送り込んだのは、スパイとして役に立ちそうだからではなく、彼の存在に耐えられなくなったからかもしれないと、ふと思った。だが、そう決めつけるのは早計だ。この若者が脅威となるかどうか判断するのは、もう少し様子を見てからにしよう。

「では、なかに入れ。班の連中に引き合わせよう」

シェンケが先に立って休憩室に入り、咳払いをした。「みんな。ちょっと聞いてくれ。こちらはゲシュタポのリーブヴィッツ軍曹だ。当分、うちの班で仕事をしてもらう」ハウザーを指し示した。「こちらが私の副官、ハウザー部長刑事だ。あそこの女性陣はフリーダ・エクスとローザ・マイヤー。あの若者はブラント。ほかにはシュミット、ペルジンガー、バウマー、ツィマーマン、そしてめかし込んでローザの前の席についている二枚目がホッファーだ」

リーブヴィッツはわかったというようにこくりとうなずいたあと、ひとりずつ順にちらりと見ただけで、返事も挨拶らしき言葉も口にしなかった。班の連中も、探るように彼をじっと見るだけでなにも言わない。

「ま、手短な紹介だ」シェンケは言った。「仕事に戻れ。リーブヴィッツ、奥のテーブルを使え。帽子とコートはテーブルのうしろに掛ければいい」

「コートは着たままでいます。寒がりなので。それに、ここは寒い」リーブヴィッツは少し間を置いて言い足した。「気温はせいぜい十二度でしょう」

「好きにしろ」シェンケは自席に戻りかけた。

「私はなにをすればいいですか？」

「する？」

「はい。捜査を手伝うために」

「当面はなにもない。このオフィスにいて、見て学べ。すぐに習得するだろうよ」

「ミュラー上級大佐から、あなたに張りついていろと命じられています。あなたの行くところはどこでもついていき、絶えず監視下に置いておけ、と」

「そんな命令を？」

「はい」

シェンケはいらだちを隠そうと努めた。「教えてくれてありがとう。つねにきみをそばに置いておくよう心がけるよ。窮地に陥ったとき、きっと役立ってくれるだろうからな」

「窮地？」

「危険な目に遭ったときだ」

「はい。お役に立ちます。ゲシュタポの研修では、射撃訓練でクラスのトップでした。武器を使わない格闘術でも」

シェンケは初めて会ったかのような目で彼を見た。「武器を使わない格闘術で？　きみが？」

「披露しましょうか？」

「いまはいい、リーブヴィッツ。きみの腕が必要になったら、その経歴を存分に発揮してもらおう。では、失礼する。読まなければならない報告書があるんだ。しばらく気楽にしててくれ」

「わかりました」

シェンケは自席へ戻り、新入りは室内を見まわして細部まで観察したあと、指示されたテーブルへ行き、受付ホールで見せたのと同じ背筋を伸ばした姿勢で席についた。ハウザーはロールパンサンドの最後の一片を口に詰め込み、しっかり嚙んでから飲み込んだ。シェンケと話すために近づいてきた。

「じつに威勢のいい男ですね。つねにあいつの気配を感じながら仕事をするのは楽しそうだ」

「そうかもしれないな」シェンケはリーブヴィッツが自身について語ったことを思い返した。「だが、あの男はわれわれの役に立つかもしれない」

「本当ですか？　クリポの訓練を受けているんですか？」

「いや」シェンケは認めた。「だが、ほかの技能を持っている。ま、様子を見てみよう。さしあたり、彼がクリポの仕事を見て学んでくれればありがたい。とはいえ、さっき言ったことに変わりはない。だれも私に無断であの男に捜査の詳細を漏らすな。なにしろ、リーブヴィッツはゲシュタポの人間だ。われわれの一員ではなく、ミュラーの手の者だからな」

ハウザーがリーブヴィッツをちらりと見た。「阿呆に見えますがね」

「本人の言葉が本当なら、むしろ真逆だ。不調法かもしれないし、頭のいい人間にありがちな変わり者の一面も見られるが、阿呆ではない。彼に少しなりとも常識があるのかどうか、いずれわかるだろう」

「私が面倒を見ましょうか？　警部補の邪魔をさせないように」

「無駄だよ」シェンケは首を振った。「私に張りついていろと命じられたそうだ。それに、彼は命令には馬鹿正直に従うたぐいの男だと思う」

フリーダは、事故死の犠牲者の調査に刑事たちを割り当てて送り出したあと、ローザとともにほかの疑わしい事故死の事例を見つけることにふたたび注意を向けた。午後はずっと、ほかの管区警察に電話をかけて、該当する資料をシェーネベルクへ送ってくれと捜査資料の管理責任者に頼んでいた。一方、ハウザーとシェンケは届いた資料に目を通してメモを取った。リーブヴィッツの視線を意識しながらではなかなか集中できないので、結局シェンケは、彼にも仕事を与えるべく、ゲルダの検死報告書を読むように指示した。見ていると、彼はファイルにかがみ込むようにして一ページずつじっくり読んでいる。

「本当にただの単純野郎ではないんですか？」ハウザーがたずねた。「クラスでも飲み込みの悪い子のように見えますが」

「自分の仕事に集中しろ」シェンケは言い返した。「いい子だから」

夕方、すっかり暗くなってから、シェンケは今日の業務を終えようと指示を出した。部下たちがコートと帽子を手に取るなか、リーブヴィッツが近づいてきた。

「明日は何時にここへ来ればいいですか？」

「うちは朝早いんだ。七時までに来い」

「わかりました」リーブヴィッツがうなずいた。「私でも捜査の役に立てることがあるのでしょうか？」

「ある。七時までに来い。では、明日」

ハウザーが最後に部屋を出て、ドアを閉める前にさっと手を振った。シェンケはしばらく穏やかな静寂を楽しんだ。自席に戻ってテーブルに両足を載せ、両手を頭のうしろで組んで捜査について考えた。ゲルダの殺害とモニカの殺害は同一犯による犯行だと、これ以上なく確信している。予備所見を読んだかぎり、事故死として記録されている死亡事例のうち何件かは同一人物による殺人である可能性が高い。完全な事件記録と検死官の死体検案書が届けば、まずまちがいなく共通点が見つかるはずだ。すなわち、この殺人犯は灯火管制を隠れみのに獲物を狩っているということだ。

これまでに集めた情報を使って、この殺人犯の立場になって考えようとした。戦争が始まる前から殺人を行なっていた可能性はある。灯火管制が敷かれる前から。だとしたら、そのころまでさかのぼって、同様の殺人あるいは事故死の記録があるかどうか確かめる必要がある。だが、そんな事例は思い出せない。むしろ、犯人は女を襲うことを空想していたが平時は危険を考えて思いとどまっていたという可能性のほうが高い。そういう人間にとって、戦争は天の恵みだっただろう。空想を実行に移す許可証を手に入れたようなものだ。

初めは慎重だった。最初の被害者については、殺すつもりはなかったかもしれない。偶発的な死だった可能性がある。恐慌をきたして、あるいは助けを求めて、女が大声をあげるのを止めようとした。その結果に愕然とする。だがすぐに、ショックは危機感に変わり、事故に見せかける細工をする。二度とこんなことはしない、二度と暗い欲望に屈しないと心に誓い、動揺を抱えて家に帰る。だが数日が経ち、なんの騒ぎにもならず女の死が事故死として処理されると、また女を襲いたい衝動が大きくなる。今度は最初から殺すつもりで、前回と同じように自分の犯行の形跡を消す。殺害を実行するたびに、他殺だと見抜けない警察よりも自分のほうがすぐれていると確信する。

警察がある種の仮説を立てる気にならないたぐいの女を犯人が標的に選んだらどうなる？　街娼が性的暴行犯に狙われやすいのは本人の責任だと多くの警察官が考えていることは秘密でもなんでもない。自業自得だと同僚たちが言うのを何度も耳にした。そんな事件の捜査は配慮も熱意も大いに欠けがちだ。ところが、街娼の死は他殺だと考えたがるくせに、その同じ警察官が、状況が同じであっても人品いやしからぬ女性の死なら事故死だと考えるのだ。とはいえ、ゲルダの死は状況が異なっている。事故に見せかけようとしていない。あの夜、なにがあったのだろう？　彼女が逃げ、犯人はやむなくあとを追って襲ったのだろうか？

シェンケは立ち上がって肩の凝りをほぐした。壁の時計に目をやると五時をまわったところだ。車でアドロン・ホテルでの夕食に向かう前に、洗面室へ行って顔を洗い、ひげを剃る時間がある。食事をするには格好の場所だし、今回は予定どおり食事ができるはずだ。それに、仮に監視されているとしても、あそこなら公然と会っていることになる。アドロン・ホテルを選んだ時点で、隠しだてするようなことはなにもないと見えるはずだ。食事相手のひとりがアプヴェーアの部長である点はよくよく考えた。今回は油断しない。カナリスは最初に思った以上の人物であり、ゲルダの死の捜査に関して本人が明かした以上に事情を知っていると、第六感が告げている。

16

カリンは光沢のあるブルーのドレスを着ていた。シルクだろうと思いながら、シェンケはレストラン内を縫うようにテーブルへ向かった。彼女がひとりでいるのに気づいて落胆が胸を刺した。結局カナリスは来ないらしい。別の方法を探して提督に連絡を取り、慎重に質問するしかないようだ。

カリンが顔を上げ、彼を見て華やかな笑みを浮かべた。シェンケは喜びでわくわくしながら笑みを返した。カリンは細いブロンドをリースのように編んで上げ、ピンで留めて優美な首を見せている。口紅はつけていないのに唇は薔薇のような色だし、抜いて整えた細い眉の下で鮮やかな青い瞳がきらめいている。デートで会うたびにいつも思うが、彼女は美しい。そして、彼女を目の保養にしているほかの連中の視線を意識した。きっと、くすんだ色のスーツに身を包んだぱっとしない連れの男に彼女がどんな魅力を感じているのかといぶかっているのだろう。勝手に不思議がらせておけ、と開き直った。表面しか見ようとしない連中に釈明する必要などまったく感じない。

「早いのね」カリンが言い、頬を差し出したので、彼は身をかがめてキスをした。

「そっちこそ」

「わたしは五時からここにいるの。何人かに混じってバーで一杯飲んだわ」

シェンケは、三人用の準備がされた小さなテーブル席で、彼女の向かいの椅子に腰を下ろした。「おじさんはいらっしゃらないようだね」

「来るわよ。少し遅れるけど」

「じゃあ、よかった」テーブル越しに手を伸ばし、彼女の手を取った。「それまできみをひとり占めできるのはうれしい」

「すごくひさしぶりに会えた気がする」彼女は顔をしかめた。「いまでは男どもは女のためにろくに時間を作ってくれないみたいだから」

「戦争のせいだよ。それはともかく、仕事の話はしたくないんだ。元気だった？」

彼女は視線を落としてしばらく考えていた。「今日、国立美術博物館の新しい彫刻作品展のレセプションに行ってきたの。つまらなかった。昨日は、午前中にユールフェスト・キャロルの合唱を聴きにいった。あなたは初耳かもしれないけど――ユダヤ人の王キリストを称えるクリスマス・キャロルの歌詞を、党は躍起になって書き換えているの」彼女はあきれたように目を剝いた。「午後は友だちと買い物に行った。ちょっとした失敗だったわ」

「なぜ?」

「デパートでは日ごとに商品が少なくなっているでしょう。あなたへのクリスマスプレゼントにふさわしいものを見つけるなんて、ほぼ不可能だわ。でもまあ、クワフュルステンダム通りのラインホールトでコーヒーとケーキをいただくことはできたけど。そうでもなければ、疲れ果てて気絶していたわ」

シェンケはつい声をあげて笑っていた。

カリンが渋い顔をした。「なにがそんなにおもしろいのよ」

「べつになにも。ただ、なにがあっても――ほら、戦争やら殺人事件やらがあっても――きみと友人たちは以前と変わらない日常を送っているから。すごく安心した」

「なによ、上から目線の警察野郎」そう言ったあと彼女は笑みを浮かべ、からかっていることを示した。公憤に駆られたふりをしたのだ。「あいにくだけど、戦争中だってことは知ってる。フランス製のちゃんとした香水がどうしても見つからないの。ねえ、女はどう生きればいいのよ。総統が正気に戻って、こんな無意味な戦いを終わりにさえしてくれればねえ」

彼女が大きすぎる声で言うので、シェンケは近くの食事客を見まわした。大半は自分たちの会話に夢中で、カリンの言葉にまったく注意を払っていなかった。だが、すぐそばのテーブル席の、党の茶色い制服を着た太りすぎの男ふたりが彼女をにらんでいるので、シェンケは詫びるような顔をしてカリンの手を強く握った。

「頼むから声を小さく」

「えっ？」彼女は傷ついた顔をした。「たわいない冗談を言っただけよ」

「時間と場所が悪い」シェンケは顎先でふたり組を指し、声を低めた。「ああいう連中の前だからね」

カリンがふたり組をちらりと見て肩をすくめた。「じゃあ、そうするわ。でも、ああいう連中こそ、ちょっとした軽口で厄介な熱意から目を覚まさせてやる必要があるのよ」

シェンケは大真面目な顔になった。「お願いだ、カリン。慎重にふるまってくれ。おじさんが守ってくれるにしても限度はある。いくらアプヴェーアの部長でも」

彼女は肩を落とした。「ごめんなさい。でも、ああいう連中には……もううんざりしてるの。学校で成績が悪くて、低俗な新聞の見出しよりもむずかしいものを読むのを拒んでいるような連中にこの国を乗っ取られたって感じ。でもまあ、連中の話はもうたくさん。そのことは考えないようにしましょう」

「そうしよう」

「クリスマスはどうする？　よければ、おじの家へ来て。クリスマスにも新年にも、大がかりなファミリーパーティを計画しているみたい。それか、あなたのアパートメントで過ごすのもいいわね。ふたりきりで、ストーブの前でソファで寄り添って」間を置いて、彼の手のひらを指先でなでた。「素敵だわ。おじさんだってきっと、わたしたちが恋しくてたまらないなんてことはないだろうし」

うしろめたさで心がうずき、シェンケは深呼吸をした。

「どうかした？」カリンがたずねた。

「クリスマスだが……どれぐらい時間が空くかわからない。捜査が最初に思っていた以上に煩雑になっていて。休暇中も仕事になるかもしれないと、部下たちにはすでに言い渡した。想像がつくだろうが、おかげで悪者扱いだ」

「簡単に想像がつくわ……」彼女の指先が動きを止め、手がこわばった。

シェンケはこれまで以上に疲れを感じた。「クリスマスをいっしょに過ごすために全力を尽くすという言葉を信じてほしい。でも、殺人犯をつきとめろと上官から圧力をかけられているんだ。上は結果を求めている。私は結果を出すべく精いっぱい努めている。きみとクリスマスを過ごしたいんだからなおさらだ。わかってほしい」

「ホルスト、わたしがものわかりの悪い女なら、あなたがわたしを避けようとしてると思うわよ。ねえ、避けようとしてるの？」

「ちがう！」彼は真顔でカリンを見つめた。「一瞬たりともそんなことを思わないでくれ。本当に、できるかぎり長くきみといっしょにいたいと思っている」

彼女はシェンケをまじまじと見た。「ねえ、知ってる？　あなたがそんな言葉を口にしたのは初めてよ。本当に、ふたりがいっしょにいる未来を思い描いているの？　末長くいっしょにいる未来を？」

勢いで出た言葉だが、いまさら取り消すことはできない。実際、カリン以上にいっしょにいたい相手は思い浮かばない。だが、警察官という彼の仕事がつねにふたりの障壁になるであろうこともわかっている。カリンが心得て受け入れなければならない障壁だ。カリンが彼の好まない社交の世界の一員であることを、シェンケが受け入れざるをえないのと同じように。ふたりきりでいるときのカリンは、他人に見せるのとはちがって浮ついていないし、鋭い目を持っている。知性的で、関心のある問題には熱くなる。たとえば、党に対する批判や、党がドイツにもたらしつつある変化に対する批判とか。彼も同じ思いで、それをカリンにだけは明かしている。

「いっしょにいたい」彼は答えた。

カリンはしばし黙ったあとで、彼の目を見据えて言った。「末長く？」

ほら、これだ。この質問。なんと答えればいい？　人生が不確かだというのに永遠など約束できるか？　まして戦時下のいま、だれもが自己意識を大きくねじ曲げられ、新しい形に作り変えているというのに。それに、彼の仕事はそれ自体が戦争のようなものではないか。ありとあらゆる不品行や残忍行為との絶えざる戦いだ。それにより自分が変わったことは承知している。もう、クリポに入った当初の若者とはちがう。大学時代は理想主義者、カーレース場では度胸の座った有名人、そんな上辺だけの若者とは別人だ。レースでの負傷と、人間の魂の暗部に触れた経験が、彼を決定的に変えてしまったのだ。かつて抱いていた理想主義の名残りは、どんな小さな悪でも出くわしたら根絶したいという願望だけだ。それがうまくいったところで、あらゆる社会の闇にはびこる腐敗という暗い病巣に輝く閃光にすぎないと重々承知したうえで。

それがわかっていながら、カリンのような将来ある女性に自分を結婚相手として売り込むようなまねができるか？　良心に照らして、世の中について自分が知っていることを彼女にも知ってほしいなどと頼めるはずがない。そんなことはまちがっている。いくら人生がはかなく不確かなものだとしても、大きな闇のなかで輝く一条の光は心に大事にしまっておくべきだ。たとえ、どんなに欲しくても。たとえ運命だと感じているにしても。

目を上げて、彼女の顔に希望の色が浮かんでいるのを見ると、それを消す気にはなれなかった。「ああ、そうしたい」

ほんの一瞬見つめ合ったあと、カリンは喜びに破顔した。腰を浮かせて首を伸ばし、彼の唇にキスをした。彼女が座り直した瞬間、すぐそばのテーブル席の党幹部のひとりが鼻で嗤い、連れの男に向かって言った。

「はしたないふるまいだな。よりによって、このアドロン・ホテルで」

カリンはくるりと男に向き直った。「他人の幸せに少しは配慮しなさいよ。それとも、党はそれすら禁じたのかしら？」

男はぽっちゃり顔に憤怒の皺を寄せてシェンケに向き直った。「おまえの女をちゃんとしつけたほうがいい。無分別なまねをしでかさないうちにな」

「彼女は自立した女性であり、自分の良心に従って行動している」シェンケは言い返した。「それに、彼女にどうふるまうべきか指図しろなどと、だれにも命じられるつもりはない」シェンケは男をにらみつけ、低くすごみのある口調で言った。「食事はすんだのだろう。もう帰ったほうがいい」

「傲慢な若造め。だれにそんな口を叩いているかわかってるのか？」

「ほう？　自分の名前をお忘れか？」

カリンに手を握られたのを感じてシェンケが見ると、彼女は顎先で入口を指した。彼女のおじがこちらへ歩いてきた。挨拶代わりに笑みを浮かべ、腰を折ってカリンにキスした。身を起こしながら、ふたつのテーブルのあいだに漂っている緊張した空気に気づいた。

「なにか問題か？　ああ、知った顔だな」彼がふたりの党員に向き直ると、ふたりは彼の制服と上着の勲章、総統みずからが与える金の党員バッジを見て取った。

「いいえ、提督。なにも問題ありません」一方が立ち上がり、連れの男にも立てと合図した。「急用がありまして。失礼します」

「そうか」カナリスは片眉を上げた。「それは残念だ。旧交を温めることができればよかったのだが」

ふたりはぼそぼそと別れの挨拶をして立ち去った。

「あの間抜けどもは何者なの？」おじが席につくなりカリンがたずねた。

「知らない。まったく面識はないが、会ったことがあるふり、こっちはおまえを知っているというふりをするのが、相手を不安にさせるいちばんの手なんだよ。とくに、アプヴェーアの部長という立場ならね」

彼はシェンケに向き直った。「また会えてうれしいね、警部補。それとも、ホルストと呼ばれるほうがいいか？」

シェンケは相手の真意を計りかねて返事を迷った。「どちらでも」

「よろしい。では仕事の話はなしにしよう。正直、仕事抜きは大歓迎だ」

カリンはふたりの顔を交互に見た。「なにかわたしの知らない事情がある？」

カナリスは笑みを浮かべた。「幸運にも昨日アプヴェーアでホルストと出くわしただけだ」

彼女はシェンケに向き直り、問いかけるように片眉を上げた。「ふうん。あそこでなにをしていたの、ダーリン？」

〝ダーリン〟という言葉も、冷淡な口調ではいくぶん愛情を欠いていて、シェンケはうろたえ気味に答えた。「形式的な事情聴取だ」

「彼は私の部下のひとり、ドルナー大佐を尋問しに来たんだ。大佐のことは覚えているだろう」

「カルル・ドルナー？」カリンが笑みを浮かべた。「忘れるわけないでしょう。すごく魅力的で、ダンスがとてもうまくて。プロイセン人にしては、だけど」カリンは目顔でシェンケを指した。「それで、この人はなにをしていたの？」

「本当に、その件について話すわけにいかないんだ。現段階では」

カナリスがふっと笑った。「緘口令が敷かれているのか。そりゃあいい。では私の口から話してやろう、カリン。それで、気の毒なホルストを苦境から救ってやるとしよう。ドルナーが殺害されたゲルダ・コルツェニーと浮気をしていたことは公然の秘密だ。だからホルストはドルナーに事情聴取を行なう必要があった。むろん、あくまでも形式的な手続きとしてだ。そうだろう？」彼は射るような視線でシェンケを見つめた。

「おっしゃるとおりです、提督」

カリンが目を丸くして、片手で口を押さえた。「嘘でしょう！　だって、すごい秘密よ。でも、言われてみれば、べつに驚かないわね。カルルは女を見る目が肥えてるから。それに、ゲルダは男を連れて歩きたがってるって噂だったし。じゃあ、彼がやったと考えているの、ホルスト？　彼がいわゆるレディキラーだと思ってる？」

シェンケは、そんなことを訊く彼女の屈託のない口調が気に入らなかった。死体検案所のきらめくスチール製の解剖台に載っていた打ち砕かれたゲルダの頭蓋骨が脳裏に浮かび、とても軽口をきける気分ではなかった。声を落として答えた。「その話をするつもりはない、カリン。その話はもうやめよう」

「ホルストの言うとおりだ」カナリスが言った。「ここへは、食事と交友を楽しむために来てるんだからね」彼は体の向きを変え、給仕係の目を引くように片手を上げた。「メニューを頼む。それと、シャトー・ラトゥールを一本持ってきてくれ」

「申し訳ございません。貯蔵室にシャトー・ラトゥールはもう残っておりません」

「残念だ。では、マグリットは？」

「申し訳ございません。高級フランスワインの入手経路が絶たれてしまいまして。ヴァイスブルグンダーはいかがでしょう？　味は劣りません」

ほどなく、給仕係がメモ帳を手に控える横で、提督は目を閉じてワインの香りを楽しんでいた。カナリスはひと口飲んで笑みを浮かべた。「文句なく合格だ。さて、何を食べる？」

三人はメニューを開いた。シェンケはおいしい食事に関心を示すことはめったにない。それでも、豊富な選択肢を眺めるうちに食欲が湧いてきた。

「私は鹿肉をいただこう」カナリスがきっぱりと言った。

給仕係が申し訳なさそうな顔をした。「今夜は鹿肉をご用意できません。ロブスターとサーモンも。アスパラガスもございません」

カナリスの表情が曇った。「では、このメニューの半分は頼めないではないか。なぜメニューを書き換えない？　わかるように説明しろ。さもないと支配人を呼ばせるぞ」

給仕係は不安そうな様子で肩越しにうしろを見たあと、身をかがめて低い声で答えた。

「これまでどおりのメニューで続ける必要がある、と経営者が言い渡したんです。品数を限定したメニューでは立派に見えない。アドロン・ホテルの常連さまが納得されない、と」

「いいかね、私としては、メニューに載っている料理の半分が用意できないと言われるほうが納得できない。ワインの選択肢が限られていると知らされるのもことさら不愉快だ」

「なにぶん戦争中ですので」給仕係は下手な言い訳をした。

カナリスは胸に手をやった。「この制服を着た人間にそれを指摘する必要があるとは思わないが」

「はい。申し訳ございません。じつは、当店はフランスと英国から入手できない多くの品物の供給元を探す努力を続けています。ここだけの話ですが、バーに並んでいるウィスキーとブランデーのボトルの大半の中身は冷ました紅茶なんです。体裁を保つために」

カナリスはため息を漏らした。「なるほど。まずパテを、そのあとアントルコートのステーキをいただこう。連れのふたりがそれでよければ」

シェンケとカリンがうなずき、メニューと所要の配給券を給仕係に渡すと、提督はぞんざいに手を振って給仕係を追い払った。

「敵国がすみやかに正気に返り、こんな馬鹿げたことが終わることを願うよ」カナリスがぼやいた。「ポーランドが陥落したのに戦争を続けるなど無意味だ。ドイツと和平を結ぶことができると、敵国が信じてさえくれれば」

「おじさんは信じているの？」カリンがたずねた。「あんな指導者のもとで？」

「それについての私の見解はおまえも承知しているだろう。私は命令に従うだけだ。ホルストもまた然り。そういう質問は政治家にぶつけるんだな。ところで、隣の席の連中とのもめごとの原因を教えてくれるか？」

「政治問題」カリンがそっけなく答えた。

「なるほど。もっと無難な話題に変えようか。近ごろなにか変わったことは？」

「ホルストに結婚を迫ってる」

シェンケは、カナリスと出会ってから初めて彼の心底驚いた顔を見た。照れくさくてもじもじしながら咳払いをした。「ふたりの将来について話し合っていました。でも、具体的な話になる前に、隣席のふたりとちょっとした言い合いになったんです」

カナリスがふたりを見た。「助言をひとつ。いまは先行き不透明な時代だ。機会あるごとに、この世の楽しみを手にしておきなさい」

食事は楽しい雰囲気のうちに進んだ。メイン料理を食べ終えるとカリンは断わりを言って洗面所へ向かった。

「あれはいい女だ」カナリスが言った。「きみは運のいい男だ、ホルスト。あの娘はいずれ、いい妻になる。あの娘の持っている人脈は男の出世の役に立つだろう」

「あとはただ、人前で言っていいことと悪いことの区別をわきまえてくれれば」

「たしかに……きみの人脈もさぞ役に立つのだろうな」

「おっしゃる意味がよくわかりません」

「姪が素性のわからない男と親しくなるのを私が許すとは、きみだって思わないだろう」

シェンケは親指と人差し指でグラスの脚をつまんでまわした。「私のことを調べていたんですね」

「他人の事情（ビジネス）を知るのが私の仕事（ビジネス）だとだけ言っておこう。きみの家名はフォン・シェンケだね。父上はオットー・グラーフ・フォン・シェンケと名乗っている。となると、なぜきみが世俗的な名前を使っているのかという疑問が生じる。貴族の血筋を恥じているのか？」

その質問はシェンケの政治的信条と、学生時代に一時的に信奉していた理念に触れるものだ。「恥じてはいません。しかし、現代世界にそんなものが存在する場所がない。クリポに入ったとき、同僚たちに溶け込むために、短くした名前を使うことにした。それだけのことです」

「では、そういうことにしておこう」

一瞬の間を置いてシェンケはふたたび口を開いた。「教えてください。私がドルナーに事情聴取を行なったあと、アプヴェーアで出くわしたのは偶然などではありませんよね」

カナリスは彼をひたと見つめた。「むろん偶然などではなかった。私は自分の命じた活動に密接な関心を注いでいる」

「ではあなたは、ドルナーとゲルダ・コルツェニーのあいだにはたんなる愛人以上の関係があったかどうかを私に教えていただける立場だということです」

「そうだ」

「それで？」

「ドルナー大佐はゲルダ・コルツェニー殺害の犯人ではないと私は考えている」

「私の見たかぎり、彼はゲルダにさして愛着を抱いていなかったようです」

「それは犯罪なのか？」

「いいえ。しかし、別の可能性を示すものです」シェンケはグラスのワインを飲み干した。

「たとえば、ドルナーが党内派閥のひとつに関する情報収集訓練として彼女との関係を深めていたのではないかとか。あなたの命令で動いていたのではないかとか」

カナリスは唇を引き結んだ。「勝手に想像を巡らせればいい」

「当たっていますか？」

カナリスはワインのボトルを手に取った。「グラスが空いているぞ」シェンケのグラスにもう一杯注いだあと、椅子に背中を預けて手を組んだ。「警部補、私のような地位にある人間がかならずしも公明正大なやりかたで活動する贅沢が許されるとは限らないということを理解してもらわねばならない。ときには、法的に問題のあるやりかたで任務を遂行せざるをえないことすらあるのだ」

「殺人も含めて？」

カナリスは苦笑した。「この件に関して、それは見当ちがいの言いがかりだ」

「しかし、別の状況なら殺人も選択肢のひとつになると？」

カナリスは身じろぎしなかった。表情は読めない。「返答は差し控える。それに、この件で私を追及するなという警告がきみに届かないとしたら、カリンの恋人の身のためを考えるという務めを怠ることになるのだが」

「脅迫のつもりですか？」

「不穏な言葉だな。きみの味方になりたい人間からの助言だと考えなさい。カリンが戻ってくる。この話はここまでだ」彼は腕時計に目をやった。「じつは今夜はまだ仕事がある」

彼は立ち上がって姪の頬にキスをした。

「もう帰るの？」

「指揮官の務めだ。今夜はぐっすりお休み。ここの会計は私につけるように言いなさい。ではまた、ホルスト」

シェンケは席を立って頭を下げ、別れの挨拶をした。「ではまた、提督」

カナリスが歩み去ると、カリンは腰を下ろしてシェンケの手を取った。「やっとまたふたりきりになれたわね。このボトルを空けてから、あなたのアパートメントに帰りましょう。もっとくつろいだ場所で婚約の話ができるでしょう」

うなずきはしたものの、シェンケの視線はカナリスに注がれていた。レストランのドア口に達し、背後を振り返ったカナリスの目には、まぎれもなく冷徹で挑戦的な色が浮かんでいた。

17

男はウンター・デン・リンデン大通りの端、地下鉄のブランデンブルク門駅の外にある売店の側壁に寄りかかっていた。門柱のあいだを吹き抜ける寒風が、門の梁部から垂れ下がっている赤い幕をはためかせ、巨大な猛禽の翼のように見せている。寒い夜なのに通りの人出は結構なもので、向かい側のアドロン・ホテルの玄関口を見張っている男が注目を引くことはないだろう。玄関口前の歩道に設けられた日よけはタクシー乗り場まで延びている。ダブルのコートを着たふたりのドアマンが、ホテルのロビーへ通じるドアを出入りする客にいつでも手を貸せるように待機している。

二時間以上前に、男はシェーネベルク管区警察署を出てきたシェンケのあとを尾けはじめた。駅に着くと、同じ車両に乗り込み、ほかの乗客の頭越しに警部補を監視できるように何列かうしろの座席に腰を下ろした。ゲルダ・コルツェニー殺害事件の捜査を行なっている管区警察を探り出すのは簡単だった。署の出入口の向かい側で、もの乞いのふりをして座り込んだ。厚手のキルトを体に巻きつけて、あらかじめ何枚かの硬貨を入れた古い帽子の横にうずくまった。管区警察署から出てきたシェンケにすぐに気づき、彼が通りを二十歩ほど進むのを見届けてからキルトを放り捨て、帽子を拾い上げてあとを追いはじめた。

管区警察署を出た三十分後、シェンケはアドロン・ホテルに入り、尾行者は売店の壁に寄りかかって待った。刻々と時間が過ぎるうち、コートを突き抜ける寒さが体を貫いた。見張りを続けるあいだの救いとなったのは、肺まで吸い込む煙草の煙のぬくもりだけだった。ホテルを出入りする人間に注意深く目を注ぎ、警察官が通りを近づいてくるたびに売店の裏へ移動して身を隠した。

八時過ぎに海軍の制服を着た男がホテルから出てきて、ドアマンがタクシーを誘導してドアを開けるのを待った。ホテルの明かりが軍人の顔を照らすと、売店の脇の男はそれがだれか気づいて反射的に一歩うしろへ下がった。そのあいだに提督が乗り込んだタクシーはウンター・デン・リンデン大通りを走り去った。

男は指の感覚がなくなるのを防ぐべく両手を握り合わせてホテルの監視に戻った。その後の二十分、さらに何人かの到着客や出発客を見送った。と、ドアから出てきたひと組の男女に目を留めた。毛皮の帽子の下からブロンドの髪が見えている長身の優雅な女とシェンケだ。警部補は女にキスをしてから、手に持っていた帽子をかぶった。ふたりは手をつないで大通りを渡りはじめた。

ふたりが近づいてきて地下鉄駅へ続く階段を下りはじめると、男は売店の反対側へ移動した。ふたりの頭が見えなくなるのを待って、男は気づかれないように、まして不審に思われないように、距離を開けてあとを尾けた。改札口を通って、ふたりは北行きのプラットホームに向かった。男はふたりを追って、駅に入ってきた列車に乗り込んだ。その車両に乗客が少ないので、ふたりの何列かうしろの座席に腰を下ろした。シェンケと女はほかの乗客にろくに注意を払わず、座ってしばらく話していた。女がシェンケの肩に頭を載せると、シェンケは腕を上げて女を引き寄せ、髪にキスをした。

すぐ近くに殺人者がいることに気づかずにふたりが自分たちの幸せにひたっているのを見るのは愉快だった。シェンケがあれほど熱心に――だがまだなんの成果も得られずに――狩ろうとしている殺人者が。獲物はすぐそばに座っていたんだぞと警部補に教えてやりたい誘惑に駆られた。そうと知ったシェンケは苦しむだろう。それを考えると男の心は喜びで満たされた。だがいまは、シェンケの住まいをつきとめ、彼の弱みを知ることのほうが重要だ。

列車がパンコウ駅に入ると、ふたりは席を立った。列車を降り、男は距離を開けてあとを追った。駅から出て腕を組んで通りを歩いていくふたりを見つめた。彼らは、専門職に就いている連中が好むアパートメント棟のある洗練された住宅街に入った。ふたりが落葉した並木のある通りの中ほどに建つアパートメント棟の短い階段を上がりはじめると、男は足を止めた。ふたりは建物内に入り、男は通りの向かい側の歩道に立ってアパートメント棟を見上げた。まもなく、窓のひとつに明かりのぼんやりした輪郭が見えた。

男はにんまりした。「見つけた」とつぶやいた。

敵の住処をつきとめたいま、行動方針はいくつか考えられる。捜査が進展して脅威を及ぼすようになれば、いつでもシェンケを排除できる。それ以上に好都合なのは、やつの恋人を排除できることだ。そのほうが警部補本人を殺すよりも効果的かもしれないし、まちがいなく満足が得られる。

男は鋭く息を吸い込んだ。それはまた別の機会だ。今夜はほかにやるべきことがある。

男は衣装だんすの前面の鏡に映る自分の顔を――鏡の上方に吊るしてある電球に照らされた顔を――見つめた。背後の灯火管制用のブラインドは数時間前から閉じてある。アンハルター駅の洗面所で盗んだ制服の上着はサイズがぴったりなので、扮装ではなく本物に見えるはずだ。とくに、列車の薄暗い照明の下では。鏡台から制帽を取って頭に載せ、つばが下がって顔が隠れるように角度を整えた。より本物らしく見えるように髪を耳にかけた。この変装のいいところは、制服を着ている人間よりも制服そのものに目が行くことだ。それに、人は制服を着ている人間を本能的に信頼し、その指示に従う傾向がある。これまでのところ、この策が好結果をもたらしている。

袖口を引っぱって鏡で最終確認をし、向き直ってベッド脇の時計を見た。もう十時近い。遅い通勤客もすでに帰宅し、列車は客車の多くが空のまま走行しているはずだ。加えて、男には制服という利点もある。

男はベッドルームを出て、玄関ドア脇の棚へ行った。そこに軽いコートがある。サイズが大きいので制服の上から着て、制帽をショルダーバッグに収め、代わりに毛皮の帽子をかぶった。これで、街のどこにでもいる一般市民に見える。一瞬の早技で上に着ているコートと帽子を脱ぎ去って制帽をかぶれば変身完了だ。ことを終えたあと、もとの服装に戻ってこのアパートメントに帰る。男は悦に入った。これまでにも、このやりかたが功を奏している。

夜遅い時間にもかかわらず、玄関ドアを開けてアパートメントから出たとき、疲労はまったく感じなかった。むしろ逆だ。筋肉は張りがあり、神経は鋭く研ぎ澄まされ、頭は日中よりも冴えている。これまでになく活力を感じた。

〝馬鹿なことを言うな〟心の奥で叱り声がした。〝うぬぼれはミスを招くぞ〟

「用心しろ」小声で言いながら建物玄関まで階段を下りてドアを開けた。外は肌を刺すような寒さなので、男はアンハルター駅の方向へと歩きながらコートの襟を立て、手袋をはめた手をポケットに突っ込んだ。かつては交通量の多い幹線道路のひとつだった通りをゆっくりと走っている車はわずかだが、人出のほうはひさしぶりに見る多さだった。ボトルをまわし飲みしている若者の集団もいくつかいて、敢然と飲酒を咎めたヒトラー青年団のパトロール隊にわめきちらしていた。クリスマスは数日後なのに国じゅうが戦争状態に陥っているとあっては、気分を明るくするためにできることをやろうと市民が考えたとしても不思議ではない。やりかたは各人各様だと男は考え、太ももに当たる鉄の棒の重さを心強く感じて笑みを浮かべた。今夜は郊外のマリエンドルフへ行き、そこで次の獲物を探そう。

アンハルター駅のかまぼこ型の高い屋根の下で乗降客やぶらついている連中に目を光らせる警察官が増員されているとしても、男は気づかなかった。男はマリエンドルフ方面行きの列車の三等切符を買い、木製の狭い座席の一般客車に乗り込んだ。すぐに汽笛が鳴り、大きく揺れて動きはじめた列車はゆっくりと夜の闇に溶けていった。

男はもう三十分もマリエンドルフ駅にあるカフェの隅の席に座っていた。人びとが行き来し、何人かがこの店に立ち寄ってなにか飲んだり、カウンター奥の掲示板にチョークで書かれたわずかばかりのメニューから軽食を選んで食べたりした。たまに騒がしい集団が来て人数分のホットワインを注文して飲んだあと、意を決して凍えるような夜のなかへ出ていった。ほかには、ひとりで来て連れを待ち、やってきた相手に顔を輝かせて手を振る連中もいた。ひとりの客は数えるほどで、彼はそのなかでも女の客にだけ注意を払っていた。

やがて、その女が入ってきた。質素な服装でニット帽を目深にかぶっていたので最初は眼中になかった。彼女が帽子を取り、つややかな黒髪と富士額、その下の張りつめた大きな目とほっそりした骨格が見えるや、男はうなじがぞくぞくするのを感じた。その場を動かずにそれとなく観察していると、彼女はカウンターに近づいてコーヒーとペストリーを注文し、窓や出入口から離れた奥の席に腰を下ろした。コーヒーを少し飲んでペストリーを手に取り、ひと口ごとに味わって長持ちさせている。そのうち、にぎやかな学生の集団が入ってきて、男子学生のひとりが彼女の席に近づいて同席しないかと誘った。彼女が首を振って断わると男子学生は肩をすくめ、わざとらしく深いお辞儀をして仲間の席へ戻った。

壁の掛け時計が十一時を告げるころには、カフェの客はまばらになっていた。女は店を出るべく席を立ってニット帽をかぶった。男は立ち上がって彼女より先にカフェを出ると、店の出入口がはっきりと見えるそばの売店の脇に陣取って待った。どちら行きのプラットホームも人はまばらなので、女を見失うおそれはない。女はアンハルター行きのプラットホームの待合室へ向かったが、窓からちらりとのぞいただけでなかには入らなかった。そのままもう少し歩いて、駅の壁と屋根を支えている鉄の柱のあいだに立った。

彼女は人を避けていると男は気づいた。ひとりでいるために、待合室で暖かい火にあたるという考えさえも退けた。自分の体を抱くように背中を丸めて、ベルリン中心部へ向かう列車を待っている。失恋の痛みを癒しているのだろうか。近しい人を亡くしたばかりなのだろうか。あるいは、あの女も自分と同じよそ者で、人目を引かないように精いっぱい努めているのだろうか。理由はなんであれ、おかげでこっちの用がやりやすくなる。

かなたで汽笛が鳴り響き、線路から小さなきしみが聞こえた。あたりを見まわすと、覆いをかけられた前照灯のぼんやりした光が見えて、列車が遠くのカーブを曲がってきた。蒸気の上がる周期的な音と、運転士が列車の接近を知らせる警笛が聞こえた。駅員室のドアが開いて、小旗を持った駅員が出てきた。駅員はプラットホームの左右を確認し、咳払いをしてから大声で告げた。

「アンハルター行き最終です。最終列車が到着します」

プラットホームで待っていた連中が足を引きずるように前へ出て首を巡らせ、蒸気と煙を吐き出す黒い怪物さながら夜の闇のなかから現われた列車を見やった。ブレーキをきしませ、大きく蒸気を吐き出して、列車がプラットホームに停まった。ドアがひとつだけ開き、ブリーフケースを提げた男が降りてきて改札口へ向かった。

「ご乗車ください」駅員が大声をあげると、プラットホームにいた数人が客車に乗り込んでドアを閉めた。女はしばしためらっていたが、あわてて最後尾の車両に乗り込んだ。男がひとつ前の車両に飛び乗ると同時に、駅員が発車を告げる警笛を吹いた。

客車が揺れながら動きだし、列車は駅を離れて夜の闇のなかに入っていった。男は脚を開いて立ち、車両の不規則な揺れにそなえた。この車両の乗客は、厚手のロングコートを着て隣の座席に雑嚢を置いている眼鏡をかけた軍人だけだ。軍人はふと顔を上げたものの、すぐに読んでいた本に視線を戻した。

男は車両後部の貫通扉へ向かった。扉を開けて車両間の屋根つきの連結部に出ると扉を閉めた。車輪の音が耳を満たすなかで、急いでショルダーバッグを下ろしてコートと帽子を脱ぎ、制帽をかぶってから、不要なものをバッグに押し込んだ。ショルダーバッグの肩紐で党員バッジが隠れていないことを確かめ、気を落ち着かせるために深呼吸をしてから、最後尾の車両の扉を開けた。なかに入ると、ほかのだれも入ってこないように錠をかけた。

期待していたとおり、この車両の乗客はあの女だけだった。大半の人間が、終着駅に着いたときに出口に近い前方の車両に乗りたがるのに、この女はひとりでいるために最後尾を選んだ。男はショルダーバッグをうしろへまわして彼女に近づきながら、彼女がこちらに一瞥をくれたあとすぐに目をそらしたのに気づいた。

「こんばんは」男はベルリンなまりで声をかけた。「切符を拝見できますか」

「ええ。もちろん。ちょっと待って」女はポケットのなかを探って眉をひそめ、反対側のポケットも探った。すぐに最初のポケットに戻った。「見つからない……絶対にこのポケットに入れたんだけど」女は顔を上げた。「本当にごめんなさい」

男は咎めるように顔をしかめた。「有効な切符を持たない乗車は犯罪ですよ」

「知ってる。わかってるわよ。本当に切符は持ってるの。ちょっと待って」

女は立ち上がってまたポケットを探った。潔白なふりをしようとする彼女に、男はつい感心していた。女はコートのポケットを探すのをあきらめて、古びた革製のハンドバッグを開けて中身を引っかきまわしはじめた。

「どこに行っちゃったんだろう」

「切符が見つからなければ、アンハルター駅に着きしだい、あなたを警察に引き渡さざるをえませんよ」

女は怯えた顔で彼を見上げた。「いやよ。そうだ、新しい切符を買わせて」

彼は首を振った。「規則ですので。無賃乗車の客はつかまえ、取り調べを行なったのち起訴することになっています」

「でも、わたしはなにも悪いことしてないわ。切符をなくしただけでしょう」

「その問題をかたづけなければなりません。身分証明書を拝見できますか？」彼は左手を差し出し、右手をポケットに入れて鉄の棒の端に触れた。

「身分証明書を？」

「そうです」

女はハンドバッグに手を入れ、選択でもするかのように一瞬迷ったのち、くしゃくしゃに折りたたまれた身分証明書を取り出した。彼は受け取って指先で開き、近くの電球の光ではっきりと読めるように持ち上げた。写真の女は髪型が異なり、顔もふっくらしているが、この女のように見える。とはいえ、別人の可能性もあるし、偽造の可能性もある。それなら、この女の行動も説明がつくのではないか。

彼は記載事項を読み、身分証明書を彼女の顔の横に並べてたずねた。「マクダ・ブッフマン？」

女がうなずいた。

「これによると、住所はダーレム。自宅から遠く離れたこんなところへ、なんの用で？」

「親戚を訪ねるため。今夜はおじ夫婦の家で過ごしたの。これから家へ帰るところ」

まずまちがいなく嘘だと思った。そろそろ本来の用件に移ろう。次の駅が近づいているのが気になっていた。彼は制帽を脱いで髪をかき上げた。

「そんな説明は信じない。この身分証明書は偽造で、あんたの名前はマクダ・ブッフマンではないと思う。あんたを逮捕せざるをえないな」

「いやよ。お願い、逮捕しないで」懇願する女の目に必死の色が浮かんでいる。「ね、お願い」

彼は一瞬の間を置いたあと、ゆっくりとうなずき、身分証明書を返した。「いいだろう。こっちが便宜を図ってやるのなら、そっちにも便宜を図ってもらう。わかるな？　さあ、コートを脱げ」

女はぎょっとしてその場に凍りついた。

「コートを脱げと言ったぞ」

女は首を振った。「いや」

「コートを脱げ！」

「脱ぎたくない。寒いもの」

彼がさっと近づいて女の顔を平手で打つと、髪が目の前に垂れた。女は首を振って髪を払い、怯えた目で彼を見た。

「耳が聞こえないのか、この馬鹿女。コートを脱げと言ってるんだ」

彼は返事を待たなかった。突き飛ばして女が座席に倒れ込むと、のしかかって女のコートを両手で引き裂こうとした。すり切れたコートの布がちぎれ、手がドレスの生地に触れたので、裾をめくり上げて下着を引き下ろした。自分のズボンの前ボタンをはずしながら女の熱い息を頬に感じ、女の顔をよく見るために身を起こした。女は目を見開き、口を開けてきれいに並んだ白い歯を見せていた。

「痛い思いをさせてやるからな」彼はどなった。

「いや！」女は叫び、上体をぐいと起こして彼を押しのけようとした。彼はズボンから一物を出して女の太もものあいだに押しつけた。女はびくりとして身を引いた。同時に左手を上げ、鉤爪のように丸めて彼の目を引っかいた。右手はハンドバッグを探っていた。

彼は怒りの叫びをあげて女の左手をつかみ、力いっぱい締めつけて指を折った。

「人でなし」女が食いしばった歯のあいだから吐き捨てた。ハンドバッグから右手と、金属と思しき冷たい光を宿したなにかを取り出した。それを彼の脇腹にねじ込んだ。焼けつくような痛みとともに刃が彼の肉と筋肉を貫いて肋骨に達した。女がふたたび刃物を振るおうとした瞬間、彼は転がるようにして女から離れた。驚きのあまり口を開けていた。

「えっ？　なんだ、これ？」彼は崩れ落ちて膝をつき、脇腹に手をやって、布地からしみ出す生温かい血に触れた。「この女……刺しやがったな！　殺してやる……」

彼がわれに返る前に女はすばやく立ち上がって彼の脇をすり抜け、帽子とハンドバッグを捨て置いて通路を走って逃げた。彼はどうにか立ち上がってあとを追った。

「助けて！　助けて！」女は走りながら叫んだ。

脇腹の痛みに対する怒りと、獲物に逆襲されたことに対する憤怒に駆られて、彼は女との距離を縮めた。女は貫通扉に達し、掛け金を必死ではずそうとした際にナイフを落とした。顔を歪め歯を剝き出しにして追ってくる男を肩越しに見て、ふたたび助けを求めて叫んだ。掛け金がはずれると女は把手をひねって扉を押し開けた。次の車両の扉の把手をひっつかみ、扉を開けた瞬間、前の開いたコートが風をはらんだ。右側に非常通報用の鎖が見えたので飛びつき、つかむなり引っぱった。

男に体当たりをくらって激しい衝撃を感じ、そのまま座席のあいだの床に倒れ込んだ。その衝撃で肺から空気が一気に押し出された。倒れたまま茫然としている女の顔や胸に男が殴打を浴びせた。機関車の運転士がブレーキをかけたため、客車が抗議の音を立てて大きく揺れた。

から離れろ！」

「おい！　そこのおまえ！」近くで男の声がした。「いったいなにをしている？　その人

殴打が止まり、のしかかっていた重さが消えた。暴漢は立ち上がってすぐそばにそびえ立っていた。目にも止まらぬ速さで動いたかと思うと、暴漢は厚みのある鉄の棒らしきものを振りまわしてわめいていた。「引っ込んでろ！」

女はうめき、やっとのことで身を起こして体を引きずるように後退し、座席の縁にもたれかかった。

「その女性から離れろ！」

暴漢から二メートル離れたところに軍服を着た男が見えた。姿勢を低く構え、拳に固めた両手を上げている。暴漢が前に飛び出して鉄の棒を激しく振り下ろしたが、軍人は難なくよけた。ただ、飛びすさるときに眼鏡が床に落ちた。ベルトの脇に手をやってさやから銃剣を抜き、先端を暴漢の顔に突きつけた。

「その棒を捨ててうしろに下がれ！　さっさとしろ。ぶっ刺すぞ」

重い鉄の車輪が凍りついた線路で止まれずに、客車がまた大きく揺れた。ふたりの男と女が前方へよろめいたあと、ブレーキの甲高いきしみが響いた。その機に乗じた暴漢が鉄の棒で襲いかかり、軍人の左の上腕をとらえた。軍人は銃剣で反撃し、暴漢のコートを突

き破ったものの、肉まで切るに至らなかった。客車がまたしても揺れて、ふたりが離れたとたんに列車が停まり、振動音やきしみが消えて静かになった。

暴漢がひと呼吸ついた。目を見開き、鼻孔を広げ、わずかに開けた唇から獰猛なうなりを発しながら女を一瞥した。怒りと、この女を叩きのめしたいという欲望とで、われを忘れかけていた。だが、いまはそんなことをしている時間がない。脇に下げた左腕が使いものにならないのに、軍人がまた彼に襲いかかろうとしている。暴漢はやり場のない怒りに凶暴な叫びを発すると、客車の横手のドアに飛びついた。把手が凍りついているので、やむなく鉄の棒を放して両手で動かそうとした。ようやくドアが開き、勢いあまって客車の側面に当たった。雪と氷のかけらが吹き込み、暴漢は下方の土手の斜面を見て一瞬ためらった。

客車がまた揺れ、一瞬にしてドアが暴漢のほうへ戻ってきて、上着の胸がドア枠にぶつかった。襟がなにかに引っかかったのはわかったが、そのままドアを押し戻して飛び降りたので、襟が破れた。かろうじて膝を抱きかかえたと思った次の瞬間、粉雪が舞い上がり、勢いよく転がりながら斜面をすべり落ちていた。後方から、ほかの客車の乗客に助けを求める軍人の叫び声が聞こえた。

土手の下に達すると、男は激しい息をしながらすばやく立ち上がった。脇腹がずきずき痛むので片手で傷口を押さえ、黒いかたまりのような最寄りの建物を目指して雪をかき分けて進んだ。振り返ると、土手を下って追ってくる人影がふたつ見えた。

「くそ……」嚙みしめた歯のすきまからあえぎ、足を速めた。建物群の裏手を走る通りからかき上げられた雪の山が長々と延びている。そのてっぺんを転がるようにして越え、団地と団地のあいだの狭い路地に出た。追っ手から見えなくなるとすぐにショルダーバッグをはずして替えのコートと帽子を取り出し、急いで身につけた。気を静めるために息を吸い込んでから路地を進んだ。追っ手との距離を広げ、異なる方向へ向かうように何度も角を曲がったあと、男は早足でその先の通りを目指した。

18

十二月二十三日

シェンケは真夜中に目が覚めて用足しに行った。手を洗いながら鏡に映る自分を見て、疲れ果ててやつれた顔だと思った。シンクに水を溜めて顔を突っ込み、そのまま六十まで数えた。氷のように冷たい水が肌を刺したが、一秒ごとに神経が研ぎ澄まされていくように感じられた。水しぶきを飛ばして顔を上げ、空気を求めてあえいだ。タオルを取って顔を叩くようにして拭き、シンクの栓を抜いてからベッドルームに戻った。

ひとつだけ灯された廊下の明かりがベッドルームにも届いて、カリンが二枚のキルトと毛布の下で体を丸めて眠っているのがわかった。シェンケも布団に、彼女が発しているぬくもりのなかにもぐり込んだ。体を押しつけると彼女は低くうめき、はっきりしない声でなにかつぶやきながら背中をすり寄せた。シェンケは彼女の首筋にキスをして、なにかから守るように彼女の体に片腕をまわした。

目を閉じて、捜査に関する考えを整理しようとした。昨夜のカナリスとの会話が状況を複雑にした。ゲルダの殺害には、カナリスが明かしたがらない事情がまだある。それでいて、フリーダが見つけ出したほかの死との共通点もある。したがって、もっと重大な陰謀が展開されているのだろうかという疑問が湧いてくる。反対に、ゲルダは殺人犯によって無作為に選ばれた被害者であって、党内の派閥抗争とはまったく無関係だという可能性もある。考えようによっては、そっちの線のほうが気がかりだ。殺人犯の正体を党内のだれひとり知らないのだとしたら、それをつきとめるのははるかに困難になる可能性があるからだ。

シェンケは不意に、カリンの身の安全が心配になった。一瞬、どこかの暗い通りで、あるいは夜の列車のなかで、だれかが彼女に忍び寄る光景が頭に浮かんで苦しくなった。彼女を失うなど、考えただけで耐えられなくなって、彼女をさらに強く抱きしめた。

カリンがもぞもぞと身動きし、くぐもった声で言った。「ホルスト、大丈夫？」

「大丈夫だ」シェンケは嘘を言った。「ちょっと姿勢を変えただけだ。もう一度眠れよ」

「うーん」

彼女が安らかな規則正しい寝息を立てるのを待ってシェンケはあおむけになり、目を開けて天井を見つめた。ものごとをきちんと考えて頭をすっきりさせればもう少し眠れるのではないかと思っていた。ようやく、重いまぶたを閉じて眠りについた。

三時間後の午前四時四十五分、目覚まし時計が鳴った。シェンケが手を伸ばして音を止め、カリンはもぞもぞと身動きしたあと、さらに深く布団にもぐり込んだ。シェンケは洗顔とひげ剃り、着替えをすませ、蜂蜜を塗ったライ麦パンとコーヒーで手早く朝食をとってからベッドルームに戻った。カリンがまだ眠っているので、ベッドの端に腰かけ、かがみ込むようにして彼女の額にキスをした。

「行ってくる」耳もとで言ったあと、立ち上がって玄関へ行き、コートと帽子を手に取った。

シェーネベルク管区警察署の新しいオフィスに最初に出勤したのはシェンケではなかった。リーブヴィッツがすでに、革コートと帽子をきちんと吊るしたコート掛けの前のテーブルについていた。リーブヴィッツは立ち上がって敬礼した。

「ハイル・ヒトラー」

シェンケはドアロで足を止め、無言でうなずいてから室内に入ってドアを閉めた。

「おはよう、リーブヴィッツ。早起きしたんだな」

「いつもこの時間には出勤しています、警部補」

「本当に？　ずいぶん働き者だな。直立不動はやめていい」

「はい」リーブヴィッツは精いっぱい姿勢を崩そうとした。

「いいから、座って楽にしろ」

「はい。今日の行動計画をたずねてもいいでしょうか？」

「もちろんだ」シェンケは答えた。「たずねてもいい」

しばらく立ち止まってリーブヴィッツのとまどった顔を見て楽しんだあと、自席へ行き、書類のいちばん上に折りたたんで置かれたメモに目を留めた。リッターからのメモだった。念のために二度読んでからぼそりと漏らした。「くそ……」

オフィスのドアが開いて、ローザとフリーダが入ってきた。ふたりとも分厚いコート掛けに毛皮の帽子というでたちで、シェンケに会釈をしてからストーブのそばのコート掛けに行った。シェンケはメモを持ち上げて示した。「昨夜また暴行事件があったが、犯人は撃退されて逃げた。被害者はこの署内にいる」彼は席を立った。「フリーダ、メモ帳を持っていっしょに来い。ローザ、ハウザーが来たらこの件を伝えろ。本件に関する報告書を入手するように言ってくれ。ここに戻りしだい、事件の詳細を知りたい」

「わかりました」

「それとは別に、事故死とされた被害者たちの背景報告書もデスクに置いておくように」

「はい」

リーブヴィッツが手を上げた。「いいですか？」

「なんだ？」

「私が受けた命令は、本件捜査においてあなたに同行することです。どこへ行くときも。いかなる相手からであれ供述を得る際は、尋問に同席しなければなりません」

シェンケは顔をしかめ、この男がこんな朝早くに出勤したことを心のなかで呪った。ゲシュタポの男がミュラーから受けた命令は明確であり、オフィスに残れと指示したら面倒を引き起こすだけだろう。もっと巧妙な口実を使わなければ。「被害者から話を聞く際は速記のできる人間が必要でね。それだけのことだ。こちらの人数が多いと被害者が怖気づくかもしれない。だから、きみが速記ができるというのでもないかぎり……」

「速記の訓練なら受けたことがあります」

「本当か？」シェンケは食ってかかった。

リーブヴィッツは驚いた様子だった。「もちろん本当です。わざわざ嘘を言う理由がありません」

「それもそうだ。いいだろう。メモ帳を持っていっしょに来い。ここは任せる、フリーダ。

ハウザーが来たら状況を説明しておけ」

シェンケは先に立って階段を上がり、署長室のドアを鋭くノックして返事を待たずにドアを開けた。リッターはコートを着たままデスクについて目の前の書類になにか書き込んでいた。闖入者に渋い顔を向けたが、シェンケが手にしているメモを見た。

「なにがあったんです？」シェンケは彼を見下ろすようにデスクの脇に立って横柄にたずねた。リーブヴィッツはドアロで控えていた。

リッターはペンを置き、椅子の背にもたれかかった。「アンハルター駅へ向かっていた最終列車で事件が起きた。鉄道警察官が、いや鉄道警察官に扮した男が女を襲った。女は自力で非常事態を知らせて抵抗し、そこに休暇中の軍人が助けに入った。暴漢は列車が停まったすきに逃げた。最寄りの建物まで追跡されたものの街に消えた。ナイフで怪我を負わせたと女は言っている」

「怪我を負わせた」シェンケが言った。「ありがたい。刺し傷の手当を受けた人物を報告しろと医師や病院に呼びかけることができる。被害女性については？　署内にいるんでしょう？」

「地下の監房に放り込んだ。いまは医師の手当を受けさせている。この時間につかまえることのできた医師に」

「なぜ被害者を監房に？」

「昨夜、鉄道警察が臨場したときに逃亡を図ったのだ。列車内で、背中を向けて駆けだした。すぐにつかまえたが。彼女を保護し、この署に連れ戻ったあと安全な独房に放り込んだ。すでに供述は取った。秘書が出勤してきたらすぐにタイプライターで清書させて、きみに届ける」

「それで結構です。で、軍人は？」

「通路の先のオフィスにいる。夜勤の者に食べものと飲みものを持って行かせたが、留置かれているのが不満らしい。暴漢に左腕を殴られたが骨は折れていないようだ。女の手当が終わったら軍人も診てやってくれと医師に言ってある。できるだけ早く家族の待つ家へ帰りたいとうるさくて仕方ないから、一日か二日ぶち込むぞと脅してやった」

「犯罪現場は？　保存していますか？」

「もちろんだ」リッターがきっぱりと応じた。「車両は側線へ移動させた。車両管理責任者といくぶん率直な意見交換をした結果だ。列車が停まって暴漢が逃亡した場所は、クリポが行って引き継ぐまで監視させている。きみの担当している事件と関係があると思ってな。無関係なら、そうとわかった時点でこの件の捜査はきみの手を離れる」

シェンケは安堵した。最初の殺害現場での不手際を明らかにされたことで、今回リッターは捜査のプロらしい行動を取ることにしたらしい。「まず軍人に話を聞きます。どこにいると？」

「通路の先だ。この部屋から数えて三つ目のドアだ。だが覚悟してあたれよ、魅力的な人物だから」

教えられた部屋の前で、シェンケはドアの小窓からなかをのぞきながらリーブヴィッツに向かって言った。「なかに入ったら私が質問する。きみの仕事はメモを取ることだ。わかったな？」

「わかりました」

「よろしい」

シェンケはドアを開けた。軍人は空になった皿を脇へ置いてテーブルに覆いかぶさるような姿勢で座っていた。まだオーバーコートを着ており、顔を上げたときに、窓から差し込む夜明けの光を受けて眼鏡が光った。

「ようやくお出ましか」軍人が鼻を鳴らした。「何時間もここで待たされている。もう家族の待つ家へ帰っていいか？」

「まだだ」シェンケは無理やり笑みを浮かべた。「しかし、そう長くかからない。私はシェンケ警部補。こっちはゲシュタポの同僚だ」

軍人の目がしばしばリーブヴィッツに注がれ、そのうちシェンケに視線を戻した。「供述ならもうすませた。なぜあんたたちに話をする必要がある?」

「きみの目撃した暴行事件が別の事件と関係があるかもしれない。だから話を聞きにきた。きみの口からじかに聞きたくて。それに、負傷したのだろう。その腕を医師に診てもらうまで、帰らせるわけにいかない。医師はすぐに来る」

「腕なら問題ない。しばらくしびれていただけだ。医師の手当は不要だ」

「それでも、念のために診てもらったほうが、われわれとしても安心だ。このまま帰して、じつは大怪我だったとわかれば、こちらの手落ちになる」

シェンケは椅子を引き寄せて軍人の向かい側に腰を下ろし、隣に座れとリーブヴィッツに身ぶりで伝えた。椅子に収まってリーブヴィッツがメモ帳を取り出してペンを構えると、シェンケは両手を組んだ。「では始めよう。名前と階級から」

「別の刑事にすべて話した」

「今度は私に聞かせてもらおう」

「いいか、私は休暇中の軍人だ。十日間、家族と過ごしたあと所属連隊に戻らなければならない。あんたには、私をこれ以上ここに引き止める権限はない」

「それはちがう」シェンケは言い返した。「軍の全兵科は国家保安本部の権威に従属し、一般命令第六号附則C第二十二項に従わなかった者は審理を経ずに刑に処すものとする。つまり、私はきみにどうこうしろと命じることができる。したがって、逆らえば不服従のかどできみを罪に問う。そうなるといろいろ影響が出るだろうが、なにより、休暇を留置場で過ごすことになって家族に会えなくなる」その言葉が理解されるのを待って言った。「では、改めて始めよう。名前と階級から」

「ペーター・クレーマー。第七十五歩兵連隊所属の上等兵だ」

リーブヴィッツがメモを取りはじめ、シェンケは質問を続けた。「では、昨夜なにがあったのか話せ」

クレーマーは、左腕を曲げる際には顔を歪めて、腕組みをした。「言ったとおり、私は休暇中だ。家族はパンコウ区に住んでいる。北行きの列車に乗っていた。何度か遅延するし、乗り換えが必要だったが、運よくベルリン行きの最終列車に間に合った。最後の停車駅に着くまで、その客車の乗客は私ひとりだった。あの暴行事件の前だ」

「それが午後十一時過ぎだな？」

「そうなんじゃないか。時間を気にしてなかったのでね。とにかく、男が乗ってきた」

「その男の顔をよく見たか？」

「そのときはあまり見てない。民間人だったと思う。毛皮の帽子、黒っぽいコート、ショルダーバッグ。見たのはそれだけ。あと、背が高くて、体格もよさそうだった。男は私のほうを見たあと、列車が動きだすとうしろの車両へ向かった。私は読書を続けた。男が貫通扉を出ていくのが見えた」彼は間を取って、次に起きたことを思い返してから話を続けた。「何分か経って悲鳴のような音が聞こえた。列車の立てた音じゃないかと思ってあまり考えなかった。すると、うしろの車両から血相を変えた女が飛び込んできた。すぐうしろに男が、鉄道警察官が女を追ってきた。女が非常通報用の鎖をつかんだ次の瞬間、鉄道警察官が女を突き倒して——」

「ちょっと待て」シェンケは話をさえぎった。「鉄道警察官？　最初に見た男とは別人か？」

「いや。同じ男だ。そうに決まっている。体格が同じだった。このときは制帽の下の茶色い髪が見えた。それに、あとで最後尾の車両を確認したが、民間人の姿は影も形もなかった」

「わかった。先を続けろ」

「女が叫んだので、急いで助けに行った。男が馬乗りになって女を殴っていた。私はやめろと言った。立ち上がった男はバールを取り出し、私に向かって振りまわしはじめた。だから私は銃剣を抜いた。身を守るためだ。わかるだろう？」

「もちろん」

「すべてがあっという間のできごとだった。男が私の左腕を殴り、私も一矢報いた」

「怪我を負わせたのか？」

「そうかもしれない。銃剣が男のコートを突き破ったから。列車が揺れていたがそのうちに停まった。停車してすぐに男はドアを開けて飛び降りた。私は注目を引くために大声をあげた。前方の車両に何人か乗っていたから。ふたりが男のあとを追ったが、男は足が速かったし先んじていた。追いつける見込みはなかった。男が最寄りの建物に向から姿を見たのが最後だ」

「きみはなぜ追わなかった？　いちばん近くにいたのに」

クレーマーは曖昧に顔をしかめた。「左腕がたまらなく痛かったし、女がいた。危険な状態に見えた。まず救助しなければならないと思った」

「女の助けに入ったとき、男の顔をよく見たか？」

「いや、よくは見ていない。眼鏡を叩き落とされたんだ」彼はかけている眼鏡の縁を軽く叩いた。「幸い、予備の眼鏡を雑嚢に入れて持ち歩いていてね。とにかく私に言えるのは、男が薄茶色の髪だったこと。目は青か灰色。角張った顎……そのくらいだ。なにしろ、すべてがあっという間のできごとだったから」彼はテーブルの向かい側からシェンケを見つめた。「これ以上話すことはない。もう帰っていいか？」

「まだだ。医師が腕の手当にくる。待っていろ。これは命令だ。それと、帰る前に、下にいる事務係に住所を告げること。また話を聞く必要が生じた場合にそなえて」

シェンケは首を巡らせてリーブヴィッツを見た。「残らず書き留めたか？」

リーブヴィッツはメモ帳を繰ってからうなずいた。シェンケは立ち上がった。

「協力ありがとう、クレーマー。家族と楽しいクリスマスを」

「ああ。そうできるよう努めるよ」

シェンケが先に部屋を出て、リーブヴィッツも出てからドアを閉めた。軍人に聞こえないようにふたりは通路を少し歩いた。リーブヴィッツが先に口を開いた。

「ひとつ言っておきたいことがあります」

「なんだ？」

「一般命令第六号附則C第二十二項のことを知りませんでした。なるべく早く読み込まなければ。申し訳ありません」

「謝る必要はない。そんな規則は存在しない。クレーマーにこざかしい態度をやめさせるためにでっち上げたんだ」

「嘘をついたのですか？」

「それによって仕事がかたづくことがある。あの男が暴漢の人相風体のもっとくわしい情報を提供できなかったのはひじょうに残念だ。だがまあ、追うべき確実な手がかりが手に入った。犯行手口と容姿の一部、それに犯人が負傷していることもわかった。これは役に立つ。大いに役に立つ」シェンケは階段に向き直り、ついてこいとリーブヴィッツに合図した。「被害女性の話を聞かなければならない。この暴漢がゲルダ・コルツェニーやほかの女たちを殺害した犯人だとしたら、今回の被害者はとても運が良かったんだ」

「暴行され、危うく殺されるところだったのを幸運だなどと考えられないと思います」

「一理あるな。だが、彼女は助かった。もっとありがたいことに、なんとか抵抗して暴漢に怪我を負わせた。勇気がいることだ」シェンケはしばし間を置いてから続けた。「彼女は暴漢の顔をよく見たはずだ。捜査に役立つ手がかりを与えてくれる人間がいるとしたら、今回の被害者だ。あんなことをできる冷静沈着さをそなえた人物に会うのは興味深いな。本当に興味深い……」

19

シェンケとリーブヴィッツが監房に入っていったとき、医師がまだ女を診ていた。細長い独房の奥に、薄っぺらいマットレスと毛布が一枚だけ用意された木のフレームの簡易ベッドが置かれていた。その上方、外の通りの高さに、格子のついた小窓がひとつ。汚れたガラスの半分の高さまで雪が積もっているため、おもな光源は天井の格子の奥の電球ひとつだけだ。その光で、医師が簡易ベッドに横たわっている女をのぞき込んでいるのが見えた。監房内の空気は冷たく湿っていて、四方の壁で結露が光っている。暖気をもたらすものは頭上を走る暖房の配管だけだった。

顔を上げた医師は、震える手に血のついた綿棒を持っていた。

「具合は？」シェンケはたずねた。

「自分の目で見ろ」

シェンケはリーブヴィッツを従えてベッド脇へ近づいた。コートを着たまま簡易ベッドにあおむけに横たわっている女が、不安げに三人の男を見上げた。顔は腫れてあざができ、頬と額の切り傷は縫ってもらったようだ。医師は綿棒を置いた。

「見てのとおり、彼女はこっぴどく殴られた。体表検査ではどこも骨折はなく、内臓損傷の徴候も見られない。顔をしかめてばかりいるから、左脇腹に打撲傷を負っているのだろう。殴打を続けていたら、この暴行犯はやすやすと致命傷を与えることができただろう」

「彼女はなにか言ったか？」リーブヴィッツがたずねた。「暴行犯の身元割り出しにつながるようなことを」

「私にはひと言も口をきかない。名前を訊いたが答えなかった」

「身分証明書は？　配給手帳は？」

「知らない。運び込まれたとき、担架に小さなバッグが置いてあったが、警察官が押収した。あの中身を確認すればいいんじゃないかな」

「ご助言をありがとう」シェンケは皮肉な口調で応じた。女が震えているのを見て取った。

「彼女をこの部屋から連れ出す必要があるな。そもそも、いったいなんだってこんなところで手当を？」

「そういう命令だったものでね。私に権限があればこんな冷凍室のような場所で手当をすると思うか？」

「では、彼女をよそへ移そう」

「だれの権限で？」

「私だ。ほかに彼女にしてやれることは？」

「寒いのと、まだショック状態なのだろう。体を暖かくしてやって、温かいものを飲ませてやれ。ここを出たら、薬局へ行って痛み止めを買うように。少なくとも一週間は仕事に戻らないこと」

シェンケはうなずいた。「わかった。そのように計らう。もう帰っていい。ありがとう」

そっけなく放免されて医師は片眉を上げ、肩をすくめて、大ぶりの革鞄に荷物をまとめて出ていった。リーブヴィッツが担架を指さした。

「それで運びますか？」

「自分で歩けるだろう。逃亡を試みる元気があるんだから、オフィスまで歩いて上がれるはずだ。そこで事情聴取を行なう」シェンケは女を見た。「さあ、立って」

女は身動きし、顔をしかめて脇腹を押さえた。

「ゆっくりどうぞ」シェンケが言い、片手を差し出した。彼女はその手につかまって足を簡易ベッドの脇に下ろし、上半身を起こして端に座った。深く息をして咳き込み、苦痛に顔を歪めた。痛みの発作が治まると、シェンケはリーブヴィッツにうなずいた。「ほら、手を貸せ」

シェンケは右手を彼女の背中にまわし、そっと立たせた。リーブヴィッツが反対側から彼女を支えて、三人はじめじめした監房を出て一階まで階段を上がった。オフィスに入ると、部下の大半がすでに出勤してコーヒーを飲んだり煙草を吸ったりしながら朝のブリーフィングが始まるのを待っていた。三人が入る際に全員が起立し、好奇の目で女を見た。

「難を逃れた女性ですか？」ハウザーがたずねた。

シェンケはうなずいた。「彼女になにか飲みものを。もしあればホットチョコレート。砂糖をたっぷり入れて」

ハウザーが急いで出ていった。シェンケはストーブにいちばん近い椅子に女を座らせ、ストーブに石炭を足して投入口のふたを閉めた。そのあと部下たちを見まわした。「報告はフリーダとローザに。事情聴取を行なうから、しばらくこっちの邪魔をするな」

リーブヴィッツに目を転じて言った。「きみには例のハンドバッグを見つけてもらいたい。リッターに訊け。持っていないようなら、私が、探し出して見つかりしだい届けてもらいたがっていると言え」

「はい」リーブヴィッツは了解の印にうなずき、すたすたと歩み去った。

ゲシュタポの男を人払いしたあと、シェンケはスツールを引っぱってきて女の向かい側に腰を下ろした。煙草を取り出して火をつけ、何度かふかした。一本勧めたが女は首を振った。

「吸いたそうに見えるが」

女は黙りこくったままだった。

「いいか、こっちはきみの身元などすぐにつきとめる。だから、その手間を省くために自分で話してくれないか？　なんだってそう非協力的な態度を取りつづけるんだ。男に襲われ、殺されていたかもしれないんだぞ。犯人がつかまるのを見たくないのか？　犯人がほかの女性を同じ目に遭わせるのを防ぎたくないのか？」

彼女は一瞬シェンケを見て、ぼそりと告げた。「マクダ。名前はマクダ・ブッフマン」

「マクダ」シェンケはやさしい声で応じた。「いい名前だ。私はホルストだ。会えてうれしいと言いたいところだが、残念ながら理想的な出会いにはほど遠いな」

彼女の唇がわずかに上がり、シェンケのくだけた物言いに軽くほほ笑んだ。「そうね」

「さっき言ったことは本当だ、マクダ。犯人はきみを殺していたかもしれない。同じことが起きる前に犯人をつかまえなければならない。犯人を見つけて犯行を止めるために、きみの協力が必要だ。手を貸してくれるか、マクダ？」

彼女はうなずいた。「わたしにできる協力をする」

「ありがとう」

ハウザーが湯気の立っているマグカップと紙袋をひとつ持って戻り、彼女の目の前に置いた。

「ホットチョコレートだ。それで頬に色が戻るだろう。袋にはビスケットが入ってる。昨夜、家内が焼いたものだ。おいしいぞ」彼は自分の腹を軽く叩いた。「この腹が知っている」

彼女は感謝している様子だったが、ハウザーの襟の党員バッジに気づいてわずかに身を硬くしたのをシェンケは見逃さなかった。すぐに、彼女は咳払いをして言った。「ありがとう」

「どういたしまして」

シェンケは部長刑事を見た。「リーブヴィッツが彼女のハンドバッグを持ってくるのを待つつもりだったが、きみにメモを取ってもらおう」

「わかりました」ハウザーが椅子を引き寄せて隣に座った。メモ帳と鉛筆を取り出した。

シェンケは身をのりだして彼女の目を見つめた。「マクダ、昨夜なにがあった？　最初から話してくれ。そもそも、外出した理由は？」

「いますぐ質問に答えないとだめ？　しばらく休ませてくれない？　すごく痛いし、細かいことはまだ頭が混乱してるし」

「きみの記憶が鮮明なうちにできるだけ多くの情報を得たいんだ。何人もの命がきみの情報にかかっている。だから、さあ、協力してくれ」

彼女は深いため息をつき、視線を床に落として話しだした。「友だちと会うはずだった。食事をして映画を観にいく約束だった。列車でマリエンドルフまで行って、待ち合わせた駅のカフェに入ったけど、彼は来なかった。しばらく待ってやっと、すっぽかされたんだって気づいた。腹が立ったし、屈辱を感じた。それでも、アンハルターへ戻る最終列車の直前まで待った。カフェを出て、プラットホームに立って列車が来るのを待ってたのは覚えてる」

「寒いのに？」ハウザーがたずねた。「どうして待合室に入らなかった？　凍えそうだったろうに」

「たしかに。でも、人といっしょにいたくなかった。動揺してるのを見られたくなかった」

「住まいは？」シェンケはたずねた。

彼女は一瞬迷ってから答えた。「友だちのアパートメントに間借りしてる」

「住所は?」ハウザーがたずねた。

彼女はシェンケを見た。「言わなきゃだめ? 間借りは禁止されてるの。わたしが住んでることが大家にばれたら、友だちはアパートメントから放り出されちゃう」

「マクダ、これは重大事件だ。きみは殺されていたかもしれないんだ。暴漢をつかまえたときに連絡できるように、きみの住所を知っておきたい。きみには、被疑者の顔を確認し、裁判にかけられたら証言者としての役目を果たしてもらわなければならない。きみの友だちに迷惑をかけないように努めるよ」

「すぐに出ていくつもりなの。もっと職場の近くに住む必要があって。だから、いまの住所を教えても意味がない。できるだけ早く新しい住所を教えるわ」彼女は真顔でシェンケを見つめた。「約束する」

「いまの住所を教えなさい、マクダ」

彼女の肩が下がった。「ダーレムのツーブリッゲ通り八十四番地4B号室」

ハウザーが書き留めた。「友だちの名前は?」

「エーファ・フォーグラー」

「ありがとう」シェンケが言った。「さて、プラットホームで列車を待っていたと言ったね。ほかにだれかいたか? 待合室にいた人たちとは別に」

「何人かいた」

「そのなかに、どんな形であれ目を引かれた人は？」

マクダは首を振った。「まったく気にしてなかったから。暖かくしてようと一生懸命で」

ハウザーが舌打ちをした。「そのために待合室が……」

シェンケは彼を目で制してからマクダに視線を戻した。「そのあと、なにがあった？」

「列車の近づく音が聞こえたから、ほかの人たちといっしょにプラットホームの前へ出て行った」

「だれか制服を着ていた者は？」

「思い出せるかぎり、ひとりもいなかった」

「では、きみを襲った男はすでに列車に乗っていたのかもしれないな」

「そうね。とにかく、列車が停まるなり、いちばんうしろの車両に乗り込んだ」

「なぜその車両に？」

「待合室に入らなかったのと同じ理由で。ひとりでいたかったの。座席につくと列車が動きだした。早く家に帰って眠りたかった。そのとき、鉄道警察官が車両に入ってきた」彼女の両手が震えているのにシェンケは気づいた。「切符を見せろと言った。でも切符が見つからなくて。そうしたら、あいつが襲いかかってきた。わたしを押し倒して服を破りはじめた。あいつがあれをしてるあいだに……わたしは手を伸ばしてハンドバッグをつかんだ。ナイフを入れていたから」

「ナイフをハンドバッグに入れて持ち歩いているのか？」ハウザーがたずねた。

「護身のためよ」

「そう言いながら、きみはひとりで出かけ、だれもいない車両に乗り込んだ。人のいる場所のほうが安全だったんじゃないか？　自業自得だと言う人もいるだろう」

「そうね」彼女はしぶしぶ認めた。「でも、万が一のときに身を守るものがあれば大丈夫だって思ってたの」

「次になにがあった？」シェンケはたずねた。

「あいつを刺した。力いっぱい。あいつは声をあげて、わたしの上から転がり落ちた。わたしは隣の車両に逃げた」

「そのナイフはいまどこにある？」シェンケがたずねた。「まだ持っているのか？」

彼女は首を振った。「わからない。きっと途中で落としたんだと思う。でも、覚えてない」

シェンケは首を巡らせてハウザーを見た。「ナイフを見つけるために車両の捜索が必要だ。メモしておけ」シェンケはマクダにうなずき、続きを促した。

「あいつは、思ってた以上に早く立ち上がって追いかけてきた。どうにか隣の車両に逃げ込んだときに追いつかれた。非常通報用の鎖が見えたからつかんだ。その瞬間、激しい体当たりをくらった。床に倒れたのを覚えてる。そのあと、さらに殴られたことも」彼女は頭を垂れ、しばらく黙り込んだあと、ささやくような小声で先を続けた。「ふと冷静になった瞬間があって、そのとき、もうすぐ死ぬんだと思った。そのあと……そのあとのことはぼんやりしてる。はっきりと思い出せない。男がもうひとりいたわ、軍人が。ふたりは取っ組み合ってて、冷たい空気が吹き込んだと思ったら暴漢が消えていた。そのあとは叫び声と、たくさんの人たち。すべてが消えてなくなるように、わたしは目を閉じて体を丸めてた。そうしたらここへ連れてこられて……」

「マクダ、男の風貌を覚えているか？　人相風体の特徴を教えてくれるか？」

彼女は深く息を吸い込んだ。「この先も忘れる日が来るとは思えない。制帽をかぶってたから髪はよく見えなかった。一部しか。茶色だった。鋼色の冷たい目、党の宣伝ポスターで見るような顔」

ハウザーが怪訝そうな顔をした。「どういう意味だ？」

「軍人も労働者も彫像みたいでしょう。二流の石工が彫った像よ」彼女が小馬鹿にした口調で言い足したので、シェンケはつい笑みを漏らしていた。最初の印象以上に強い女だ。めずらしく本心がかいま見えた瞬間だった。彼女はふたりの警察官に不安げな視線を走らせた。「勇猛果敢な顔をしてたって意味よ。運動選手みたいに。それに力が強かった。背も高かった」

「たいへん結構。あとで似顔絵係をよこそう。そっくりな似顔絵ができれば、捜査に大いに役立つだろう」

「それで帰らせてもらえる？」

「たぶん。また話を聞く必要が生じた場合にそなえて、所在がわかっているかぎりは」

オフィスのドアが開き、リーブヴィッツが戻ってきた。三人に近づきながら、ハンドバッグを持ち上げて見せた。「リッターの部下たちが持っていました。渡そうとしないので、ミュラー上級大佐に電話をかけるぞと言ってやりました。おかげで協力する気になったようです」

「そりゃそうだろう」シェンケはハンドバッグを受け取った。「なかは見たのか？」

「いいえ。命令は、ハンドバッグを持ってこいというもの。それだけでしたから」

やはり額面どおりにしか受け取らないんだなとシェンケは考えた。リーブヴィッツの扱いかたがわかれば安心だ。彼の態度はゲシュタポでは同僚たちを怒らせるかもしれないが、ここクリポでは、つねに警戒する必要がないとわかれば、彼の存在を大目に見てやるぐらいたやすいことだ。

マクダが手を差し出した。「返してくれる？」

「すぐに返す。中身を検めてから」

「でも、それは私物よ。中身を調べる権利はないでしょう」

「形式的には、犯罪現場で押収した物的証拠だ。好きなだけ警察署で保管することができる」シェンケはハンドバッグに手を置いた。「私が中身を検めるのを不安がる理由があるのか？」

彼女は張りつめた顔で首を振った。

「それなら結構」

二十センチ四方ぐらいの四角いハンドバッグは黒の革製だった。きっと、かつてはぴかぴかに磨き込まれていたのだろうが、使い古されて傷んだいまは革にひびが入りはじめている。丁寧な作りで、縫い目は整っているし、銀製と思しき留め金がついている。シェンケは留め金をひねって開け、なかをのぞいた。身分証明書が見えたので取り出した。氏名は一致しているし、写真は似ていると言えなくもない。

ハウザーが身をのりだして見た。「ずいぶん痩せたんだな、マクダ。まるで別人のように見える」

彼女は肩をすくめた。「戦争中だからよ。配給やら緊張やらで、だれだって痩せる。おまけに、危うく殴り殺されるところだったし」

シェンケは身分証明書をさらに念入りに見た。「本物のようだ」

「確認させますか?」ハウザーがたずねた。

「その必要がないことを願うよ」シェンケはほかの中身も取り出してハンドバッグの横に並べた。「鍵、ブラシ、手鏡、口紅、配給手帳と配給券……」

ハンドバッグの内張りに違和感を覚えた。指でなぞると細長い長方形で、内張りに切り込みがある。そこを開けると別の身分証明書が出てきた。

ハウザーとリーブヴィッツがそれを調べているあいだ、マクダは凍りついたような表情で身じろぎせずに座っていた。シェンケは彼女をちらりと見た。

「ヨハンナ・カスパー名義の身分証明書を所持している理由を説明してもらおうか」

「何日か前に街で拾ったの。警察に届けるつもりだった。本当よ」

「なぜ内張りに隠している?」

「隠してたわけじゃない。いつのまにか入り込んじゃったのよ」

シェンケは内張りを調べた。たしかにその可能性はある。だが、まずありえない。

「いつのまにか入り込んじゃった」ハウザーがおうむ返しした。「それはどうかな。きみとヨハンナ・カスパーは驚くほど似ている。ちょっとした偶然ってやつか。だが、この身分証明書のどちらかが偽ものだと考える人間がいるかもしれない。いや、疑い深い人間なら、二枚とも偽ものだと考えるかもしれない。さあ、どう説明する、マクダ？　それともヨハンナか？　あるいはまったく別のだれかなのか？」

彼女の下唇が震えていた。「わたしは被害者よ。どうしてこんな仕打ちをするの？」

シェンケが仲裁に入った。「私たちはきみが本当は何者なのかをはっきりさせようとしているだけだ。現状、捜査対象がきみに対する暴行事件にとどまらない可能性があってね」

「人でなし……」彼女は三人を見据え、声を震わせて続けた。「みんな人でなしよ。あんたたちナチは……」

シェンケは、ほかにまだなにか入っているか確認しようとハンドバッグのなかを手探りした。内ポケットに入っているなにかに指先が触れた。目をやると、また別の名義の身分証明書だった。それを口にしかけた瞬間、左側に黄色の太字で記された〝J〟の文字が目に入った。

20

ハウザーとリーブヴィッツから見えないハンドバッグのなかで、シェンケの手が凍りついたように止まった。目を上げて女を見た。女は哀願するような顔で目を合わせて、ごく小さく首を振った。シェンケはとまどいつつも頭を猛回転させた。黒い髪と顔立ちから察するに、これが彼女の本物の身分証明書で、あとの二枚は人種を隠すために使っている偽造品であることはほぼまちがいない。これらを使えば、汽車や路面電車に乗れるし、一般のベルリン市民と同じ店や飲食店に入ることができる。そのうえ、ユダヤ人に向けられる絶え間ないいやがらせの標的にされることもない。いま、党員であるふたりの前でこの身分証明書の存在を明らかにすれば、ふたりの彼女に対する扱いが変わって捜査に望ましくない結果を招くおそれがある。人生をさらに困難にしかねない状況に置かれたら、彼女は警察に協力などしないだろう。偽造身分証明書を使用したかどで起訴するために協力を失うよりも、信頼を勝ち取るほうが得策だ。偽造身分証明書の使用について罪を問うのは別の機会にすればいい。

身分証明書から指を離してハンドバッグから手を出した。ヨハンナ・カスパー名義の身分証明書だけ残し、先ほど取り出した中身をハンドバッグに戻し入れた。「これはしばらく預からせてもらう。これが本物なら、持ち主に返す」

ハウザーは驚いた視線を向けたものの、なにも言わなかった。リーブヴィッツはしばしハンドバッグを見つめたあとなにか言いかけたが、シェンケは機先を制した。

「リーブヴィッツ、この管区警察の似顔絵係を探して連れてこい」

「わかりました」彼がオフィスを出ていくと、シェンケはハウザーに向き直った。

「ハウザー、何人か連れて犯罪現場へ行ってもらいたい」

「どっちの現場へ？　車両ですか、それとも暴漢が飛び降りた場所ですか？」

「両方だ。きみはバウマーとペルジンガーを連れて客車へ。ブラントが出勤してきたら、ホッファーといっしょに土手へ行かせろ。リーブヴィッツを連れて行かせればいい。彼は細かいことに目が届くようだから。似顔絵係を連れてきたあとで。私もあとで合流する」

「あとで？」

「マクダの事情聴取を終えたあとだ」

「私も同席してメモを取ったほうがいいのでは？」

「それはなんとかする。どちらの現場も徹底捜索の必要があるぞ」

ハウザーはうなずいた。「ではそうします」

「それと、ローザをここへよこしてくれ」

部長刑事はメモ帳を閉じて席を立った。マクダをちらりと見たあと、上官に向かって首を振って歩み去った。

彼が声の聞こえないところまで離れるのを待って、シェンケは小声でふたたび言った。

「きみが本当は何者なのか、はっきりさせよう」

シェンケはハンドバッグに手を入れてユダヤ人の身分証明書を取り出し、自分にだけ見えるようにハンドバッグのかげで開いた。写真は、いま目の前に座っている女のものにまちがいない。名前はルート・フランケル、ローゼンタール生まれの二十六歳。ローザがこちらへ来るので、シェンケは身分証明書を戻し入れてハンドバッグをマクダに——本当はルートだと判明したが——返して立ち上がった。

「事情聴取の続きは、もっと静かな場所、邪魔の入らない場所で行なう。ローザ、きみはフロイライン・ブッフマンについてもらう。彼女はこの捜査における重要証言者だ。保護拘置中は彼女から目を離さず、面倒を見てやってほしい」

「わかりました」

「よろしい。では行こう」

三人は最上階に上がり、リッターから最初にあてがわれた物置部屋に入った。テーブルと椅子がまだいくつかあったので、シェンケはルートに座れと指さした。

「ローザ、外で待て。いかなる理由であれ、だれもなかへ入れるな。わかったな？」

「はい」

彼はドアを閉めてもたれかかり、ルートを観察した。疲れた顔で肩を落として座り、彼を見返している。縫合とあざと腫れのせいで顔がわずかにいびつになっている。シェンケはかわいそうに思った。身分証明書に使っている写真では美人に見えたから。彼女は不安げに唾を飲み込んだ。

「わたしをどうするつもり？　ゲシュタポに引き渡す？」

「できることならそうはしない。きみが偽造身分証明書を所持してようが、きみがユダヤ人だろうが、興味はない。きみに暴行を働いた男を見つけることが最優先だ」

「どうして？　ユダヤ人がこっぴどく殴られたことをどうして気にするの？」

「犯人が襲ったのはきみが初めてではないと考えているからだ。犯人は女をふたり以上殺害している。きみは命が助かって運がいいんだ」

彼女は身ぶりで顔を指した。「これを運がいいと言うの？　わたしがユダヤ人なのが幸運だと思ってるわけ？」

「鋭い指摘だな。それに関して私にできることはなにもない。だが、アーリア人かユダヤ人かを問わず、殺人者どもから女性を守るべく努めることはできる。きみは私に協力できる。それと引き換えに、偽造身分証明書を所持していた罪で起訴されないように手を打ってやる。そのためにあのふたりを追い払い、きみをこの部屋へ連れてきた。彼らはきみに取引を持ちかけることにあまり乗り気ではないかもしれないからだ」

彼女は鋭い目でシェンケを見た。「協力したら、あの身分証明書を返してくれる？」

シェンケは首を振った。「あれは破棄する」

「やめて！　お金になりそうなものをすべて処分して手に入れたのよ。わたしには必要なの」

「見逃して無罪放免にすると言ってるんだから感謝しろ」シェンケは言い返した。「あれを見つけたのがほかの人間なら、きみはまだあの監房にいたはずだ。そして明日には法廷に立たされていた。幸い、きみの秘密を見つけたのは私だった。きみが手を貸してくれれば、こっちも手を貸す。これは取引だ」

「身分証明書を返してほしい」彼女は頑として言った。「あれを手に入れるために、母の結婚指輪と父の金時計を手放さなければならなかったの。出発するときに両親が唯一残してくれたものだったのに」

「出発？　ドイツを出たのか？」

彼女はうなずいた。「両親はアメリカ行きの最後の船に乗ったの。わたしは祖母の面倒を見るために残った。祖母が亡くなったあと、わたしもアメリカへ渡ることになっていた。でも、戦争が始まった」

「ご両親はなぜ貴重品をきみに預けたんだ？」

「どうしてだと思う？」応じる彼女の口調は苦かった。「ほかのものはほぼすべて没収された。両親は、隠せるものを当局の目から隠して、この国に残っているあいだ必要なものを手に入れるために使いなさいと言って、わたしにくれたの」

「なるほど」シェンケはしばらく黙り込んでいたが、そのうち部屋の奥へ行き、彼女に近いテーブルの端に腰を下ろした。「いいか、私は政治家ではなく警察官だ。ドイツを治める法律を作る立場ではない。法律を守るのが私の義務だというだけだ。あくまでも私に限った話だが、ユダヤ人に対して個人的な恨みはない。きみが困難な立場だということはわかる」

「どうやってわかるというの？」

「新聞を読む。ラジオを聴く。人と話をする」

彼女は首を振った。「ナチの新聞。ナチのラジオ。それにもちろん、あなたも、あなたが知っている人たちの大半もナチ党員でしょうからね」

「ドイツ国民の全員が同じではない。きっと、きみだってそれはわかっているはずだ。ユダヤ人を憎んでいる者はいる。そうではない者もいる。私はどちらでもない」

「都合のいい立場だこと」彼女はしばらく探るようにシェンケを見つめたあと、ふたたび話しだした。「わたしもドイツ国民よ。そう、かつてはね。ドイツ国籍すら剝奪される前までは。不当な仕打ちがまかり通ってきたことは知ってるんでしょう？　いつか天罰が下される。そのとき、どっちの側についていたかが問われることになる。党に反対の声をあげなかった人は、党を支持した連中と同じく見下されることになる」

「いつそんな日が来るというんだ？　最後にもう一度訊く。われわれに手を貸してくれるか？　イエス、それともノー？」

「ノーと答えたら、列車に乗せられて東へ送られるんでしょう」

「それを決めるのは私ではない」

そんな言い逃れに、彼女は耳を貸さなかった。「そんな仕打ちをするのよね。だとしたら、わたしに選択肢がある？　それに、そっちがくれる見返りは？　命？」

「それで充分だと考える人もいる。無罪放免にしてやる。偽造身分証明書に関していかなる行動も起こさない。きみの協力を得て私の追っている犯人をつかまえたら、ほかにどんな手助けができるか考えよう。私たちのあいだの取引について絶対に他言しないという条件で」シェンケは彼女に考えさせる間を置いてたずねた。「どうだ、協力するか？」

彼女はうなずいた。

「よろしい。きみのことはマクダと呼びつづけ、さしあたり本名は部下のだれにも言わないことにする」

彼女は目に見えてほっとした様子になり、薄い肩が下がった。

「それと、捜査が終了するまで、あるいは、きみをとどめておく必要がなくなるまで、身柄を管理下に置く」

「でも、暴漢の人相風体を話したら帰してくれると言ったじゃない」

「それはきみがユダヤ人だと知る前だ。取引はしたが、だからといって、また協力が必要となったときにきみがここへ戻ってくると信じたわけではない。きっと、きみが告げた住所はでたらめだろうし、本物の身分証明書に記された住所は過去のものだろう。ユダヤ人の所有財産を当局が没収していることは知っている。殺人犯をつかまえるまで、きみの身柄は私が預かる。ベッドと食事、着替えを与えることと、身の安全を保証する。逃亡を試みたら、かならず探し出して、偽造身分証明書を使用したかどで起訴してやる。わかったか？」

「よくわかった」彼女は答えた。

「では、尋問室へ連れて行く。似顔絵係が来たら、思い出せるかぎりくわしく説明しろ。全管区警察、全鉄道駅に配布できる似顔絵が欲しい。だれかがその顔に心当たりがあると申し出てくるかもしれない」

「そうなることを願うわ、警部補」彼女は身震いした。

彼女を伴って物置部屋を出ると、シェンケはローザについてこいと合図した。ルートを通路の先の小さな部屋へ連れていき、ストーブがついていないことに気づいた。「火を入れさせよう」

「ありがとう」

無言で見つめ合ったあと、シェンケは外へ出てドアを閉めた。ローザが通路の少し離れた位置に待機していた。

「彼女の身柄はきみに預ける。彼女をこの部屋から出すな。私の許可なく、だれもこの部屋に入れるな。彼女がトイレや飲食物を求めたら、同行して決して目を離すな。用がすんだらまっすぐここへ連れて帰れ」

「わかりました」

シェンケは自席に戻った。帽子とコートを手に取って、車をまわすよう指示した。管区警察署を出る際、空を覆う雲が暗さを増しているのに気づいた。また雪が降りそうだ。降りだす前に部下たちが犯罪現場の捜索をできるようにと願った。

「車両はあそこの側線へ移動させた」車両管理責任者が構内線路の奥、ほかの車両から離して置かれた二台の客車を指さした。鉄道警察官ふたりが、きっと体を温めるためだろうが、その前を歩きまわっていた。「すでにあんたの部下たちがなかを調べている」

「そうか」シェンケはうなずいた。「非常通報用の鎖が引かれて列車が停まった場所は?」

「線路を一キロほど戻ったところだ。歩いていくつもりか?」

「もちろん」

「では、ポイントの先は左側の線路を進むこと。そっちがパーペ通り駅を通ってマリエンドルフ方面へ向かう線路だ。いかにもクリポの刑事らしき連中が先に向かってるし、現場にも警察官が何人かいるはずだ」

「いなければただではおかない」とシェンケは応じた。立番がいないあいだにだれかに現場を荒らされたり、犯人が舞い戻って証拠品を回収したりしたのでは捜査にならない。

線路のあいだの小道は雪が取りのぞかれていた。シェンケは二台の客車へ行った。鉄道警察官に警察バッジを呈示し、手前の車両の端に設けられた幅の狭い踏み段を上がった。ドアを開けて、車両内の寒さに愕然とした。灯火管制用のブラインドは引き上げられ、羽のような模様を描く霜が窓を覆っている。この車両には、そばの座席のあいだにかがみ込んでいるバウマーしかいない。彼はドアを閉めるシェンケを見上げて帽子の縁に指を当て、形式張らない敬礼をした。

「なにを見つけた?」シェンケは彼に近づきながらたずねた。

バウマーが指し示した床には黒っぽいしみと汚れがいくつかついていた。「血痕です。それと、これ……」バウマーが脇へ寄ると、座席のひとつに置かれたナイフが見えた。ベルリンの犯罪者どもに人気のある飛び出しナイフだと、シェンケは記憶にとどめた。刃幅が狭く、長さは十五センチほどで、しっかりと握れるように柄に十字の切り込みが入っている。刃と柄に血がついていた。

「だれか、これに触ったか?」

バウマーが不平がましく言った。「鉄道警察官が。もともと、座席のあいだの床に落ちていたんです。得意げな笑みを浮かべて、私に持ち上げて見せたんですよ。褒美をくれとでもいうように。幸い、手袋をはめていましたが。それを置け、とその阿呆をどなりつけてやりました。それきり、だれも触っていません」

「よろしい。ほかには？」

バウマーが通路に出て、もう一台の車両へ通じるドアを指さした。「血痕はあっちへ向かっていて、ドアにもいくつかついています」

「わかった。捜索を続けろ。ほかになにも出なければ、ナイフを袋に収めてメモをまとめておけ」

シェンケは乾いた血の痕を踏まないように慎重に通路を進みながら、ほかに証拠品があるかもしれないので座席に目を凝らした。貫通扉に達すると手袋をはめた指先を使って把手をひねり、隣の車両に入ったところ、ハウザーとペルジンガーが捜索を行なっていた。

「手伝ってくれるとはありがたい」ハウザーが喜んで迎え、立ち上がって腰をさすった。

「私に言えるかぎり、マクダは事実を話したようです。非常通報用の鎖は引かれていました。床に血痕となにかのすり跡。座席の下から軍人の眼鏡を見つけました。片方のレンズは割れてますが、返してやればきっと喜ぶでしょう。いちばんの収穫はこれです」彼はハンカチを使って鉄の棒を拾い上げた。「ドア脇の座席にありました。被害者だと判明しているふたりの傷口と照合できると思います。事故死とされた事例とも一致するようなら、この犯人は忙しい男ですね」

シェンケの視線は、棒の見つかった座席の上方のドアに注がれていた。上体を傾けて、枠のゆるんだネジを見た。ネジの頭に何本かの糸と布片が引っかかっている。

「なにがありました？」ハウザーがたずねた。

「見ろ……」シェンケは指さした。「無関係かもしれない。だが、暴漢が飛び降りるときに引っかけたのかもしれない。袋に収めておけ」

「了解」

「ほかになにかあったか？」

ハウザーが首を振った。

「では、犯人が飛び降りた場所になにがあるか見に行こう。ペルジンガー、証拠品を収めた袋を署へ持ち帰れ」

「わかりました」

シェンケが先に立って車両の前部へ行き、ドアを開けて線路に下りた。ハウザーといっしょに線路脇を歩きだし、枕木から枕木へと、先行した警察官たちの足跡をたどった。上方に見える太陽は、空を覆う灰色の煙霧のただなかにぼんやり浮かんだ円盤のようで、いまにも雪が降りだしそうだとシェンケは懸念した。

分岐器に達すると足を速め、左へ延びる線路を進みつづけた。線路は木立のあいだをゆるやかにカーブしていた。その木立では、葉を落とした枝にとまったカラスどもが、苦労して進んでいく下方のふたりを見つけて騒々しい啼き声をあげた。木立を抜けると線路は土手の上を走っていて、少し先に数人の男たちが見えた。制服の連中がかたわらに立ち、ほかの連中は土手の乱れた雪にかがむようにして捜索を行なっている。

リーブヴィッツは土手のてっぺんに立っていた。ハウザーとともに近づいていくシェンケに向かって敬礼をした。

「なにか報告はあるか？」シェンケはたずねた。

「役に立つようなことはなにもありません。男が飛び降りて転倒した場所は明白です。あそこです」彼は土手のてっぺんの雪に残された跡を指さした。「土手の下まで下りて空き地を横切ってあの建物群へ向かった跡が見えます。並走する足跡はしばらく彼を追いかけた連中のものです。いまは、犯人のたどった経路の雪のなかを捜索しています」

「だれがそんなことを頼んだ？」ハウザーが詰問した。「捜索はクリポの仕事だ。きみは傍観者のはずだろう。私が責任者に指名したのはホッファーだ」

「ホッファーより私のほうが階級が上です」リーブヴィッツが言い返した。

「クリポではそれは通用しない。クリポにいるあいだはクリポのやりかたに従え」

「失礼ながら、ハウザー部長刑事、いかなる状況でも私はホッファーより階級が上です」

シェンケは片手を上げて、それ以上の言い争いを制止した。「できるあいだに捜索を続けよう。また雪が降ったら、やむのを待って仕切り直さなければならなくなる。私たちは土手の下から取りかかろう。ブラントから五メートル間隔で。さっ、行こう」

鉄道警察官がわれ関せずとばかりに見物している横で、シェンケと部下たちは土手の乱れた雪にかがみ込むようにして指先で雪をかき分け、犯人が落としていったかもしれないなにかを探しはじめた。日差しがみるみる薄れ、風が強くなって寒さが増した。リーブヴィッツが階級を持ち出したことにシェンケは不快感を覚えた。彼がホッファーより階級が高いのは事実だが、犯罪捜査の指揮はおろか、犯罪現場捜索のやりかたについてすら訓練を受けたことがないのも事実だ。

三十分後、シェンケは自分の担当区域の半分の捜索を終え、雪をかき分けているブラントを見やった。

「慎重にな、ブラント。ゆっくりやれ。さもないと、なにか見落とすかもしれないぞ」

「はい。申し訳ありません」

「警部補!」ホッファーが急に身を起こした。指先で布片をつまんで持っている。

「いま行く」

シェンケは二歩ばかり後退して、犯人の足跡と平行に斜面を下った。ハウザーも同様にして、ふたりはホッファーが発見物を掲げている場所に合流した。近くで見て、シェンケはそれがウールの布片で、制服のオーバーコートの切れ端だとわかった。一方がぎざぎざにちぎれ、その端はすり切れて破れている。氷点下の気温のおかげで布片は乾いていた。

「なにかに引っかけたようですね」ホッファーが意見を言うと、ハウザーが上官を見た。

「ドア枠のゆるんだネジ。あれは犯人のコートの……」

ホッファーが満足げな笑みを浮かべた。「最良の部分を教えてほしいですか？」

シェンケは疲れていて、お遊びに乗る気分ではなかった。「なんだ？」

ホッファーが布片を裏返すと襟の一部だとわかり、その中央で党員バッジがきらめいた。金色の縁がついているので、ハウザーといっしょに仔細に調べながら、シェンケもつい笑みを漏らしていた。

「じつにすばらしい」ハウザーが満足げに笑った。「裏の党員番号を見れば、持ち主の名前がわかる。住所もわかる。そういうことだ」

シェンケはホッファーから布片を受け取ると持ち上げて調べ、手袋をはめた指先でバッジをつついた。留め具は折れていて、残った短い芯で布片に引っかかっているだけだ。折れた芯の根本を別にすれば、すり傷がいくつかついているだけで、バッジの裏にはなにもなかった。

「党員番号を削り落としてやがる」ハウザーの声には怒りがこもっていた。

「くそ……鑑識の連中が一部でも復元できることを期待しよう」

ホッファーが怪訝そうな顔をした。「どうやってそんなことができるんですか？」

「訓練中にもっとよく聞いておくべきだったな」シェンケは咎めるような口調で返した。

「酸腐食法について、どうやら犯人もきみと同程度の知識しか持ち合わせていないようだ」

21

午後二時になってようやくシェンケはハウザーとリーブヴィッツとともに車に戻った。ハウザーが運転席につき、シェンケとリーブヴィッツが後部座席に乗り込んで、シェーネベルク管区警察への帰途についた。シェンケは捜査の詳細をつなぎ合わせながら、犯罪現場で収集した証拠品について考えを巡らせた。いまや証言者はふたりいる。もっとも、眼鏡をかけていなかった軍人の供述は法廷では説得力を欠くだろうが。犯人のコートの布片を手に入れた。血液試料も。鉄の棒も。願わくは指紋が検出されることを。せめて、ゲルダ・コルツェニーとモニカ・ブロンハイムの殺害に用いられた凶器だと判明してほしい。それにおそらく、それ以前の事故死とされた事例でも使用された凶器だろう。さらに、いま管区警察署で保護中の女が暴漢をナイフで刺した。その傷が深手で、男が病院に駆け込んだとしたら、治療記録が残っているはずだ。

なにより重要なのは、党員バッジを手に入れたことだ。一般党員のバッジならこれほど興奮しない。発行数が多すぎるから。だが、金色の縁がついているバッジはだれでも持てるものではない。古参の忠誠心の強い党員にのみ授けられるもので、それぞれ番号が刻印されている。簡単に置き忘れたり失ったりするような代物ではない。所有者はしっかり大事に持っているのだから。酸腐食法で番号の一部でもわかれば、尋問対象者の名簿が手に入るはずだ。

この数日で初めて、期待の重圧と疲労が両肩から下りて、シェンケは捜査を押し進めたい気持ちになった。「私たちは犯人に近づいていると思う」

ハウザーがうなずいた。「運がよければ、クリスマスまでに犯人をとっつかまえられるでしょう。またしても私たちが手柄をちょうだいすることになります」

「それはまちがいです」そう言ってリーブヴィッツは眉宇をひそめた。「手柄はちょうだいするものではなく、立てるものです」

シェンケは驚いて彼に向き直り、ハウザーといっしょに陽気な笑い声をあげた。ふたりとも杓子定規なゲシュタポの男に好意はほとんど感じていないが、彼の陰気な存在が自分たちの楽観を損ねても大目に見てやれるぐらい上機嫌だった。

「私がなにかおもしろいことを言いましたか?」リーブヴィッツがたずねた。

シェンケは首を振り、頭を巡らせて窓の外を見やった。厚い結露を手袋でぬぐった。通りでは、歩行者たちが背中を丸めて体温を保とうとしている。アーチ屋根のついたくぼみに避難し〝帰還兵にお恵みを〟と書いた看板を持って座っている人影がちらりと見えた。その光景がせっかくの上機嫌を損ねた。戦争がもたらす死者の数を考えたとき、彼や同僚たちが行なっている仕事にどれほどの価値があるだろう。ポーランドで何万もの死者が出たというのに、なぜベルリン市内のわずか数人の死を気にかけるのだろう？　いくつかの死は犯罪だが大量の死は統計でしかないとかなんとか、かつてだれかが言った。それでも、気にかけないわけにはいかない。戦争は異常事態だ。法律の維持は、なにが正常で恒久的かという概念を支える柱だ。文明の土台だ。たとえ彼自身をはじめ多くの人がいまは非文明の時代だという見解に達しているにせよ、自分は文明の番人だという考えは慰めをもたらした。戦争は始まって終わるが、文明社会の法律は彼のような人びとの努力によって生き延びる。

帰還兵に考えが戻り、温かい気持ちは薄れて消えた。先の戦争による満身創痍の被害者たちの姿はベルリン市内でよく目にした。今後は彼らも、父なる祖国に尽くして体や手足を損傷した新たな世代の戦争被害者たちと競合することになるだろう。

シェンケはそんな暗い展望を頭のなかから追い出して、このあとやるべき仕事について計画を立てた。「ハウザー、署に戻ったら例のバッジをクリポの鑑識へ持っていって、番号を復元できるか訊いてくれ。番号がわかれば、そこから持ち主の名前を調べることができる。まずは党本部の名簿から当たれ。止め立てする者がいれば、ゲシュタポ局長の権限のもとで動いていると言ってやればいい」

「楽しそうですね」

「やりすぎるな。必要が生じたときだけだ」

リーブヴィッツが咳払いをした。「その任務は私が引き受けたほうがいいのではないでしょうか？　ゲシュタポの正真正銘の一員ですから」

シェンケは返答を迷った。その提案はありがたいが、リーブヴィッツの忠誠心がいちばんに向かう先はクリポではなくゲシュタポだ。彼の上官たちがなにかおそろしいことを企んでいるのだとしたら、捜査にとって重要な任務を託すほど彼を信頼するわけにはいかない。とはいえ、どう言って断わればリーブヴィッツの意欲と体面を損ねずにすむだろう？

「いや、きみにはもっと重要な仕事を頼みたい。ほかの死に関する資料を精査する手助けが必要だ。検死官の報告書を確認しなければならない。きみは細部に目が届くだろう。私が見落としたことに気づくかもしれない」

「なるほど」リーブヴィッツがうなずいた。「たしかにそうですね」

シェンケはバックミラーに映ったハウザーと目を合わせて、彼があきれた様子で芝居がかって大げさに目を剝くのを見た。

シェーネベルク管区警察署に戻ると、フリーダが不安げな顔でシェンケに駆け寄った。

「なにがあった?」シェンケはたずねた。

「ミュラー上級大佐です。警部補が出られたあとで二回、電話をかけてきました。すぐに折り返してほしいそうです」

シェンケは小声で悪態をつき、ハウザーに向き直った。「やるべきことはわかっているな。すぐに取りかかれ。なんとしても名前をつきとめるんだ」

「了解」ハウザーが自席へ向かうと、シェンケはリーブヴィッツに向き直った。「女たちの事故死のファイルを取ってこい。精査して、殺人だとわかっている事件及びマグダ・ブッフマン暴行事件との共通点を探せ。裁判になったときのために、共通点を明確に固める必要がある。準備した証拠の遺漏を弁護側につつかれて、殺人犯に罪をまぬがれさせるようなことはごめんだ」

「最善を尽くします」

「頼りにしているぞ。さあ、行け」

リーブヴィッツがフリーダのテーブルに重ねて置かれたファイルを取るために彼女につ

いていくと、シェンケは考え込みながら自席へ行って腰を下ろした。帽子を脱いでてっぺんの髪を手で押さえてから、ため息をついて電話に手を伸ばした。

「国家保安本部のミュラー上級大佐につないでくれ」

管区警察署の電話交換手がゲシュタポの電話交換手にその旨を伝えるのが聞こえたあと、呼び出し音が二回して受話器を取る音がした。

「ミュラーだ」

「シェンケ警部補です」

「シェンケ？　いままでいったいどこにいた？　こっちは朝からずっと連絡を取ろうとしていたんだぞ。報告を求める。事件解決に少しは近づいているのか？」

シェンケは最新の進展を要約して伝えた。ミュラーは口を挟まずに聞き、シェンケが話し終えたあとしばし間を置いた。

「なるほど」ようやくミュラーが言った。「党員バッジと言ったな？」

「はい」

「偽造品の可能性は？　犯人はそもそも鉄道警察官に扮していたわけだからな」

「バッジは本物に見えました。さしあたり、党員番号をどこまで復元できるか待つことになります。番号がわかれば犯人がわかる」

「バッジは盗まれたのかもしれないし、ひょっとすると持ち主が落としたのを殺人犯が拾ったのかもしれない」

「その可能性はあります」シェンケは譲歩して認めた。「しかし、持ち主を尋問して、持ち主の行動と殺人犯についてわかっていることを突き合わせる必要があることに変わりはありません。それにより、持ち主が殺人犯かどうかがはっきりするでしょう」

「それもそうだが……いいか、シェンケ、仮に殺人犯が党員だった場合は、真っ先に私に知らせろ。そして、きみの部下のだれひとり、私の明確な許可なくその件を他言しないこと。戦争中のいま、党の評判をほんのわずかなりとも損ねるわけにいかないのだ。この戦争で勝利を得るためには、指導者たちと党のもとで全ドイツが結束しなければならない。わかったか？」

「ええ……」

「そんな生返事は通用しない。これは父なる祖国にとってなにが最善かという問題だ。それをないがしろにする権利はきみにも私にもない。なんとしても総統と党を支えるために、できることをやるのが私たちの義務だ」

「それは承知しています」

「そう、よく承知しておけ、シェンケ。ちなみに、きみが入党と親衛隊階級の取得に乗り気でないことはずっと気にかかっているのだ」

シェンケは首筋に寒気を感じた。「ドイツに対する忠誠心は絶対的なものです」

「それを聞いて安堵した。さて、犯人を見た証言者がいるそうだが？」

「そうです。狙われた被害者と軍人です。ただ軍人は、揉み合いになってすぐに眼鏡を叩き落とされています。女のほうが犯人の顔をよく見ていると思われます。女は管区警察署で保護拘置中です。いま係の者に似顔絵を描かせているので、今日じゅうに犯人の顔がわかるでしょう」

「その女はどの程度、信用できそうなのだ？」

シェンケはその質問についてしばらく考えた。ルートが頭脳明晰なのは疑う余地がないが、問題は、彼女がどんな証言を行なったとしても人種的背景により色眼鏡で見られてしまうことだ。きっと被告側弁護士はその点を突いて彼女の証言の信用性を損ねようとするだろう。ミュラーには、あとで知らせて怒りの反応を買う危険を冒すよりも、いま知らせておくほうがいいと判断した。ルートには本当の身元を伏せておくと約束したが、隠しつづければ、真実が明らかになったときにふたりとも危険にさらされることになる。

シェンケは咳払いをした。「女に関して知らせておきたいことがあります。暴行を受けたあとで連行した際に彼女のユダヤ人身分証明書を見つけました。彼女に対して先入観を持たせてはいけないので、そのことはまだ部下のだれにも言っていません。彼女の全面協力が必要だったので」

「ユダヤ人？」ミュラーが、電話越しでも聞こえるほど音を立てて鋭く息を吸い込んだ。「ユダヤ人の言葉など信用できるはずがない。まして、暴漢が党員バッジをつけているのを見たなどという証言は。ユダヤ人がどういう連中かは知っているだろう。大半が根っからの嘘つきで策略家だ。ネズミどもを信用するようなものだ」

「嘘をついていると思わせる根拠はなにも見当たりませんでした」

「当然だ。連中は狡猾だからな。油断するなよ、シェンケ。ほかの情報源から確証を得られるまで、女の話をひと言も信用するな」

「わかりました」

「とはいえ……その点をこっちに都合よく利用できる方法がひとつあるかもしれない」

「どんな方法ですか？」

「そろそろこの話を新聞に載せる時期だと思う。ゲルダ・コルツェニーともうひとりの殺人事件については発表するが、さしあたり、その他の事件との関連の可能性については言及を控える。市民に恐怖を与えかねない話を提供しても意味はない。記者どもには、警察がゲルダ・コルツェニー殺害犯の身元特定に近づいていることと、その後起きた殺人未遂事件の目撃者がいることを話そう。女の名前とユダヤ人であることを発表し、女を街に戻せ。そして、殺人犯を数日中に逮捕する自信があると言え。犯人が手がかりを残していった、犯人は明らかに知能が低い人間だ、と。犯人を刺激してなんらかの行動を起こさせ、ぼろを出させる。似顔絵ができたら、それも公表し、犯人逮捕のために警察に協力した者には謝礼金を提供しろ」彼は間を置いて続けた。「むろん、党員バッジのことは言及せず、党員の関与をほのめかすこともしない。わかったか？」

「わかりました……」シェンケは腹をくくった。

ミュラーはたちまち口調の変化に気づいた。「しかし？」

「新聞を巻き込んでなんになるんでしょうか？　犯人が身をひそめるように仕向けるようなものです。そうなると、捜査が困難になるだけです」

「いいか、犯人は警察の手が迫っていることを知っている。証言者がいることもだ。おそらく、党員バッジが警察の手に渡ったこともわかっているだろう。それが犯人のバッジだとしたら、すでに名前をつきとめられたと不安になっている。犯人はたぶん身をひそめている。となれば、犯人を見つけ出すために市民の協力が必要だ」

「それはわかりますが、名前を公表すれば証言者の身を危険にさらすことになるのでは？」

「わかりきったことを言うな！　クリポの人間は頭が切れるはずだろう。女を餌にして犯人をおびき出そうと言っている。一か八かだが、やってみる価値はある」

「犯人がなんらかの方法で彼女を見つけ出したらどうするんですか？」

「それがどうした。ユダヤ人のひとりやふたりがどうなろうと、私の知ったことではない。餌の魅力が増すんじゃないか。女の顔写真も公表しろ。犯人が本当に党員なら、ユダヤ人の協力を得た警察に逮捕されたのでは気に入らないだろうが」

シェンケは込み上げる怒りを感じた。「まだどうにも腑に落ちない点があります。当初はひとつの殺人事件を捜査しているつもりでした。ゲルダ・コルツェニー殺害事件です。その他の死亡事例のことはまったく知りませんでした。党はなぜ、彼女の殺害にこれほどの関心を示すのでしょうか？」

「きみに教えても害はないだろう。おそらく、すでに詳細の大半を探り出しているだろうからな。数年前、ゲルダ・コルツェニーはゲッベルスと深い関係にあった。彼は昔から映画スターが大好きでね。総統はそれを快く思っていない。まして、大臣のかつての愛人がユダヤ人の血を引く女だと知ったらどれほど嫌悪するか、想像してみろ。そこでゲッベルスは隠蔽を企てたわけだ。その事実を知っていることは国家保安本部にとっては有用な切り札だった。国民啓蒙・宣伝大臣の評判を守るために使うこともできる反面、いざというときにはその事実を用いて彼を破滅させることもできる」

「それは脅迫ですよ」

「好きに言えばいい。要は、いつでもいちばんいいと思う使いかたができる機密情報だ。ゲルダ・コルツェニーが殺されたとき、わが上司たちは、何者かがゲッベルスの評判を守るため、あるいはゲッベルスに対するわれわれの支配を弱めるために、彼女を始末することにしたのだと考えた。きみに犯人をつきとめることができれば、時期を見計らってその新しい切り札を使ってけりをつけることになるのではないか。殺人の証拠は、相手を自分の利益にかなうように動かすための強力な道具だ。

きみはきっと、そんなものは薄汚い手段だと思うだろう。それが、きみが政治家ではなく警察官である理由だ。だが、きみにもいつか警察バッジのかげに隠れていられなくなるときが来る。そのとき、どこにもっとも忠誠心を注ぐかの選択を迫られるだろう。さらに、党内でどの派閥に属するかの選択もしなければならない。そのとき、ゲッベルスにつくか。われわれの一員になるか。それとも、ゲーリングあるいはカナリスなど、別のリーダーを選ぶか。賢明な選択をしろというのが私からの助言だ。ヒムラーは、国家保安本部に仕える人間のいかなる裏切りも許すような人間ではない。ヒムラーと党に忠実に仕えれば、きみは安泰だ。これで、たがいに理解し合えたか？」

シェンケは、いま聞かされた話の含むところを考えて、一瞬沈黙した。なんの罰も受けずに野心と党の活動から距離を置くことができるというふりをする余地はまずない。ドイツにおいては人生のほぼすべてが党の強い支配力のもとにあり、党は市民にただひとつ〝おまえはわれわれの味方か敵か？〟という簡単な問いかけをするのだ。自由な政治討論などない。数年前に国民のぎりぎり過半数がナチ党と保守派の連合に賛成票を投じると、党は国民の委託に飛びつき、遠慮なくつけ込んで、その決断をくつがえす可能性を消滅させた。政治は死んだ。政権に反対する人間に残された手段は陰謀だけだ。それ以外の人にとっては、状況に順応すること、その結果として生き延びるという問題にすぎない。シェンケは深く息を吸い込み、平静な声で答えた。「はい」

「では、すぐに取りかかるのがいいだろう。さっさと行動すれば、記事を明日の新聞の一面に載せることができる。国民啓蒙・宣伝省には私から知らせるが、まず反対はしないだろう。戦争関連のニュースから国民の目をそらさせる格好のネタだからな。部下にはなるべく早く概要を伝えることだ。あとで記者連中をきみのもとへやるよう手配する。ではこれで」

かちりという音がして通話が切れた。シェンケは受話器を戻し、両手で頭を抱えた。そのうち上体を起こしてハウザーを呼んだ。

「全員を集めろ。本件捜査において、われわれの気に入らない進展がありそうだ」

「え？」

「ミュラーが私たちの捜査を台なしにしようとしている。一時間以内に全員を集めてほしい。会議中は、制服組のだれかに証言者を監視させること。それと、ブラントにコーヒーを取りに行かせろ。長い午後になりそうだ」

22

「静かにしろ！」と命じて、シェンケは両手を上げて部下たちの怒声を制した。「いつものやりかたとちがうのは承知しているが、選択の余地はない。命令を受けたんだ。本件捜査に関する記事が明日の朝刊に載る。この会議のあと、私が記者発表を行なう。みんなは記者と話さないように。ひと言もだ。提供する情報は可能なかぎり制限するつもりだ。殺人犯を見つけ出すために市民に協力を促したいが、捜査の詳細情報を犯人に与えすぎるのもごめんだ」言葉を切って室内を見まわした。「軽々しい気持ちで言うわけではないが、私たちの班がクリポでもっとも優秀だという自負がある。誇れる実績もあり、もっとも得意とすることを今後も続けていく。この犯人をつかまえ、犯した罪のつぐないをさせる。たとえ、だれが捜査に口出ししようとしても」

最後のひと言を口にするときはリーブヴィッツから目をそらしたが、ハウザーをはじめ何人かは敵意のこもった目をゲシュタポの男に向けた。シェンケは掲示板に向き直り、直近の暴行事件現場で見つけたものを思い返してから話をまとめた。

「とにかく、こっちには証言者がいて、凶器、犯人の血液、コートの布片、党員バッジがある。ローザ？」

「はい」

「似顔絵はできたか？」

ローザがうなずいた。「写真に撮りました。最初の現像は四時にはできあがります」

「マクダは似ていると言ったのか？」

「上出来だと思っているようです」

「わかった。記者連中に写真を配ることにする。新聞に載せてくれれば、犯人は人前に顔を出しにくくなるだろう。だれかが、知っている男と似ていることに気づいて警察に届け出てくれることを願おう」

シェンケはハウザーを見た。「部長刑事、党員バッジについての最新情報は？」

ハウザーが立ち上がった。「鑑識の連中の話では、どうやら本物のようです。現在、生産工程に照らして合金分析をやっています。しかし、あと数日はかかるとか」

「党員番号については？」

「最初の三桁が８９４だということはどうにか。あとひと桁、ひょっとするとふた桁あるようですが、酸腐食法では判読できませんでした。報告を受けてすぐ、党に連絡しました。ですが、はなからたらいまわしです」彼は厚い肩をすくめた。「記録室は、委任状がなければ情報は開示しないと言うんです」

「私たちがミュラーの指示で動いていることは言ったのか？」

「言いましたよ。効果なしでした。ミュラーの直筆の委任状を出してほしいそうです」

「くそ。なるべく早くミュラーと話をつける。ゲシュタポ局長じきじきの電話で党のお役所仕事が円滑に進めばいいが」

その可能性にハウザーはにんまりした。「びびって、われわれの欲しがる情報を提供しようとするでしょうね」

「名前と住所をつかんだら私に連絡しろ。いっしょに訪ねて、家にいるかどうか確認しよう。そいつが犯人だったら、クリスマスの祝い酒は私のおごりだ」

室内に笑顔と賛同を込めて足を踏み鳴らす音が広がったが、リーブヴィッツが立ち上がるとその音が小さくなった。

「警部補、その男が犯人ではなかったとしたら？」

「その場合は別の線を追って捜査続行だ。それがクリポのやりかただ。だが、証拠品を手に入れた以上、最後には犯人をつかまえる。ゲシュタポはご都合主義を好んで仕事をするようだが、われわれにそんな余裕はない」

リーブヴィッツは一瞬考えたあとで言った。「たしかに、ゲシュタポのやりかたはかならずしも私が好むほど科学的ではありません」

ゲシュタポの一員が口にすると、それは一種の事実容認だとシェンケは気づいて、ほんの少しだけリーブヴィッツに好意を覚えた。「警察官らしさが板についてきたな……それはそうと、ほかの死亡事例に関する資料の件だ。なにがわかった?」

リーブヴィッツはメモ帳に目をやった。「検死官の報告書には、われわれが把握している二件の殺人事件の報告書と明らかな共通点があります。事故死とされた人たちの致命傷は、鉄製の棒で殴れば簡単に負わせることができるたぐいのものです。検死官ふたりに電話をかけて確認すると、どちらもその可能性を認めました」

「よくやった」シェンケは次にフリーダを指さした。「被害女性たちの背景調査のほうは? どんな情報が集まった?」

「被害者間にこれといった共通点は見当たりません。出自もさまざま。全員、比較的若いほうです。ゲルダは例外ですが、薄暗いところでなら若く見えたかもしれません。ほら、映画スターのなかには年齢のよくわからない人もいますから。被害者の大半は独身、あるいは戦争のせいで未亡人になったばかりでした。だから夜に自由に外出できたのだと思います。何人かは売春をしていた可能性もありますが、遺族は一様にそんなことを認めませんし、近所の人たちもそれはまずないと言っています。犯人は被害者をじっくり選んだわけではないと思います。むしろ、この人たちはたまたま被害に遭ってしまったのでしょう。少なくとも、一部の被害者は」

シェンケはここまでの捜査結果をまとめた。「わかっているのは、この殺人犯が灯火管制に乗じて犯行に及んでいるということだ。ひとりでいる女を、あるいは女がひとりになるのを見計らってあとを尾け、ほぼ空だとわかっている夜遅い列車に乗り込む。警戒されそうにない鉄道警察官の制服を着て女に近づく。襲いかかって強姦したあと鉄の棒で殴りつけて殺害し、列車から死体を投げ捨てる。そして列車を降りる。ひょっとすると扮装のままかもしれないが、本物の鉄道警察官や鉄道関係者の目を引かないように、着替える可能性のほうが高い」

「どうして危険を冒して列車内で殺害するのでしょう？」フリーダが疑問を口にした。「人気（ひとけ）のない場所へ誘い出すか、自宅まで尾けたほうが安全なはずです。そのほうが、やりたいことをやる時間が増えて、犯行の途中でつかまる危険が減るでしょう」

「そうかもしれないが、それだと当局によって事故死に分類される見込みがなくなる。だいいち、列車から投げ捨てれば、死体を処理する手間が省ける。それに夜に雪が降れば死体は相当長いあいだ発見されないかもしれず、捜査陣も犯罪現場の証拠の大半を失っているはずだ。それも、被害者の死を不審に思い、事故死ではなかったのではないかと主張する人間がいたと仮定しての話だ。とくに、犯人が獲物となる女を探す場所をときどき変えて、そのつど異なる警察の管区内で犯行に及んでいる場合は。犯人には、各管区警察の受け持ち区域についてなんらかの知識がある」

ハウザーがうなずいた。「そうだとしたら、犯人がわれわれの一員、すなわち警察官である可能性を考えなければなりませんね。あるいは、もしかすると退職した警察官である可能性を」

「その可能性はある」とシェンケは認めた。「だが、その考えは記者どもに明かしたくない。いまはまだ。殺人犯が野放しになっていると考えただけでも市民は不安を抱く。そのうえ、警察官を怖がって近づこうとしないなどという事態まで招きたくない。そうは言っても、だれかに警察の人事記録を調べてもらいたい。女に対する暴行により解雇された事例があるかどうか。ブラント！」

試用期間中の若者が手を上げた。「はい」

「きみに任せる。証言者の話では、犯人は三十代らしい。したがって、念のため、四十五歳までの解雇事例を調べろ」

「わかりました」

ドアにノックの音がして、この管区警察署の制服警官のひとりが入ってきた。

「なんだ？」シェンケは邪魔をされたのが不満で、きつい口調でたずねた。

制服警官が近づいてきて、一冊のファイルを差し出した。「似顔絵です」

シェンケがファイルを受け取って制服警官を放免すると、期待で室内がざわめいた。シェンケは薄っぺらい板紙の表紙を開けて一枚の紙を取り出した。

ルートから犯人の人相風体は聞いていたが、こうして絵に描いてもらうと詳細な特徴がよりはっきりする。似顔絵係はいい仕事をしている。顔をはっきりした太い線で描き、陰影をつけて骨格を表わしている。髪は往々にして描くのがむずかしい。雨で濡れていたり、激しく動いて乱れていたり、きちんと整えていたりで、髪型は変わる。分け目を変えるだけでも別人に見える。今回の場合、髪は耳が隠れるほどでとても長く、ルートの言った茶色よりもいくぶん暗い色にしてあった。

その他の点に関しては、額は広く男っぽい。間隔の離れた目は、ルートの記憶では鋼色で冷たいものだということだったが、当たりさわりのない表情で描かれている。下部がわずかに膨らんだはっきりした鼻、その下に大きな顎と厚い唇。ルートの証言どおり、党の宣伝ポスターで見るような理想的なドイツ人の目鼻立ちだ。

シェンケは似顔絵を持ち上げて画鋲で掲示板に留めた。部下たちがよく見ようと掲示板に近づいた。

「ハンサムなけだものね」ローザが声をあげた。

「すると、こういうタイプが好みなんだな」ペルジンガーが笑った。「きみの心に火をつけるのはどんな男なのか、つねづね疑問に思ってたんだ。たしかに美形だな」

「いいかげんにしろ！」シェンケが鋭く叱責した。

室内が静まり返った。

「これがわれわれの追っている犯人だ」似顔絵写真を指先で軽く打った。「各自が一枚ずつ受け取り、捜査のあいだずっと所持するように。われわれの携行する写真であれ新聞に載せた写真であれ、この顔にぴんとくる人がきっといる。明日はクリスマス・イブ。クリスマス休暇前、たくさんの市民が街に出る最後の機会だ。残された時間が限られていることを忘れるな。犯人は鉄道を使っている。したがって鉄道から当たる。

シュミット、ペルジンガー、バウマー、ホッファー、きみたちはアンハルター駅へ行き、見つけられるかぎりの鉄道職員に似顔絵写真を見てもらえ。そのあと、路線を下って、アンハルターからマリエンドルフまでの各駅で同様の聞き込みを行なうこと。犯人はハウザー、残りの者を連れて各駅周辺のバーやクラブ、カフェを当たってくれ。

獲物を選ぶ際、どこかで観察して相手が列車に乗ることを確認しているはずだ。推測だが、駅構内あるいは駅に近いカフェを利用していると思う。

ローザ、似顔絵を、この管区警察の資料と照合してほしい。案外、過去に地元警察に連行されたことがあるかもしれない。それが終わったら、まだ連絡してない病院や医師に電話をかけて、この二十四時間のあいだに刺し傷の治療を行なったか確認すること。

フリーダ、残念だが、いちばん退屈な仕事をしてもらう。路線の通っているほかの管区警察に電話をかけてもらいたい。まずは、きみが死亡事故の報告書を見つけた管区から。犯人の手口についてわれわれがつかんだことを教え、似顔絵写真の焼き増しが届いたらすぐに地元警察に警戒を呼びかけてくれと伝えるんだ。ベルリン全域の鉄道警察についても同様の連絡をしろ」

「電話連絡ばかりですね」

「たしかに。だが、明るい面を見れば、すべて暖かいこのオフィスでできる任務だ。犯人の活動範囲を知りたい。ベルリン南部の路線のみで獲物を物色しているのかもしれない。そうであってほしい、狙われる女の数があまり多くないように、と神に祈りたい気持ちだ。仮に南部の路線だけを利用しているとしても、われわれが迫っていると知ったら獲物を物色する場所を変えるかもしれない」

「われわれが迫っていることを知って身を隠したらどうします？」ハウザーがたずねた。

「捜査の手がゆるむのを待って犯行を再開したら。鉄道を使うのをやめたら」

「いずれも可能性はある」シェンケは認めた。「だが犯人は灯火管制を楽しんでいる。隠れみのにして安心している。それに冬の長い夜も楽しんでいる。冬が与えてくれる機会を最大限に利用したがっていると思う。とにかく、きみたちは自分のやるべきことを承知している。さっさと取りかかれ。そして結果が得られるように祈ろう」

「警部補」リーブヴィッツが手を上げた。「私の任務は？」

「ミュラーは党員記録を閲覧するための委任状を私に与えることを拒むかもしれない。その場合は、きみに党本部へ行って情報を入手してきてもらいたい。たとえ私のそばから何時間か離れることになっても」

リーブヴィッツは怪訝そうな顔をした。「あなたやあなたの部下ではなく私に情報を開示してくれますか？」

シェンケは彼をひたと見つめた。「しがないクリポの刑事が立ち入りを禁止されている場所でもゲシュタポなら入れるという事実が理解できないほど、きみは鈍感ではないはずだ。もっともらしい話でも聞かせてやれ」

「話？」

「そうだな、ゲシュタポに入局を希望している人間について形式的な背景調査を行なっているとでも言え。それなら無難だろう」

「ああ、嘘をつくんですね」リーブヴィッツは検討していた。「おっしゃるとおりです。それなら無難です」

シェンケはため息を漏らした。「一介のクリポの刑事でもそれぐらいは自分で考えつくと言われたら驚くか？」

「いいえ、少しも。私はクリポに最大限の敬意を抱いていますから」

「では、その任務に取りかかれ。ミュラーが拒んだ場合にそなえて」

「はい。すぐに」

帽子とコートを取りに行く彼を、ハウザーが思案げに見た。「あの男が馬鹿なのか、たんに常識を欠いているだけなのか、まだ判断がつきかねます。どちらにせよ、赤ん坊のあいつを母親が何度も頭から落としたのはまずまちがいありませんね」

「任務を果たしてくれればそれでいい」

「われわれにとって、あの男の任務とはなんですか？　どうも信用できません」

「じつは、私は彼を信用しはじめている。いや、信頼している。裏がなさそうだからね。たしかにゲシュタポの一員で、黒い帽子に革コートを着たりしているが、それほど狡猾ではないと思う。少なくとも、狡猾なところはこれまで見ていない。監視役にリーブヴィッツをよこして、ミュラーははからずも便宜をもたらしてくれたのかもしれない」

「じゃあ、そういうことにしておきます。みんなを仕事に取りかからせましょう」

部長刑事は部下たちにコートを取ってこいと命じた。シェンケはにぎやかに言葉を交わしながら出ていく部下たちを見送った。ドアが閉まると、オフィスに残っているのはデスクにうつむいて自分の仕事に集中しているフリーダとローザだけだった。シェンケはミュラーとの新たな話し合いに向けてしっかりと心構えをした。


一時間後、いちばん乗りの記者が管区警察署に到着した。シェンケは、ほかの記者たちもそろうまで受付で待たせろと指示した。気分がいらだっていた。ミュラーは党の人事部を納得させるために必要な委任状の提供を拒んだ。そのくせ、バッジの裏面からつきとめた番号を教えろと要求した。クリポの捜査でつかんだ情報の定石としてシェンケは渋ったのだが、ミュラーが強く命じたため、従わざるをえなかった。こうなると、唯一の望みは、クリポが果たせなかった党員名簿の閲覧にリーブヴィッツが成功することだけだ。

記者連中がそろうのを待つあいだにカリンのアパートメントに電話をかけたが応答はなかった。そこで自宅アパートメントにかけてみると、何回かの呼び出し音のあとでカリンが出た。

「もっとましな居場所はないのかい？」シェンケはたずねた。

「あるけど、外は寒いし、あなたのアパートメントは気持ちよくて暖かいもの。ベッドで本でも読むことにしたのよ。書斎におもしろそうな本が並んでるし。あなたがキェルケゴールの信奉者だったなんて思いもよらなかったけど」

「最近『おそれとおののき』が一部で流行っていると知ってね」

「ほかにも何冊か、あなたの価値観を洞察できる本がある」

「たとえば？」

「フッサール、フロイト、エンゲルス。まあ、ほんの一部だけど」

カリンが書斎で彼の蔵書の背を指でなぞっていると考えると、シェンケは軽いいらだちと不安を覚えた。

「クリポの刑事は頭を鍛える必要があるんだ」

「それに、哲学書だけじゃない。使い古した表現派の画集。音楽も。マーラーとか。あなたの受けた感化を総統が知ったらどう考えるかしらね」

彼女の軽くからかうような口調にほっとした。答える前に咳払いをして、この会話をだれかが盗聴しているのだろうかと考えた。「きっと、心から関心を招くようなものはなにもないよ」

「単独で見ればそうだろうけど、全体として見たら興味深い説明がつくわ」

「きみの想像の世界ではね。私に言わせれば、きみは幅広く知的追求をする男のプライバシーを侵害している。とにかく、そういう話はあとで、時間のあるときに」

「わかった。じゃあ、今夜は帰ってくるのね」

「私がいなくても国家は大丈夫だと思うよ。出かけたいか？」

一瞬の間のあと、彼女はつややかな声で答えた。「いいえ。うちにいたいわ、あなたと。できればベッドがいい。なにか食事を用意しておきましょうか？」

「そうしてくれるとうれしいな」

「何時に帰る？」

「八時までには帰れると思う。それより遅くなりそうなら連絡する。温かくなくてもいい料理がいいかもしれない」

ふたたび話しだした彼女の口調からはなまめかしさが薄れていた。「そう。出かけてなにか買ってこなきゃいけないわね。戸棚に食料がほとんどないから」

両手に買い物袋を提げて暗い通りを歩くカリンの姿が頭に思い浮かび、彼女の身の安全が心配になった。「気をつけろよ」

「気をつけろ？　どういう意味？」

「人のいない場所には近づかず、暗くなってから外へ出るな」

「どうして？」

「とにかくそうしてくれ、カリン。あんな事件が起きているから、きみが安全だとわかっていれば安心だ」

「わかったわ。じゃあ、あとでね」

ドアにノックの音がして、シェンケはフリーダに応対に出るよう合図した。

「もう切らないと。じゃあ八時ごろに」

「楽しみにしてる……愛してるわ、ホルスト」

シェンケはうれしさで心がほてる気がした。声を低めて答えた。「私も愛してるよ」

言葉がとぎれた。どちらも黙っているので、そのすきにシェンケは受話器を置いた。

「警部補」フリーダが受付のほうを指し示した。「ほかの記者たちもそろいました」

「わかった。写真の焼き増しはもうできたか？」

「はい」

「記者どもに署内を嗅ぎまわられたくない。なにしろ連中はときに手癖が悪いからな。受付ホールで話をする。うまくいけば、連中が寒さを嫌って、会見をできるだけ短く終わらせることができるだろう」

23

殺人事件であるにもかかわらず、集まった記者の数はシェンケが期待していたよりも少なかった。受付係に渡されたクリップボードで、記者の氏名と彼らの所属する新聞社の名前に目を通した。記者たちはメモ帳を開き、おおまかな弧を描いてシェンケを囲んだ。カメラマンもふたりいて、後方でのんびりと煙草を吸いながら写真撮影の番が来るのを待っていた。

「やりかたは心得ているだろう。私から概要を説明し、そのあとで質問をしてもらってかまわない。捜査あるいはその後の公判手続きの支障にならないかぎり、なんでも答える。さしさわりがある質問には答えない。わかったか？」

記者たちがうなずいた。

「よろしい」シェンケはひと呼吸置いて頭のなかを整理してから続けた。「私はホルスト・シェンケ警部補だ。本件捜査の指揮を執って——」

「ホルスト・シェンケ?」記者のひとりが話を遮った。「あのホルスト・シェンケか?」

シェンケは口ひげを細く整えた四十代のずんぐりした記者に向き直った。ほかの記者たちは高みの見物を決め込んでいる。

「はあ?」

「あのレーシングドライバーのホルスト・シェンケ?」記者がにこやかな顔で続けた。「どこかで見た顔だと思ったんだ。警察官になっていたんですか? お会いできて光栄だなあ。モーターレース好きの例に漏れずシルバーアローの大ファンだったんですよ」

シェンケは無理やり笑みを浮かべた。「いいか、私のレース人生は数年前に終わっている。別の機会なら昔話でもしたいところだが、いまは記者発表を進めることが重要だ、グライザー。多くの人命がかかっている。集まってもらったのは捜査について話をするためにほかならない。わかったか?」

記者がうなずいたのでシェンケは説明を再開した。「すでに知っているかもしれないが、これは殺人事件の捜査だ。三日前、アンハルター駅裏手の車両基地の近くで女性の遺体が発見された。性的暴行及び激しい暴力を受け、その際に負った損傷が原因で死亡した。被害者の名前はゲルダ・コルツェニー。翌朝、私の率いる班が当該事件の捜査を命じられた。

その後、同様の損傷を負い、やはり性的暴行を受けた痕跡のある女性の遺体が発見された。被害者の名前はモニカ・ブロンハイム。このふたつの事件は関連がある、同一人物が二件の殺人を犯した、というのがわれわれの見解だ。昨夜、第三の事件が起きた。今回、襲われた女性は暴漢を撃退し、逃げて助けを求めることができた。暴行を受けて負傷はしたが、彼女は犯人の人相風体をよく覚えており、警察は追うべき男の似顔絵を作成した。のちほど似顔絵写真の焼き増しと、被害者たちの写真を配る。二件の殺人及び今回の暴行事件と共通点のある事件はほかにも何件かあり、それらについても精査中だ」

シェンケが言葉を切ると記者たちはメモを取り終え、鉛筆を構えて目を上げた。「犯人が新たな犯行に及ぶ前につかまえるべく警察が粉骨砕身していることは理解してもらえるはずだ。いま話せるのは、犯人が鉄道警察官の扮装で被害者に近づき、信頼を得たあとで暴行を働いているとわれわれは見ている、ということだ。もうひとつ、今回、難を逃れた女性が犯人の脇腹をナイフで刺したということ。現場に残されていた血液の量を考えると、犯人がその傷の医学的処置を受けた可能性がある。その点をかならず記事に書いてほしい。また、そのような傷を負った男に関する情報がないか、読者に呼びかけてもらいたい。もしやと思うことがあれば最寄りの管区警察署へ行き、シェーネベルク管区警察の私の班宛てにことづけてほしいと書いてくれればいい」

「報奨金は出ますか？」記者のひとりがたずねた。「犯人逮捕につながる情報に対して」

シェンケは首を振った。「現時点で報奨金を出す許可は下りていない」

「残念だな。読者は歓迎するんだが。張り切って犯人を探すだろうに」

「今回は、利他的な理由から張り切って犯人を探してもらわなければならない」

「成果があるといいですがね」別の記者が言った。

「きみの名前は？」

「〈デア・アングリフ〉紙のライスマンです。いまの記者が言ったとおり、報奨金を出したほうが情報提供の可能性が高まりますよ。ささやかな額でも効果はある」

「きみの意見は上官に伝えよう。きっと、あらゆる職務をおいても、記者諸君の助言を真剣に考えてくれるだろう」

ライスマンが話すと、ろくにひげを剃っていない顎のたるみが揺れた。「そんな言いかたをしなくても。こっちは協力しようとしているだけです。殺人犯をつかまえてもらいたい気持ちは、われわれだってほかのみんなと同じぐらい強いんだから」

「本当に？　きっと、犯行が続いたほうが新聞の販売部数が増えるんだろうな」

「犯行が続くようなら、その記事を読むのは読者の権利だ。それに、犯人が逮捕されれば、読者は裁判のなりゆきを追いたがる」

「つまり、どちらにしても販売部数は増えるわけだ」

ライスマンは肩をすくめた。「まあね」

「くれぐれも、可能なかぎり協力し合うことにしようじゃないか。販売部数が増えるようにこちらが手を貸したら、きみたちには私が発表するとおりに報道してもらう。警察官の数が足りないのが実情なので、この犯人を見つけ出すためには市民の目と耳が必要だ。きみたちには、読者が行動を起こすようにうまく促してほしい。きみたちの得意とするところだろう」シェンケは指を一本立てて反論を封じた。「そうは言っても、根拠のない憶測を膨らませないでもらいたい。裏づけとなるような証拠を私が提供していないにもかかわらず、外国人労働者あるいはユダヤ人あるいは共産主義者の犯行だと決めつけるような記事を載せた記者は、今後クリポの記者発表への出席を禁じる」

「直近の暴行被害者の氏名は？」グライザーがたずねた。

シェンケは答えようとして身を硬くした。ミュラーの決定に納得はしていないが、命令を下されたのだ。「ルート・フランケル」

記者たちがメモ帳に書き留めた。最初に意見を述べたのはライスマンだった。「どうもユダヤ人の名前のようですが」

「被害者はユダヤ人だ」シェンケは認めた。

ライスマンが気色ばんだ。「ユダヤ人の言い分を信じるんですか？」

彼の所属する〈デア・アングリフ〉紙はゲッベルスの所有する新聞社だ。ゲッベルスは、支配者民族の一員である価値がないと党が判断した人間に対する怒りをぶつけるために〈デア・アングリフ〉紙を利用している。シェンケはそんな〈デア・アングリフ〉紙を軽蔑している。ライスマンの言い草は、いかにもゲッベルスのお抱え記者にふさわしいものだった。

「私は被害者であり目撃者でもある人物の言葉を重んじる」

「しかし、女はユダヤ人でしょう」

「そんなことはどうでもいい」

「どうでもいい？」ライスマンが目を剥いた。「ユダヤ人が狡猾な嘘つきだってことぐらい、だれだって知っている。なんだってそんな女の言い分を信じるんです？」

「彼女の協力で殺人犯をつきとめることができるなら信じる。それは相手がどんな証言者であっても同じだ。アーリア人女性のこれ以上の死を防ぐために協力してもらえるのはいいことだと、きみもきみの読者も考えてくれると思うが」

「もちろんいいことですよ。ただ、その女と話をするときは用心するべきだと言ってるんです。普通はユダヤ人を信じてもろくなことはないんだから」ライスマンは警部補の顔に浮かんだ冷ややかな表情を見て取って言い足した。「友人としてのご忠告です」

「彼女がもたらすかもしれないいかなる危険にも自分で対処できると思う。心配いただいてありがとう」シェンケはほかの記者たちを見まわした。「ほかに質問は？」

グライザーが手を上げた。「ひとつだけ。殺人犯をつかまえるまで、警察は鉄道の警戒を強化する計画なのでしょうか？」

「それは上が決めることだ」シェンケは答えた。「私は捜査の指揮を執るだけだ。ほかには？　もうないな。では写真を配る」

彼はフリーダが用意してくれたファイルを開いた。「これが最初の被害者ゲルダ・コルツェニーだ」

記者連中が焼き増し写真を受け取るために集まった。のんき者が受け取った写真を持ち上げて口笛を吹いた。「犯人はきっと標的を選んでるんだな。彼女、映画スターみたいだ」

「彼女は元映画スターだ、この馬鹿」ライスマンが応じた。「ゲルダ・シュネーだよ。まちがいない」

「それが旧名だ」シェンケが認めた。「結婚する前の」

「夫は何者ですか？　映画プロデューサー？　鉄鋼王？　新聞王？」ライスマンが写真を

メモ帳に挟んで鉛筆を構えた。「さぞ立派な肩書があるんでしょうね」

「残念ながらそうではない。グスタフ・コルツェニーは弁護士だ。党の仕事をしている」

グライザーは舌打ちをした。「美人はみんな、党の有力者どもが持っていきやがる。でも、彼女はきっとそんな結婚のおかげでいいご身分なんだろうな」

「もういいご身分ではない」シェンケは指摘した。「亡くなったんだ。殺されて。記事を書くときはそれを忘れるな。死者に敬意を持って扱うこと。最後は彼女も、ほかの不運な女性たち同様、殺人者に遭遇してしまったのだから」

「夫は被疑者なんでしょうか?」ほかの記者のひとりがたずねた。幅の広い顔に金属縁の小ぶりの眼鏡をかけた男だ。

「いまのところ被疑者ではない」シェンケは答えた。「これといった被疑者はまだ浮かんでいない」次の写真を記者連中に配った。「これがモニカ・ブロンハイムだ」身分証明書の写真を引き伸ばしたものなので、顔が青白く、ピントが少しぼけている。記者どもは無言で写真を受け取ってざっと見ただけで、シェンケの説明の続きを待った。

「ゲルダ・コルツェニーが見出しになるのはわかるが、モニカも被害者だということを忘れるな。かならず彼女にも言及すること。それによって事件のあった夜に彼女を見かけたことを思い出したり、役立つ情報を持っていたりする人が現われるかもしれない。映画スターではなかったにせよ、遺族には、ゲルダ・コルツェニーの遺族と同じく、正義が行なわれるのを見届ける権利がある。犯罪現場の写真もある。それも使ってもらいたい。これもまた、ぴんときてなんらかの手がかりを与えてくれる人が現われるかもしれないからな」

明らかになまなましい写真を期待して、記者連中は待ってましたとばかりに写真を受け取った。だがシェンケは、おぞましくみだらな被害者の死体の近接写真ではなく、周囲の状況がわかる遠写しの写真を選んでいた。

「最後に、ルート・フランケル暴行容疑で追っている男の似顔絵を配る。まずまちがいなく、この男はわれわれがつかんでいるほかの殺人事件の実行犯であり、現在確認中のその他の死にも関与している。肝心なのは、その点を読者に示すことだ」

記者連中は似顔絵写真をとくと眺めた。またしてもライスマンが最初に意見を述べた。

「似顔絵係がいい仕事をして、この絵が犯人に酷似しているとしたら、クリポの仕事は簡単になるんじゃないですか。こんな目鼻立ちの整った顔でこんな髪型の男はベルリンにはそう多くないんだから」

「じゃあ、この似顔絵が正確であることを期待しよう」シェンケは言った。「そして、犯人がこの絵のとおり人目を引くことも。さあ、必要なものは配った。本件捜査においてさらなる進展があれば、追って知らせる。さしあたり、編集長に掛け合ってこの記事を一面に載せてくれれば感謝する。ベルリン市内の新聞売店にこの顔が並ぶようにしてもらいたい」

「ユダヤ人の女については？」ライスマンがたずねた。「写真を載せてもかまいませんか？」

シェンケはいやな気分になって胃がきりきりした。良心が納得しないが、あの女を餌に使えという上官の命令には従わざるをえない。「必要とあらば。以上だ。ネタも写真も手に入れたんだ。記事を書いて、かならず朝刊に載せろ。一日の遅れが新たな命を失うことにつながるかもしれない」シェンケはそっけない会釈をした。「では、よろしく」

やむなく果たした任務に不快感を覚えながら、管区警察署を出ていく記者連中をその場で見送った。もっと困難な話し合いが待っている。心の準備をしながら尋問室へ向かった。

「なにをしたって？」ルート・フランケルは彼をにらみつけた。「記者連中にわたしの名前を教えた、ですって？でも、教えるつもりはないって言ってたでしょう。なんてこと……これで、みんなに知られてしまう」彼女はテーブルの端をつかんだ。「人でなし。あんたたちみんな、人でなしよ。このことが知れ渡ったらわたしはどうなると思う？」

「さっき教えてくれた住所に本当に住んでいるのか？」
解釈して、彼女を守るためにできるかぎりのことをすると心に誓った。
この非難に言い返す言葉はなかった。だが、ミュラーの命令を可能なかぎりゆるやかに
なのに」
「安全！」彼女は苦々しげな笑い声をあげた。「わたしのコートに的の印を描いたも同然
しても、助ける人間が近くに控えている。きみの身は安全だ」
「監視はつける」シェンケは安心させる口調を心がけた。「殺人犯がまたきみを襲おうと
彼女は思っていた以上に頭が切れる。
画なんでしょう？」
たしの名前を明かした理由はわかってる。殺人犯にわたしを見つけさせたい。そういう計
「わたしがまだ生きていればの話でしょう。わたしだって馬鹿じゃないのよ、警部補。わ
話を聞く」
「状況が変わったんだ。きみの身柄に関して新たな命令が下った。きみを帰し、後日また
「あなたが身柄を管理下に置くと言ってたと思うけど」
この警察署を出ていきたければどうぞ。ほかに訊きたいことが出てきたら使いをやる」
「わからない」シェンケは答えた。「さしあたり、きみから聞きたい情報はもう聞いた。

彼女が即答しないことがシェンケの疑念を裏づけた。「ちがう」

「じゃあ、本当の住所は？」

「住所なんてない」

「路上生活をしているということか？　こんな天候の時季に」

「ちがう。家族ぐるみの友人の家に何日か泊めてもらって出ていく」

「まるで逃亡者だな」

彼女がきっと顔を上げた。「こんなことになったのはあんたたちのせいでしょう。両親はアパートメントを取り上げられた。両親は出国を認められて、わたしは祖母の世話をするためにおじ夫婦の家に住まわせてもらった。おじ夫婦は親類を何人かかくまっていたから。結局、従姉とその子どものために部屋を空けてくれと言われたけど。そのあとは転々としてる」

「そんな生活をどれぐらい？」

「九ヵ月」

「どうやって生活してる？　仕事をしているのか？」

「シーメンスでね」彼女は皮肉っぽい笑みを浮かべた。「一生懸命に働いても、給料はときどきしかくれない。その給料だって、かろうじて生きていける程度。警察官なんだから状況は知ってるはずよね。ユダヤ人は決まった時間にしか食料品を買うことが許されてないし、それも、手に入る最良の品物をみんなが買ったあとよ。戦争が始まる前から状況は厳しかった」

シェンケはたしかにユダヤ人に課された制限について知っているが、いままでそれについて深く考えたことがなかった。「いま泊めてもらっている場所は？」

「教えるわけにいかない」

「なぜ？」

「だれのことも警察沙汰に巻き込みたくないから」

「いいか」シェンケは根気よく説明した。「きみの滞在先をどうにかする気はない。きみに連絡がつく住所を知っておきたい。それだけだ」

「あなたの部下に尾けてきてほしくない。ほかの人たちの命まで委ねるほど、あなたを信じてないから」

「じゃあ、どこへ帰る？」シェンケは反撃した。「野宿できるとでも？　朝までもたないぞ。凍死する」

「なんとかするわよ」彼女が言い返した。

「いや、きみは……」

「仕方ないでしょう？　いままでどうにか生きてきたわ」

シェンケの胸のうちで、彼女を窮地に追いやったうしろめたさに、いらだちと同情が交錯した。現在の住所を教えたくないという彼女の気持ちは理解できる。そこには彼女のような立場の者がほかにもいるのかもしれない。当局から身を隠している者、街に姿を消そうとしている者、ユダヤ人の生活を支配し厳しさを増す一方の規則を避けようとする者が。シェンケは、東方の再定住施設は党が約束したような平安な天国などではないという噂を小耳に挟んだことがある。多くのユダヤ人が、そこへ送られる危険を冒すよりも身を隠すほうを選んでいた。ルート・フランケルはそんな何人かの逃亡ユダヤ人を守ろうとしているのかもしれない。ひょっとすると彼女自身が逃亡ユダヤ人なのかもしれない。もしそうだとしたら、彼女は法律違反を犯しているのだから、シェンケにはゲシュタポに報告する義務がある。

そう思いながらも、その考えに嫌悪を感じた。だいいち、この捜査に彼女は必要だ。殺人犯の顔をはっきりと見たのは彼女だけだ。自分を襲った犯人だと法廷で断言してもらうまでは彼女の身の安全を保つ必要がある。だが、どうやって？　野宿させずにすむように保護拘置を続けるか？　それでは凍えるような寒さの監房に閉じ込めることになり、外へ放り出すのと大差ない。彼しか知らない場所がいい。自宅アパートメントではあまりに見えすいている。それに、いまはカリンがいるし、カリンに反対されるかもしれない。さらに悪いことに、カリンの身まで危険にさらすことになる。別の選択肢がある。家族同然に信頼している人たちだ。

「ルート、きみには何日か安全で暖かく夜を過ごしてもらう必要がある。いい場所を知っているが、そこへ連れていく前に、口裏を合わせておかなければならない」

彼女は疑わしげに目をわずかに細くした。「もう一度あなたを信用するはずないでしょう。わたしを裏切って新聞に売り渡したくせに」

「仕方がなかった。そういう命令を受けたんだ」

「そんな言い訳がこのドイツでいつまでまかり通るのかしら。自分で選択できるだけでも幸運なのよ、警部補。選択肢なんて贅沢、わたしはめったに手にできない。でも、あなたにはいつだって選択肢がある。わたしの名前を記者連中に明かさない選択だってできたはずよ」

「私が逆らえば、上官は私をあっさり払いのけて代わりの人間を指揮官に据え、命令を実行させただろう。とにかく、私がきみの身の安全を保つためにできることをやると信じてくれていい」

「あなたを信用できるという確信がない」

シェンケはうんざりしてため息をついた。「いいか。知り合いがいる。いい人たちだ。広くて快適な邸に住んでいるから、そこで世話になれば隣近所の詮索の目を気にせずにすむ。きみを連れていって助けを求めれば、きっと助けてくれる。ただ、彼らの安全のためにも本当の事情を話すわけにいかない。嘘をつかなければならない。きみにはその嘘に調子を合わせてもらう必要がある。どうだ、そうする気はあるか?」

彼女は思案げな顔でしばらくシェンケを見つめていた。「生き延びるためなら、必要なことをやる。あなたのために嘘をつく。ほかに手がないしね。あなたのことをまだよく知らないから信用はしない。誠実な人なのかもしれない。善良な人かも。でも、わからない。わかっているのは、あなたの手にこの命を預けざるをえないということだけ。でも、気に入らない……」

24

「ここで待て」シェンケは助手席から降りながら指示した。運転席のブラントの真うしろで、ルートは肩のあたりでコートをかき寄せて座席に身を沈めた。試用期間中のブラントは、新たな進展があった場合にそなえて夜勤についていた。シェーネベルクからの道中、車の暖房を全開にしていたにもかかわらず、車内の温度は氷点より数度上回る程度にしか上がらなかった。

出発する際、ルートには計画をざっと説明してあった。そのあとはほとんど言葉を交わさなかった。警察官に腹のうちを明かしたくない気持ちはシェンケも理解できたし、もっと良好な関係を築こうとすればなんらかの罠だと思われることもわかっていた。街を横切る道中の大半、車内は気まずい沈黙に包まれていた。

シェンケは腰を折ってブラントに言った。「くれぐれも、彼女を車から出さないように。逃亡を図らせるな」

「わかりました」ブラントがうなずいた。

「どこへ逃げるというの？」ルートは前方と後方へ延びている通りを車窓からのぞき見た。葉を落とした楡の木と、高級住宅街らしい邸宅の門が並んでいる。「ここがどこなのかもわからないのに」

「テーゲルだ」シェンケは少し迷ったあとで言い足した。「ベルリンへ移った当初、ここに住んでいた」

「この通りに？」彼女は見定めるような目を向けた。「じゃあ、ご両親は裕福なのね」

「両親ではない。よき友人だ。すぐに戻る」

シェンケは車のドアを閉め、巨大な石造の門柱に取りつけられた鉄製の見慣れた二枚の門扉に向き直った。どちらの門扉にも、Hの文字をオークの葉の輪で囲んだ模様が記されている。大きな掛け金を上げて門扉の片方を開け、なかに入った。湾曲した私道の雪が何日も取りのぞかれていないため、玄関ドアまで続いている手すりに近づくあいだ、靴の下で雪が音を立てた。そびえ立つ邸は三階建てで、高さのある窓はすべて冬の寒さにそなえて鎧戸で閉ざされている。一階に並んだ窓のいくつかが鈍い光を放っている。アントン・ハーシュタイン伯爵夫妻が夕食が供されるまで火のそばに座って本を読んでいるであろう居間の窓もだ。

シェンケは玄関ポーチの階段を上がり、支柱のひとつの根本を靴先で蹴って靴についた雪を落とした。そのあと、呼び鈴の把手を引いた。なかからくぐもった音が聞こえたあと続いた長い静寂を、風のそよぎと遠くを走る列車の蒸気の音が破った。やがて、かんぬきを開ける音と把手をまわす音がしてドアが開いた。玄関ポーチの階段に差した楔形の光が、私道を横切って庭のなかほどにある池と噴水にまで注がれた。その光がシェンケの顔を照らし出した。

「おやまあ、ホルストさま」無地の黒い上着とズボンというでたちの痩せた男が言った。横からの光に照らされた皺だらけの顔が温かい笑みになって、シェンケを招き入れた。

「さあ、お入りください、外は寒かったでしょう」

シェンケがなかに入ると使用人はドアを閉めた。「コートと帽子をお預かりしましょうか？」

「いや、いい。すぐにお暇するからね、ヴィルヘルム」

「それは残念です。この前お目にかかってからもう何カ月も経ちますのに。若旦那さまが入隊するため家を出られる前の夕食会以来です」

「覚えているよ」

パウル・ハーシュタインはポーランド侵攻にそなえて召集されたのだ。当時は動員の真の目的を、だれも知らされていなかった。あの夜のすばらしい食事が、誇らしげに将校の軍服を着たパウルと家族と親しい友人の最後の集いとなった。あのとき、ホルストはかすかな羨望を覚えていた。レース事故のせいで生涯、軍務に就くことができないからだ。

「ハーシュタイン伯爵はご在宅か？　居間の明かりが見えたが」

「はい、おられます。なにかお持ちしましょうか？　なんでしたら、クララに温かい軽食を用意させますよ」

「せっかくだが、結構だ。長居できないんだ」

「かしこまりました。ご用がありましたら、私は台所におりますので」年老いた使用人はお辞儀をして黒と白のタイル張りの玄関ホールを横切り、階段の下、使用人区画へと続く小さなドアへ向かった。

シェンケは居間へ向かった。なかに入ると暖かい空気に包み込まれた。居間は広く、網戸の奥で薪が音を立てながら赤々と燃える大きな暖炉の両側に、書棚が並んでいる。シャンデリアの控えめな光が心地よい読書に十分な明かりをもたらしている。別の壁には先祖の肖像画と、山や城をモチーフにした数枚の風景画――カスパー・ダーヴィト・フリードリヒによる前世紀の小品――が並んでいる。

アントン・ハーシュタインは、レーシングチームに出資してくれていた当時からほとんど変わっていない。彼は最初からシェンケの才能を見抜いており、ふたりは懇意になった。シルバーアローでレースに臨んでいた三年のあいだ、伯爵はシェンケをこの邸に招き、家族の一員のように扱ってくれた。事故と数カ月の入院を経て、シェンケはレースの世界に復帰しないと決めて警察に入り、自分が刑事に向いていると気づいた。だが、ハーシュタイン伯爵一家との友情はいまも続いており、彼らは信用できるとわかっている。

ハーシュタイン伯爵夫人がドアロの彼に気づき、驚いて息を呑むと同時に本をぴしゃりと閉じ、立ち上がって足早に近づいてきて抱きしめた。「ホルスト。うれしい驚きだわ」

シェンケは彼女の額にキスをした。「お元気ですか、アストリッド?」

「あなたに会って元気になったわ。ほら、火のそばへ来て、顔をよく見せて」

腕を伸ばせば届く距離で伯爵夫人は彼を眺めまわした。「痩せたわね。それに疲れた顔。警察にこき使われているのね」

シェンケはふっと笑って彼女の心配をいなし、伯爵に向き直った。先ほど大儀そうに立ち上がった伯爵は、流行とは無縁の、頬からもみあげまでつながって生えているもじゃもじゃの口ひげの下に笑みを浮かべている。

「お元気ですか、伯爵?」

「健康状態は良好だ。うれしくも訪ねてきた理由は?」伯爵がそっけなくたずねた。「前回会ったのは何ヵ月も前だ」

「わかっています。申し訳ありません」

「ああ、党の連中のせいで忙しいんだな。連中はありとあらゆる犯罪を知りつくしている
だろうから」

シェンケの笑みが消えた。「迂闊にそんなことを言わないほうが」

「なに？　もはや冗談を口にすることも許されないのか？　自宅という個人の領域で、家族だと思っている相手に向かってさえも？」伯爵は怯えた顔を作ってみせた。「私を逮捕しないだろうね、警部補」

これは、シェンケが警察に入ることを報告して以来、ハーシュタインがかならず自分をだしにして楽しむ一種のおふざけだ。茶化しているようだが、息子同然にかわいがっていたシェンケがモーターレースを断念したことに対する落胆は隠せなかった。

「しませんよ。しかし、ほかの警察官なら逮捕するかもしれません」シェンケは釘を刺した。

「ふん。近ごろは短気な連中がいるからな。見られたものじゃない。じつにお粗末だ。この時代を象徴している。だが、きみは過ぎ去りし良き時代を偲ぶために来たわけではあるまい」伯爵が真顔になった。「本当にいい時代だった……」

「パウルから連絡は？」

「あった」ハーシュタインが答えた。「手紙が一通。案の定、若き士官によるでたらめばかり並べてあった。きっと、だれもがそうであるように、あれも父なる祖国のために楽しんで義務を果たしているのだろう」彼は客人の肩を軽く叩いた。「どのような形の義務であるにせよ」

「私も自分の義務を果たしています」シェンケは認めた。

「ポーランドでの戦闘も終わったことだし、あれもまもなく戻るだろう」

「でも戦争はまだ終わってませんよ」伯爵夫人が言った。「危険はまだ去ってないわ」

「ふん。おまえは心配しすぎだ。あれはきっと無事だ」

「それならいいけれど」夫人はシェンケと目を合わせた。「大きな戦争は生涯に一度でたくさんだわ」

伯爵が自分の頬を軽く叩いた。「私としたことが。まだ飲みものも勧めていないじゃないか。夕食に同席するかね？」

「せっかくですが、すぐにお暇しなければならないので。しかし、その前に、ひとつお願いがあります」

ハーシュタインの笑みが消えた。「金の話なら、あまり力になれないと思う。使用人の大半がやめていった。残ったのはヴィルヘルムと細君だけだ。私がレーシングチームに出資できたのは昔の話だ」

「金の無心に来たのではありません」

「それはよかった。では、頼みというのは？」

「邸の前に停めた車に、ある人物を待たせています。その女には数日、泊めてもらえる場所が必要なんです。安全で、世話をしてもらえる場所が。彼女をここに置いていただけないかと思って」

伯爵夫人が怪訝そうな顔をした。「でも、どういう女性なの？」

「妊娠しているのか？」ハーシュタインが厳しい口調でたずねた。「それで家を追い出されたのか？」

「ちがいます。そういう事情ではありません。彼女は重要証人です。さしあたり、彼女には安全な行き先がなく、保護してくれる場所が必要なんです。彼女を預かっていただけますか？ ほんの数日のことなので」

ハーシュタインが気色ばんだ。「いや、それは――」

「もちろん預かるわ」夫人が遮って言った。「こんな季節に、それにこんな天候で、困っている女性を預かるのを断わるなんて、キリスト者にできるはずがない。その女性の名前は?」

「ヨハンナ・カスパーです」

ハーシュタインが眉を釣り上げた。「本名ではないな」

シェンケはこの反応を予期して作り話を用意していた。ルートから、同じような状況に置かれた女がベルリン市内で一時宿泊先を見つけるために使ったという作り話を聞いたのだ。「父方にユダヤ人の血を引くクォーターです。母方はれっきとした家柄です。控えめな女ですし、きっと感謝すると思います。どのみち、この邸には使っていない部屋がいくつもあるでしょう」彼は夫妻を交互に見た。「どうでしょう? 助けてくださいますか?」

老夫婦は視線を交わした。伯爵が先に口を開いた。「たとえ混血であっても、ユダヤ人をかくまったことを知れば快く思わない連中もいる。そんなことをして、私たちは法に触れないのか?」

「第二級混血の場合は法に触れません」シェンケはごまかすことに良心の呵責を覚えつつ、ゆっくりと答えた。

「そうか。では、この頼みに危険は伴わないのだな」

「法的な危険はありません。問題は、警察が追っている人物から彼女の身を隠すことです。

命を狙われているので」

「それなのに、きみはそんな女をここへ、私たちのもとへ連れてきて、私たちまで危険にさらすのか」

「彼女がここにいることを知っているのは私と、ここまで車を運転させた者だけです。危険はまったくないと思います。彼女は安全ですし、あなたがたも安全です。約束します」

ハーシュタインがゆっくりとうなずいた。「なるほど……」

「喜んでお引き受けするわ」伯爵夫人が言った。「さあ、その気の毒な女性にこれ以上寒い思いをさせないであげましょう。すぐにここへ連れてらっしゃい」

「ありがとうございます」シェンケは伯爵夫人の頬にキスをした。

「まあ、必要なことなら異存はない」ハーシュタインが言い添えた。

シェンケは急いで外へ出て車のドアを開けた。「引き受けてくれる。きみがユダヤ人のクォーターだと話した。彼らが本当に信じたのかどうかはわからないが、とにかく、そのふりを続けろ」

彼女が車から降りてシェンケの腕につかまり、ふたりはシェンケの通ってきた跡をたどって私道を邸へ向かった。「わたしのために友人に嘘をつくのはどんな気分？」

「できれば嘘などつきたくないが、きみの安全を保つと同時に彼らを守ることにもなると考えれば心を慰めることができると思う。仮にきみをかくまったことについて尋問されたとしても、ユダヤ人をかくまっているとは知らなかったと、正直に主張すればいいのだから」

「それでその人たちが助かると思ってるわけ?」ルートが憐れむように首を振った。「わたしが学んだ教訓のひとつは、目的を遂げるためなら党は際限なくどんなことでもやる、ということよ。わたしたちユダヤ人に対するやりかたがいい例だわ。次から次へと攻撃したかと思うと、急いで法律を作ってそれを合法化した。そんな政権の下で、ハーシュタイン夫妻の身が安全だと思う? あなたの身が安全だと思う?」

シェンケは首を振った。「私は警察官だ。法を遵守する側の人間だ」

「いまのところはね……」

ハーシュタイン伯爵夫妻は玄関ホールで待っていて、ルートを丁重に迎えた。伯爵夫人はベルを鳴らしてヴィルヘルムを呼び、客人にスープを用意するよう言いつけた。

「彼女にはあなた用の部屋を使っていただくわ、ホルスト。客用区画に暖房はないし、家具類にほこりよけのシーツを掛けてしまっているから。いまは決まった部屋しか使ってないのよ」

シェンケはうなずいた。「では、私が部屋まで案内して、そのあと、お暇します」

先に立ってオークの広い階段を上がりながら、シェンケはこの邸で過ごした最初のクリスマスを思い出していた。酒を飲みすぎた彼とパウルが、トレイをそり代わりにしてこの階段を猛スピードですべり下り、ヴィルヘルムにこっぴどく叱られたのだった。その思い出に頬がゆるむと同時に、若かりしころの単純な楽しみがなつかしくて胸がうずいた。

階段を上がりきり、家族の区画に向かう。廊下の両側に部屋が設けられている。彼は並んだドアのひとつを指し示した。

「私がこの邸に滞在するときに使っていた部屋だ」

「伯爵夫人の口ぶりでは、いまもあなたの部屋だわ」

個人的領域に踏み込みすぎた言葉に聞こえてシェンケは硬い顔になり、その部屋のドアを開けて手ぶりで入れと示しながら、明かりの真鍮製のスイッチを押した。小ぶりのシャンデリアの電球がついて暖かい光が室内を照らした。大きな補助枕と厚手のキルトをそなえたベッドがあるのは覚えていた。窓ぎわに置かれたクルミ材の衣装だんすとデスク。壁に並んだレーシングカーの写真、暖炉には、数週間後にクラッシュ事故に遭うことになったレーシングカーのコックピットに座っている彼自身の額入り写真。

室内を見まわしていたルートの目がその写真に止まった。彼女は写真に一歩近づいた。

「あれはあなたよね？　顔に見覚えがある気がするのはどうしてだろうって思ってたの」

「モーターレースが好きなのか？」

「大好きってほどじゃないけど。おじがシルバーアローの大ファンだった」彼女がシェンケに向き直った。「一度、あなたのレースを見たことがある。遠くから。おじのボックス席に招待されて。おじの会社が顧客の接待に使っていたのよ」

またしてもシェンケは、あの当時のドイツと、党が無理やり作ろうとしている国家との遠い隔たりを感じた。ルート・フランケルの一家は当時は社会の一員だった。シェンケ自身の家族もだ。制御不能なインフレの狂乱により国の財政が完全に破綻するまでは。ふたりにそんな共通点があったのか。運命はふたりともに負け札を配った。とはいえ、シェンケ家が財産を失っただけなのに対し、フランケル家はほぼすべてを失った。人類における地位さえも党によって剝奪され、いまでは人間以下に分類されている。

「あなたは意外な面ばかり持っているのね、シェンケ警部補」ルートが写真を見つめて穏やかな声で言った。「普通の警察官じゃないと思う」

「それはちがう。私は骨の髄まで刑事だ」彼は尖った声で言い返した。「きみは殺人事件の証言者、それだけだ。この邸でくつろぎすぎるな。きみは家族の客人でも友人でもない。これは純然たる警察業務だ。殺人犯をつかまえ、裁判にかけて有罪判決が出たら、きみはひとりに戻る。わかったか？」

ルートは冷たい顔で彼の視線を受け止めた。「充分わかってる」

「それなら結構だ。また連絡する。それまで、いかなる理由があろうとこの邸から出ていくな」

「はい、わかりました」

シェンケは彼女の皮肉めかした返事にいらだちを覚え、ひっぱたいてやりたくなったが、どうにか抑えた。疲れているせいでまともにものを考えることもままならず、まして捜査のプロという上辺を必死で取りつくろっているありさまだ。自宅アパートメントに帰り、カリンと手早く夕食をすませて眠りたかった。なぜこの部屋でぐずぐずしているのだろう？

そっけなくうなずいて背中を向け、部屋を出て階段を下りた。伯爵夫人の頬に軽くキスをしてハーシュタイン伯爵と握手を交わし、もっと顔を出すようにすると約束をして、気がつくと寒い外に出ていた。素肌と肺に突き刺さるような冷気のおかげで警戒心を取り戻した。

車に乗り込み、しばらく座ったまま意識を集中させようとした。

ブラントが軽く咳をした。「どこへ向かいますか？」

「私をアパートメントで降ろして、きみは署へ戻れ。電話があるかもしれないから不寝番で詰めろ。朝、班の連中が出勤してきたら何時間か寝ていい」

「わかりました」不満げな声だった。

「それが試用採用時の契約だ、ブラント」シェンケはぴしりと言った。「気に入らないなら、いつでも軍隊に行け。そうしたいか？」

「いいえ。昔から警察官になりたかったんです。警察官以外はごめんです」

「わかった。それなら長時間勤務に慣れたほうがいい。さあ、車を出せ」

ブラントがギアを一速に入れて車を縁石から出すと、シェンケは最後にもう一度、邸に目をやり、昔使っていた部屋のある翼棟を見上げた。かすかな光が描き出した鎧戸の輪郭を見て、証言者を暴漢の手から安全に隠したことで気が楽になった。少なくともこれで、ベルリンに暮らすユダヤ人の生活を可能なかぎり過酷にするために党が作り出した厳しい規則や規定から、つかのまにせよ解放される。

25

　自宅アパートメントに帰ったシェンケが最初に気がついたのは部屋の暖かさだった。ドアを一歩入った瞬間、暖気に包み込まれた。彼は眉宇をひそめた。建物のボイラー使用を早朝と深夜に制限するようにと街区指導者から管理人に命令が下されている。居間に小さな暖炉を設けてはいるが、こんなに熱を発するほどの効果はない。帽子とコートを脱いでドア脇のスタンドに掛けながら声をかけた。「カリン？」

「ちょっと待って！」と返事があり、彼女がキッチンから出てきた。髪をうしろでヘアクリップで留め、ブラウスと七分丈のパンツの上から彼のカーディガンを羽織っている。カーディガンはぶかぶかだし、厚手の靴下も大きすぎる。だが、自身の服と彼の服のその場しのぎの組み合わせが彼女をより魅力的に見せていて、愛情が込み上げてシェンケの心を満たした。

　カリンは磨き上げられた板張りの廊下をすべるような跳ねるような足どりで出てきて彼

を抱きしめ、顔を上げてキスをした。柔らかく熱い唇を感じてシェンケは彼女をさらに抱き寄せたが、すぐに彼女がそっと押し戻した。

「お鍋をレンジにかけているの」

カリンはくるりと背を向けて急いでキッチンに戻った。シェンケは、自分の人生にこんなすばらしい女性がいる幸運ににやにやしながら、落ち着いた足どりであとをついていった。ドアに近づくにつれて肉の芳醇な香りが漂ってきた。キッチンに入ると彼女はレンジの前に立って小ぶりの鍋の中身を木のスプーンでかき混ぜていた。彼女が肩越しに見てほほ笑んだ。「ソースももうすぐできあがる。料理はオーヴンで温めている。ちょうどいいタイミングで帰ってきたわね」

シェンケは彼女のうしろに立って両手を肩に置き、うなじにキスをした。彼の唇を感じてカリンが身を震わせたが、それは喜びからだ。低いうめきを漏らしながら片手を上げて彼の頬に触れた。不意に手を離し、彼に向き直った。

「それはあとでゆっくりね。まずは食事よ。それから、いっしょに温かいお風呂に入りましょう」

「風呂？　でも朝まで湯は出ないよ」

「あら、そう？」カリンがいたずらっぽい笑みを浮かべた。「じゃあ驚くと思うわ」

「どういう意味だ？」シェンケは首をかしげた。「ちょっと待った。暖房が全開で、そのうえ湯が出るって？　なにをしたんだ？」

「管理人に相談したの。あなたがここ何日か身を粉にして働いてるから心身を休めるものが必要だって説明した。ゲシュタポ局長じきじきの命令を受けてるってことも話したかな。そのあと、管理人はすごく協力的になったわ」

「そりゃそうだろう」シェンケはため息をついた。「カリン、そういうことをしたら、つけがまわってくるかもしれない。くだらない特権を手にするために私が職権を濫用したなんてことがミュラーの耳に入ったら……」

「凍えるように寒い真冬に熱いお風呂に入るのはくだらないことじゃないわ。それに、どうやってミュラーが知るというの？」

「ゲシュタポがどれほど多くの情報を耳にしているか知ったら驚くよ」

一瞬、彼女は真顔になった。「いいえ。もうなにを聞かされても驚かないと思う。今日、変なことがあったの。午後、友人と会ってコーヒーを飲んでいたら、離れた席から男がじっと見ているのに気づいたんだけどね。目が合うたびにそっぽを向くの。パンコウ行きの列車に乗るために駅へ向かって歩いてるときにも同じ男を見かけたわ」

シェンケは肝まで冷えるほどの不安を覚えた。「その男の顔をよく見たのか？」

彼女は一瞬考えたものの、すぐに首を振った。「いいえ。離れてたから、参考になりそうな特徴はわからない。三十代か四十代だったかな。思い出せるのはせいぜいそれだけよ。あの男だったんじゃないかって考えてるの？　あの殺人犯だったと思う？」

「わからない」シェンケは彼女の顔に不安の色を見て取った。「ちがうんじゃないかな。たんなる偶然だ。新聞に載れば、きっとベルリンじゅうの女がびくびくして背後を気にするんだろうな。それは悪いことじゃない。まあ、党は気に入らないだろうがね。心配しすぎないようにしろよ」

ふたりは一瞬見つめ合い、すぐにカリンはレンジに向き直って力を込めてソースをかき混ぜた。「オーヴンからお皿を出して。気をつけてね、熱くなってるから」

シェンケはカトラリーを拭くのに使っている布巾を手に取り、しばらく洗っていないせいでしみや汚れがついているのを見て一瞬、恥ずかしさを覚えた。

「ああ、気がついたわよ」彼女は顔も上げずに言った。「この部屋には女の手が本当に必要ね。ひとり暮らしが長すぎたんだわ」

「ばかばかしい」と返しながらシェンケはオーヴンの扉を開け、熱気に襲われて顔をしかめた。「通いの家政婦が毎週、掃除と洗濯をやってくれている」

「本当に？　あなたの払ってる給金が少ないか、その家政婦が目の見えない老いぼれなんだわ」

「あいにく、彼女は魅惑的な金髪美人だ。学費の足しにするために働いている音楽学生だよ」

カリンが疑わしげに目を細めた。「からかってるんでしょう」

「きみはすぐに早合点する。それを治す（ノックアウト）にはクリポの訓練を受ける必要がある」

「治すために殴り倒す（ノックアウト）なんてことをしないならね」

その言葉を聞いて、シェンケはうんざりするほどおなじみになった落胆を覚えた。「私たちがやっているのは犯罪捜査だ、カリン。それだけだ。人を殴りつけたりしない。新聞社をこっぱみじんにしないし、ユダヤ教会を焼き払いもしない。まわりでどんなことが起きているにせよ、犯罪者を裁判にかけて罰するために力を尽くしている」

カリンは笑みを浮かべた。「わかってる。ごめんなさい、くだらない冗談だったわ。そんなことより、用意した夕食を見て」

シェンケはオーヴンに手を入れて金属製のふたをかぶせた二枚の皿を取り出した。一方のふたを取り、野菜のグラッセを添えた分厚いステーキを見て目を輝かせた。そのにおいが鼻孔を満たすと食欲が増した。

「こんなステーキを見るのは一カ月以上ぶりだ。どこで手に入れた？」

「配給券を取っておいたって答えてもいいけど、それじゃあ嘘になる。友だちの友だちが、ベルリン市内の高級飲食店に食材を供給しているの。配給とかをあまり気にしないたぐいの店でね」

「つまり、闇市場か？」シェンケは歯のすきまから息を吸い込んだ。「慎重にならないとだめだ」

「そうかもしれない。でも、わたしたちはいま道徳的なジレンマに直面しています、シェンケ警部補。このおいしそうなお肉を食べますか、それとも、犯罪捜査部門に特有の冷徹な自制心でもってわたしを最寄りの管区警察に突き出しますか？　さあ、どっちにします？」

シェンケは慎重に検討するかのごとく間を置いてから答えた。「考えた結果、そして警察の時間を無駄にさせないためにも、証拠品である肉を食べてしまい、この許しがたい違法行為について口外しないことを提案する。賛成するか？」彼はカリンを見つめた。

「賛成」彼女はうなずいた。「さあ、食べましょう」

つつましいダイニングルームでは、シェンケがふだん玄関に置いている枝つき燭台に三本の蠟燭が灯されていた。テーブルを挟んで席が用意され、ふたつのグラスのあいだに赤ワインのボトルが一本置いてあった。

「とてもロマンチックだ」シェンケはにんまりした。「私の考えている方向へ進むといいな」

「早合点はだめよ」

カリンはステーキにペッパークリームソースをかけて、それぞれの席の前に皿を置き、ふたりはテーブルに着いた。シェンケがワインを注ぐと、カリンは乾杯のためにグラスを持ち上げた。

「平和なクリスマスと、年明けに平和条約が結ばれることを願って」

「乾杯」

ふたりは食事をはじめた。おいしい料理を食する喜びにつきものの沈黙のうちに、ステーキの豊かな風味を味わった。しばらくして、たがいの今日一日のできごとを話し合った。カリンは午前中、クリスマスプレゼントの買い物に出かけた。シェンケは気が咎めた。まだプレゼントを買いに行く時間がないのだ。手遅れになる前になにか見つけなければ。趣味のいい女性に贈るにふさわしいプレゼント。彼女がどれだけ大切な存在かを伝える贈りものを。

「そっちはどうだった?」彼女がたずねた。「なにか進展があった?」

シェンケは新聞に発表した詳細と、証言者の氏名を公表せよというミュラーの命令について話した。

「それって異例なことじゃない？　だいいち、その女性の身が危険にさらされるでしょう？」

「そのとおり」シェンケは答えた。「だがミュラーは、それで殺人犯をおびき出せるんじゃないかと考えている。犯人が党員なら、彼女が警察に告げた住所を知る手立てがあるだろう。彼女が本当はそこに住んでいないとしても。われわれはその住所の建物を監視している。正直、監視なんて無駄だとは思っているんだが。犯人に少しでも頭があれば、そこへは近寄らないだろう。どのみち、何日か安全でいられる場所へ証言者を連れていったしね。友人の家へ」

「その友人はユダヤ人をかくまうことをどう感じているの？」

「友人には彼女が混血だと言ったんだ」

カリンが彼をまっすぐに見つめた。「嘘をついたの？」

「まったくの嘘ではない」

彼女は目を丸くしてみせた。「あなた、警察にいるのはもったいないわ。そんな嘘つきの才能があるなら弁護士になればよかったのに」

「清廉潔白の士がそんな運命に陥るのはだれも望まないよ」

「まじめな話、殺人犯の逮捕に近づいているの？」

シェンケは最後のひと口を食べながらその質問について考えた。「近づいていると思う。朝刊に似顔絵が載る。犯人が負った傷の詳細も。心当たりのある人がいるだろう。願わくは、犯人がまた犯行に及ぶ前に情報提供してもらいたい。逮捕して、証言者から確認が取れれば、充分な証拠をもって犯人をギロチンに送れるはずだ」

彼はナプキンで押さえるようにして口を拭き、皿を脇へ押しやった。「デザートは？」

「悪いけど、ないわ。でも、代わりに用意したものがあるの。ここで待ってて」

彼女は席を立ち、廊下をバスルームへ向かった。蛇口をひねる音、続いて浴槽に湯を足す音がしたあと、カリンが呼んだ。「準備できたわよ」シェンケはグラスのワインを飲み干し、彼女のもとへ行った。

シェンケも心身を休めるものは大歓迎だった。このアパートメントを選んだおもな理由のひとつがバスルームだ。シャワーだけでなく浴槽がある。古いエナメル浴槽は、体を伸ばし、全身を湯にひたして寝そべることができる大きさがある。入っていくと、カリンが浴槽の端につかっていた。なまめかしい笑みを見せた。

「いっしょに入る？」

シェンケは彼女の体の柔らかな輪郭を見た。「もちろん」

服を脱いで浴室の椅子の上にたたんで置いてから浴槽に足を入れた。湯はまだ熱いが、我慢できる熱さだ。歯を食いしばってゆっくりと身を沈め、全身が湯にひたると満足の長いため息を漏らした。

ふたりは湯をあふれさせないように慎重に足を動かし、相手の胴を両足で挟むような格好で向き合い、湯船の縁にそれぞれ頭をもたせかけた。

「どう、気持ちよくないって言える?」カリンが挑発した。

「最高に気持ちいい……」シェンケは恍惚とつぶやいた。

ふたりはしばらくそのまま寝そべっていた。ときおり蛇口から湯のしたたる音が聞こえるだけだった。シェンケは目を閉じて大きく息を吸い込んだ。

「疲れすぎてないといいんだけど。あとがあるから」カリンが言った。

「なんとか大丈夫だと思うよ」

また、しばしの間のあとでカリンが言った。「それはそうと、書棚に並んでた本はすごいわね」

「そう言っていたな。興味を覚えたものを読みたくてね」

「べつにいいんじゃない。そのうち読めなくなるだろうけど。党が進もうとしている道が、あなたに見えないはずないわね。わたしたちがなにを読み、なにを考え、なにを感じればいいかを厳密に決めるまで、彼らは満足しない」

「大げさだな、カリン。そんな目標は達成できっこない」

「そうかもしれない。でも、当の彼らにはそれがわかってないみたいよ。そんな野望が不毛だと思っているふりすらしない」

「だったら、彼らは愚か者だ」シェンケは言い、前々からひそかに考えていたことを口に出してしまったと気がついた。はっと警戒の目を彼女に向け、すぐに気が咎めた。カリンを疑うなど、恥ずべき行為だ。とはいえ、こんな時代に心からだれかを信頼できる人間がいるだろうか？

カリンは彼の微妙な表情の変化に気づいて悲しげな笑みを浮かべた。「なにを考えているかはわかる。警戒する気持ちは理解できるわ。でも、もしもわたしが、あなたを信頼しているからこそその言葉を口にしたらどうする？　たとえば、党を嫌悪の対象と見なしている、と打ち明けたら。ヒトラーとその取り巻きどもは犯罪者集団も同然だ、連中がドイツ国民の根本的な本能に訴えるべく掲げている信条なんて得意げに誇示しているだけの愚策だ、と言ったら」

シェンケは黙っていたが、そのうちに咳払いをして言った。「鎌をかけるときに口にしそうな言葉だ」

彼女はかっとなってシェンケの顔に湯をはねかけた。「真剣に言ってるのよ、ホルスト。本心を打ち明けるぐらいあなたを信頼してるの」

「それが気がかりなんだ」

「だったら、どうする？」

「どうもしない。きみはそんなことを口にしなかった、というふりをする」

「どうして？」

「危険な話題だからだ。だれかに聞かれたら、きみは危険な状況に追い込まれる。たとえ、おじさんがアプヴェーアの部長でも」

「だれに聞かれるというの？」彼女はバスルームの壁をぐるりと指し示した。「ふたりきりなのに」

「たしかに。それでも、だ」

「ほらね。連中のせいで、あなたは壁に耳ありと考えている。あなたやほかのドイツ国民が、党の掲げる文言に反する意見を口にしようとしなくなったのはいつから？　その危険性がわからないの？」

「むろん、わかっている。だが、ヒトラーとその配下の連中だってどの政権とも同じだ。現われて、しばらく待てば消える。それでも世界はまわりつづける」

カリンが首を振った。「その言葉を信じることができればいいんだけど。それに、連中が権力の座にとどまりつづければ、さらに多くの人が毎日のように逮捕されて姿を消す。わが国の兵士が、必要のない戦争で命を落とす。残されたわずかばかりの自由が剝奪される。きっと、なにもせずに見守っているだけじゃだめなんじゃない？」

この会話の向かっている方向に、シェンケは不安を感じはじめた。「それをどうすると言いたいんだ、カリン？」

彼女はしばし無表情でシェンケを見つめたあと、ふたたび話しだした。「正しい行動は、党に反対することよ。そして、ほかの人たちにもそうするように説得すること。もう何カ月も、おじをその方向へ押しやってる。最初は骨が折れたけど、おじはポーランドから届く戦況報告を読んでるから。戦地でなにが起きているか、あなたに想像がつく？　わが国の兵士は、ポーランド支持を命じたりポーランド国民に敬意を示したりした者たちを一網打尽にして殺害せよと命じられているのよ。軍人、政治家、学者、弁護士、公務員、市長や町長、警察上層部まで。その命令を疑問に思う兵士もいたけど、総統の強い指示だと言い聞かされた。まっとうな市民がそんなことに目をつぶることができる？　良心に照らして断じて受け入れがたいことだ、とおじは言ってる。党に反対している仲間が一度にひとりずつ引き入れる運動をしてる。よかったら仲間に入って、ホルスト。あなたの本心はわかっているつもりよ」

「それはちがう。政治にかかわるのは拒否する。私は命令を受け、それを実行する」

「党に言われたらなんでもやるつもり？　そんな言い訳がまかり通ると思ってる？」

「いや」シェンケは声を落として答えた。「思っていない。良心が試されるときが来たら、正しいことをしたいと願っている。それまでは犯罪捜査を続ける。ドイツの向かう道を変えることができなくても、悪党や強姦犯、殺人犯から市民を守ることなら私にもできる。それが道徳的に正しいことだと思う。ドイツを導くのがどんな政権であろうと、変わらず必要なことだ、と」シェンケは立ち上がってタオルを手に取った。「湯が冷めてきた。ベッドへ行こう。こんな話はこれ以上したくない」

ベッドで抱き合うと、ふたりは広い世界の考えなどどこかへ押しやって愛を交わした。ことを終えたあと、シェンケはあおむけに寝ころんで天井を見上げた。カリンは彼の腕に頭を載せて片腕を彼の胸にまわし、片脚を上げて彼の太ももに置いていた。安らかな寝息をたてて眠っている。だが、シェンケに休息は訪れなかった。

先ほどの議論に動揺していた。カリンの信念は危険だ。彼女にとって。ふたりの関係が続くようなら、彼にとっても。政権に対する彼女の意見には大いに共感を覚えているが、党が思いのままに操っている血も涙もない政治体制を打ち倒す可能性が現実的にあるか？　これっぽっちもない、というのが身もふたもない判断だ。表立って政権を批判した瞬間、叩きのめされ、どこかの収容施設へ連行される。残された道は、ドイツ国内に散らばった少人数で陰謀を企てることだけだ。数も力も小さすぎて話にならない。ローマ時代に十字架のもとで隠れて生きたキリスト教徒たちを連想した。彼らは、見つかると十字架に釘づけにされ、死ぬまで放置された。大胆にもローマ皇帝とその政権に逆らう者たちに対する、身も凍るような警告だ。党の野望に抵抗しても成算などない。すでに、そう考えるまでに打ち負かされている、と思った。

そんな考えを追い払って殺人事件の捜査に意識を集中しようとした。明日になれば、殺人犯の顔が街じゅうに知れ渡る。そういつまでも人目を避けていられるはずがない。記憶にあるかぎりもっとも厳しい冬のまっただなかに。寒さに耐えきれず、そして食料が必要になって、いずれ人前に姿を現わす。凍死するか飢え死にする危険を覚悟で身をひそめつづけることを選ばないかぎり。犯人が姿を現わすのをシェンケは待つ。そして犯人は女たちを殺害した罪を裁かれる。

とはいえ、犯罪者をひとりとらえるために骨身を削ることになんの意味があるだろう。ドイツの全国民及びポーランドの不運な人びとが、自分の意にかなうように法を定めている犯罪者どもの動かしている政権の犠牲になっているのに。党を牛耳っているごろつきやならず者、盗人、殺人者が途方もない規模の罪を犯しているのだから、シェンケをはじめとする警察官がせっせと励んでいる職務は、殺伐とした世界に対する不条理な反応にすぎないと思えた。

では、犯罪者どもが統治している国家において警察官であることの意味は？　これは悩ましい疑問であり、さっきカリンにどう言ったにせよ、答えを見出せない難問だ。それに、自分たちのような犯罪者になれと党から命じられたときはどうする？　なにができる？　選択は過酷だ。正しいことをしてその報いを受けるか、あるいは、命令に従って、党の掲げる理念——文明的だと思っていた価値観とは対極にあると心も頭も告げている——に魂を売り渡すか。

「腰抜けめ」闇のなかでつぶやいた。「だれも彼も正真正銘の腰抜けだ」

26

オフィスのマントルピースの置き時計が十時のチャイムを鳴らすと同時にドアが開き、当番兵が新聞を山と抱えて入ってきた。当番兵は上官のひとりがこんな遅くまで仕事をしていることに驚いて眉を吊り上げた。

上官は座っている椅子の背に将校の上着をかけ、シャツのボタンをはずして書類に覆いかぶさっている。部屋の隅で音を立てているガスストーブが全開なので室内は暖かく心地よい。将校がペンを置いて背筋を伸ばした。

「それはなんだ？」

「ベルリン各紙の明日の朝刊です。いま届きました」

将校はデスクの端を指さした。「そこに置いていけ」

当番兵は指示どおりにし、部屋を出てドアを閉めた。

将校は疲れた首をまわし、背骨の関節が音を立てるのを感じた。伸びをして脇腹の痛みに顔をしかめた。触れるとまだ痛く、ナイフを持ち歩いている女に出くわした不運を呪った。肋骨が刃を食い止めていなければ、あのあばずれにもっと深い傷を負わされていたかもしれない。とにかく、血まみれの服は捨てざるをえなかった。金縁の党員バッジを失くしたことに気づいたのはそのときだ。揉み合った際に落としたにちがいない。あるいは、土手を転がった際に。とにかく、バッジを失くした。警察に発見されたのではないかと不安だった。もっとも、最初の殺人を犯す前から党員番号を削り落としてあったので、見つかったところでたいして捜査の役には立たないだろうが。

傷がうずきだすと、彼の思考はまたしても脇腹の刺創に戻った。手当をさせた医師が彼の告げた氏名に疑問を抱かなかったのは幸運だった。ナイフの刃は肋骨にななめに当たって、それ以上深く侵入しなかった。医師は傷口を消毒したあと縫合を行なって包帯で覆い、治療代の現金に加えて、治療記録を残さない見返りとしてわずかばかりの特別手当を受け取った。彼はその医師とは二度と会わないと決意しながら立ち去った。口を封じる必要が生じないかぎりは。

目の前の報告書の訂正をすませ、タイピストの回収用トレイに放り込むと、また背伸びをして新聞を手に取った。〈フェルキッシャー・ベオバハター〉紙を開き、戦争の英雄たちにメダルを授与するというトップ記事に目を通したあと、一面の下のほうの小さな特集記事の脇の似顔絵を見て凍りついた。恐怖が全身を貫いた。身分証明書の写真の倍ぐらいの大きさで、絵なのに、ぱっと見た感じではよく似ている。ある一点をのぞいては。

見出し――〝ゲルダ・コルツェニー殺害犯捜索のため証言者が警察に協力〟――を見て記事の本文を読むうち、胃がじわじわと締めつけられる気がした。短い記事で詳細は不充分だし、大半は彼がすでに知っている内容だった。捜査指揮官の氏名、捜査を担当している管区警察、ゲルダ殺害がほかの何件かの殺人事件と関連がある可能性、この犯人逮捕のための情報提供窓口。だが、それだけではない。記事には証言者の氏名と、彼女がユダヤ人だということが書かれていた。

列車内で対決したときの女の顔と、女にナイフで刺されたあとの痛みを思い出した。
「薄汚いユダヤ女め」食いしばった歯のあいだから吐き捨てた。

怒りが全身を満たしたが、仮にこの部屋にだれかがいたとしても、目にするのは紙面を凝視している彼の冷徹な表情だけだろう。他人には自分が見せたい顔だけを見せるすべをとうに会得していた。被害者たちは彼の本性を目の当たりにしたが、それも死が訪れる寸前だけだ。生きた人間で、彼のなかにひそむ怪物に気づいたのは、車両内で打ち倒した眼鏡の兵士とこのユダヤ女だけだ。なぜか、あの兵士は証言者として言及されていない。となると、あの女だ。これ以上の害をもたらす前にあの女を見つけ出して口を封じなければならない。幸い、似顔絵のある一点が、警察が彼にたどり着くのを妨げるはずだ。このあやまりを犯した責任は警察にもあのユダヤ女にもない。自分の頭のよさがこうして裏づけられたことに、男はほくそ笑んだ。ドイツ人が支配者民族なら、彼はその好見本のひとりだ。そうありつづけるためには迅速な行動が必要だ。そして、用心深く自分の形跡を隠すこと。

奥の書棚へ行き、この国の各種機関の番号を載せた電話帳を取り出した。警察の項目に目を通して、シェーネベルク管区警察の直通番号を見つけた。新聞に載っていた連絡先とはちがう番号だ。好都合だと思った。直通番号にかければ、もくろんでいる偽装の信憑性が高まるにちがいない。加えて、交換室に電話をつなぐよう頼む危険を冒さなくてすむ。まあ、こんな遅くまで交換室で勤務している者がいると仮定しての話だが。番号を控えて電話帳を戻したあと、オフィスのドアを開けて通路の左右を確認した。人の動く気配も物音もしない。ひとりきりだ。

ドアを閉めてデスクに戻って席につき、気を静めるために穏やかに呼吸をした。受話器を取り、直通番号にかけた。鈍い音がしたあと、相手先で鳴っている呼び出し音の断続的な音が聞こえた。だれも出ない。しばらく待って受話器を戻した。こんな夜遅くでも、管区警察には当直の人間がいて電話に出るはずだ。受話器を上げて、もう一度かけてみた。

今回は何度目かの呼び出し音のあと応答があった。

「シェーネベルク警察です」疲れた声が言った。

「ああ、よかった。もうあきらめるところだった。かけたのは二度目だ。どこにいた？」

「どなたですか？」

将校は準備していた作り話をすらすらと答えた。「国家保安本部のブレマー大尉だ。で、きみは？」

上官、それも親衛隊将校からの電話に警察官が警戒している様子が感じ取れた。

「グルーバー巡査部長です。申し訳ありません、ちょっと……受付で酔っ払いの相手をしていたもので」

それが嘘なのは明白だが、捨て置くことにした。「グルーバーと言ったな」

「はい」

「今回は応答の遅れを大目に見よう。今後、当直に当たる際は電話のそばで待機することだ」

「はい。もちろんそのようにします」

「グルーバー、今日ルート・フランケルというユダヤ女をそちらの警察へ連行したそうだな。こちらで彼女を尋問する必要が生じた。身柄を預かるべく、すぐにそっちへ出向く。

書類を持っていくので、受付で女を待機させてくれればありがたい」

「しかし――」

「しかし、なんだ？」

「女はもうここにいません」

「なんだと？　どういう意味だ？　女は連行されたはずだ」

「連行されました。しかしクリポが身柄をこの警察から移送しました」

彼は一瞬、言葉に詰まったあと、ようやく反応できた。「どこへ移送されたのだ、グルーバー？　教えろ」

「私は知りません」

「知らないはずがない。きみの署では常習的に国家の敵を釈放しているのか？　許しがたいことだ。この責任はきみに負ってもらう」

「お待ちください」警察官が泣きついた。「クリポの人間がまだ残っています。その者とお話しされますか？　なんならこの電話口に呼んできますが」

「そうしてもらおう。その者の名前は？」

「ブラントです」

「呼んでこい。さっさとしろ」

警察官は受話器を乱暴に置いたあと、急いで上官の命令に従った。将校は管区警察から女の身柄が移送された意味を考えた。近づいてくるかすかな足音が聞こえるころには心の準備が整っていた。

「もしもし、ブラントです」

「国家保安本部のブレマー大尉だ。そちらの管区警察にあるユダヤ女を連行したと聞いたのだが、クリポが身柄を留置場から移送したと言われた。で、どうなんだ?」

「おっしゃるとおりです。移送しました」

「簡潔な返事で充分だ、ブラント」

「はい」

「私はゲシュタポで尋問するべく彼女を連れてこいとの命令を受けている。女の所在を知る必要があるのだ」

「上官に確認させてください」

「上官とはシェンケ警部補のことだな?」

「そうです」

「私はシェンケより階級が上だ。その私がじきじきに命令している。フランケルの移送先をいますぐ教えろ。さもないと、われわれに対する公務執行妨害のかどでおまえをゲシュタポに連行して尋問することになる。わかったか？」

「はい。あのユダヤ女は殺人事件の証言者です。今日、保護拘置を解かれるはずでしたが、警部補は彼女を家へ帰すのは危険だと考えたんです。自宅よりも安全だと警部補が言うある場所へ彼女を連れていきました」

「具体的にはどこへ？」

一瞬の間のあとでブラントが答えた。「警部補に電話をさせてください。あるいは、大尉から直接警部補に連絡したほうがいいかもしれません」

「おまえの警部補に連絡を取ることで貴重な時間を無駄にするつもりはない。私にできるのは、おまえがゲシュタポに協力せず、上官の命令に従うことを拒んだと報告することだ。それではおまえのためにならない、ブラント。それは確かだ。さあ、これ以上、時間を無駄にするのはやめよう。これ以上、私の忍耐力を試すのはやめろ。フランケルはどうなった？　居所は？」

「私が彼女の居所を教えるのは適切ではないと思います。警部補とお話しください。警部補が――」

「うるさい、ブラント！」将校はどなった。「黙れ！　なにさまのつもりだ。取るに足らない糞のしみの分際で。だれに向かってそんな口をきいてるかわかっているのか？　いや、わかってないな。私は、もっと些細な不便をこうむっただけでも、おまえなどよりまっとうな連中を逮捕して叩きのめしたことがあるんだ。わかるな？」

「は、はい」

「では、私の命令どおりにしろ。いまある歯でクリスマスのごちそうを食べたければ、これ以上たわ言を並べるのはやめろ。わかったか？」

「わかりました。警部補の命令で私が車を運転して、警部補と証言者をテーゲルのある邸へ送り届けました。警部補がなかに入り、しばらくすると出てきてフランケルを連れていきました。車に戻ってきた警部補は自分を自宅アパートメントで降ろして管区警察署へ戻れと私に命令しました。私が知っているのはそれだけです」ブラントは哀れっぽい口調で締めくくった。

「それで、女を送り届けた先の住所は？」

「覚えてません。本当です。私道に門のある大きな家でした。門扉に大きなHの模様がありました」

「通りの名は？　住所を思い出せ！」

「はい。たしか……テーゲルのティルピッツ通り。それにまちがいありません」

将校はそれを書き留めた。「よろしい。まちがいないだろうな、ブラント。この件に関して動くにはもう時刻も遅い。明朝、おまえの警部補に連絡して必要な手配をする。今後、上官から質問されたときはもっとさっさと答えろ。そうしないと、いま以上の昇進は見込めないだろう。少しなりとも昇進すると仮定しての話だが」

「警部補に電話で報告したほうがいいでしょうか？」

男は深呼吸をして動揺を抑え、無理やりいままでどおりの不寛容な口調を続けた。「おまえは、上官を怒らせることにひねくれた喜びを感じているにちがいないな、ブラント。時間を無駄にされた私が怒りを感じているように、おそらく警部補はこんな夜遅くにわずらわされた怒りを覚えるだろう」

彼は自分の演技に満足して電話を切った。きっと名優になれたにちがいない。一部の俳優ほど二枚目ではないが、エミール・ヤニングスと同様にさまになっている。時間がない。いま得た情報に基づいて、すぐにも行動しなければならない。ブラントはさっきの電話についてシェンケに報告するのを明朝まで待つかもしれない。だが、思い返して悩んだ末に警部補のアパートメントに電話をかけ、なにがあったかを説明する可能性もある。

彼はコートと将校制帽を吊るしてある小さな戸棚に行った。奥に、錠をかけた手提げかばんを収めた小さな隠し棚がある。カーディガンを着てからコートを羽織り、ホルスターから拳銃を抜き取って脇ポケットに突っこんだ。手提げかばんを見つめて、かつらを持っていこうかどうか考えた。今夜はかつらをつける必要はない。今夜の目的にかつらは不要だ。戸棚の扉を閉め、オフィスを出た。

署名をして公用車を借り出し、地下駐車場から通りへと車を出した。雪かきのされた通りを、車はなめらかに加速して西へ、テーゲルへと向かった。計画は単純だ。ブラントの言っていた家に侵入してフランケルを探し、ベッドで眠っているところを射殺する。

27

十二月二十四日

午前零時過ぎにティルピッツ通りに着き、そのまま車を走らせて隣の通りに停めた。車を降り、帽子をかぶって上着の襟を立ててから——どちらも体を暖かくしてくれると同時に顔を隠してくれる——並木通りを歩きだした。私道のある邸宅が多く、門扉には鷲や熊、紋章の装飾が施されているが、Hの模様がある邸は一軒だけだった。

片方の門柱のそばに立って、雪明かりでぼんやりと見える浮き彫り文字の表札を見つめた。ハーシュタイン。聞き覚えのある名前で、すぐさまホルスト・シェンケとの関係を思い出した。門柱のかげから身をのりだすようにして、門扉の鉄柵のすきまから邸を見やった。私道がゆるやかな曲線を描いて延びた先の前庭では、小さな噴水の水が凍って氷のかたまりと化し、そのなめらかな表面が月明かりを受けてきらめいている。その奥に、夜空を背景に邸の黒い形が浮かび上がっている。邸内の明かりは、一階の一室の鎧戸を縁取るぼんやりした光と、二階の二室から漏れるごく淡い光だけだ。

見ているあいだに、二階の部屋の一方で明かりが消えた。私道に車は停まっておらず、門から玄関ポーチまで雪に足跡がうっすらと残っているだけだ。邸内にいる人数は多くない、この時間に起きている人間はさらに少ない、と見積もった。だが、明らかに起きている人間がいる。ルート・フランケルが泊まっているのは、邸の主人一家が彼女をどういう立場に位置づけるかに応じて、おそらく使用人区画か客用寝室かのどちらかだ。客用寝室のほうが望ましい。住み込みの使用人は相部屋を使うことが多いからだ。

あたりを見まわし、だれもいないこととだれにも見られていないことを確認してから、門扉を固定している大きな鉄製の掛け金をゆっくりと――金属のすれ合うかすかな音しか立てないように――持ち上げた。そっと門扉を開け、すきまをすり抜けるようにしてなかに入ると、いざというときはすばやく脱出できるように掛け金を受け具の枠に載せておいた。万一クリポの当直が上官に報告し、自分が邸内にいるあいだに警察が駆けつけた場合にそなえて、私道に残された足跡をたどって進んだ。

思い切って玄関ドアをノックし、捜査員になりすましてなかへ入れてもらおうかと考えた。だが、嘘を見破られる危険があるうえ、あの女に身を隠すか逃げだす時間を与えることになる。なかにいる人間に気づかれずに侵入する方法を見つけられれば、それに越したことはない。玄関ポーチに近づくにつれて、家の脇をまわる小道の雪が取りのぞかれていることがわかった。おそらく食料品か石炭の配達のためだろう。雪の上を横切って、前壁の基部に沿って延びる小道を進むと、鎧戸の下から一条の光が差していた。

足を止めて、鎧戸の下辺と使い古されてペンキの剝がれた窓枠との細いすきまからなかをのぞいた。書棚の並んだ広い部屋。椅子に挟まれた暖炉の格子の奥に火の明かり。窓を向いて本を読んでいる老人。その向かい側に、白髪をシニヨンに結んだ女。見ていると、老女がぎくしゃくと立ち上がって老人に近づき、額にキスをした。短いやりとりのあと、老女が部屋を出てドアを閉めた。老人は本に視線を戻した。

男は緊張を解き、ふたたび小道を進んで建物の角を曲がって横手へ出た。庭一面には雪を山と頂く低木や茂み、この邸宅と隣家の境を示す高い煉瓦塀。家の横手にもドアがあり、そっと把手を試してみたが施錠されていた。裏手へまわって石炭シュートの金属製の扉を見つけ、そこから邸内に侵入することを考えた。だが、石炭の粉まみれでは、現場を出たあとで職務質問を受けることになりかねない。そのまま侵入口を探しつづけると、少し先で地面に近い位置に窓を見つけた。二枚のガラスがはめ込まれた大きな窓枠は、なんとか通り抜けられそうだ。どうやら地下貯蔵室の明かり取り用の窓らしい。

拳銃を取り出し、衝撃音をいくらかでも吸収するために空いているほうの手を下側のガラスに押し当ててから銃身を握って台尻で狙いをつけた。すばやく激しく叩きつけると、ガラスの割れる鋭い音と、破片が地下貯蔵室の床に落ちる音がした。拳銃をポケットにしまい、割れてぎざぎざになったガラスの縁で手袋を引っかけないように気をつけながら片手を差し込んで窓の留め金を探った。留め金をはずして窓を開け、異常に気づいた動きや声がするかと耳をすましてそのまま待ったが、邸内は静まり返ったままだった。開けた窓を足から先になんなく通り抜けた。頭の高さの窓枠から飛び降り、膝を曲げて音を立てずに着地した。

心臓が早鐘を打ち、五感は限界まで研ぎ澄まされている。感じているのは恐怖ではなく、狙った女どもを尾けているときに味わうのと同じ興奮と歓喜だった。傷を負わされたあげく、まんまと逃げられた獲物を仕留めてやる。肉体的苦痛を味わわされたというのも理由のひとつだ。だが、自分より弱い女、それもユダヤ女に反撃されて自尊心を傷つけられたことが我慢ならない。

ポケットに手を入れて小ぶりの懐中電灯を取り出し、親指でスイッチを押した。細い光が闇を貫くと、弧を描くように懐中電灯を動かして地下貯蔵室内を照らした。低い天井は、邸の裏手から表側まで延びているらしい細長い空間の上方で曲線を描いている。壁ぎわには、ほぼ空のワイン棚と収納棚が並んでいる。旅行用チェストと、おもちゃや古い衣類の入った大きな箱がいくつも置いてある。壁のなかほどに一階へと上がる階段。試しに一段目に乗ってみた。きしんだものの、不安になるほど大きな音ではないので、上のドアへ向かって一段ずつ上がった。

真鍮製の丸いドアノブがあっさりまわり、懐中電灯の光を隠すようにしてドアを引き開けた。廊下と、その先の玄関ホールに目を配った。照明器具の薄暗い光で充分に見えるので、懐中電灯を消してポケットにしまった。ワルサーの拳銃を取り出し、どんな小さな物音も聞き逃すまいと耳の感覚を研ぎ澄まして廊下に足を踏み出した。ひっそりと静まり返っている。

と、くぐもった咳の音が聞こえて、さっと向き直った。廊下に面したドアの下からかすかな光が漏れている。さっき外からのぞいた部屋だ。ワルサーの安全装置がかかっているのを確認し、深く息を吸って気を落ち着かせてからそのドアへ近づいた。把手をつかんでまわし、ドアを押し開けた。目の前に、先ほど老人が腰かけていた暖炉脇の椅子が見えたが、老人の姿がない。

「いったいなんだね？」

声のしたほうへくるりと向き直ると、厚手のカーディガンを羽織った老人が本を書棚に戻すところだった。ほぼ同時にハーシュタインも彼のほうを向き、戻しかけた本を持ち上げて投げつけようとしながら、大声で異変を知らせるべく口を開けた。

「やめろ！」侵入者は老人の胸に銃口を向けて小声で命じた。「騒いだら殺す。家にいる者を皆殺しにする」

老人はぎょっとして身をすくめ、本を下ろして棚の端に置いた。「おまえはいったい何者だ？」

「黙れ。そこの椅子に座れ」侵入者は拳銃を振って暖炉のほうを指した。「さっさとしろ」

ハーシュタインは言われたとおりにした。

「それでいい。脚を交差して両手を肘かけに置け」

「なぜそんな――」

「死にたくなければ黙って言われたとおりにしろ」

侵入者は椅子に近づき、拳銃を握る手に力を加えて、台尻でハーシュタインの頭を思い切り殴りつけた。その勢いで頭が一方に傾き、ハーシュタインはうめき声をあげた。侵入者は右手の手袋を脱いでハーシュタインの口に押し込んだ。ハーシュタインは恐怖に目を見開き、即席の猿ぐつわを取りのぞこうとして両手を上げた。

「じっとしてろ」侵入者は椅子の正面にまわり、銃口を上げて脅した。「さもないと殺す」

老人は両手を下ろし、また肘かけに置いた。

「いいか、よく聞け。おまえにいくつか質問をする。死にたくなければ正直に答えろ。嘘をつけばまちがいなくわかるし、殺す。手袋を口から出そうとしたら殺す。いかなる形であれ、異常を知らせようとしたら殺す。わかったら首を縦に振れ」

ハーシュタインは侵入者を見据えたままゆっくりとうなずいた。血が細い筋になって頬をしたたり落ちた。

「はったりではないことを理解してもらわなければな。そこで……」侵入者は拳銃を左手に持ち替え、右手で老人の腹部に強烈なパンチを見舞った。老人の体が椅子のなかで揺れ、身を折ってうめいた。

侵入者は人差し指を唇に当てた。「しーっ。大きな音を立てるな」

侵入者は腹部にもう一発、頬と顎にそれぞれフックをくらわせたあと、ハーシュタインの口から手袋を取り出した。「では質問だ」

室内の静寂を破るのは、格子のなかで薪が燃えるかすかな音と老人の苦しげな呼吸の音だけだった。

「この家にはあと何人いる？　おまえたち夫婦以外に」

ハーシュタインは低い声で答えた。「ふたり。使用人とその細君だ」

「嘘をついたらどうすると言った？　もう一度チャンスをやる。再挑戦だ。何人いる？」

「三人」

「第三の人物はだれだ？」

「女だ。客人」

「客人？」侵入者がおうむ返しにたずねた。「善良なるドイツ人がいつから薄汚くてくさいユダヤ人を客人として家に招き入れるようになった？」

侵入者は老人の目に警戒の色を見て取った。

「その女のことは知っている。では、女の居所を教えろ。興味があるのはその女だけだ。居所を教えれば、おまえとほかの者の命は助けてやる」

「私たちに危害を加えないと約束するか？　その女にも」

「約束？」侵入者は信じられないというように首を振った。「名誉にかかわる質問に答える時間はない。女がどこにいるか教えろ」

老人は一瞬迷ったものの、あきらめてため息を漏らした。「三階だ。廊下を右へ。左手のふたつ目のドアだ」

「わかった」

「彼女をどうするつもりだ？」

「最初に出会ったときにやるはずだったことをやる。このままここで静かにしてろ」

侵入者は暖炉に行って鉄製の重い火かき棒を手に取った。ハーシュタインの椅子の真うしろに立ち、老人の頭を見下ろした。

「おまえは他人の言葉を本気で信じるのか？」

「約束を守るのが男だ」ハーシュタインは平然と答えた。

「いいかげん、どういう結末になるか察するがいい。あいにくだが、私に関する詳細を警察に話してもらっては困るんだ。だから……」

男は火かき棒を振り上げて殴りかかった。最後の瞬間に老人が首を巡らせたが、自分の命を奪う一撃を目にすることはなかった。その一撃が頭蓋骨を砕き、血と骨片と脳が空中に飛び散った。第二撃で頭蓋骨が陥没した。男は火かき棒をカーペットの上に落とした。

老人の体がしばし痙攣してぐったりと動かなくなるのを見届けると、背を向けた。

手袋をはめ直して火かき棒を拾い、男はドアロへ向かった。「借りを返すときが来た、ユダヤ女」うなるような声で言った。「だが、いっしょにひとときを過ごす前に、この家にはほかにもかたづけなければならない連中がいる……」

28

疲れているのに、ルート・フランケルに眠りはやすやすと訪れなかった。見ず知らずの他人の家にいる。しかも、その家の主人夫妻は彼女の人種について嘘を聞かされている。シェンケ警部補の説明を受け入れたにせよ、夫妻はきっと疑念を抱いているはずだ。睡眠欲求があるのに、すばやく起きて身支度する必要が生じた場合にそなえて小さな卓上ランプのスイッチを入れたままにしていた。奥の壁ぎわの小さなデスクの椅子の背に衣類を掛けて、スリップ一枚という格好で分厚い掛け布団の下に横たわっている。ルートの視線が天上の成形模様が施されたロゼットから部屋の細部へと移った。レーシングカーの額入り写真、小さな衣裳だんす、カーレース雑誌が何冊も詰め込まれた書棚……

ルートの思考は伯爵夫妻へと戻った。ふたりは、温かくはないまでも――それは予測していた――親切に接してくれた。家族の友人でも招かれた客人でもない。シェンケ警部補に対する好意から受け入れてもらった赤の他人だ。だから人目を引かないように心がけようと思った。伯爵夫妻は、ふたりの使用人に出くわさないようにできるかぎり部屋に閉じこもっていてほしいと頼んだ。暗くなってからやってきた客人にきっと興味を示すから、と。ハーシュタインはルートを遠い親戚の娘だと説明することにしていた。

気立ての優しい夫妻のようだとルートは思った。まだユダヤ人がドイツ社会で容認されていた時代に出会った何組かのドイツ東部の地主貴族(ユンカー)夫妻とはちがって高慢でも冷たくもない。彼女の父親はある法律事務所のパートナーとして尊敬と成功を手にしていたので、ベルリンで富と権力を持つ人びととつきあいがあった。党の急速な台頭により、将来を考慮してどちらにつくかを選ぶように仕向けられたとき、ユンカーの多くはユダヤ人の友人と手を切り、ナチに運命を委ねた。

党が権力を掌握すると、この国はユダヤ人の利益に反する政策に重点的に取り組みだした。ルートの父親は持ち株を雀の涙ほどの金額で売却することを強いられ、その後アーリア人のクライアントを担当することを禁じられた。一家はやむなく、それまで住んでいたヴィルヘルム通りの高級アパートメントを明け渡し、もっと狭い部屋へ移った。出国許可申請の手続きを始めたが、そのときにはすでに党はユダヤ人を人質として扱い、所有しているほぼすべての金品を身代金として支払ったあとでようやく出国を認めるという決定を下していた。しかも、両親がアメリカに到着後、必要な手数料を支払うまでルートの出国を認めないというのがとどめの一撃だった。

ナチ党はギャング集団とたいして変わらない、とルートは苦々しく断じた。連中は恫喝と暴力を用いて国民を押さえつけ、犠牲者が抗議の声をあげることもできないほど怯えているとわかると、いじめっ子さながら増長する。暗くおそろしい影響がドイツの魂の奥深くまで突き刺さっているせいで、変化も救済も見込めない。ベルリンの悪意に満ちた空気のなかで、希望そのものがしおれていくように思えた。ドイツ軍がわずか数週間でポーランドを壊滅させ、フランス及びその同盟国の英国に対しても同様の勝利を収めるかもしれないというときに、どんな希望があるだろう。

こんな世界で、ユダヤ人であることは、党が反ユダヤ主義プロパガンダ映画で好んで描くネズミと——おそろしい顔をして棍棒で死ぬほど殴りつける過激な連中から逃げまわるネズミと——たいして変わらない。そう考えて身震いし、ルートは掛け布団の下でさらに身を縮めた。

窓の外からガラスの割れるかすかな音が聞こえた。あるいは、この邸のなかから聞こえた音だろうか？　背筋に寒気が走り、横たわったまま息を小さくして耳をすました。それきりなんの物音も聞こえなかった。たぶん使用人のだれかが立てた音だったのだろう。トレイを落としたとか、グラスを割ったとか、ひょっとするとボウルを落としたとか。考えられる可能性は無数にあるが、そのどれひとつとしてルートに安心をもたらしてはくれなかった。

ベッドの端に身を起こした。どうしたものかわからない。いまの音の原因をつきとめたいけれど、邸内をうろついているのを主人夫妻あるいは使用人のだれかに見咎められたら、無作法だと思われるだろう。疑いの目を向けられるのは言うまでもない。この快適な避難場所から追い出されることになると考えると不安でいっぱいになる。

「くそ……」ぼそりと言い、枕もとの明かりをつけて、寒さのなかで急いで身支度した。重ね着の上にコートも羽織って靴を手に持つと、足を忍ばせてドアロへ行った。開けようとすると蝶番がきしんだので手を止め、不安に歯を食いしばって少し待ってから、通り抜けられるすきまができるまでドアを一センチずつ開けていった。

廊下は暗く、背後のドアロから差しているかすかな光と、階段の下のどこからか漏れている光が唯一の明かりだった。階段へ行って下の玄関ホールをのぞき、暗がりから現れた男の姿を見て凍りついた。男の動きのなにかがルートをあとずさりさせた。男が階段下で足を止めてあたりを見まわしたときに、そのぼんやりした形から、片手に拳銃、もう片方の手に火かき棒を持っているのがわかった。頭にかぶっている帽子、襟のSSのルーン文字、上着の肩章が見えた。

鼓動が速まり、ろくに息もできずにいると、男は階段の脇に設けられた使用人区画への入口へ向かい、姿が見えなくなった。

ルートは息を呑み、頭を猛然と回転させた。邸内に親衛隊将校の制服を着た侵入者がいる。いくら親衛隊でも、こんな夜遅くに正規の用件でやってくるはずがない。それに、親衛隊とゲシュタポが踏み込んでくるのは明け方が多く、手始めにドアを激しく叩く。あの男の用件はそれとはちがう。もっとおそろしい目的がある。

どうしよう。ほかの人たちに知らせなければ。主人夫妻は家族の区画にある部屋を使わせてくれた。だから夫妻の寝室が近くにあるはず。最初のドアに行って開けた。ベッドは空だ。向かい側のドアを開けてみた。天蓋つきの大きな四柱式ベッドがあった。この手の家具はこんな郊外住宅よりもどこかの城にでもあったほうが似つかわしい。ベッドから小さないびきが聞こえる。

伯爵夫人がひとりで寝ていた。ルートは掛け布団をめくって伯爵夫人の肩を揺すった。「フラウ・ハーシュタイン、起きてください」小声でせき立てた。「早く!」

伯爵夫人は鼻を鳴らし、肩に置かれた手を振り払おうとした。

「早く!」ルートはふたたび肩を揺すった。さっきよりも強く。

「なに……どうしたの?」伯爵夫人が口のなかで言った。黒い人影がのしかかるように立っているのに気づいた瞬間、身をこわばらせ、もぞもぞと身を起こした。「だれ？　こんなまねをして、どういうつもり？」彼女はなじるようにたずねた。

「しーっ。わたしです、ヨハンナです」

「わたしの部屋でいったいなにをしているの？」

「静かにしてください。家のなかに男がいます。拳銃を持っているの」

「男？　泥棒ってこと？」

「わかりません。制服を着ています」

「主人はどこ？」

「姿を見てません。声も聞いてません。わたしたちの身が危険だと思います。どこかに隠れるか、いますぐこの邸を出なければ」ルートは伯爵夫人の手を引っぱった。「ベッドから出てください」

伯爵夫人はぎこちない動きでベッドを出てスリッパをはき、キルティングの寝間着の上からショールを巻きつけた。

「この階に電話機はありますか？」ルートがたずねた。「助けを呼ばなければ」

「ある……客用区画のほうの壁の飾り棚」

「わたしが行きます」

「いえ、待って。見つけにくいのよ。わたしが行ったほうがいい」伯爵夫人がドアへ向かい、すぐに足を止めた。「あなたは隠れなさい」

「隠れる？　どこに？」

「廊下のつきあたりへ行って。給仕用エレベーターの上に小さなハッチがある。それを使えばキッチンに下りられるわ。キッチンで待っていて。少しでも危険な気配がしたら勝手口から外へ出て助けを求めなさい」伯爵夫人が戻ってきてルートの手を取った。「なにがあっても止まってはだめ。わかった？」

ルートは急いで廊下を進んだ。ハッチを見つけて開けると真っ暗な空間が現われた。手を入れてなかを探る。身を縮めれば入れそうだ。なかに入ってハッチを閉め、手探りするうち、給仕用エレベーターの昇降を制御する太いケーブルに触れた。その一本をたぐり寄せるとエレベーターの小さなかごが揺れながら少し上がった。もう一本のほうに持ち替えてゆっくりと引くとエレベーターのかごがキッチンへと下がりはじめた。

階段のてっぺんで伯爵夫人は玄関ホールをのぞき見た。つかのま争うような音が聞こえた。驚いて泣き叫ぶ声が聞こえたが、不意にやんだ。身をすくめて、磨き上げられた木製の手すりから後退し、向き直って客用区画へ続く廊下のつきあたりへと急いだ。少し先に、客人用にそなえつけた電話機がある。受話器を上げて震える指で電話交換局の番号にかけた。呼び出し音が聞こえると鼓動が激しく乱れた。気を揉むほど長く待たされ、ようやく相手が出た。

「テーゲル電話交換局です。どちらへおつなぎしますか？」

「警察をお願い」伯爵夫人は口早に告げた。「家に侵入者がいるの」

「警察？　どこの管区警察ですか？」

「テーゲル。警察につないで。早く」

「おつなぎします」

受話器からかちりという音が聞こえたあと、またしても呼び出し音が鳴りはじめた。階段からきしみが聞こえ、伯爵夫人は周囲に目を走らせた。玄関ホールの明かりで、階段のてっぺんの壁に、上がってくるぼんやりした影が見えた。

「ああ」伯爵夫人は受話器を耳に押し当て、だれか出てと念じた。将校制帽と制服の肩が見えてきて、壁に映る影が大きくなった。

「テーゲル管区警察です」と応じる声が耳もとではっきりと聞こえた。

「うちに侵入者がいるの」伯爵夫人は待ちきれずに言った。「ティルピッツ通り三十四番地。いますぐだれかよこして」最初に頭に浮かんだ名前を叫んだ。「シェンケ警部補に連絡して。お願い！」

「待ってください……住所をもう一度お願いします」

男が最後の数段を上がるころには壁の影が消え、ほのかな明かりを背後から受けてシルエットが浮かび上がった。片手に拳銃、もう片方の手に鉄の棒を持っている――火かき棒だと伯爵夫人は気づいた。先端から黒っぽいものがしたたり落ちている。

「住所は？　ティルピッツ通り三十四番地ですか？」

答えようとしても、締めつけられたような喉の奥で妙な音を出すことしかできない伯爵夫人に、男が近づいてきて低い声で言った。

「それを置け。いますぐにだ」

伯爵夫人が反応できずにいると、男は拳銃をポケットにしまって受話器を奪い取り、火かき棒で伯爵夫人を制しながら落ち着き払った声で言った。

「警察ですか？……いえ、その必要はないでしょう。申し訳ない、家内は想像力が過剰に働くたちでね。問題はなにも起きてない……いや、本当に大丈夫だ。その必要はない……そうか、わかった。だが、時間の無駄ですよ」

男は受話器を戻し、老婦人にのしかかるように立った。「残念だったたな。あの女がどこにいるか教えろ。まだ部屋にいるのか？」

「女?」伯爵夫人は首を振った。「だれのこと?」

「しらを切るつもりなら、自分で探し出すまでだ」

男が力いっぱい弧を描くように振った火かき棒が伯爵夫人の側頭部を砕いた。彼女は寝間着の優雅なひだのなかに崩れ落ち、もつれた白髪からしたたる血があっという間にたまりを作った。男は一瞥をくれただけで彼女の死体をよけて通り、客用寝室を探しはじめた。


給仕用エレベーターがキッチンの緩衝装置にそっと当たって停まると、ルートは降り立って靴を履いた。すぐに逃げられるよう準備をしておく必要があった。キッチンはふたつの天井照明で煌々と明るく、見まわすと調理台とふた口のレンジ、その上方の横木にフックで吊るされた鍋類が目に入った。向かいの壁ぎわの大きな食器棚は皿やボウル、カトラリーを収めたラックでいっぱいだ。キッチンの中央を占めている木製の大きな調理台の奥側にスチール製のシンクがあり、手前側に敷かれたすのこの片側には汚れた皿と鍋類が置かれ、水切りラックにも皿が何枚か載っている。湯が流しっぱなしで、シンクから湯気が立ちのぼっている。排水口が野菜くずかなにかでふさがっているらしい。シンクからあふれた湯が側面をつたってタイル張りの床に流れ落ちている。調理台の奥にはすでに水たまりができていた。じわじわと大きくなる水たまりで紅い渦が巻いている。

ルートは唾を飲み込んでテーブルの奥へ行ってみた。使用人が両腕を広げてうつぶせに倒れていた。後頭部が粉砕され、流れ出た血が光輪のように上半身を囲んでいる。袖をまくり上げているので、皿洗いの途中で一撃をくらったにちがいない。すぐそばには、エプロンをして陶器の破片のなかで横向きに丸まっている女の死体。顎の下から肉切り包丁の柄が突き出し、刃の先端は頭蓋骨のてっぺんまで貫いている。

ルートは恐怖で寒気を覚えて室内を見まわしながら、伯爵夫人が警察に電話をかけに行ったことを思い出した。侵入者はほかにだれを殺しただろう？　だれがまだ生き残っているだろう？　湯の流れる音以外、なにも聞こえない。ハーシュタインは一階にいたにちがいなく、そうなると彼も殺されたはずだ。生き残っているのは自分だけだと思うとおそろしくなるが、身がすくむような恐怖の波を振り払った。この殺戮者と顔を合わせるわけにいかない。肉切り包丁で武装したところで、向こうは拳銃を持っている。この邸から出て逃げなければ。

勝手口に駆け寄って把手をつかんでまわしたが、ドアには錠がかかっていた。必死に揺すったものの、音を立てすぎたと気づいてぴたりとやめた。

「鍵がいる」歯嚙みして自分を叱りつけ、使用人の死体に向き直った。かがみ込み、勇気を奮い起こして使用人のポケットを探った。ズボンのポケットにはなにもないので、チョッキのポケットを上から軽く叩くと固いものの感触があった。ルートは鍵が何本か吊るされた金属製の輪をつかんで立ち上がり、勝手口へ戻った。まず試した二本は鍵穴に合わず、三本目は鍵穴にすんなり挿さったもののまわせなかった。次の一本を試そうとしていると、真上の部屋を横切る足音が聞こえた。

「ほら、早く」口のなかで言いながら、おぼつかない手つきで鍵を鍵穴に挿した。今回はあっさりとまわり、小さな音を立てて年季の入ったドアの錠が開いた。鍵を抜き取ってドアを引き開けた。蝶番に充分に油を差してあるためか、勢いよく手前に開いたドアが胸にぶつかった。うしろへよろめき、バランスを保とうとして振りまわした腕が棚のシロップ漬けのフルーツを入れたガラス瓶に当たった。傾いた瓶がタイル張りの床に向かって落下し、大きな音を立ててガラスの破片とシロップが飛び散るのを、なすすべもなく見つめることしかできなかった。二階の足音が止まり、すぐに引き返す音が聞こえた。ルートは姿勢を立て直し、凍えるような闇のなかに出て、ドアをぴたりと閉めて錠をかけた。

短い階段の脇に、レンジ用の燃料を置いている屋根つきの保管庫がある。保管庫にはいくつもの石炭袋と重ねて置かれた空の袋があった。階段を下りれば、この邸の周囲を巡る小道だ。雪かきされた小道を走って逃げたい誘惑に駆られたが、追っ手を振りきる見込みがないことはわかっている。キッチンで死んでいた使用人の姿が鮮明に思い出された。あんな風に殺されたくない。

背後のドアの把手を揺する音がして、ドアの向こう側で体当たりしている鈍い音が続いた。ルートは恐怖を感じて急いで階段を下り、階段の脇にとどまっていたが、すぐに雪を踏んで小道まで進んだ。そのあと、いまついたばかりの足跡をうしろ向きにたどって階段まで戻った。階段の端を大きな歩幅で上がり、保管庫に入って石炭袋の脇にしゃがみ、空の袋で急いで身を隠した。袋のてっぺんからどうにか外が見える。

その直後、木の裂ける音とともに錠が壊れて、ドアが勢いよく開いた。階段を駆け下りる男の荒い息づかいが聞こえた。キッチンの明かりを浴びた男のうしろ姿を見ていると、彼女の足跡をたどって小道を進んだあと、ぴたりと立ち止まった。拳銃は見えないが、火かき棒を握りしめて小道の左右を見ている。

「くそ女……」男がうなるように吐き捨てた。「いまいましいくそ女め」

その声を聞きまちがえるはずがない。身が凍りつくほどの恐怖が全身を貫き、ルートは身じろぎもせず、呼吸すらせずに袋の下にしゃがんで外をのぞき見ていた。男は両手を口に添えた。「見つけ出してやる！　聞こえるか？　どこへ逃げようと、おれから隠れることはできないぞ。警察に守ってもらえるなどと考えるな。だれにも守れやしない。見つけたら、ありとあらゆるやりかたでおまえを犯してから切り刻んでやる。聞こえるか、ユダヤのくそ女？　かならず見つけ出すからな！」男は火かき棒を庭に投げ捨てて身を翻すと、家の表玄関とその先の通りへ向かって、小道をすたすたと歩きだした。

ルートは男が見えなくなるのを待ち、なおもしばらく迷ったあとでようやく覚悟を決めた。空の袋を押しのけて保管庫から出て、階段をそっと下りて小道を進んだ。建物の角まで行くと、足を止めて建物のかげからのぞいた。男は二十歩ばかり前を門に向かって歩いている。男が門を通って外へ出ると、ルートは角から出て私道を走り、門を引き開けて顔を突き出した。男は歩道を歩いて通りの端へ向かっていた。ルートは、男が振り向いたらすばやく隠れることができるように並木のきわを歩くように心がけ、用心しながらあとを尾けた。だが男は振り返ろうともせずに足を速め、通りを渡って交差点を右に曲がった。

ルートが安全な距離を開けて尾行を続けると、男は次の通りを進んで、停めてある車へ向かった。運転席側のドアの前で足を止め、ドアを開けて乗り込んだ。ルートが近づくとエンジンをかける音がした。車は発進できず、一瞬の間があったあと、男は改めてエンジンをかけようとした。あと十歩ほどの距離に近づいていたルートの目に、車の後部に記された型抜き文字の一部が見えた。はっきりと読めないのでさらに近づき、楡の木の幹のかげにしゃがんだ。スターターモーターがうなり、今回はエンジンがかかったので、男は回転速度を上げた。ギアを一速に入れる音がした。次の瞬間、氷を割るような小さな音とともに車体がじりじりと進みだした。ルートは木のかげから顔を出し、車が闇のなかへ走り去る前に後部の文字を読んだ。〝アプヴェーア２４〟

29

シェンケは玄関で鳴っている電話の音で目が覚めた。応答するために起き上がろうとして、側胸部から肩のほうまでカリンの腕に包まれていることに気づいた。背中に押し当てられた彼女の温かい肌を感じると、あれこれ心配してなかなか訪れなかった睡眠の前に交わした夜の営みを思い出して、つい頬がゆるんだ。電話が鳴りつづけているので、カリンの腕を持ち上げて、むにゃむにゃと文句を言っている彼女から身を離した。足音を立てないように電話のところへ行き、受話器を取った。壁の掛け時計が示している時刻は午前三時過ぎ。悪い予感がして咳払いをした。

「シェンケです」

「ホルスト・シェンケ警部補か？」

「どなたですか？」

「テーゲル管区警察ラオホ大尉だ。ティルピッツ通り三十四番地に住むハーシュタイン伯爵とつきあいがあるそうだな」

「はい、ひじょうに親しい友人です……」うなじがぞくぞくした。「なにかあったのですか？」

「伯爵の邸である事件が起き、きみの名前が口にされたのだ」

「どのような事件でしょうか？」

「不法侵入だ。気の毒な知らせだが、伯爵とご夫人、使用人ふたりが亡くなった」

シェンケは顔をしかめた。言葉はちゃんと耳に入ったが、本当のはずがない。だが、事実でなければ、だれもそんなことを電話で知らせてくるはずがない。ラオホの言葉とその言葉の持つ意味とが結びつかず、返す言葉も見つからなかった。しばらく沈黙が続いたあと、金属的な響きのする声が言った。

「警部補？　聞いているか？」

「あ、はい。もちろんです。亡くなったのですね？」

「残念だが」

「殺害されたのでしょうか？」

「そうだ」

そのとき、明らかに忘れていたあることを思い出した。「ハーシュタイン夫妻と使用人たちですね？」

「そうだ。お悔やみ申し上げる」

「ほかには？　四人以外の死体はありましたか？」

「なかった……なぜそんな質問を？」

シェンケはすばやく考えを巡らせて、現時点でこの警察官にどう言うのがもっとも賢明かを判断した。「客人が泊まっていたんです。若い女が」

「四人のほかにはだれも見つかっていない。邸は屋根裏部屋から地下室まで捜索を行なった」

「そうですか。不法侵入の通報はどのように？」

「伯爵夫人から、自宅に侵入者がいると署に通報があった。伯爵夫人がきみに知らせてほしいと言ったあと、夫だと称する男が電話を代わったが、応対した警察官は不審に思った。しばらくして別の電話がかかってきた。きみの言った女からだったかもしれないな。名前は言わなかったが、住所を告げて警察の出動を要請した。通報を受けた部下が非常事態を報告した。われわれは十五分後にはハーシュタイン邸に到着した。四人を発見してすぐに当番医を呼んだ。四人とも手の施しようがなかった」

「女の姿はなかったのですね？」

「そうだ。その女を容疑者と見るべきだと思うか？」

シェンケはその線をしばし考えたが、それはないと判断した。ルートがハーシュタイン夫妻と使用人たちを襲う理由はなにひとつ思い浮かばない。「何者かが侵入したという確証があるのであれば、その線はありません。むしろ、私が案じているのは女の身の安全です。彼女が二本目の通報を行なったと思われます。ハーシュタイン夫妻が亡くなったとなれば、彼女の身が危険です」

「その点は調べてみよう。女の名前はわかるか？　人相や特徴は？」

シェンケは答えなかった。友人夫妻の殺された姿が頭を満たし、激しい吐き気の波に襲われていた。無理やり深呼吸をして、捜査のプロとして考えた。犯罪と向き合うために必要なことだが、心に湧き上がって大きくなる一方の悲しみと怒りの嵐から気をそらすためにも必要なことだった。

「話せることはそちらに着いてからお話しします」

「この事件はわれわれが担当する。かならず解決すると信じてもらっていい。犯罪現場が、言うなればなまなましいので、きみは来ないほうがいいだろう」

ラオホが詳細を見せまいとしているのをシェンケは感じ取った。

「私はクリポの刑事です。職務でありとあらゆる現場を見つくしています。それに、本件は私の捜査中の事件と関連があります。協力して捜査に当たる必要があります」

「では好きにするがいい、シェンケ。だが、言っておくが気持ちのいい光景ではないぞ」

「わかっています」思いとどまらせようとするすきをこれ以上ラオホに与える前にシェンケは言い足した。「なるべく早く行きます」

通話を切ってベッドルームへ戻り、できるかぎり手早く服を着た。ワルサーP38を収めたホルスターベルトが化粧台に置いてある。ベルトを腰につけ、拳銃を取り出して弾倉を挿入した。「ねえ、なにがあったの？」カリンがたずねた。

見ると、彼女は起き上がって掛け布団を胸まで引き上げている。

打ち明けたかったが、話しだすと感情を抑えられる自信がなかったし、いまは、この状況でできるかぎり平静かつ冷静でいる必要があった。

「捜査に進展があった」

「どんな進展？」カリンはたずね、彼の顔によぎった苦痛の色に気づいた。「ホルスト、なにがあったの？　話して」

「それはあとで。もう行かなければならないんだ」シェンケはドアに向かい、すぐに戻って彼女の額にキスをした。「ここにいろ。私以外のだれが来てもドアを開けるな。わかったか？」

「わかった。だけど、どうして――」

「とにかく、言ったとおりにしてくれ。頼む」

カリンはなにか言いかけたが、すでにドアへ向かっていた彼が出ていく前に「気をつけて」とひと言だけ声をかけた。

シェンケはときおり駆け足になりながら、ふだん拠点にしているパンコウ管区警察署へ向かった。古傷を抱えた左脚がたちまち痛みだし、膝関節がうずいたが、無理して進みつづけた。管区警察署に着いたときには、玉のような汗がこめかみをつたっていた。息を整えてからサインをして公用車を借り出した。高速で中庭から通りへ出る際、薄氷の上で後輪がすべった。レーシングドライバー時代に培った技術がとっさに発揮され、必死で逆操舵（カウンターステア）を行なってどうにか車の制御を保つことができた。

覆いをかけたヘッドライトが放つおぼろげな光の照らす前方に目を凝らして、暗く人気（ひとけ）のない首都の通りを思い切って出せるスピードで車を駆った。車にひとりきりなので感情を爆発させそうになったが、雑念など抱く余地もないほど勝利と生き残りを追求していたレーシングドライバー時代のように、無理やり運転に集中した。カーブを抜けるときのエンジンの苦しげなうなり、すばやいギアチェンジ、ブレーキの絶妙な踏みかげんが、流線型のメルセデス・シルバーアローのコックピットに座っていた当時の記憶を、長年抑え込んでいた記憶を呼び戻した。

午前四時少し前にティルピッツ通りの邸に到着した。邸の前の通りに車を停める際、数台の車と警察トラックが一台、黒っぽい人影がいくつか見えた。すぐに車を降り、開け放たれた門へ歩きだした。灯火管制下にもかかわらず邸のすべての部屋の明かりがつけられているのがわかる。鎧戸が閉めてあるのに半開きの玄関ドアから光が漏れており、邸の周囲では警察官たちが懐中電灯をつけて地面の捜索を行なっている。

「止まれ！」門で立番をしている制服警官のひとりが、近づいてくるシェンケを見るなり命じた。「何者だ？　ここになんの用がある？」

シェンケはコートに手を入れて警察バッジを出した。「シェンケ警部補。クリポだ」

制服警官は懐中電灯をつけて警察バッジを照らし、続いてシェンケの顔を照らした。

「顔に向けるな、愚か者」シェンケは嚙みつき、まぶしい光に目を細めた。「現場責任者は？　ラオホ大尉か？」

「はい。大尉はなかにいます」

シェンケは私道を進み、なじみ深い階段を上がって邸に入った。玄関ホールには制服姿の男たちが立っていた。ロングコートを着た将校の肩章を見て、彼に歩み寄った。

「ラオホ大尉？」

長身痩軀の将校が、男たちのひとりと交わしていた話を中断し、迷惑そうに冷ややかな表情を浮かべて振り向いた。

「だれだ？」

「シェンケ警部補です」

ラオホの表情ががらりと変わり、いかにも同情をたたえた顔になった。「いいか、シェンケ、わざわざ出向く必要はない。本件はわれわれの担当であり、犯人逮捕に全力を尽くすと信じてもらっていい。友人を亡くされたことにはお悔やみを申し上げる」彼がおざなりな言いかたで言い足すので、シェンケは殴りつけてやりたくなった。だが、プロらしい態度を取りつくろって応じた。

「こうしてここに来た以上は、捜査に協力するために私にできることをやったほうがいいと思います」

「その必要はない。うちのクリポがこちらへ向かっている。連中がちゃんと捜査する」ラオホはシェンケの肩を叩いた。「家へ帰れ。事件の様相がもっとはっきりしたら電話で知らせる。さぞショックだったことだろう。だが、まずはそれを乗り越えることだ、いいな？」

上官を殴りたい衝動が高まったが、シェンケはまたしても冷静かつ悠然とした口調で言い返した。

「電話でも言ったとおり、本件は私の担当している事件と関連があると考えています。私はここに、個人としてだけではなく警察官として来ています。彼らの死を悼む時間はあとで持てるでしょう。この邸でなにが起きたのか、なんとしてもつきとめる必要がある。まだ見つけておられないなら、電話で話した女を見つけ出さなければなりません。女は重大な危険にさらされており、一刻たりとも無駄にはできないので」

ラオホはシェンケをまじまじと見た。「きみは冷徹な男だな、警部補。並の人間なら、こんな形で友人を失ったショックが強すぎて、なにごともなかったようにふるまいつづけようなどと考えもしない」

「なにが起きたのかは充分に承知しています。自分がただちに行動しなかったせいでこれ以上の死者を出したくないだけです。なにか女の痕跡は？」

「電話で言った以上のことはなにもない」

「わかりました」シェンケはしばしの間を置いて頼みを切りだした。「遺体を見てもいいですか？」

ラオホは首を振った。「犯罪現場だ。私の管区でもある。それに、きみは被害者の関係者だ。明らかな利益相反行為となるため、許可できない」

「しかし――」

「だめだ、シェンケ。それが私の決定だ。ここは私の管区だ。私に決定権がある。きみはもう帰れ」

シェンケはミュラーの権限書を手探りしたが、アパートメントに置いてきた上着のポケットに入れたままだと思い至った。

「そうしろ。さしあたり、私の決定は変わらない」ラオホは、逆らえるものならやってみろとばかりに両手を腰に当てて問合いを一歩詰めた。シェンケは、なにを言ってもこの男の考えを変えさせることはできないと観念し、別角度から迫ることにした。

「わかりました。ではせめて、私の捜査の役に立ちそうな情報だけでもいただけませんか？　いくつか質問させてください」

「いいだろう。なにを知りたい？」

「殺害方法は？」

「なぜそれをたずねる？」

「私の追っている犯人が用いた殺害方法に関連する質問です」

「撲殺だ。頭部への殴打」

「全員ですか?」

「三人だ。ひとりは刺殺だった」

シェンケは頭のなかで、検死官の前に横たわっていたゲルダの死体を思い浮かべた。変形した頭蓋骨、飛び散って固まった血と脳と骨片は、犯人の残虐性を示していた。これで、犯人が選んだ殺害方法は偶発的なものではなく意図したものだったことが明らかになった。この犯人は被害者の頭をかち割ることに喜びを見出している。シェンケはハーシュタイン伯爵たちを殺害したのも同じ犯人だと確信した。そして、ルートはまだ危険にさらされている。

となると、別の疑問が生じる。犯人は、自分の顔をはっきりと見た唯一の証言者であるルートがハーシュタイン邸へ連れてこられたことを知ったにちがいない。だが、どうやって? 管区警察署からあとを尾けたのだろうか? その可能性はあるが、シェーネベルク管区警察署から出ていく車にだれが乗っているのかをどうやって知りえただろう? 前夜の記憶をたどって、どの通りも、車の行き来がなかったことを思い出した。尾けられたという記憶もない。尾行されたのではないとすれば、残された唯一の可能性ははるかにおそろしいものだ。犯人は警察内部の人間か、あるいはシェンケの部下に近しいだれかから情報を得ているということだ。

まず疑わしいのはブラントだ。なにしろ、邸まで車で送り届けた本人だ。もっとも、ルートの知り合いの線もある。邸に着いたあと、彼女はだれかに連絡を取ったのだろうか？いや、それはまず考えられない。昨夜の殺戮の責任が自分の部下にある可能性を排除しようとしているだけだ。部下の大半はクリポへの配属希望者のなかから慎重に選び、長年ともに働いてきた仲間だから。ブラントにしても、いくら新入りとはいえ、そんな裏切りができるとは思えない。そうは言っても、この世界では他人のことなどわからない。だれもがつねに仮面をかぶり、他人の目からなにかを隠している。だいいち、ブラントではないとしたら、ほかのだれが私を裏切ったのだろう？

「ほかになにか？」ラオホがたずねた。

シェンケは考察を中断した。「えっ？」

「ほかに訊きたいことは？」

「いまのところありません」

「よろしい。もしなにかあったら、あとで管区警察のほうに電話をくれ」ラオホは首を振った。「やりきれないだろうな、警部補。同情するよ。われわれが犯人逮捕に全力を尽くすと信じてもらっていい」

「ありがとうございます」シェンケは頭を下げて別れの挨拶をし、ここでの日々を思い出さないように懸命に努めながら、最後にもう一度、かつては自宅のように思っていた邸の玄関ホールを見まわした。心が痛み、これ以上耐えられなくなった。向き直って邸を出ると、振り返ることなく門へと向かって私道を歩きだした。

立番の警察官の横を通り、心に込み上げる悲しみが堰を切ってあふれ出てしまう前にだれの目にも触れないところへ避難するため、車へと急いだ。運転席に乗り込んですぐさまドアを閉めるや、上体を折って頭を抱え、前腕をステアリングに載せて、悲しみをこらえようとした。

一、二分経つと不意に身を起こして帽子を整え、イグニッションをまわした。エンジンがかかって快適な音が響きはじめると、車を通りの中央へ出した。まず考えたのは、アパートメントに戻ってカリンの腕のなかで癒してもらうことだった。だが、すぐにその考えを退けた。その種の慰めはあとまわしだ。シェーネベルク管区警察署へ行かなければならない。夜が明けて出勤してくる部下たちを待つあいだに考えることができる。

通りのつきあたりを右折し、ベルリン中心部へ、その先のシェーネベルクへと向けて、決然とした顔で夜の闇のなかへと加速した。一キロほど走ったとき、後部でなにかの動く気配がして、次の瞬間、肩をつかまれた。

30

「くそ！」シェンケは大声をあげ、反射的にその手から身を振りほどいた。車が進路からそれ、シェンケがかろうじてステアリングを戻してブレーキペダルを踏んだために、車は横すべりして道路脇に積み上げられた雪の壁に衝突した。シェンケは前のめりにステアリングにぶつかり、後部にいた人物は前方に投げ出されて助手席に収まっていた。

失速したエンジンが止まるや、シェンケは体をうしろへ戻し、シートのなかで体の向きを変えて相手の襟をつかんだ。もう片方の手ですばやく拳銃を抜き取り、もがいている相手に銃口を突きつけた。

「動くな。さもないと、心臓に風穴を開けてやる」

相手が苦しそうにあえぎながらも抵抗しないのがわかると、シェンケは襟をつかんでいた手をゆるめて車内灯をつけた。相手の黒っぽいコートはぼろぼろで、華奢な体格で震えている。

「ルートか？」シェンケは問いただした。

「殺していたかもしれないんだぞ。私の車でいったいなにをしている？」

彼女が向き直り、目にかかった髪を払って、おそるおそるシェンケを見つめた。

シェンケは拳銃を引っ込め、驚いて座席に背中を預けた。

「撃たないで」女の声だった。

「あの邸にいる警察から離れるまで姿を見せたくなかったの」

シェンケは拳銃をホルスターに収めた。「邸でなにがあった？　私の友人たちが殺されたとき、きみはどこにいた？」

「申し訳なく思ってる。でも、あの人たちを救うためにわたしにできることはなにもなかった。わたしだって、命からがら逃げたのよ」

「なにがあったか教えろ」

彼女はできるかぎりくわしく話し、侵入者の車の文字を見たことを告げた。

「アプヴェーア24？」シェンケは聞き返した。「それは確かなのか？」

「確かよ」

「では、その車は国防軍情報部のものだ。昨夜借り出した人物の記録があるはずだ」シェンケは暗い笑みを浮かべた。「そうだとしたら、犯人を見つけた。顔をよく見たか？　きみを襲ったのと同じ男だと断言できるか？」

「そうね。断言できると思う」

「思う？　それでは不充分だ。確信を持って断言してもらわなければ」

彼女はゆっくりとうなずいた。「あの男にまちがいない。でも、なにかがちがっていて……」

「おそらく見た目を変えようとしたんだろう。問題は、やつがどうやってきみの居所を知ったかだ」

ルートは疑わしげな視線をシェンケに放った。「わたしも同じことを考えてた」

「私が関与していると思うのか？」

「わたしだって馬鹿じゃないんだから、そう考えるわ。わたしをあそこへ連れていって、ここなら安全だと言ったのはあなたよ」

そうやって責められた怒りをシェンケは飲み込んだ。「誓って私は無関係だ。彼らは友人だったんだ。私にとっては家族も同然だった」

「ごめんなさい」彼女は目をそらした。

シェンケは深呼吸をひとつしてから続けた。「犯人は朝刊を見てきみの名前と身分を知ったにちがいない」

「朝刊を読んだとしても、あなたの友人の家にいることはどうやって知ったの？」

「本当にどうやって？」シェンケは嚙みしめた歯のすきまから言った。「犯人がわれわれの仲間、警察官だという可能性はある。真相はあとで、部下たちが出勤してきたらわかる。これから管区警察署に向かう。署内のどこかで犯人を見かけたら、すぐ私に教えろ」

「もちろん教える」

シェンケは彼女を見つめた。「きみをどこまで信じたものかわからない。だれのことも。いまは」ゲルダ・コルツェニー殺害事件の捜査担当を命じられて以降のできごとを思い返した。どんな力が働いているのか不明な点がまだ多すぎる。ルートに意識を戻した。

「犯人が車で走り去ったあとは？　きみはなにをした？」

「一分か二分待って、男が戻ってこないとわかってから、あの家に引き返して警察に電話をかけた」

「だが、あの家に残って警察を待つことはしなかった」

「待てるわけないでしょう。わたしの立場で考えてみて。四人もの死体のある家で唯一の生き残り。それがどれほど疑わしい状況に見えると思う？　しかもユダヤ人よ。警察はユダヤ人を好意的に見てくれないじゃない。わたしが犯人だという結論に飛びつくに決まってる」

たしかに一理あるとシェンケは認めた。とはいえ、彼女がなんらかの理由で四人を殺害したのではないと、どうして確信できる？　いくら考えられないことでも、わずかな可能性はある。邸に駆けつけた警察の第一陣にしてみれば、その筋書きの可能性がひじょうに高く見えるにちがいない。彼らには、シェンケが捜査中の殺人事件と結びつける理由がないのだから。

「では、どこへ行った？」

「あの家を出て、家から離れた茂みに隠れた。ほかにどうすればいいのかわからなかった。ユダヤ人には外出禁止令が出されてるから。避難所を探してる途中で見つかりでもしたら、本当に大変なことになる。唯一考えたのは、そのうちあなたが来るはずだってこと。来たら、あなたの前に出ていこうって。あなたが来たとき、初めははっきり見えなかった。あの警察官が懐中電灯で顔を照らすまでは。車に来てみたら、ドアにロックをしてなかった。だから、だれも見てないすきに乗り込んで、あなたが戻ってくるのを待った」

「なぜすぐに声をかけなかった？」

「言ったでしょう。まず、ほかの警察がいないことを確認したかったって」

またしても、彼女の置かれている状況に対する同情で胸が痛み、彼女の同胞を迫害する組織の一員であることの慚愧を覚えた。彼女がひどく震えて歯が鳴りはじめたのに気づいた。「凍えかけてるな。寒空に長く居すぎたんだ」

シェンケはエンジンをかけて暖房を全開にしてから、コートを脱いで彼女に差し出した。

「それで体を包め」

「あなたはどうするの？」

「いまは私よりきみに必要だろう。さあ、車を出すぞ」

ふたりは午前四時四十五分にシェーネベルク管区警察署に着き、中庭に車を停めたあと裏口からなかに入って、シェンケの班が一時的にオフィスとして使っている部屋に向かった。シェンケが驚いたことに、デスクについているのはブラントひとりではなかった。少し離れた席でリーブヴィッツが書類を読んでいた。リーブヴィッツは上官の姿を見るなり書類を置いて立ち上がり、頭を下げた。

「ちょっとお話ししていいですか？」

「少し待て、リーブヴィッツ」

「しかし重要な話です」

「それはわかるが、その前にかたづけなければならないことがある。フロイライン・フランケルが暖かくなるように暖房を強めろ。それから、彼女に温かい飲みものを用意しろ」

リーブヴィッツは女をちらりと見た。「警部補、フロイライン・フランケルはユダヤ人です。そして私はゲシュタポの一員です。ユダヤ人とアーリア人の関係を定めたある種の規則があります」

シェンケはこんな話し合いに時間を無駄にする気分ではなかった。リーブヴィッツの頭の働きかたがわかりはじめ、彼の扱いかたを心得はじめていた。「では訊くが、その規則には警察と証言者の関係も含まれるのか？」

「いいえ」

「それなら、フロイライン・フランケルが重要な殺人事件の証言者であることを考えると、きみがなにを問題だと言っているのかわからない。彼女を低体温症で死なせないほうが警察捜査には有益だ。そうだろう？」

「そう言われれば一理あります。彼女の世話は引き受けます。そのあとでお話ししていいですか？」

「もうひとつ用件をかたづけたあとでな」

「わかりました。フロイライン・フランケル、こちらへどうぞ」

ルートは片眉を上げた。ゲシュタポの男の態度が突然変わったことにとまどったのだ。無理からぬことだとシェンケは思った。リーブヴィッツに慣れるまで、だれもが混乱させられる。

ブラントは書類を読んでいた。おそらく自身に注意を引かないためだろう。シェンケは椅子を持っていって彼と向き合って座った。

「夜勤の首尾は?」

ブラントは上司に話しかけられて背筋を伸ばした。「問題なかったと思います。まもなく勤務を終えるところです」

シェンケは壁の時計を指さした。「あと一時間ほどある。おまえの勤務が終わるのは午前六時だ」

「はい」

「ブラント、昨夜なにか注目すべきことがあったか? 私をアパートメントで降ろしてここへ戻ったあとだ。私に報告すべきだと思うようなことは?」

ブラントはおどおどした様子で唾を飲み込んだ。「国家保安本部の将校から電話がありました。ゲシュタポのブレマー大尉です」

「どんな用件で?」

「うちの証言者をゲシュタポで尋問したいと言いました」ブラントは部屋の反対側にいるルートを顎先で指した。「あの女を連れてくるよう命令を受けたんだそうです。女はもうこの管区警察署にいないと説明しました」

シェンケはいやな予感を覚えた。「彼女をどこへ連れていったか教えたのか？」

ブラントは上官の視線にたじろいだ。「知りたければ警部補と話してくれと言いました」

「当然だ。それで？」

「教えろと命令されました。私を脅して……これ以上時間を無駄にさせたらゲシュタポに連行すると言ったんです」

シェンケは苦々しい顔でため息をついた。「話を続けろ」

「警部補とフランケルをテーゲルの家まで車で送ったと話しました」

「住所を教えたのか？」

「そう思います。はい」

シェンケは身をかがめ、両手に額をうずめた。「なんてことを……自分がなにをしたかわかるか、この愚か者」

「ブレマーは、この件に関して動くにはもう時刻も遅いので、朝いちばんに警部補に連絡して必要な手配をする、と言ったんです。そう言って電話を切りました。本当です」

シェンケはわずかに頭を上げた。「ブラント、ブレマーと名乗った男こそ私たちが追っている犯人だと私は確信している。なんとしても証言者を殺したがっている男だ。おまえはその男を彼女のもとへ差し向けたんだ」

「でも、彼女は無事じゃないですか」ブラントは部屋の奥に目をやった。「被害なしでしょう」

「被害なしだと?」シェンケは口をきっと真一文字に結び、かろうじて怒りを抑えた。自分がなにを口にするかわからないので、しばらく黙っていた。「証言者を預かってくれと頼んだときに友人たちを危険な状況に追いやった。危険を冒していることは承知していた。だが、実際に四人が殺害され、証言者は運よく難を逃れた。それもこれも、ゲシュタポに脅されたと思い込んでおまえが怖気づいたせいだ」

ブラントの顔から血の気が引き、首を振った。「私は……そんなつもりでは――」

「いまさら言い訳するな。だいいち、いまはおまえの泣き言につきあっている時間はない。だが、ひとつ言っておくと、私の班に愚か者と臆病者の居場所はない」シェンケは立ち上がり、試用期間中の情けない若者をにらみつけた。「わが身のためを思うなら、当面はせいぜい私の邪魔をしないように努めることだ。わかったな?」

「わかりました」

シェンケは罪悪感と不面目に苛まれるブラントを捨て置いて、ストーブのそばのふたりのもとへ行った。ルートは湯気の立つマグカップを握りしめている。

「どうだ?」

「暖まってきた。安心してきた。でも、安心して大丈夫なの?」

「そう願いたいね」

「なんか歯切れが悪いわね」

彼女の不安をやわらげるために口にできる言葉がないので、シェンケはリーブヴィッツに向き直った。「きみに隠していたことがある、軍曹。ミュラーは昨夜、フロイライン・フランケルの保護拘置を解けと私に命じた。だが私は彼女を友人の邸へ連れていった。あ、ユダヤ人を家に泊めることを禁じる規則があるのは承知しているが、私たちにとって彼女はユダヤ人である前に証言者だという見解にはすでに納得してもらったな」

「はい」

「あそこなら彼女は安全だと思っていたが、ブラントのせいで殺人犯が彼女の居所を知った。彼女はなんとか難を逃れた。友人たちは運が悪かった。しかし、彼女は現場から走り去る犯人の車をどうにか確認した。アプヴェーアの車だ。みんなが出勤してきたら、アプヴェーア本部へ行って車の借り出し記録を確認し、犯人が現われるのを待つ。現われない場合は自宅に出向いて身柄を押さえる」

「アプヴェーアですか？」リーブヴィッツが考えを巡らせるように言った。

「どうした？　きみが話したがっていたこととなにか関係があるのか？」

「そうです。例の党員バッジの件です。昨夜、判読できた数字をもとに、党本部にある記録と照合しました。足りないのはひと桁だと仮定して暫定名簿を作り、事務員にバッジ所持者を調べてもらいました。さらに詳細を調べて、この管区警察署の私宛てに報告するよう指示したんです。そのあと、ふた桁足りないという仮定で作った暫定名簿にも当たらせました」

「その事務員はきっときみを大好きになっただろうな」

「そんなことはないと思います。どちらかと言えば、私に協力するのが不満そうでした」

「なぜだろうな。きみにはたまらない魅力があるのに。そんなことより、なにがわかった？」

「あのバッジの番号は、一九三五年一月に授与されたうちのひとつだということを示しています。８９４０から８９４９までの所有者の名前がわかりました」

「よくやった」

「ここまでの捜査書類を読んだので、そのなかのある名前をあなたに知らせておくべきだと思って。出勤されしだい知らせるのが重要だと思いました。デスクに報告書を置いてあります」

「なぜ電話をかけてこなかった？」

「自宅の電話番号を聞いていないので」

「では、きみは徹夜したのか？」

「はい。睡眠よりもこの線を調べることのほうが重要だと思いました」

「で、その名前というのは？」

「ドルナー。彼の金縁バッジの番号は８９４１です」

シェンケは居座っていた疲労が消え失せる気がした。「ドルナー大佐か？」

「突撃隊(SA)指導部の粛清に際する働きを評価されてバッジを授与されたときは大尉でしたが」

シェンケはドルナーに金縁バッジをもたらした事件をはっきりと覚えている。親衛隊の支援を受けたヒトラーの派閥がエルンスト・レームとその熱心な支持者を排除して、レームが率いていた組織を引き継ぎ、残党をひとりも残さず総統の主導権を確立させた。どうやらドルナーは、突撃隊高官を暗殺する命令を下して部隊を送り出したことにより、だれもが欲しがる金縁バッジを手に入れたらしい。ひょっとすると、そこで初めて自分のなかの殺人欲求に気づいたのかもしれない。クリポがすぐに真実を解明してやる。

「ただちにドルナーを逮捕する必要がある。きみにはブラントを伴ってアプヴェーア本部へ行ってもらいたい。拳銃を携行すること。外で待機し、正面玄関を監視しろ。私はハウザーたちに召集をかける。ドルナーが現われても、私が行くまでは逮捕するな。やつがすでに建物内にいて、私たちが到着する前に出てきたら、あとを尾けろ。ただし、気づかれないようにな」

「わかりました」

「フロイライン・フランケルに見張りをつけてから、ハウザーたちを伴い、きみたちに合流する」シェンケは言った。「ドルナー大佐、待ってろよ」

31

リーブヴィッツとブラントが乗った車はアプヴェーアの正面玄関から少し離れた位置で待機していた。シェンケはその反対側の脇に車を寄せて停めた。両開きの玄関ドアの両脇で立番をしている哨兵ふたりは、ある将校が歩道を近づいて建物に入る際、直立不動の姿勢を取った。通りには四、五人の人影が見える。ダッシュボードの時計は午前六時五十分を示していた。夜明け前の曙光が空に濃淡を描き出している。シェンケは横にいるハウザーに半身を向け、ペルジンガーとバウマーは後部座席から身をのりだした。

「いいか、ドルナーが殺人犯なら、凶暴な行動に出るだろう。武器を所持しているかもしれない。逮捕する際、抵抗するすきを与えたくない。やつのオフィスに入ったら、まずは手錠をかける。それはきみたちの役目だ」ペルジンガーとバウマーに指示した。「ハウザー、きみは拳の使いかたに長けている。ふたりが身柄を拘束するまで、やつをよく見てろ。動こうとしたら殴り倒せ。私はドアロに立つ。やつがきみたち三人から逃れたときの最後の砦だ」

「逃がしやしませんよ」ハウザーが言った。

「やつが拳銃を抜いたらどうします？」バウマーがたずねた。

「私たちも拳銃を抜く。向こうは四人全員を撃つことはできないからな。できれば生きたままつかまえたい。発砲する場合は、できれば脚を狙って逃亡を阻止しろ。それができない場合は射殺する。とにかく、生死を問わず身柄を確保する。逃がすわけにはいかない。わかったな」

三人がうなずき、シェンケは少し時間をとって目の前の職務以外の雑念を払った。「よし、行こう」

車を降りると、シェンケは、リーブヴィッツとブラントに指示をするので先に玄関前へ行って待てと三人に命じた。上官が近づいてくるとリーブヴィッツは車の窓を開けようとしたが、凍りついて動かないので、ドアを開けて通りに降り立ち、さっと敬礼をした。シェンケは帽子の縁に指を当てて応えた。

「ドルナーは現われたか？」

「私たちがここに着いたあと、彼の人相風体に合致する男が三人、入っていきました」

「そのうちのだれかが出てきたか？」

「いいえ。みんな入っていくだけです」

「アプヴェーアの連中は早起きだ。それがカナリスの好みだ。したがって、ドルナーはおそらくもう建物内にいて、デスクについているだろう。私たちはなかに入って彼を逮捕する。きみには横手の駐車場で通用口を見張ってもらいたい。ブラントは正面玄関を見張れ。もしもドルナーがひとりで出てきたら、なんらかの手段で私から逃げたということだ。やつに降伏の機会を与えろ。だが、抵抗したり逃亡を図るようなら撃て。できれば脚を狙え。わかったな?」

リーブヴィッツがうなずいた。シェンケはかがんで助手席のブラントを見て指を突きつけた。「わかったか?」

「はい」ブラントがうなずいた。

シェンケは彼に厳しい視線を向けた。「しくじるなよ、ブラント。おまえのせいですでに命を落とした人たちがいる」

シェンケは通りを横切り、玄関前で待っている三人に合流した。三人を従えて階段を上がり、哨兵たちに警察バッジを呈示すると、うなずいて通してくれた。受付で、係の男が怪訝そうな顔を上げた。

「なんのつもりです? あなたがたは何者ですか?」

「クリポのシェンケ警部補だ。被疑者を逮捕するために来た」

「受付簿に署名と、面会相手の名前の記入をしてください。それが規則なので」

「そんなことをしている時間はない。オフィスの場所はわかっている。案内は無用だ」シェンケは受付係に顔を近づけた。「私たちが来たことはだれにも言わないほうがいい。被疑者に事前の警告がなされたら、きみに責任を負わせるからな」

「わかりました」

シェンケはエレベーターへと急いだ。かごのひとつの扉が開いていたので、三人に乗れと合図し、扉を閉じてレバーを操作すると、エレベーターが上昇しはじめた。最上階に着き、先頭に立って数日前に訪ねた部屋へ向かった。ドアの前で足を止めて拳銃をすぐに抜けるよう準備をし、三人にもそうするように指示した。それからドアの把手をまわして室内に踏み込んだ。

シューマッハ少佐がデスクから顔を上げた。「シェンケ！　いったいなんのつもりだ？」

シェンケは彼を無視してドルナーのオフィスのドアへ向かった。室内は無人だったが、隅のスタンドにコートと帽子が掛かっていて、灰皿の吸い殻から煙が渦を巻いて立ちのぼっている。シェンケはシューマッハに向き直った。

「やつはどこです?」

シューマッハは立ち上がって、デスクのほうへ身をのりだした。「なにが起きているんだ、シェンケ? こうやって押しかけてきた理由の説明を求める」

「ドルナーはどこだと訊いてるんです」

「ドルナー大佐は」シューマッハは階級を強調した。「席をはずしている」

「どこへ行ったんですか?」シェンケは食い下がった。

「今朝の課報概況報告書を取りに。タイプ課に内線をかけて大佐を呼び出してもらおうか?」

「いいえ。ここで待たせてもらいます」

シューマッハは腰を下ろした。「どうぞ座りなさい。だれかコーヒーは?」

バウマーが手を上げかけたが、部長刑事ににらまれて手を下ろした。

「結構です」ハウザーが答えた。

シェンケがドアの脇に立ち、三人が反対側に並んで、ドルナーが入ってきたら飛びかかれるように身構えた。「みんな怖い顔だね。四人で大佐と対決でもするのかな。とにかく、どういうことだ? 大佐にどんな嫌疑がかかっているんだ?」

「あなたには関係ないことです、少佐。彼に訊きたいことがあるんですよ」

「訊きたいこととは？」

「それは明かせません」

「ドルナーは優秀なナチ党員だ。私が十年近く前に入党して以来のつきあいでね。彼が逮捕される理由などなにひとつ思い浮かばない。きみたちは大佐を逮捕するつもりなんだろうが」

シェンケは少佐に断固たる視線を送ってから背を向け、デスクの端に腰を預けて待った。数分後、通路を近づいてくる話し声が聞こえた。ドアにノックの音がしてからドアが開き、受付係が入ってきた。続いて入室したカナリス提督が足を止め、クリポの刑事たちを見まわした。

「ホルスト。いったいなにごとだ？」カナリスが説明を求めた。

シェンケは立ち上がり、シューマッハも起立した。「逮捕を行なうために来ました」

「逮捕？　だれを逮捕するのだ？」

隠すのは得策ではないとシェンケは判断した。「ドルナー大佐です」

「逮捕容疑は？」

「ふたりきりで話せますか？」

「なに？」カナリスは両眉を吊り上げ、いらだたしげにため息をついた。「いいだろう、通路に出ろ」受付係に向き直った。「きみは戻っていい」

受付係は敬礼をして、通路を急ぎ足でエレベーターへ向かった。彼が声の届かないところまで離れるのを待って、カナリスは厳しい口調でシェンケに要求した。「説明しろ」

「理由はもう見当がついておられると思いますが」

「きみの口から話せ」

シェンケは息を吸い込んだ。「ドルナー大佐がゲルダ・コルツェニーを殺害し、ほかに少なくとも五人の殺害及び一件の殺人未遂についても犯人だと確信する理由があります」

カナリスが首を振った。「馬鹿げている」

「犯行の現場で彼を見たという証言者がいます。ほかの証拠もあります。彼を逮捕・起訴するに充分な証拠が」

提督の目が怒りをたたえて光ったが、どうにか平静な表情を保って低い声で言った。「ドルナーが戻ってくる前に部下たちを伴ってここから立ち去るよう助言する。きみたちがここに来たことを彼に気づかれてはならない。シューマッハには私が言い含める」

シェンケは首を振った。「断じてお断わりします。ドルナーには殺人容疑がかかっているんですよ。納得できません――」

「納得する必要はない。とにかく、私の命令に従い、ここから立ち去れ」

「いやです」シェンケはとまどっていた。「なぜそんな命令をするのですか？」

「説明はあとでしてやってもいい。とにかく、きみはある軍事作戦を危険にさらしている。なんとしても私を信じろ。あとで洗いざらい説明する。立ち去れ。いますぐに」

エレベーターがこの階で停止することを伝えるベルの音で会話が中断された。すぐに音を立てて扉が開き、ドルナーが出てきた。自分のオフィスの前に立っているカナリスとシェンケを見て、ぴたりと足を止めた。

「手遅れか」カナリスがぼそりと言った。

「ドルナー大佐！」シェンケは呼びかけ、落ち着いた口調を保って続けた。「話があります」

三人は身じろぎもせずに立っていたが、次の瞬間、シェンケはコートのなかに手を入れて拳銃を取り出そうとした。ドルナーはエレベーターに飛び乗り、蛇腹格子の扉を無理やり閉めた。シェンケはワルサーを抜いて通路を駆けだしながらハウザーを呼んだ。背後からドアの開く音と足音が聞こえた。

ドルナーがベルトから拳銃を引き抜いた。撃鉄を起こし、親指で安全装置をはずすと、空いているほうの手でエレベーターのレバーを操作しながら拳銃の狙いをつけた。「下がれ！」

シェンケも銃を構えたが、引き金を絞る前に耳をつんざくような銃声がして、ドルナーの銃口に短い発砲炎が見えた。銃弾は蛇腹格子の扉のすきまを抜けてシェンケの頭の近くの壁に当たり、よけたシェンケの頬に剝がれた漆喰のかけらが降り注いだ。

ハウザーがシェンケの横を駆け抜け、拳銃を抜いて叫んだ。「銃を捨てろ！　扉を開けろ！」

ドルナーがふたたび発砲し、今回は標的をとらえた。ハウザーの体がくるりと反転して床に倒れ、拳銃が手から飛んだ。エレベーターが降下しはじめ、シェンケがドルナーの顔をとらえた次の瞬間にはかごが見えなくなり、昇降路でケーブルだけが揺れていた。シェンケはハウザーの脇に膝をついて、あおむけにしてやった。コートの肩の裂け目の周囲にどす黒い円が広がり、あふれ出した血がウールの生地を濡らして光っている。ハウザーがうめいた。「くそ、痛いな」

カナリスが足早に近づいてきた。「やつを追え。この男は私が引き受ける。行け、シェンケ。行くんだ！」

シェンケは立ち上がった。「ペルジンガー、バウマー、階段で下りろ！」

ふたりはエレベーター脇の階段へと駆けだし、シェンケは建物の配置図を思い出そうとした。別のエレベーターを呼ぶべくボタンを押したものの、走りだして階段の前を通りすぎ、通路の奥の窓へと向かった。左膝を痛みが貫いた。そこかしこのオフィスのドアが開いて、将校たちがなにごとかとのぞき見た。シェンケは窓に達し、固い留め具をいじくるうち窓枠のまわりの氷が溶けて窓が開いた。

身をのりだすと骨にしみるほどの寒風が顔に吹きつけた。建物の横手にある駐車場を見下ろしていた。日の出前のかすかな光で、遠くの塀ぎわに停まっている数台の車と、小さな人影がいくつか見えた。黒い帽子と革コートのひとつはまぎれもなくゲシュタポの男だ。

「リーブヴィッツ！　上だ！　リーブヴィッツ！」

見上げたリーブヴィッツの顔は、服が黒いせいで青白く見えた。

「ドルナーが逃げた。拳銃を所持している。横手の出入口を封じろ」

リーブヴィッツは拳銃を抜いて通用口の真正面に立った。シェンケは建物の正面側のいちばん近いオフィスに飛び込んで海軍将校を押しのけた。制服の連中が驚いてデスクから顔を上げるなか、シェンケは細長いオフィスを走り抜けて窓の掛け金をひねってはずした。窓を開けて身をのりだすと、正面玄関前に立っているブラントが見えた。

「ブラント！　ここだ！」ブラントが見上げるとシェンケは腕を振った。「ドルナーが下りていく。気をつけろ」

エンジンの大きな回転音を立てた。低速ギアで通りがかった石炭配送車両がブラントは首を振り、両手を耳に当てた。シェンケの指示が聞こえないのだ。その瞬間、玄関ドアが開き、拳銃を持ったドルナーが建物から出てきてなにか叫んだ。哨兵たちに向かって拳銃を振りまわし、威嚇のために空に向けて二発撃つと、哨兵たちはライフル銃を捨て、両手を上げて後退した。ブラントはその場に立ちつくしていた。ドルナーは拳銃で哨兵たちの動きを制しながら、階段を下りて歩道を駆けだした。

ブラントはわれに返り、拳銃を抜いて追いはじめた。石炭配送車両の運転手がギアを入れ替える一瞬、とどろくようなエンジン音がやんだので、シェンケは「やつを止めろ！逃すな！」と叫んだ。

そのどなり声を耳にしたドルナーが周囲を見まわし、追ってくる警察官に気づいた。一台の車の横で急に足を止めて向き直り、狙いを定めて発砲した。弾はそれ、二十歩ほど離れていたブラントは身を低くして二発放った。高い位置から見ていたシェンケは、一発がドルナーの脚をとらえ、もう一発が車のリアウィンドウを粉々に砕いたのがわかった。倒れたドルナーは片手で脚を押さえ、這って車の前部へまわり、拳銃を構えた。

「やりました！」ブラントが勝ち誇った笑みを浮かべて窓を見上げた。「つかまえました！」彼は車に駆け寄った。シェンケは、ドルナーが頭を上げて追手の姿をとらえ、拳銃の狙いを定めるのを見た。

「ブラント！　気をつけろ！」

ブラントは走って車の前部へまわり、拳銃を構えたドルナーを見て止まった。威嚇射撃なし。ドルナーは三連射し、その衝撃でブラントの体がひきつった。三発目が頭部に命中して帽子がはじき飛ばされ、頭蓋骨の骨片と脳が飛び散った。若者は四肢を広げてあおむけに倒れ、凍りついた歩道に血があふれた。

「そんな……」シェンケはあえいだ。「愚か者。大馬鹿者」

ブラントの無謀さに怒りを覚えたが、気持ちはわかった。ブラントは名誉を回復したくて焦っていた。ハーシュタイン邸での殺人の原因を作ってしまったあと、上官に認めてもらいたかったのだ。

哨兵たちが回収したライフル銃を手に、用心しながら車に近づいていた。建物の角をまわってきたリーブヴィッツが彼らのうしろに続き、ふたりを追い越してブラントの死体に駆け寄ろうとした。ドルナーがボンネット越しにのぞいているので、シェンケは大声で警告した。すると、突如ドルナーは銃口を上げて自分のこめかみに押し当て、引き金を絞った。弾は発射されない。何度か試みたものの、弾倉に実弾は残っていなかった。結局、拳銃を通りに投げ捨ててラジエーターグリルにもたれかかり、落胆して空を見上げた。リーブヴィッツがじわじわと車に近づき、ドルナーの拳銃を蹴って遠ざけてから、両手を上げろとドルナーにどなった。

32

「軽傷だ」医療用具を鞄に収めて金具を留めながら医師が言った。「銃弾は大佐の大腿を貫通した。動脈ははずれているが、出血が相当量あったし、将来的に神経損傷が現われるかもしれず、その場合は片足が不自由になるだろう」

「それぐらい、この男には問題ない」シェンケが応じた。「どうせどこへも行かない。ギロチンまで歩ければ充分だ」

彼の口調に、医師は片眉を上げた。「この男はそんな末路に見合うどんなことをしでかしたんだね？　総統の飼い犬とやったとか？」

「すぐにわかるよ」シェンケは腕組みをした。「署を出る前に書類に記入するのを忘れるな。治療代がなるべく早く支払われるように取り計らおう」

「そうしてもらえるとありがたい。クリスマスなんでね。ではこれで。尋問が終われば、患者を……囚人を休ませるように。朝晩、傷口を見ること。なにか問題が生じたら連絡をくれ」

医師が尋問室を出ていった。ドルナーは簡素な木のテーブルの奥の椅子に座り、撃たれた脚をスツールに載せている。血まみれの制服のズボンは切り取られ、太ももに巻かれた包帯には早くも小さな紅いしみができている。与えられた粗いウールの囚人用毛布を体にしっかり巻きつけている。顔は蒼白で、少しぼうっとしているように見える。あれほど多くの殺人を犯したこの男に、シェンケはこれっぽっちも同情を覚えなかった。ブラントの死とハウザーの負傷もシェンケの怒りに油を注いだ。懸命に感情を抑えて尋問に臨んだ。

「ドルナーは尋問できる体調なのですか？」リーブヴィッツは室内にシェンケとふたりきりのような言いかたをした。

「大丈夫だと言っているだろう。クリポの尋問に耐えうる体調だとしたら、ゲシュタポにとっても問題ないのではないか。きみやきみの同僚たちのほうがそういう点に遠慮しないと聞いている」

リーブヴィッツは唇を引き結んだ。「遠慮の問題ではありません。求める情報を引き出すためにもっとも効果的な方法を期すことを言っているんです。正しいやりかたで痛みを与えるとたいがい成果が上がります。錯乱状態や意識が薄れた状態の人間を尋問するのはあまり効果的ではありません。そういう状態だと、偽情報や無関係な些細な情報を提供するおそれがあるので」

シェンケは冷ややかな目でドルナーを見た。「だが、その危険を冒さざるをえないな」

ドルナーがテーブル越しににらんだ。「せいぜい頑張るんだな、警部補。私は罪を負わされるようなことは一切言わない」

「それはどうかな。どう思う、リーブヴィッツ？　ゲシュタポの尋問方法を使うか？　きみのお勧めは？」

リーブヴィッツはしばらく考えてから答えた。「ゴムの警棒による殴打は被疑者を精神的に破壊するもっとも効果的な方法である。そのあと電気ショックを与えれば、ほぼかならず結果が得られる。訓練でそう学びました」

「その訓練を実践する機会はあったのか？」

「ありました」

シェンケは嫌悪感を抑えた。「効果はあったか？」

「ありました。私は優秀な生徒だったので。規定された尋問技術がもっとも効果的だとわかりました」

「なるほど」シェンケはこのやりとりにうろたえたドルナーが身じろぎするのに目を留めた。「仮に大佐が協力しなかった場合、必要が生じれば、きみの訓練の成果を採用しよう」

「ゲシュタポから道具を取ってきましょうか?」

「まだいい。その必要があると思えば、きみに指示を出す」

「わかりました」

シェンケは予備の椅子を引っぱってきて、ドルナーと向かい合って腰を下ろした。リーブヴィッツはかたわらに立ったままだ。ふたりの背後の壁に黒く細長いガラス窓がある。その向こうの狭い部屋にはルートと、メモを取る用意をしたフリーダが座っている。

「始めよう……警察の記録用に言うが、午前九時三十五分。ドルナー大佐、逮捕理由はわかるか?」

このお決まりの質問は、被疑者に余罪を吐かせることを目的としている。シェンケの経験上、多くの被疑者が余罪について漏らすのだが、ドルナーはこちらの術中にやすやすとはまるたぐいの男ではなさそうだ。

「教えてくれないか、警部補?」

「いいだろう。さしあたり、起訴状の準備ができるまで、あなたは保護拘置下にある」

「罪状は?」

「六件の殺人。一件の暴行。ほかに現在捜査中の殺人と思われる七件」

「殺人？」ドルナーは眉宇をひそめたが、すぐに安心したような顔になったのでシェンケは驚いた。「きみは正気か？　その話ならゲルダのことで事情を聞きに来たときにすんでいる。私は彼女の死に関与していないと言っただろう。その他の殺人についても、もちろん無関係だ。誤認逮捕だ、警部補」

「罪を犯した人間は決まってそう言う。しかし、こっちには、犯罪現場のひとつにあなたがいたことを裏づける証拠がある」

「どんな証拠だ？」ドルナーは横柄にたずねた。

「列車内で女を襲ったときに党員バッジを失くした。われわれはそのバッジからあなたにたどり着いた」

「だが私は党員バッジを失くしてない」

「本当に？　では、バッジはどこにある？」

ドルナーはしばらく考えていた。「オフィスだ」

「確認させてもらう」シェンケはそっけなく言った。「いずれにせよ、あなたの襲った女が人相風体を供述したし、その女は昨夜の殺人事件の目撃者でもある」

「昨夜？」突然ドルナーが笑いだした。

「殺人容疑のなにがそんなにおもしろいのかわからないな、ドルナー大佐」

「そりゃあおもしろいだろう、この間抜けめ。昨夜、私はソビエト大使館で開かれた軍事情報部員のレセプションに出席していた。何人もの目撃者が、私がそこにいたと証言してくれるだろう」

シェンケは虚脱感を覚えた。「本当に？」

ドルナーがうなずいた。「たとえばカナリス提督だ。もっとも、ほかにも出席者はたくさんいた。言うまでもなく、ソ連の友人たちもね」

「この尋問が終わったら調べる。レセプションは何時まで？」

「早朝まで。ウォッカが大量に飲まれてね」

「大使館を出た正確な時間は？」

「午前三時は過ぎていたな。時計で時刻を見て、今日の午後に提督に提出する報告書を書き上げる必要があったので少しは眠らないと、と思ったから覚えている」撃たれた脚を指さした。「だが、それはもう無理だな」

「あなたが私の部下ひとりを射殺し、ひとりを負傷させるのを見た。目撃者はほかにもいる」

ドルナーの顔がこわばった。「あれは正当防衛だ」

「逃亡中にふたりを撃った。潔白なら、なぜ逃亡した？　それが無実の人間の行動だろうか？　法廷もそう解釈するのではないかな」

「いいか、きみが拳銃に手を伸ばすのが見えた。私はここベルリンに敵がいる。犯してもいない罪を着せられるのを見て喜ぶ連中が。きみだって現状は知っているだろう。首都ベルリンには影響力を手に入れようと画策する派閥がひしめいている。敵を作るのは簡単だ。ときには、自分でも気づかないうちに敵ができている。それが権力を持つ人間なら、通りで引っさらって闇に葬り去ることができる。これぐらい簡単に」彼は指を鳴らしてみせた。

「私はその脅威に反応した。恐慌をきたして逃げたんだ」

「そして私に向けて発砲し、ハウザー部長刑事を負傷させ、そのあとブラントを射殺した」

ドルナーがうなずいた。「言ったとおり、恐慌をきたしたんだ」

「軍人がそう簡単に恐慌をきたすなど、信じがたい」

「軍人とて人間だ」ドルナーが笑みを浮かべた。

シェンケはしばし彼を見つめたあと、片手をテーブルに叩きつけてドルナーをたじろがせた。「ふざけるな！　逃げたのは罪を犯したからだ。ことがばれ、われわれが逮捕に来たと感づいたからだ。私の部下たちを撃ったのは、われわれから逃げ、法の裁きをまぬがれたくて必死だったからだ。おまえが殺人犯だということはわかっている。下手な芝居はやめて、罪を認めろ。さもないと、この男にゲシュタポの尋問道具を取りに行かせる。それを使って尋問するのを、私は座って見物させてもらうぞ」

怒りの爆発にドルナーはしばし縮み上がった様子だったが、すぐにまた不敵な笑みを浮かべた。「言ったとおりだ、警部補。私はだれも殺していない。だから、きみの部長刑事と、拳銃を振りかざして私の正面に飛び込んできた愚か者については、法廷でどう判断されるか賭けてみる。優秀な弁護士が判事たちを言いくるめて、私をギロチンから救ってくれるだろう。昨夜の殺人事件について私の言い分を信用できないのであれば、カナリスに連絡しろ。私が昨夜どこにいたか、カナリスに訊いてみろ。彼が私の無実を保証してくれるだろう。彼と、あの会場にいた全員が。さあ、彼に電話しろ。そして、この茶番を終わらせよう」

先日覚えた違和感がシェンケの脳裏によみがえった。ドルナーが真実を話しているとしたら？　ゲルダやほかの女たちを殺した犯人ではないとしたら？　だが、この男が犯人のはずだ。犯人ではないなら、なぜシェンケと部下たちから逃げた？　シェンケは深呼吸をして椅子の背にもたれかかり、しばらく黙り込んだあとで結論を告げた。

「一旦休憩だ。何本か電話をかける。カナリスがあなたの話を裏づけてくれるかどうか確かめよう」

「そうしてくれ。待っているあいだに、きみの部下に食べものと飲みものを取ってきてもらおう。それとアスピリンも。二日酔いでまだ気分が悪いのでね。鉛中毒を引き起こそうとしても無駄だ」彼は負傷した脚を指さした。

この男の傲慢さは我慢ならない。シェンケは部屋を出るべく立ち上がり、リーブヴィッツに向き直った。「食べものはなし。水もだ。私が指示するまでなにも与えるな」

「わかりました」

「ここに残ってやつを見張っていろ」

ドルナーが笑い声を漏らした。「私はどこへも行かないよ。きみがあの医師に言ったとおりだ」

シェンケはドアロで足を止めた。「しかるべき司法手続きと罰から逃れようとして自傷行為に及んでもらいたくない、と言っておこう」

外へ出ると、怒りといらだちが収まるのを待って、隣の観察室へ向かった。入っていくとフリーダとルートが顔を上げた。

「すべて書き留めたか、フリーダ？」

彼女が速記メモを指先で打った。「ひと言残さず。でも、あの男は嘘をついています」

「そうであってほしいね」向き直ると、ルートが気がかりな様子で彼を見ている。「どうした？」

「隣の部屋にいる男。わたしを襲った犯人じゃない」

「なに？」

フリーダが彼女に目を転じた。「嘘でしょう。あいつのはずよ」

ルートが首を振った。「あの男じゃない。まちがいない。顔がちがう。声も」

「襲われたのは夜だった」フリーダが言った。「客車内は明かりが不充分だった。それに、男は声を変えていたかもしれない」

ルートはそれについて考えた。「いいえ、まちがいない。あの男じゃない」

ふたりのやりとりを聞くうち、シェンケの不吉な胸騒ぎが大きくなった。殺人への関与を否定したドルナーの態度にはどこか真実味があった。そうしたらこれだ。だが、あの男はなんらかの罪を犯しているはずだ。そうでなければ、シェンケに気づいたとたんに逃げだし、拳銃を発砲してまでアプヴェーアから出て行ったりするだろうか。まして、逃げられないと観念して拳銃自殺を図るはずがない。

「とにかく、きみたちも休憩を取るといい。フリーダ、フロイライン・フランケルをオフィスへ連れていき、なにか飲みものと食べものを持ってきてやれ。尋問を再開するときはきみたちもここへ戻ってきてもらいたい」

ドア枠をノックする音がしたので振り返るとペルジンガーが立っていた。

「来客です。カナリス提督が部下をひとり連れてオフィスでお待ちです。いますぐ警部補と話をしたいとか。いま尋問中なので邪魔できないと言ったんですが」

「そのとおりだ」

「じつは、どうしてもと言っていて。絶対に引き下がらないと思います」

「わかった、すぐに行く」シェンケはルートに向き直った。「あの男かどうかの問題は、私が戻ってから話そう。もう一度よく見て、なにか思い出してみてくれ」

「努力する」

「それでは不充分だ。どちらであれ、断言してもらわないと。きみの証言だけが頼りだ。わかったな？」

「わかった」

シェンケはペルジンガーのあとについて階段を上がった。食堂の前を通りかかると警察官の一群が聖歌を歌っているのが聞こえたので、二枚扉のドアロからのぞいてみた。部屋の中央に、色紙で作った鎖を飾りつけた小さなモミの木が据えてあった。その周囲に椅子や長椅子を配し、ビール瓶を手に声を張り上げて歌っている。自分と部下たちが殺人事件解決に向けて職務に励んでいるのに、自由にクリスマスを祝いはじめている彼らを一瞬だけうらやましく思った。おまけに、この連中が家族の待つ家へ帰って楽しく過ごす向こう数日、ブラントの家族は喪に服すことになるし、ハウザーがクリスマスを病院で過ごすためハウザー家の食卓には空席ができる。

オフィスに入ると、提督はストーブのそばに立っていた。かたわらにシューマッハがいた。ふたりともコートを着たままだ。帽子と手袋はシェンケのデスクに置かれている。シェンケの姿を見るなりカナリスが咳払いをし、大きな声で告げた。

「われわれだけにしてくれ。ほかの者は外へ出ろ」

何人かはすぐさま席を立って外へ出たが、ほかの連中はシェンケのほうを見て、彼がさりげなくうなずくのを確かめてから提督の命令に従った。最後のひとりが出てドアが閉まるなり、カナリスはもじゃもじゃの白い眉毛の下からシェンケをにらみつけた。その顔は、獲物を狙っている鷹を連想させた。

「ドルナーには手を出すなと警告しただろう。結局のところ、きみの部下のひとりが死に、ひとりが負傷した」

「ドルナー大佐が殺人犯だと信じる理由があります。彼がこれ以上、犠牲者の命を奪う前に逮捕する必要がありました」

「まだ彼がきみの追っている殺人犯だと考えているのか？」

ちがうかもしれないという不安はおそろしいほど大きくなっている。

「彼が第一容疑者です。彼を殺人事件と結びつける証拠があります」

「証拠はあるにしても、それは彼がきみの追っている犯人だと証明するものではないと断言する」

「失礼ながら、なぜそう確信できるのですか？」

「あの男がスパイだからだ。英国のスパイなのだ。英国から金をもらってドイツを裏切っている。われわれはしばらく前からそれを知っており、彼に偽情報を与えてそれを英国側に報告させていた。それだけではない。彼には絶えず監視をつけていた。彼がだれかを殺害すれば、私の耳に入っているはずだ」

「スパイ？」シェンケは、足もとの地面が危険なほど薄く、いまにも崩れて奈落の底に落ちてしまうのではないかという気がした。片手で髪をかき上げながら、この新しい情報の意味するところを考えようとした。ドルナーが犯人ではないとしたら、殺人犯はまだ野放しだということだし、部下のひとりの死とひとりの負傷は無駄だったことになる。そのうえ、諜報作戦のひとつを根底から損ねてしまった。

「スパイだ」カナリスが厳しい調子で繰り返した。「昨日までは。だが、きみのせいで彼が売国奴であることが明るみに出た。いまごろ彼は、われわれに正体を知られたと案じているだろう。だからこそ、きみと私がいっしょにいるのを見たときにあのような反応をしたにちがいない。われわれは、最後にもうひとつ偽情報を流させてから、彼を問いつめて二重スパイに仕立てたいと考えていた。まだ可能性は残されている。きみが彼の身柄をアプヴェーアに引き渡してくれれば。即刻だ」

「それはできません」シェンケは応じた。「彼は殺人被疑者です」

「ホルスト……」カナリスが声を落とした。「スパイがその裏で殺人を犯すと思うか？考えてもみろ。なぜそんな危険を冒す？」

「そもそも、殺人犯はなぜ危険を冒すのでしょう？　スパイであるという事実は、その人間が殺人犯でもある可能性を排除するものではありません。それどころか、国を裏切るという一歩を踏み出した以上、その人間はその他の犯罪をもっと簡単にやってのけるのではないかと考えます」

「それがきみの見解か？」カナリスが顔を曇らせた。「スパイは犯罪者だと思うのか？ひとつ教えてやろう、ホルスト。スパイはややもすると国のためにこれ以上ない危険にわが身を置くことになるが、それに見合う感謝が得られることは滅多にない。きみは警察官、だれに聞いても優秀な警察官だ。だが、きみはスパイではないし、私の属している世界を理解できない。ドルナーは断じてきみの追っている犯人ではない」

「それをはっきりさせるのは簡単です。昨夜、四人の人間が殺害されました。ドルナーはソビエト大使館のレセプションに出席していたと主張しています。あなたも出席されていた、と。それは本当ですか？」

「本当だ」

返答のそっけなさが一縷の望みを打ち砕いたが、シェンケは最後の抵抗を試みた。

「彼は午前三時ごろまでいたと言っています。それにまちがいないと証言できますか？」

「いや。私は一時過ぎに帰った。だが、きみも出席していたな、シューマッハ。ドルナーといっしょに来たのを見た」

「そのとおりです」シューマッハがうなずいた。「しかし、私は提督より前に帰りました。飲みすぎましたし、朝いちばんに仕事があったので」彼は自虐的な笑みを浮かべた。「あれほど大量のウォッカを飲める機会はそうあるものではないのに」

カナリスはシェンケに向き直った。「ほら、わかっただろう？　ドルナーのアリバイは私たちが保証する。私たちだけではない。昨夜のレセプションの出席者全員がだ。これで彼が殺人犯ではなくただの売国奴だとはっきりしたことだし、彼の身柄はこちらで拘束する必要があるだろう。早急に手配してくれれば感謝する、警部補」

公式の呼びかたに戻ったことにシェンケは気づいた。「申し訳ありませんが、それはできません。仮にドルナーが殺人事件に関与していないとしても、私の部下のひとりを射殺し、もうひとりを負傷させた件の捜査があります」

「だが、彼がそうした理由はわかっている。なんとしても逃げなければならなかったからだ。彼の立場なら、ほとんどの者が同じことをするはずだ」

「だからといって、彼が違法行為を働いたことに変わりはありません」

「違法行為？」カナリスが声をあげて笑った。「やれやれ。だがまあ、きみは時代遅れな男だからな……」真顔に戻って続けた。「いいか、シェンケ、いまなら、あの男を国家のために利用することができる。ドイツ人の多くの命を救い、敵国に大きな損害を与える機会を、私たちは手にしている。まちがいなく、きみの部下の死よりも重要なことではないか？　ひじょうに大きな犠牲であったにせよ」

「ご指摘どおり、私は警察官です。法を維持するのが私の仕事です。ドルナーは法を犯しました。私の職務は明確です。国家保安本部の上官から指示を受けるまで、どんな罪状であれ彼をここに勾留します。この話はここまでです」

カナリスは首を振った。「後悔するぞ……とにかく、この件はただちにきみの上官に報告する。ではこれで」彼とシュートマッハは帽子と手袋を手に取り、オフィスを横切って、この署の受付ホールへと通じるドアロへ向かった。

シェンケは動揺したあまりなんの反応もできず、黙って立っていた。目の前に積まれたいろんなファイルや書類のいちばん上に、リーブヴィッツの報告書が載っていた。党員バッジの捜査に関する詳細をまとめたものだ。その書類のいちばん下に金縁バッジの党員番号と所有者の氏名の一覧があり、上から二番目がドルナーの名前だった。シェンケは一覧表の下まで目を通し、いちばん下、８９４９番の所有者の名前に目を留めた瞬間、冷気に心臓をわしづかみにされた気がした。

33

「提督！」シェンケはカナリスに呼びかけた。提督とシューマッハが足を止めて振り向いた。

「どうした？」

シェンケは話しながら頭を猛回転させた。「署を出られる前にドルナーに取引を持ちかけたいのであれば、私に異論はありません」

カナリスが迷っているのがわかったので、ドアロを指し示した。「よければ、いますぐご案内します」

カナリスはその提案について考え、やがてうなずいた。「なるほど。どうやら正気に戻ったようだな。では行こう、警部補」

シェンケが先に立って、部下たちが待機している受付ホールを横切って通路を進み、先ほどの非番の警察官たちが『きよしこの夜』を歌っている食堂の前を通りすぎた。ようやく、尋問室や監房のある地下へと続く階段を下りた。暖房配管があるものの、地下の空気は冷たく湿っぽいので、並んだ監房の前を歩きながら提督はコートのいちばん上のボタンを留めた。シェンケは通りがかりに観察室のドアを閉めてから、ドルナーのいる尋問室へふたりを招き入れた。リーブヴィッツが立ち上がり、片腕を突き出してカナリスに敬礼したが、カナリスは返礼しなかった。

「提督」ドルナーが頭を下げた。「シューマッハ。会えてうれしいと言いたいところですが、たぶん、そちらはうれしくないでしょうね」

「ドルナー」カナリスはそっけなく応じた。「私が売国奴のきみを軽蔑しているのは承知していると思うので、挨拶などで時間を無駄にするのはやめよう。この警部補が、きみを殺人容疑で拘束していると言っている。昨夜のきみのアリバイは申し述べた。その他の事件のアリバイについては、たぶん自分で提供できるだろう。私の見るかぎり、きみがもたらしたのはクリポの刑事の死だけだ。きみがアプヴェーアに全面的に協力するのであれば、その件に関して和解に持ち込めるかもしれない。私はきみにある取引を提案するために来た」

「ある取引？」ドルナーは驚いたようだった。

「今後はわが国のために働く。われわれが提供する偽情報を英国に流す。私の与えるいかなる任務も遂行する。ベルリンからの逃亡を企てない。どのような形であれ、英国に警告を試みない。それを行なった場合は、きみを弾止めの壁の前に立たせて銃殺する命令を私が下す。以上が取引条件だ。なにか質問は？」

「あります」ドルナーは笑みを浮かべた。「英国の提供する金を受け取りつづけ、なおかつドイツ軍の給料ももらえるということですか？」

カナリスの表情が冷ややかなものに変わった。「軽口を叩いている状況ではない」

「さしつかえなければ」シェンケは切りだした。「ご自分たちだけで話し合ってください。リーブヴィッツ、いっしょに来い」

尋問室を出ると、シェンケはドアを閉めてからリーブヴィッツに向き直った。「私のデスクに置いたバッジの報告書の件だが、なぜシューマッハのことを報告しなかった？」

「だれのことですか？」

「いまカナリスとドルナーと同席している男だ」

「シューマッハというんですか？」

シェンケは頭が疲れていて、一瞬リーブヴィッツがとぼけていると決めつけたが、すぐに彼がシューマッハのことを知っているわけがないと思い直した。捜査過程でシューマッハの名前がリーブヴィッツに語られたことは一度もないのだから。

「とにかく、一刻も早くオフィスへ戻ってほしい。党本部に電話をかけて、例の一覧表のいちばん下の男といま尋問室にいる男が同一人物かどうか確認してもらいたい。その後、例のバッジを持ってこい。さあ、行け」

リーブヴィッツはうなずいてくるりと向き直り、長い脚を持て余したようないつもの独特な歩きかたで通路を歩み去った。気を静めながら、シェンケは観察室に入った。ふたりの女は観察窓から少し離れて座ってマグカップでなにかを飲んでいた。壁のライトは、尋問室とつながっているスピーカーのスイッチが切られていることを示していた。シェンケは通路側のドアを閉めた。

「フロイライン・フランケル……ルート。隣の部屋をのぞいて、なにが見えるか教えてくれ」

彼女はきょとんとした顔をした。「でも、さっきも言ったけど、あれはわたしが見た男じゃない。まちがいない」

「もう一度見てくれ。頼む」

彼女は椅子を観察窓に近づけて腰を下ろした。シェンケはその横にしゃがんで、ガラスの向こう側の状況と、彼女の顔に浮かぶ反応とを交互に見た。カナリスとドルナーが取引条件を詰めているのを、シューマッハは観察窓に背中を向けて傍観している。

ルートは窓から目を離して首を振った。「やっぱり、あの男じゃないと断言する。悪いけど、あなたはちがう男をつかまえたのよ」

「ちょっと待ってくれ」シェンケが手を伸ばしてスピーカーのスイッチを入れると、雑音がしたあと提督の声が観察室に響き渡った。

「……それは無理だ。銃殺刑に処されずにすむ機会を与えられたのを幸運だと思うことだ」

ドルナーは腕を組んだ。「自分の利用価値はわかっています。うまくやれば英国をわれわれの思いどおりに操って――」

シェンケはインターコムのスイッチを操作して咳払いをした。「提督、時間は残りわずかです。こちらの尋問を終えるべく、そろそろ退室をお願いしなければなりません」カナリスとドルナーが壁のスピーカーに目を向け、シューマッハが振り向いた。シェンケはガラスの向こう側のマイクは生かしたまま、観察室側のマイクのスイッチをすばやく切った。

短い間のあとルートがはっと息を呑み、恐怖に目を見開いて観察窓からあとずさりした。

シェンケは彼女の肩に手を置いた。「どうした、ルート？　話してくれ」

彼女はガラスの向こう側を指さした。「あいつよ。あいつ。わたしを襲った男。あなたの友人たちを殺した男」

「大佐と話し合う時間がもっと必要だ」カナリスが言っていた。「この件のかたがつくまで待ってもらいたい……警部補？」

シェンケは隣室の音声を無視してルートを見つめていた。「どの男だ？　教えてくれ」

「窓にいちばん近い男。あの男にまちがいない。でも、どこかちがう……髪がもっと黒っぽかった。もっと長かった」

「髪を切ったからでは？」

彼女は首を振った。「色がちがう」

「では、かつらとか」

彼女はうなずいた。「そうね、その可能性はあると思う」

シェンケはルートからフリーダに目を転じた。「では、彼が犯人だ」

「どうしますか？」フリーダが、隣室の男たちの耳に届くかもしれないといわんばかりに低い声でたずねた。

「シェンケ？」カナリスが声を張り上げた。

シューマッハは狡猾な表情を浮かべてガラスに目を凝らしている。「提督、こちらの提案はしたので、ドルナー大佐に考えさせるのがいいと思います。クリポは尋問を終える必要があるし、われわれは国家保安本部にドルナーの件を報告しなければなりません。そろそろ帰ったほうがいいと思います」

カナリスは鋭い視線を彼に送った。「どうするか決めるのは私だ、シューマッハ」

「申し訳ありません。しかし、なるべく早くミュラーに知らせるべきだと思います」

「知ったことか……」カナリスは自制し、冷静な口調に戻って続けた。「きみの言うとおりだ。言うべきことは言った。いつまでもこんなことにかまけてられない。ドルナー、好ましい選択肢であることを考えれば、われわれのために働く決断を下すのはさほどむずかしいことではないだろう。さあ、シューマッハ、帰るぞ」

ドルナーは皮肉っぽい笑みを浮かべた。「ではまた」

シューマッハは観察窓にもう一度ちらりと視線を向けてからカナリスに続いてドアロへ向かった。

「くそ」シェンケは歯嚙みした。「きっと気づいたんだな」それを確かめる方法がひとつある。ルートに向き直った。「協力してくれるか？　頼む」

彼女は恐怖心を隠すこともできずに観察窓から目を離したが、うなずいて、決然たる表情をシェンケに見せた。

「フリーダ、彼女をすぐに受付ホールへ連れていけ。私は時間を稼ぐ。リーブヴィッツをつかまえて、報告書と例の党員バッジをすぐに私に届けるように伝えろ」

シェンケはインターコムのスイッチを入れて話しかけた。「提督、ひとつ質問がありま
す」

カナリスが足を止めた。「なんだね？」

シェンケはふたりを観察室から送り出してから答えた。「尋問を終えたあと、彼の身柄をどうしてほしいですか？ アプヴェーア本部へ移送しましょうか？」

「ああ、それでいいと思う」カナリスが答え、いらだたしげにため息を漏らした。「いまいましいガラス越しに話をする気はない」ドアの把手に手を伸ばした。

シェンケが急いで通路へ出ると同時に、カナリスとシューマッハが尋問室から出てきた。通路の先では、女ふたりが階段の最後の数段を上がって視界から消えた。

「このほうがいい」カナリスがそっけなく言った。「いいか、よく聞け、シェンケ。尋問とやらをなるべく早く終わらせてもらいたい。車を一台よこして待たせておく。ドルナーの身柄引き渡しを引き伸ばすための言い訳は聞かない。ミュラーに掛け合って、囚人の身柄を移送する権限を彼に与える。したがって、引き渡しを引き伸ばそうとしたらミュラーから叱責されるだろう。不服従に対して不寛容なことで知られた男だ。彼から上に報告されたくないだろう。ハイドリヒはだてに〝鉄の心臓を持つ男〟と称されているわけではない」

「職務を果たします。信頼していただいて結構です」

「よろしい。では行こう」

シェンケが先頭に立った。この管区警察署の大廊下へと続く階段を上がっていると騒々しい歓声が聞こえ、食堂から警察官たちがいっせいに出てきた。まだ酒瓶を持った者もいて、クリスマス休暇で帰宅する準備をしながら話したり笑ったりしている。

「そこをどけ！」シューマッハがどなった。「道を開けろ！」

「いいんだ、シューマッハ」提督がたしなめた。「連中を先に行かせてやれ」

シェンケはシューマッハが廊下に視線を走らせるのに気づいた。追われる者の光を宿した目で、まるで別の出口を探すかのようだ。だが、外へ出るためには、この人ごみに続いて受付ホールを抜け、警察署の正面玄関を通るしかない。シューマッハは前方を見つめたまま、最後の警察官が食堂から出てくるのを待った。そのあと、三人は少し距離を開けてあとに続いた。

ふたりが外に出てしまえば、シューマッハがやすやすと逃亡できることはシェンケにもわかっていた。彼をこの警察署から出させない方法を考える必要がある。陽気な一団が、受付ホールへ出るアーチ型の出入口に近づいていた。フリーダとルートがクリポのオフィスのドアの横に設けられたカウンターの脇で待っている。シューマッハがシェンケを押しのけ、人ごみをすり抜けて、カナリスともども正面玄関へ向かった。オフィスのドアが開き、リーブヴィッツが出てきた。彼はシェンケを見つけ、報告書を持ち上げて示した。シェンケは酔っ払った警察官どもにぶつかりながら人ごみをかき分けてリーブヴィッツのそばへ行った。

「例のバッジは？　どこにある？」

リーブヴィッツがチョッキのポケットに手をやり、証拠品を収めた紙袋を取り出した。シェンケはそれをひっつかみ、すでに受付ホールのなかほどに達していたシューマッハのほうを向いた。すばやく息を吸い込んでから大声で「少佐！」と呼んだ。

シューマッハが肩越しに見て、目の前の男を突きとばすと、その男が転んで膝をついた。男はすぐさま立ち上がり、怒りに顔を歪めて拳を振り上げた。酔っているせいで、上官を殴るのは危険な行為だなど考えてもいない。ふたりの周囲から人が引いた。

「少佐！」シェンケは人ごみを押し通りながらもう一度、呼びかけた。シューマッハに近づき、封筒を差し出した。受付ホールのざわめきが静まりはじめ、酔いどれどもがふたりに視線を注いだ。「失くしものです」

「なんだ？」シューマッハは横柄にたずねた。

「少し前にあなたが落としたものです」

「なんの話だ」

シェンケは封筒の口を開けて上下逆さにした。きらりと光る小さなものが手のひらに転がり出てくると、シューマッハに突きつけた。彼は驚いて目を見開き、首を振りながら半歩ばかり後退した。「そんなものは初めて見た。私のものではない」

「あなたのもののはずです」シェンケは言った。「一九三五年にあなたに授与されたものだとつきとめました」バッジをちらりと見て続けた。「党員番号８９４９。あなたのバッジです。ただし、数日前の夜に列車内で暴行を働いた際に落とした。そうだな、フロイライン・フランケル？」

「この男がきみを襲った犯人だな？」シェンケが向き直るとルートはあとずさりした。

ルートの下唇が震えた。すぐに鋭くうなずいた。「その男よ」

「ユダヤのくそ女め！」シューマッハがどなった。ホルスターに手を伸ばして拳銃を抜き取り、カナリスのコートの襟をつかんで引き寄せると、銃口を提督のこめかみに押し当てた。

「私から手を放せ」カナリスが大声で命じた。

「黙れ！　死にたくなければ、その口を閉じて私の言うとおりにしろ」

シューマッハは周囲の警察官たちを見まわした。「下がれ！　全員、下がれ。さもないと、本当に提督の頭を吹き飛ばすぞ」

たじろいで、拳銃を持ったシューマッハからあとずさる者がいた。自分のホルスターから拳銃を抜く者もいた。リーブヴィッツもルガーを抜き、わずかに身をかがめながら人ごみのなかを進んで、シューマッハに狙いを定めた。

「拳銃を下ろせ」シューマッハが命じた。「玄関ドアから離れろ」

シェンケはシューマッハと玄関ドアのあいだに立って、まだ党員バッジを持ったまま両手を上げた。「もう終わりだ、シューマッハ。おまえが犯人だとわかっている。逃げきれる望みはない」

「それはどうかな」シューマッハはカナリスをぐいと前方に押した。「そこをどけ、警部補」

「提督を放し、拳銃を下ろせ」

シューマッハは銃口を天井に向けて撃った。漆喰のかけらが近くの警察官たちに降り注いだ。シューマッハは銃口をますます強くカナリスのこめかみに押し当てた。

「こっちは本気だ。全員、言うとおりにしろ。車を正面玄関前にまわせ。いますぐだ！」

「そんなことをしても無駄だ。どこへ逃げるというんだ？　もうあきらめろ。拳銃を渡せ」シェンケは片手を出した。

「下がれ！」

シェンケはその場を動かなかった。受付ホールは静まり返り、聞こえるのはシューマッハの荒い息遣いだけだった。

「射殺しましょうか？」リーブヴィッツがたずねた。「仕留められますよ」

「やってみろ。提督も道連れにしてやる」シューマッハが宣告した。

シェンケはリーブヴィッツに向かって言った。「だめだ！ 撃つな」

シェンケの部下たちが先ほどの銃声の原因を究明するために銃を手にオフィスから出てきた。彼らは展開しながら狙いを定め、バウマーはすばやく人ごみをまわり込んで玄関ドアの前へ来て拳銃を構えた。シューマッハは油断なく彼らを見ながら受付ホールの隅へと後退した。

「そいつらに手を引かせろ、シェンケ」

「そうしてもいいが、状況は変わらない。私たちはおまえをつかまえる。それは確実だ。おまえはもう終わりだ。

「警部補の言うとおりにしろ」カナリスが言い添えた。「銃を下ろせ」

シューマッハはおそるおそる左右を見た。喉の奥から口惜しそうな小さな声が漏れ、すぐに彼の目がルートをとらえた。「おまえ……できるときに殺しておけばよかった」

「そうね」彼女は平然と答えたが、震えているのをシェンケは見て取った。「でも、殺せなかった。わたしが応戦したからよ。現実を受け入れるのね。わたしがあんたを打ち負かしたの。ユダヤ人のわたしが」

「それは正すことができる」

彼はルートのほうへ腕を伸ばした。二発の銃声がほぼ同時に耳をつんざいた。一発は木製のカウンターの天板に当たり、木片が飛び散った。もう一発はシューマッハの頭に侵入して体をのけぞらせ、カナリスが横へ飛びすさると同時にシューマッハは壁にぶつかった。シェンケの目に、シューマッハの額に開いた黒い穴が見えた。シューマッハの背後の白い漆喰に鮮血と脳組織のかけらが飛び散った。一瞬、彼の口がゆっくりと動いたが、すぐに白目を剝いて崩れ落ち、横向きに転がった。床に落ちた拳銃が音を立てた。

リーブヴィッツは銃口から煙の出ている拳銃で狙いをつけたままシューマッハに歩み寄った。つま先でシューマッハの拳銃を蹴って遠ざけてからようやく自分の拳銃を下ろし、背筋を伸ばして高らかに言った。「死んでいます」

シェンケは咳払いをした。「よくやった」

リーブヴィッツは肩をすくめて弾倉を取り出し、薬室に残っている銃弾も手ぎわよく取り出した。「言ったでしょう。私は射撃の名手です」

34

制服警官ふたりが壁の血を拭き取っているあいだにゲシュタポが到着した。シューマッハの死体はすでに運び去られ、どうするかが決まるまで担架に載せられたまま監房のひとつに置かれている。ゲシュタポの一隊は管区警察署の前に車を寄せた。メルセデスの公用車にオペルの有蓋トラックが続く。車が停まるなり、ライフル銃を携えた黒い制服の男たちがトラックの後部から飛び降り、階段を駆け上がって受付ホールに入ってきた。公用車からミュラー上級大佐が降りた。隊員たちに続いて入ってくると、受付についていた巡査部長につかつかと近づいた。巡査部長はスツールから立って直立不動の姿勢でナチ式敬礼をした。

「シェンケ警部補はどこだ?」ミュラーがたずねた。「いますぐ彼と話をしたい」

「はい」部長刑事はクリポの仮オフィスのドアを指し示した。「あそこにいます」

ミュラーは彼の前を通り過ぎてドアを開け、室内に入った。デスクで仕事をしている何人かが顔を上げ、闖入者がだれかわかると慌てて立ち上がった。シェンケも同じく立ち上がった。

ミュラーは手袋をはずしながら、シェンケの部下たちを無視して進んだ。リーブヴィッツにだけは、通りがかりにうなずいてみせた。

「シェンケ、なぜここで起きたことをすぐに私に知らせなかった？　なぜ私がリッターに訊かなければならない？」

シェンケは受付ホールに居並ぶゲシュタポ隊員たちに気づいた。上官に向き直った。

「ことが起きてから一時間と経ってませんよ。まずは、あれこれ手配しなければならなかったので。数分前にようやく席に戻ったところです。いまから電話で報告するところでした。しかし、こうして出向いてこられたご用向きは？」

「ドルナーの身柄とシューマッハの死体を引き渡してもらおう。それと、本件捜査に関する書類もすべて」

シェンケは驚きを隠せなかった。「なぜですか？」

「きみは私の命令に疑問を呈する立場ではない、警部補」

「申し訳ないのですが、クリポでは捜査の全記録を記録保管室に、写しを管区警察署に保管することを義務づけられています。それが通常手続きです。とくに、本件のような重大犯罪の場合は」

「私に手続きを説くな。警察業務及び保安業務のすべてを国家保安本部が引き継ぎ、これまでとはちがうやりかたをしている。上官の命令に従い、疑問は呈するな」彼はリーブヴィッツに向き直った。「そうではないか、軍曹？」

リーブヴィッツは例によって無表情だった。「警部補の言うとおりです。階級序列にかかわりなく、犯罪捜査部門の手続きについては、法律上は国家保安本部の支配を受けるものではない。法的にはそういう解釈になると理解します」

ミュラーは数秒ばかり彼を見つめていた。「その件についてはあとで議論しよう、軍曹」

彼はふたたびシェンケに向き直った。「この愚か者がなんと言おうが、ドルナーの身柄とシューマッハの死体は私が引き取る」自分のホルスターを軽く叩き、受付ホールにいる武装した隊員たちを指し示した。「私の権限だ。不服があるなら文書にして本部に提出しろ。その結果を待て」

シェンケは自分の部下たちと受付ホールで待機しているゲシュタポ隊員たちとの対決など引き起こしたくなかった。政権のため熱心に働いている連中が、まずは行動し、そのあとで自分たちの行為が合法だと周囲に承認させることは知っている。

「上級大佐、私はすでに上官から命令を受けています。カナリス提督に、尋問を終えしだいドルナーの身柄をアプヴェーアに引き渡すようにと命じられました」

「カナリス？」ミュラーは渋い顔をした。「提督など知ったことか。きみの上官は私であり、その私がドルナーの引き渡しを命じている」

「お言葉ですが、階級はあちらが上です」

ミュラーはどうにか怒りを抑えた。「警部補、その不敵な発言を後悔することになるぞ……それはまあいい。とにかく、カナリスよりも高位の人間からの命令が必要なんだな？それぐらいの手配はできる」

ミュラーはシェンケのデスクの受話器をつかみ、直通番号にかけた。少しの間のあと小さな音が聞こえ、ミュラーが少しばかり背筋を伸ばした。

「ミュラーです。シェーネベルク管区警察署でクリポのシェンケ警部補と話しています。ドルナーの身柄をアプヴェーアに引き渡すようカナリスから命令を受けたと言っています……はい、それは言いました。提督のほうが私より階級が上だと言い張っています……はい、それでお電話しました……」ミュラーが受話器をシェンケに突きつけた。「きみと話したいそうだ」

シェンケは受話器を受け取った。緊張しながらも可能なかぎり落ち着いた声を出した。

「シェンケ警部補です」

「警部補、話ができてうれしいね」甲高い声が返ってきた。「私はラインハルト・ハイドリヒ、国家保安本部長官にしてヒムラー親衛隊全国指導者の副官だ。私の名前は知っているか?」

「もちろん存じています」シェンケはからわたが締めつけられる気がした。党上層部にくわしい人間ならだれでも、電話の向こうにいる男の名前は知っている。

「声を聞いたことは?」

「あります」

「それは結構。ミュラーの話では、きみはカナリスのほうが階級が上だという理由でミュラーの命令に抗っているとか」

「おっしゃるとおりです」

「なるほど。では、カナリスよりも私の命令が優先されることにはきっと同意するだろうな」

「長官、私は――」

「きみを納得させるために、この件を私の上官である親衛隊全国指導者に持ち込んでもいいのだぞ。ヒムラー閣下が提督よりも階級が上であることにはきみも同意できるだろう。

できないか？」

「できます。提督よりも高位です」

「私は副官でもあるから、閣下はほぼなにごとによらず私がきみに下す命令を承認してくださる、と考えてもらおうか。そういうしだいで、私はきみに、ミュラーの命令にことごとく従うことを命ずる。わかったか？」

「わかりました」

「では、問題は解決、私たちの会話は終了だ。失礼する」

通話が切れた。シェンケは受話器を戻し、デスクを挟んで立っているミュラーを見た。

「それで？」

「指示に従います」

「よろしい。ドルナーのもとへ案内してもらう前に死体を見たい」

監房は暖房がなくじめじめしていた。この監房に囚人が拘置されることはほとんどない。少なくとも、生きた囚人は。シェンケが先に立って窮屈な監房に入った。ミュラーがあとに続いた。監房の中央に置かれた担架を挟んで立つふたりの唇から白い息が細い煙のように立ちのぼった。死体には古いシーツが掛けられ、顔のあたりには乾いて黒くなった血がついている。

「では見よう」ミュラーが命じた。

シェンケはシーツの隅を持ってめくった。血がしみ込んだ箇所が死体に貼りついているので、ぐいと引き剝がしてミュラーに顔を見せた。

見下ろす表情にはいかなる感情も表われていないものの、ミュラーは低い声で言った。

「彼を失ったことは残念だ。シューマッハは優秀な親衛隊員であり、忠実な党員だった」

「この男は殺人犯でした」

「そう、たしかにそうだ。だが、だれしも完璧ではない。私たちはみんな人間だ、シェンケ警部補。欠点を持っている。きみも、私も、彼も……」

シェンケは冷たい怒りが体内に満ちるのを感じた。「私の欠点には、女を強姦して撲殺することは含まれません。むろん、これはただのひとり言ですが」

「発言には気をつけろ、警部補。将校をひとり失ったうえに、別のだれかを馘にせざるをえなくなるのは残念だからな」

シェンケは疲れ果てており、あの銃撃のあとは言いしれない憂愁に支配されていた。注意力が維持された状態なら、もっと慎重になっていたかもしれない。自分の考えを口に出すのは危険だと痛感した。ミュラーの言う欠点に悩んでいる人間には、総統とその取り巻き連中も含まれるのだろうか、と考えていた。

ミュラーの冷笑が消え、監房に灯された裸電球の明かりを受けて彼の射るような目が危険な光を放った。「いつの日か、きみを処分せざるをえないかもしれないな、シェンケ。ドイツを偉大な国家として再建するという総統の夢に協力しない連中を処分してきたように。収容所にしばらく入れると、往々にして功を奏するのだ。私がきみの立場なら、意識を改めるがね」

彼はドアロへ行き、外に待機している隊員たちに命じた。「死体をトラックの後部に載せろ」

隊員たちが一列に入ってきて担架を持ち上げた。と、頭蓋骨のかけらが床に落ちた。だれも動かない。

「それもあなたがたのものです」シェンケは言った。

ミュラーがシェンケを凝視したあと、かがんで骨片を拾い、担架に放った。シーツを引き上げてシューマッハの顔を覆った。「ここから運び出せ」

隊員たちは監房を出て、通路を階段へ向かった。

「では、ドルナーだ」ミュラーが高らかに告げた。「どこにいる?」

シェンケは案内した。いくつかのドアの前を通って尋問室に着いた。かんぬきをはずしてドアを開けた。ドルナーの監視は制服警官ひとりに任されていた。その警官が上官に気づいて敬礼をした。ドルナーは笑みを浮かべた。

「ああ、シェンケか。いつ戻ってくるかと思っていた。さっき銃声が聞こえたが、この退屈な男は説明しようとしない。この一時間ほど、この男はひと言も話さない」

シェンケは脇へ寄ってミュラーと隊員たちの姿を見せた。ドルナーの笑みが消えた。

「いったいなにごとだ？　なにが起きている？」

ミュラーが指を鳴らして指示を与えた。「連行しろ」

ゲシュタポ隊員ふたりが近づくと、ドルナーはテーブルに突っ伏すようにして遠いほうの端をつかんだ。「やめろ！」隊員の一方が彼の肩をつかんで引きはがそうとした。もう一方がライフル銃を持ち上げて台尻でドルナーの右手の指関節を打った。彼は顔をしかめたが、悲鳴をあげることも手を放すこともしなかった。すがるような目でシェンケを見上げた。「カナリスはどこにいる？　カナリスを呼べ」

ミュラーは首を振った。「残念だが、提督はおまえを助けることはできない。父なる祖国を裏切った代償を払ってもらう、ドルナー大佐。ゲシュタポ本部でいくつか質問をする機会を得たあとで。われわれの尋問方法は警察より容赦ないと思う。尋問を終えるころには、生みの母親さえも売るだろうな……この男を連行しろ」

ライフル銃の台尻で何度も打たれるうち、血が出て力が入らなくなった指がデスクの端から離れた。もう一方の手は一撃で屈した。ゲシュタポ隊員ふたりが彼を椅子から引っぱり上げた。負傷した脚のかかとが不快な音とともに床に下ろされて、彼は痛そうなうめき声を漏らした。

「カナリスに知らせろ」彼はわめいた。「こいつらが私をどこへ連行するか、伝えてくれ」

彼はふたりの隊員に挟まれて、なかば引きずられるように、なかば運ばれるようにして尋問室から連れ出された。ミュラーが将校制帽の縁に指を当てた。

「われわれのここでの任務は完了した、警部補。いまのところは」

彼は背中を向けて、隊員たちに続いて通路へ出ていった。

シェンケは階段を上がっていく黒い制服の一団を見送った。ふたりの男にぐったりとぶら下がっているドルナーの姿を最後にちらりととらえた次の瞬間、一団は見えなくなった。

「警部補？」制服警察官がまだ尋問室に立っていた。「どうしますか？」

「どうする？」シェンケは首を振った。「私たちになにができる？　なにもできない。なにひとつできない」

いる。

シェンケは仮オフィスに戻った。デスクはあちらこちらへ押しやられ、空の書類整理箱が床に散らばっている。ペルジンガーが椅子に座り、血まみれのハンカチで額を押さえている。

「なにがあった？」

「彼らが書類やら証拠品袋やらをすべて持って行きました」フリーダが言った。「持ち込んだ郵便物回収袋に放り込んで。ペルジンガーは抗議しようとして――」

「ライフル銃で殴りやがったんです」ペルジンガーが憤然と口を挟んだ。「あの腰抜けめ。今度会ったら、また同じことをやってみろっていうんだ」

「二度と会わないことを願うよ」シェンケは言った。

室内を見まわした。捜査に関係のあるものはなにひとつ残されていない。ズボンのポケットを上から軽く叩くと、例の党員バッジを収めた小さな紙袋が入っているのがわかった。だが、このバッジはもはやなんの用もなさない。シューマッハの連続殺人を終わらせた小さな戦利品にすぎない。

部下たちが彼を見て、室内の混沌に秩序をもたらすなんらかの指示を待っている。

「事件は終わった」彼は言った。「ここでの捜査は終了だ。私たちは殺人犯をつきとめた。これ以上、彼の手にかかって女が命を落とすことはない。殺された女たちのかたきを討った。そのことにいくらか満足感を味わうべきだ」部下の顔を順に見た。「みんな、よくやった。私たち以上に優秀な犯罪捜査班はないんじゃないか。自分たちの職務と能力に誇りを持とう。勝利をつかむのは困難だし、今回は仲間のひとりが命を落とした。ブラントは優秀な同志になっていたはずだ。だが、クリスマスが終わったら彼を埋葬しよう。さあ、コートを着て家へ帰れ。家族のもとへ戻り、抱きしめてやれ。次はパンコウ区のオフィスで会おう」彼は首を振った。「以上だ。ほかに言うことはない」

部下たちは動かなかった。フリーダが咳払いをしてから言った。「わたしたちが警部補の言うとおり優秀な班なのだとしたら、それは警部補の統率力のおかげです。今回どれだけの犠牲を払ったかはわかっています。ハウザーの負傷。ブラントの死。でも、犠牲者のなかには警部補に近しいかたがたも。家族同然だったんですよね。わたしたちになにかできることが――」

「ありがとう」シェンケは遮って言った。「気づかいに感謝する。だが、精いっぱい職務に励むことが死者に敬意を表することになる」無理やり淡い笑みを浮かべた。「みんな、安らかなクリスマスと新年を迎えてくれ。そう願っている」

最初に動いたのはリーブヴィッツだった。黒い革コートと帽子を身につけるとシェンケに歩み寄り、片手を差し出した。

「いっしょに仕事ができて楽しかったです」

「楽しかったか？」シェンケはついほほ笑んでいた。リーブヴィッツ軍曹は初対面で受けた印象以上に有能な男だった。生まれ変わったら優秀な刑事になるかもしれない。

「はい。本当に楽しかったです。では、さようなら」彼はシェンケの手を一度だけ握ってから会釈をして、振り返ることなくオフィスを出ていった。

　ほかの連中も、ひとりずつシェンケに挨拶をして帰っていった。最後がフリーダだった。立ち去ろうとした彼女にシェンケが呼びかけた。

「フロイライン・フランケルだが。まだ署内にいるのか？」

「ゲシュタポが来る前に食堂へ連れていきました。帰る前に温かい食事でもと思って」

「ありがとう」

　シェンケは最後に仮オフィスを見まわした。愛着も名残惜しさもない。この部屋はすぐに元の休憩室に戻るだろうが、この管区警察の警察官たちが今日のできごとを忘れるとは思えない。コートを着て帽子を持つと食堂へ向かった。

　残っているのはひと握りの人間だけだった。帰宅を急がない連中と、不運にも夜勤に当たった連中だ。ルートは大きなマグカップを両手で持ってストーブの脇に座っていた。シェンケは彼女の隣に腰を下ろし、帽子をテーブルに置いて髪に手ぐしを通した。

「疲れた顔ね、警部補」

「そう……くたくただ。捜査も終了したことだし、ホルストと呼んでくれてかまわない」

「初対面のとき、頭のなかであなたやほかの警察官をいろんな名前で呼んで悪態をついてた」彼女は思いきって笑みを浮かべた。「でも、ホルストがいちばん気に入ったわ」

「それはよかった。ありがとう、ルート。きみのおかげで私たちは殺人犯をつかまえた。きみが勇気を出して反撃しなければ、シューマッハはいまも野放しのまま女たちを殺しつづけていただろう」

彼女は低い声で言った。「でも、あなたの友人たちが殺されたのもわたしのせいだわ」

「それはきみには関係ない。部下のひとりがまんまとだまされてきみの居所を明かしてしまったんだ。だれかのせいだとしたら、その部下だ。それに、彼はその代償を払った」

「撃ち殺されたと聞いて、気の毒に思うわ」

シェンケは一瞬ブラントを偲んだ。熱意はあったが機転を欠くことがあった。長い目で見れば、試用期間を乗りきれば、凡庸な刑事になっていただろう。いずれ制服組へ異動させたかもしれない。だが、仮定の話は無意味だ。ブラントは死に、家族は彼の死を悲しむだろう。戦争が始まってからというもの多くの親が息子の死を悲しんでいるように。息子たちは戦闘で死んだ。ブラントは異なる種類の戦闘で死んだ。ドイツが平和であれ戦争中であれ、終わりのない戦いのなかで。種類が異なるのは、少なくともシェンケにとっては犯罪との戦いには正当な理由があるからだ。対して、戦争には……

そう考えたところで、ブラントの死をまだだれも家族に知らせていないことを思い出した。それは自分の役目だ。班の一員でまだ勤務しているのは自分だけなのだから。心に重くのしかかる任務だ。食堂を出たらすぐに対処しようと決心した。

「私もだ」とルートに応えた。「私も気の毒に思っている」

目をこすり、しばしきつくつぶって痛みをやわらげた。ふたたび目を開き、思案顔でルートを見つめた。「きみはこれからどうする？　家へ帰るのか？」

「家？」彼女は乾いた笑い声をあげた。「目下の家は、祖母と言ってもいいぐらいの年齢の女性との相部屋よ。豚みたいないびきをかくの。でも、家族の友人だし、泊めてくれて感謝してる。かろうじて命をつなぐだけの食べものしかなくて、ストーブに放り込む石炭もない……それがわたしの家よ」

「悪かった」

「同胞の多くが耐えていることに比べればましよ」

彼女の置かれている状況に対して、シェンケはまたしても良心の痛みを覚えた。顔の見えない人びとに対する迫害から目をそむけるのは簡単だ。いま目の前に座っている特定の個人に対するものだと、そう簡単ではない。

「〝同胞〟って言ったけれど、わたしたちだってドイツ人よ」彼女は続けた。「ナチ党がなんと言おうと。ナチ党がわたしたちになにをしようと。わたしたちをかたづけたら、次はだれを標的にすると思う？ 知識人？ ひょっとすると、法律が党に優先すると考えている警察官たちかも。気をつけてね、ホルスト」

彼女が初めて下の名前で呼んだので、シェンケはかすかにほほ笑んだ。「私は用心している。助けが必要なのはきみだ」コートの内ポケットに手を入れて財布を取り出した。なかには二百マルク少々の現金と、残しておいた食料配給券が何枚か入っている。紙幣と配給券をテーブルに置いて彼女のほうへ押しやった。「ほら。受け取れ。持ち合わせがこれしかない。これぐらいしか、きみにしてやれることがない」

彼女はためらい、食堂にいるわずかばかりの警察官たちに目を走らせた。「わたしを助けたりしたら困ったことになるかもよ」

シェンケは肩をすくめた。「疲れすぎて、そんなことも気にならない。だいいち、きみには必要なものだし、私にとっては正しい行動だ。どうか受け取ってほしい」

彼女は紙幣と配給券をさっとつかんでコートのポケットの奥に突っ込んだ。「もう行くわ。友だちが心配するから。わたしが無事だって知らせないと」

マグカップの中身を飲み干し、唇を拭きながらカップをテーブルに置いた。「あなたは善良な人だわ、ホルスト。ベルリンにもまだ善良な人間がいるとわかって少しは安心した。アーリア人のなかに」

その言葉に心苦しくなった。「いつかまた会えるといいな。もっと明るい状況で」

「わたしもそう思う」

「今後、どんな形であれ私の助けが必要になれば、パンコウ管区警察のクリポにいる。それを忘れるな」

「覚えておく」

彼女が席を立ち、コートをかき寄せてボタンを留めた。シェンケも立ち上がった。

「外まで送ろう」

ふたりは食堂を出て通路を進み、無言で受付ホールを横切り、シューマッハが死んだ壁にかすかに残っているしみにちらりと目をやった。外に出ると、階段の上でルートが振り向き、つま先立ちになってシェンケの頬にキスをした。

「さようなら」彼の耳もとで言った。

突然のことに驚いたものの、シェンケは笑みを浮かべて手を差し出し、言いかけた。

「楽しいクリスマスを……」

「わたしたちはクリスマスを祝わないのよ、ホルスト。いまではなにも祝わない」ルートは彼を一瞬だけ抱きしめて離し、向き直って階段を駆け下りると、足早に歩道を去っていった。

また雪が降っている。小さな雪片がベルリンに吹きつける風に舞っている。シェンケはすばやく周囲を見まわし、いまの抱擁をだれにも見られていないことを確認したあと、ルートが角を曲がって見えなくなるまで見送った。頬に彼女の唇のぬくもりが残っていて、彼女との別れの喪失感を覚えた。運命の意思により彼女と再会することがあればうれしく思うだろう。彼女のたくましい回復力には感服した。それと、ほかのいくつかの点に。シェンケは危険な考えを退けて署内に戻った。

受付の巡査部長が受話器を戻すところだった。彼が紙片を上げた。

「あなた宛てです。もう帰られたと思って。追いかけようとしていたんです」

「今度はなんだ?」シェンケはうんざりした声でたずねた。

「ハイドリヒ親衛隊中将の秘書からです」

「それで?」

「ハイドリヒ中将があなたにお話があるそうです」

シェンケは受話器に手を伸ばしたが、巡査部長は首を振った。

「ちがいます。オフィスに出頭せよとのことです。いますぐに」

「いますぐに？」シェンケは内心でため息をついた。「こうなることを予測しておくべきだった……」

だが、その前にブラントの家族に電話をかけよう。彼の死をいますぐ家族に知らせるべきだ。ハイドリヒは待たせればいい。

35

「親衛隊中将がお待ちです」一分のすきもない制服姿の長身痩軀の秘書が、次の間の奥の二枚扉を指し示し、先に立ってカーペット敷きの床を横切った。片手を上げてシェンケの足を止めさせると、右側のドアを二度ノックしてから開けた。

「シェンケ警部補がお見えです」

「通せ」

秘書がなめらかな動きで脇へ寄り、シェンケを通した。

ハイドリヒのオフィスは羽目板張りの広い部屋だった。プリンツ・アルブレヒト通りを見渡せる窓があり、壁のひとつを占めている書類棚は、ほぼすべての段に書類がぎっしりと詰まっている。クルミ材の巨大なデスクにはインク入れとペン立て、いま読んでいる書類以外はなにも置かれていない。彼の背後には、高官の多くがオフィスに掛けている見慣れた総統の写真ではなく、ヒムラーの額入り肖像画が吊るされ、室内を見下ろしている。

意味深長だとシェンケは思った。

シェンケがデスクに近づくと、ハイドリヒはペンを置いて椅子の背にもたれかかった。頬のこけた顔、高い鼻、すらりとした体つきのおかげで、実際以上に背が高く見える。額が広く、肌がなめらかなので、頭蓋骨に表皮を張りつけたような風貌だ。シェンケがなにより驚いたのは、はっとするほど青い瞳と射るような視線だった。ほかの人間なら魅力的な顔立ちなのだろうが、ハイドリヒの場合は温かみもユーモアも感じさせず、鋼のような冷徹な非情さを放っている。

彼は感情をまったく表わさずにシェンケを眺めまわした。

「シェンケ警部補、時間を割いて会いに来てくれてありがとう」彼は唇を歪めて笑みらしき顔を見せた。「どんなときも、国家のスポーツ界の英雄に会うのは喜びだ」

「何年も前に引退した身です」

「とにかく、モーターレース好きの人間にとって、きみは刺激的な存在だった」彼は両手を組んだ。「むろん、最近では別の件できみの名前を耳にする」

どこまで知っているのかとシェンケが不安になるぐらいの間を置いてからハインリヒは続けた。

「きみは国家に対して重要な義務を果たした。われわれの知るかぎりでも数件の殺人を犯した男をつかまえた。そして、まだ明らかになっていない彼の犯行がほかにもあるかもしれない。同時に、アプヴェーアに潜入していたスパイをあばいた。それについては、迂闊な行動だったかもしれないにせよ、有益な仕事だったことに変わりない。ドルナーを寝返らせることができたとカナリス提督が主張していることは知っているが、どちらかといえば私は、国を裏切った人間を二度と信用することはできないと考えている。ドルナーは裏切り者であり、裏切り者にふさわしい死を与えられて当然だ。もっとも、彼は死ぬことによって少しばかり国家の役に立つかもしれない」

「どのような役に立つのでしょうか?」

「きみたちは、追っていた殺人犯を見つけた。犯人の名前を公表しなければならない。私の部署としては、殺人はすべてドルナーによるものだとするのが最善だ。どのみち、スパイ行為により裁判にかけて処刑するのだ。シューマッハは死んだことだし、彼のやったことを世間にさらす理由も、それによって親衛隊の評判を損ねる理由もないと考える」

「彼は罪を犯しました。それが理由です」

「彼の死は犯した罪を充分に賠償するものだ」

「被害者遺族はどうするのですか? 愛する家族を殺害したのがだれなのか、知る権利があるのでは?」

「遺族がなにを知っていると思うかが重要なのか？　彼らが知る必要があるのは、罪を負わせる名前だ。だから、それを与える。どんな名前でもいい。シューマッハ、ドルナー……シェンケ。失礼、つまらない冗談だ。とにかく、だれの名前でもたいしたちがいはない。名前だというだけのこと。重要なのは、私たちが名前を公表すれば国民が満足するということだ。それが真実か否かは重要ではない。重要なのは、それがもたらす効果だ。このような形でドルナーを利用すれば、被害者遺族は憎む相手の名前を知ることになり、親衛隊の評判を守ることになる」

「ひとつお忘れではありませんか？」

「なにを？」

「真実は私にとって重要です。被害者のなかに私の友人たちもいます」

「では、嘘だと知っていることは、きみが負うべき荷物だ。きみと、真実を知っているきみの部下たちが。だが、証拠のない真実がなにになる？　証拠はすべて、ここゲシュタポの保管庫に収められ、今後もそこから出されることはない。きみたちはもはや真実を所有していない。所有しているのはわれわれだ。したがって、この件を知る人間がいま以上に増えた場合に責任を負わせるべきはだれか、正確にわかっている。だれを罰するべきかもだ。わかったかね？」

「よくわかりました」

「それを聞いてうれしく思う」ハイドリヒは薄笑いを浮かべた。「では、この不運な案件の解決方法について合意に達したと思う。このささやかな窮地をどのようにしのぐかを説明しよう」

彼は身をのりだした。「夕刊に首都の鉄道を悪用した殺人犯の逮捕の記事が載る。その記事で、ドルナーがアプヴェーアに潜入していたスパイだったことにも言及する。カナリスは不満だろうが、今後は部下にもっと注意を払うように彼に思い出させる役に立つだろう。アプヴェーアの評判に傷がつき、われわれの部署が法律を遵守するうえで有効だと見られるのは喜ばしいことだ。それとは別に、ドルナー逮捕の際に死亡したシューマッハ親衛隊員を称える小さな死亡記事が紙面のどこかに出る。きみはそれを読むことになるが、公式であれ非公式であれ異議を申し立ててはならない。もうひとつ、この会談を終えたらオフィスへ戻り、正式な捜査報告書を書いてもらいたい。いま話した筋書きに見合ったものを。書き上げたらただちに私に提出すること。以上、わかったか、シェンケ？」

シェンケはいやというほど理解できた。真実もまた、党の要求は絶対だとする神聖にして侵すべからざる理念の犠牲になるということが。「わかりました」

「きみはもうひとつ、いい働きをしてくれた。きみがどの党内派閥にも属していないと見られていたのでゲルダ・コルツェニー事件の捜査担当に任命されたことは覚えているだろう。結果的に、もはやゲッベルスはゲルダ・コルツェニーとの不倫をネタに脅迫されるおそれがなくなった。少なくとも当面は」彼がうなずいた。「満足できる結果だ。よくやった、警部補」

「お言葉ですが、シューマッハの逮捕については、私以上に貢献した人たちがいます。とくに証言者です。彼女がいなければ、シューマッハはまだ野放しだったでしょう」

ハイドリヒは無表情で彼を見つめた。「例のユダヤ人のことを言っているのだな」

「そうです。彼女の協力に対して相応の評価が必要でしょう」

「その女は評価に値しない。ユダヤ人だ。ユダヤ人を助けるつもりはない。断じて。どこの下水管から出てきたネズミだったにせよ、すでにこそこそと戻っていっただろう。その女のことはもう忘れろ。それに、成功は指導者の統率力によるものだ。きみが捜査班を率いた。シューマッハが犯人だとつきとめたのはきみの尽力によるものだ。ついでに言えば、ドルナーをつかまえたこともだ」

「ドルナーの件はちがいます。彼がスパイであることを、カナリス提督はすでにご存じでした」

「それは本人の弁だ」ハイドリヒは肩をすくめた。「彼の自己防衛策なのかもしれない。

きみはどう思う?」

返答のむずかしい質問だ。シェンケはすばやく考えた。自分は上官たちに意見を述べる立場ではない。だいいち、カナリスはカリンのおじなのだから、義理の点から言っても名誉を傷つけるべきではない。

「充分な情報を持ち合わせていないのでなんとも申しかねます」

「だが、提督とは何度か会っているし、彼の姪とは懇意のはずだ。鋭敏な刑事なら彼の人物像についてなんらかの判断ができるはずだ」

「一流の頭脳なくしてアプヴェーアの部長にまでのぼりつめることができるとはとても思えません」

ハイドリヒは無言で彼を見つめていた。「慎重な回答だな。いいことだ。慎重な男は重宝する。となると、話がふたつある。まずひとつ。ミュラーからきみの経歴を聞いた。彼はきみの捜査能力を高く評価しているらしい。だが、政治的判断についてはあまり評価していないようだ。党に対するある種の迷いがあることを示す軽率な発言があったと言っている。私としては、まちがいであってほしい。国家はあらゆる分野において折り紙つきの才能がある人材を必要としている。きみはまだ親衛隊に入隊申請をしていないな。きみの階級の警察官は大半が入隊の意思を示している。きみはなぜ希望しない?」

「刑事の職務は多大な時間を必要とし、政治について気にしている余裕がないので」

「職務と党を切り離して考えることができると思うのか？　きみの信念がどうあれ、それは不可能だ。党はこのドイツの最高組織だ。いかなる生活圏においても最優先される。国家の未来は、国民がそのことを理解し、党を信頼することにかかっている。その点は一片の疑いもない。その考えを受け入れるのが賢明だ。とくに、考える機会を私が与えたわけだからね。ミュラーは懸念しているようだが、私は喜んできみにこの部署におけるポストを申し出る。国家の敵をつかまえることのできる人材が必要なのだ。きみは犯罪者たちをつかまえて真価を証明した。このポストを受け入れれば好結果を出してくれると信じている。きみは昇進する。そして、親衛隊への入隊を申請する……どうだね？」

寛大な申し出だとシェンケは考えた。気前がよすぎるのではないか。ハイドリヒは、敵を身近に置くべしという理論を実践しているのかもしれない。甘い餌で釣ってシェンケを自分の目の届くところに置こうという策略なのかもしれない。さらに、ハイドリヒが携わっている仕事の内容が問題だ。政権にとっての政敵を狩るという仕事に引きずり込まれたくない。シェンケは頭のなかで、犯罪を働く人間と、党の価値観に与しないという罪を糾弾される人間とのあいだに、明確な境界線を引いている。

「考える時間をください」

ハイドリヒがほんのわずかに目を大きくした。「時間はない。いますぐ返事をしろ。引き受けるか断わるか。どっちだ?」

「でしたら、お断わりしなければなりません」

ハイドリヒの顔にいらだちがちらりと浮かんだ。「理由を言え」

「私の能力などささやかなものですが、それでも、クリポにとどまったほうがより国家に貢献できるからです。クリポの刑事としての訓練を受けているので。それに、今回のお申し出はたいへん光栄に思いますが、ベルリンの犯罪者どもをつかまえるために全力を注いでいるときに自分の班を去ることになるとしたら、引き受けるのは良心に反するので」

「なるほど……きみは自分をずいぶん過大評価している、シェンケ。言わせてもらえば、過大すぎる。ミュラーによると、きみはミスを犯したとか」

「ミスですか?」

ハイドリヒはおもしろがっているようだった。「ミュラーの話では、ユダヤ女が暴漢をナイフで刺したそうだな。それなら、ドルナーを逮捕したときに脇腹を確認するだけでよかったと思うが。そうすれば、彼が犯人ではないことがわかったはずだ」

シェンケはうなだれた。そのとおりだ。だが、ドルナーを連行したときには証拠が明々白々だと思えたのだ。確認しようなどと思いもしなかった。当のドルナーは刺傷のことを知るはずもなかった。知っていれば、そのことを訴えて身の潔白を証明したはずだ。どのみち、党員バッジの線からシューマッハの犯行だとつきとめていただろう。それでも、恥ずかしいミスであることに変わりはない。

「いいか、私はなにも見逃さない、警部補。もしもきみが、自分の代わりはいないと思っているなら、それはまちがいだ。替えのきかない人間などごくわずかだ。クリポの空席ぐらい簡単に埋められる。だが、きみは決断を下した。私がじきじきに行なった申し出を断わる度胸のある男はそう多くない。国家は勇気ある男を必要としている。したがって、きみに断わられたことを根に持つことなく受け入れよう。だが、今後は、なにが優先されるかということと自分の信念とを慎重に検討することを勧める。もしもきみが容認できる道をはずれたら、私の知るところとなる。かならずだ。そのとき私はこれほど寛容ではないだろう」

彼は間を置いて、その言葉の重みがシェンケの頭にしみ込むのを待ってから、目の前の書類を指し示した。「もうひとつの話は、もっと簡単だ。リーブヴィッツ軍曹は短いあいだにきみの班がずいぶん気に入ったらしい。ゲシュタポに戻るなり異動願を出した。だれもが左遷だと考えることを願い出るなど、控えめに言っても異例のことだ。普通なら即座に却下している。だが、リーブヴィッツはいくぶん変人の気がある。同僚たちも彼を持て余しているので、ミュラーは喜んで承認した。たしか、きみは部下をひとり亡くしただろう。リーブヴィッツをきみの班へ異動させればちょうどいいのではないか？」

これは意外な展開だった。シェンケはリーブヴィッツを根っからのゲシュタポ隊員だと考えていたのだ。彼は無愛想だが、細部に目が届き、長時間勤務をいとわないことも確かだ。ある意味、人間というよりも機械のようだ。だが、悪意も持ち合わせていないようだし、信頼できる人間を部下に持つのはありがたい。彼がハイドリヒのまわし者だという可能性はあるが、そんな露骨なやりかたでシェンケを監視しようとするなど、まずありえない。ハイドリヒが言ったとおり、上官をいらいらさせるという理由のほうが納得がいく。

「喜んで彼を受け入れます」

「それは結構」ハイドリヒが書類に署名をした。「ほら。手続き完了だ。われわれの話も終了だ」彼が右手を上げた。「ハイル・ヒトラー」

試されていると直感した。ここは安全策を取るのが賢明だ。手を上げて指先までまっすぐ伸ばした。「ハイル・ヒトラー」

シェンケがシェーネベルクに戻ったのは昼過ぎだった。クリスマス・イブに帰宅できると、カリンに電話で知らせた。オフィスにひとりきりなので、だれにも邪魔されることなくフリーダのタイプライターに向かい、ハイドリヒに言われた方向に従って捜査の最終報告書を書き上げた。真実をねじ曲げることを良心は容易に受け入れないが、仕方がない。彼が拒めば、この班のだれかがその役目を引き受けなければならなくなるし、シェンケは経歴に汚点を残すことになる。今回のやりとりでは図に乗りすぎたので、国家保安本部のあの非情な長官ハイドリヒとは二度と同じような状況で会いたくない。

報告書を書き上げると入念に確認し、ハイドリヒのオフィス宛ての封筒に入れて封をしてから受付の発送用トレイに放り込んだ。疲労と寒さを感じながら通りに出て、列車で家へ帰るべく駅へ向かった。

夕闇が首都を包むころ駅に着き、〈デア・アングリフ〉紙の夕刊を買って列車に乗り込んだ。列車がプラットホームを離れると新聞を開いた。やはりトップ記事の見出しは〝殺人犯はアプヴェーアの裏切り者〟だった。その下に、だらしない格好でゲシュタポ隊員ふたりに抱えられるように連行されるドルナーの写真。シェンケは記事本文をざっと読んでからページを繰って、シューマッハの小さな記事を見つけた。彼が国家の敵との戦いにおいて死亡したと書かれていた。嫌悪の波に襲われて新聞を脇へ放り、窓の外に目を向けた。疲れた青白い顔が窓ガラスに映っている。その向こう、通り過ぎる建物に目を凝らした。早くもベルリンを闇の世界に陥れる灯火管制用のカーテンが引かれている。

「ブラインドを閉じてください」車掌が彼を見下ろしていた。

「ああ、もちろんだ」シェンケは紐を引いて、窓枠の下の留め具にくくりつけた。

「切符を拝見します」

切符を差し出して鋏を入れてもらった。だが、車掌は立ち去ろうとしない。

「よろしいですか？」と新聞を指さした。

「どうぞ」

車掌は礼の印にうなずいてから第一面を読みはじめた。シェンケはたちまち車掌の存在に落ち着かなくなった。「よければ持っていってくれてかまわないよ」

「ありがとうございます。感謝します」車掌は新聞を上着にしまい込んだ。

「オゴールツォウ！」車両の端から呼ぶ声が聞こえた。「ぐずぐずしてるんじゃない。仕事をしろ」

「上司ってやつは」車掌はシェンケの目を見て言った。

「まったくだ」シェンケは答えた。

車掌は通路を歩み去り、シェンケは目を閉じた。体が心地よく暖まり、ついうとうとしかけて、はっと身を起こしてまばたきをした。眠ってしまったら乗り過ごしてしまう。無理やり目を開けて、眠気が去るまで頬を強くこすった。

パンコウ・シェーンハウゼンで列車を降りた。すでに夜のとばりが下りていたが、降り積もったばかりの雪のぼんやりした雪明かりと、闇に開いた穴のような車のヘッドライトが、自宅アパートメントまでの道明かりとして充分だった。寒さに震えながら歩くうち、ここ数日の重圧に屈した。捜査に意識を集中させる必要がなくなったので、疲労が容赦なく襲いかかってきた。こわばって鉛のように重い脚で階段を上がり、通路を歩いて、自室の玄関前にたどりついた。ドアの錠は開いていた。玄関は暖かく、すぐに居間のドアロからカリンが出てきた。

「ホルスト」嬉しそうにほほ笑んだが、その笑みもすぐに消えた。「ひどい顔」

「それはどうも」シェンケは玄関ドアを閉めて錠をかけてから手袋を脱いでコートと帽子とマフラーを掛けた。「おいしそうなにおいがする」

「クリスマス・イブの特別な食事を用意しようと思って」

「クリスマスではなく、このところ容認されている言いかたは〝ユールフェスト〟だ」

「この部屋ではいいじゃない。わたしたちのあいだでは」彼女が唇にキスをした。昼間ルートから受けたキスを思い出したが、その記憶を無理やり払いのけてカリンについてキッチンに入り、小さなテーブルのレンジに向き合う位置に腰を下ろした。三つの鍋が火にかかっている。

「豚肉のクリーム煮、ポテトと冬野菜」カリンが説明した。「急に聞いて思いついたのはそれだけよ」

「ごちそうだ……ありがとう」

カリンがそばへ来て彼の頬を両手で包んだ。「捜査が終わって喜んでいると思ってた……」

シェンケは彼女の顔を見上げ、夜明け前にこの部屋を出てからのできごとをくわしく話して聞かせた。最後にハイドリヒとの対面について話した。カリンは注意深く耳を傾け、彼が話し終えると言った。「お友だちのこと、お悔やみ申し上げるわ。ミュラーもハイドリヒも腐ったろくでなしよ。ヒムラーの部下はみんなそう」

「たしかに」

「やっと認めた」彼女はシェンケの肩をぎゅっとつかんでから料理の様子を見に戻った。

「それで考えたんだ、カリン。犯罪者どもが動かしている国で刑事である価値はなんだろう？　これまで、自分が正しいと思うことをし、法を執行することに打ち込んできた。でも、そんなことをしてなんになるだろう？　善良な人間でありたいが、ミュラーやハイドリヒのような連中に仕えながら善良でいられるだろうか？」

「その考えの行く先に気をつけて、ホルスト。同じように考えてる人はほかにもいるけど、それを打ち明け合うのは危険よ」彼女は肩越しにシェンケを見た。「暗くて危険な道。その道を進みたいと確信が持てるまでは油断してはだめ。とりあえず善良な人間にできるのは、みずからの良心に忠実に従って生き延びることよ」

カリンは豚肉をさっとかき混ぜた。「さあ、できたわ」

彼女が料理をよそっていると、遠くで空襲警報が鳴り響いた。

カリンは上方に目を向けた。「避難しないとだめかしら」

食事を放り出して階段を駆け下り、この建物の地下壕に避難するという考えは気に入らなかった。だいいち、これまで敵機が投下したのは宣伝ビラだけだ。敵が和平を望んでいるのだとしたら、その機会を危険にさらしてまで、クリスマスを祝っているドイツ市民を殺すはずがない。

「いや。楽しい夜を過ごそう」

空襲警報が鳴りつづけるなか、ふたりは無言で食事をした。この国に本当に危機が迫っているのだろうか、それとも危惧して警戒を促しているだけなのか、あるいはこれは演習なのだろうか、とシェンケは考えた。もはやだれにもわからない。

警察階級と親衛隊階級に関する注記

一九三三年の政権掌握後ナチ党が取り入れた高度に組織化された準軍事的組織は、国の警察機構と軍事機構を補完し、徐々に公的機関の権限を奪い取っていった。警察に関して言えば、最終的にすべての地方警察がひとつの組織に合併された。制服を着用する警察オルドングスポリツァイ（オルポ）は通常任務をおおむね保持したが、警察官の多くは国家の占領地での後方支援を行なう特別大隊に組み込まれた。犯罪捜査部門クリミナルポリツァイ（クリポ）を構成していたのは、高度な訓練を受けて重大犯罪を扱う警察官たちだった。ドイツ警察組織の精鋭たちだ。

しかし、ナチ党の権力が強まるにつれてクリポもその傘下に組み込まれていった。一九三九年九月、第二次世界大戦が始まり、ハインリヒ・ヒムラーは、右腕であるラインハルト・ハイドリヒの下にベルリンに国家保安本部を設立した。これにより、国の治安業務と警察業務を掌握するための最終段階を完了した。クリポは、ハイドリヒのもとで新たに設けられたふたつの保安警察部門のひとつとなった。もうひとつが秘密国家警察ゲハイメ・シュターツポリツァイ、通称ゲシュタポである。

ヒムラーの親衛隊組織は、アドルフ・ヒトラーの護衛を行なう小規模の警護隊として誕生した。しかし、その任務及び隊員数は急速に拡大した。親衛隊はその影響力をドイツ社会全般に広げ、やがて国家のなかの国家となる一方で、取り込んだ組織の人員をありとあらゆる方法で採用して階級を与えた。公務員は親衛隊への入隊及び本来の組織とほぼ同等の親衛隊階級の取得を促された。警察官も、多くは望んでそうしたが、意外にも、上級警察官のなかには、党から疑いの目を向けられることになるにもかかわらず道義的見地から入隊を拒む者もかなりいた。

わかりやすくするために、本書の登場人物の親衛隊階級（及びそれに相当する軍の階級）を以下に記す。

親衛隊全国指導者　ヒムラー
親衛隊集団指導者（中将）　ハイドリヒ
親衛隊上級指導者（上級大佐）　ミュラー
親衛隊大隊指導者（少佐）　シューマッハ

親衛隊中隊指導者（大尉）　リッター
親衛隊分隊指導者（軍曹）　リーブヴィッツ

クリポ及びオルポには独自の階級があり、わかりやすくするために以下の訳語を当てた。

クリミナルインスペクトール　警部補
クリミナルアシステント　部長刑事
オルポ・ヴァハトマイスター　巡査部長

著者あとがき

歴史小説の作家にとって腕の見せどころは、物語の登場人物が体験するさまざまな世界観はもちろん、異なる時代と場所を再現しようとする試みである。ヒトラーとナチ党の支配下にあったドイツのような極端な政治体制の場合、詳細を――なにより時代の空気を――正しく知るためには膨大なリサーチが必要だ。ナチス・ドイツは、党に対してひと言でも公然と批判をすれば収容所に送られるか、処刑すらされかねない世界だった。一九三三年に権力を掌握したあと、ナチ党はあっという間にさまざまな局面で社会を牛耳るようになった。合唱団、養鳩クラブ、ハイキング協会――すべて党内組織に組み込まれ、党の宣伝のために利用された。〝ナチズム〟の背景にあるものを表わすのに〝イデオロギー〟という語は高邁すぎる。ナチズムという思想体系には一貫性がなく訴求力もなかった。むしろ、ある幅広い人口構成層に対する嫌悪と偏見をすくい上げる手段であった。ナチ党への賛成票（もっとも、選挙になんの価値もなかったが）は基本的には人民党への抗議票だった。今日われわれがいやというほど目にしているのと同じ状況だ。

その結果、政権は派閥に分裂し、反目し合っていた。リーダーとの関係は、リーダーの機嫌を取るべく命じられる前に命令に従うという原則に基づくものだった。ドイツ人の性格の特徴だと思われている効率性を好むという一面にかこつけて、〝ナチ政権下では少なくとも列車の遅延はなかった〟などともっともらしいことがよく言われる。だが実際は、ナチス・ドイツは充分にオイルを差した機械のような体制ではなく、ありとあらゆる腐敗と脅迫によりばらばらに分断されてきしみをあげる泥棒政治体制だった。

この時代を独創性豊かにまとめた〈第三帝国の歴史〉のなかで、著者リチャード・J・エヴァンズは〝規範的〟な状態と〝特権的〟な状態のちがいを指摘している。規範的な状態とは、法律に縛られ、伝統や知識から生まれる権威を重んじる状態を指す。特権的な状態とは、法律を軽んじ、特権及び特権の行使に賛成する人たちの前に立ちふさがるいかなる常識をも拒絶する、という特徴を持つ。ナチ党がその政権生命の大半において政治的に多様な意見を取り入れる組織であったとするならば、当時のドイツが抱えていた真の課題は左派対右派の争いではなく、規範的な状態を支持する人びとと特権的な状態を支持する人びととの争いだったと私は考える。同様の争いは現在でもあるし、決して規範的な状態のほうが優勢なわけでもない。

本書『ベルリンに堕ちる闇』では、病的なまでの疑心暗鬼を抱えた暗黒時代を描いている。読者のみなさんには、シェンケ警部補のような登場人物が正義を追求するうえで折り合いをつけざるをえなかった危険の数々を敏感に感じ取っていただけたらと願っている。シェンケにそれを投影するのがむずかしいとしたら、国民の敵として選ばれた人びとの体験を描きだすのはさらに困難だ。ユダヤ人に加えて、ナチ党は身体障害者やロマ族、路上生活者、共産主義者、社会主義者、社会民主主義者、カトリック教徒、同性愛者、そして劣っていると考えられたあらゆる人間や、いわゆる〝支配者民族〟に敵対する人びとを標的にした。しかし、ナチス・ドイツの最暗部をあらわにしているのは、彼らがユダヤ人に対して抱いていた概念と、ユダヤ人種を殲滅するという異常な決意だった……

かの時代を再現するにあたり、できるかぎり本物に近いドイツの雰囲気を作品に与えるべく、慣習のいくつかはやむなく受け入れることにした。私が再現するナチス・ドイツの世界は、多くの映画で（そしてたくさんの小説で）見られるかかとを鳴らし大声で「ハイル・ヒトラー！」と敬礼する濃厚な特徴から距離を置きたかった。たんに他国の過去だからではなく、文化のちがいにも配慮すべきだからだ。英語に翻訳しにくい仕草や言葉もあった。たとえば、〝サー〟に匹敵するドイツ語の言葉はない。上官に呼びかける際は具体的な階級あるいは名前を呼ぶのだ。英語圏で用いられる意味での〝くそ（ファック）〟に相当する語もない。同じく〝怒らせる（ピス・オフ）〟という熟語は、英国よりもドイツのほうが重い意味を持つ。加えて、礼儀の問題がある。ドイツ人は、相当親しくなるまではファーストネームよりも姓に〝ヘル〟や〝フラウ〟をつけて呼ぶことのほうがはるかに多い。したがって、〝ヘル〟や〝フラウ〟は英語の〝ミスタ〟や〝ミセス〟に置き換えることのできない意味合いを持つ呼称なのだ。そういった場面では文化のちがいを表わすためにドイツ語の呼称を用いた。ほかにも、場面を強調するためにドイツ語の階級や用語を用いて描写した。総統（フューラー）という語についても同様である。〝リーダー〟という語では、ヒトラーみずからが選んだこの称号の意味が伝わらない。彼は〝唯一のリーダー〟であり〝フューラー〟は固有名詞と同様に具体的な彼のアイデンティティーなのだ。

友人のペーター・クレーマー——ドイツ社会の微妙なちがいを教えてくれた——とティモール・ダギスタニ——小火器に関する彼の幅広い知識のおかげで恥ずかしいまちがいを犯さずにすんだ——に感謝申し上げる。また、各章を書き上げるたびに鋭い目で読んでくれた妻ルイーズにも感謝しなければならない。おかげで、男性作家として女性の登場人物を可能なかぎり実体的に描こうと心がけることができた。

訳者あとがき

ナチス・ドイツについて、またアドルフ・ヒトラーをはじめとするナチス高官について、これまであまたの研究がなされており、書店や図書館へ行けばたくさんの書物を目にすることができる。フィクションや映画でも、かの時代を背景にして、後世に生きるわれわれが知っている歴史の落とす影や当時の閉塞感を色濃く映し出した作品は数多く存在する。

本書『ベルリンに堕ちる闇』も、ナチ党が政権を握っていた時代を舞台にした物語であり、そこで起きた殺人事件を追う者たちを描いている。実在した人びとも登場し、たんに物語に彩りを添えるだけではなく、その後の史実を踏まえた人物像が盛り込まれていて、作品に深みをもたらしてくれている。歴史フィクションを多く手がけてきた作者サイモン・スカロウの腕が存分に活かされた極上のエンターテインメント作品をここにお届けする。

物語の舞台は、一九三九年十二月、クリスマスが間近に迫った戦時下の首都ベルリン。

市内でも都心から少し離れたパンコウ管区警察で犯罪捜査班を率いるホルスト・シェンケ警部補は、部下たちとともに配給券偽造事件の捜査にあたっていたある日、ゲシュタポ局長ハインリヒ・ミュラーから呼びつけられ、強姦殺人事件の専従捜査を命じられる。被害者は古参党員の妻だというが、生前の行状に問題があったらしい。党内派閥間の摩擦を引き起こすことなく、また、党の体面を損ねることなく、犯人をつきとめるべく、ナチ党員ではないシェンケに白羽の矢が立ったようだ。ミュラーの思惑はどうであれ、シェンケは事件解決のため、犯行の起きたシェーネベルク管区で警察署の一室を借りて捜査を行なうことにした。

まもなく、同様の手口で殺害された女性の死体が発見される。被害者ふたりに共通点はなさそうだが、死体がいずれもアンハルター駅へ向かう鉄道線路の近くで見つかっていることから、連続殺人の線も視野に入れることになった。さらに、部下の調べで、過去に事故死として処理されていた女性たちの死亡事案においても、じつは他殺だったのではないかという疑いが浮上する。

そんなとき、犯人と思われる男に襲われながらも反撃し、生き延びた女性が保護されたとの連絡が入る。その女性の供述をもとに男の似顔絵を作成し、これで犯人を追いつめることができるかと思われたのだが……

灯火管制の敷かれた首都ベルリンで、夜の闇に乗じて卑劣な犯行を重ねている犯人はいったい何者なのか。捜査の行方と、ミュラーの下す判断に、シェンケはどう応えるのか。

主人公のシェンケは、かつてはメルセデス・シルバーアローのレーシングドライバーをしていたのだが、ある事故をきっかけにレースの世界を断念して警察官に転身した経歴の持ち主だ。ナチ党に対して思うところはあるものの、当時の風潮としてそれを口に出すことはない。フランクな人物で、部下の信頼も厚い。刑事警察(クリポ)の班長として、いくつもの事件を解決に導いてきた。だが、決して優秀なだけの男ではない。仕事にかまけて約束に遅れ、恋人のカリン・カナリスを怒らせたときには、許してもらえるまで気が気でない様子なのだ。その他のエピソードからも、彼が人間味にあふれた人物であることがわかる。そんな彼を通して、作者は、ナチ党に支配された時代のベルリンに生きる人びとの苦難を鮮やかに描き出している。

作者のサイモン・スカロウは一九六二年ナイジェリア生まれの英国人で、現在はノーフォーク州在住。英国国税庁に勤めたあと、歴史好きが高じて大学で教鞭を執っていたそうだ。二〇〇〇年にローマ帝国時代を舞台にしたフィクション *Under the Eagle* でデビューし、いくつものシリーズ作品を書き上げている。単発作品も著しており、本書もそのひとつ。現在はフルタイムで執筆を行なう歴史フィクション作家である。

本書が、一九四〇年から四一年にかけてベルリンで犯行を重ねた実在の連続殺人犯〝Sバーン・マーダラー〟から着想を得たのは明らかなのだが、その点に関して作者は俗に言う〝におわせ〟をしている。どこでどういう形でかについては、ぜひご自身で探してみてください。

なお、本書の時代背景などについては著者あとがきにくわしいので、ここでは省略させていただきたい。

二〇二一年十月

コールド・コールド・グラウンド

The Cold Cold Ground

エイドリアン・マッキンティ

武藤陽生訳

紛争が日常と化していた80年代北アイルランドで奇怪な事件が発生。死体の右手は切断され、なぜか体内からオペラの楽譜が発見された。刑事ショーンはテロ組織の粛清に偽装した殺人ではないかと疑う。そんな彼のもとに届いた謎の手紙。それは犯人からの挑戦状だった！　刑事〈ショーン・ダフィ〉シリーズ第一弾。

ハヤカワ文庫

東の果て、夜へ

DODGERS
ビル・ビバリー
熊谷千寿訳

東の果て、夜へ
英国推理作家協会賞受賞
DODGERS
Bill Beverly
ビル・ビバリー
熊谷千寿訳
早川書房

〔英国推理作家協会賞最優秀長篇賞／最優秀新人賞受賞作〕ＬＡに暮らす黒人の少年イーストは裏切り者を始末するために、殺し屋の弟らとともに二〇〇〇マイルの旅に出ることに。だがその途上で予想外の出来事が……。斬新な構成と静かな文章で少年の魂の彷徨を描いた、驚異の新人のデビュー作。解説／諏訪部浩一

ロング・グッドバイ

The Long Goodbye

レイモンド・チャンドラー
村上春樹訳

ロング・グッドバイ
レイモンド・チャンドラー
村上春樹訳
Raymond Chandler
The Long Goodbye
早川書房

私立探偵フィリップ・マーロウは、億万長者の娘シルヴィアの夫テリー・レノックスと知り合う。あり余る富に囲まれていながら、男はどこか暗い陰を宿していた。何度か会って杯を重ねるうち、互いに友情を覚えはじめた二人。しかし、やがてレノックスは妻殺しの容疑をかけられ自殺を遂げてしまう。その裏には哀しくも奥深い真相が隠されていた。新時代の『長いお別れ』が文庫で登場

ハヤカワ文庫

訳者略歴　神戸市外国語大学英米学科卒，英米文学翻訳家　訳書『ブラック・フライデー』『秘密資産』シアーズ，『影の子』ヤング，『拮抗』『矜持』フランシス（以上早川書房刊）他多数

HM=Hayakawa Mystery
SF=Science Fiction
JA=Japanese Author
NV=Novel
NF=Nonfiction
FT=Fantasy

ベルリンに堕（お）ちる闇（やみ）

〈HM㊾-1〉

二〇二二年十一月二十日　印刷
二〇二二年十一月二十五日　発行
（定価はカバーに表示してあります）

著者　サイモン・スカロウ
訳者　北野寿美枝（きたのすみえ）
発行者　早川浩
発行所　株式会社早川書房

郵便番号　一〇一 - 〇〇四六
東京都千代田区神田多町二ノ二
電話　〇三 - 三二五二 - 三一一一
振替　〇〇一六〇 - 三 - 四七七九九
https://www.hayakawa-online.co.jp

乱丁・落丁本は小社制作部宛お送り下さい。送料小社負担にてお取りかえいたします。

印刷・星野精版印刷株式会社　製本・株式会社明光社
Printed and bound in Japan
ISBN978-4-15-184801-8 C0197

本書は活字が大きく読みやすい〈トールサイズ〉です。